KB074905

사건
치미교 1960

그날 이후, 사람들이 사라지고 있다

사건 치미교 1960

문병욱 지음

리오북스

일러두기

본 이야기는 1930년대 희대의 사이비교단 백백교와 다큐멘터리 〈House of Numbers : Anatomy of an Epidemic〉에서 모티브를 얻은 픽션으로, 실제의 지명과 브랜드명을 사용하였지만 그와 직접적인 연관이 없음을 일러둡니다.

거짓 아래
고통으로 생이 다한
이들을 기리며……

프롤로그

차가운 눈발이 세상 위로 흩날리는 오후. 하얀 눈길 위로 세 가족의 재촉하는 걸음이 흐릿한 흔적을 남긴다.

"아부지. 조금만 쉬었다 가요."

얼굴에 심술보를 덕지덕지 묻히고 있는 소녀의 양쪽 뺨은 천도복숭아 때깔을 내고 있다. 하얗지도 그렇다고 까맣지도 않은 노란 볼에 불그스름한 반점이 얹혀있는 모습이 영락없는 천도복숭아다.

"연수야!"

성량을 한껏 끌어올린 느낌이 강한 음성의 주인은 아버지가 아닌 어머니. 눈을 부라려 소녀를 노려보는 품이 한 번만 더 그딴 말을 입에 올렸다간 재갈을 물리겠다는 기세다.

"아부지!"

하지만 소녀는 개의치 않는다. 여력이 없었다.

그도 그럴 것이 홍천 갈마곡리에서 이곳 춘천 동내면까지 꼬박 하루를 걸어왔다. 한겨울 매서운 바람이 쉼 없이 코와 뺨을 스치고 있는 덕에 부근의 살가죽이 붙어있는지 떨어져 나갔는지 감도 오지 않았다.

손가락을 뺨으로 가져가 찔러보니 명절날에야 한 번씩 구경을 했던 언 고깃덩어리를 찌르는 감촉이 전해진다. 명절날 고깃덩어리를 찔러 보는 느낌이란 그 촉감만으로 기분 좋은 설렘이다. 헌데 자신의 뺨이 고깃덩어리 흉내를 내고 있는 기분이란 정확히 그와 반대다.

날을 세운 바람은 눈알 속까지 헤집어 놓은 모양이다. 앞이 분간되긴 했으나 눈알 뒤편으로 묵직한 무언가가 들어찬 기분이 든다. 그러면서 마음먹은 대로 굴려지지 않는다.

뿐만 아니라 발 전체가 얼면서 부르튼 탓에 마치 대못이 발바닥 정중앙에 박힌 듯한 통증이 온몸을 관통해 머리로 올라왔다.

이와 같은 연유로 소녀는 어머니의 불같은 기세에도 아랑곳할 여력이 없다.

"이 사방이 온통 눈밭이니 적당한 마른자리가 보이거든 거기서 쉬도록 하자꾸나."

사실 아버지는 아까부터 절뚝거리는 딸아이의 걸음걸이에 신경이 닿아 있었다.

"그럼 마른자리 나오면 쉬었다 가는 거죠?"

"그래."

아버지의 답변을 얻어낸 소녀는 얼굴에서 심술을 거두고 입꼬리를 씰룩인다.

두 부녀의 대화를 옆에서 듣고 있는 어머니는 앞서의 딸처럼 못마땅한 얼굴을 한다. 딸아이의 응석과 그것을 받아주는 남편의 태도가 내키지 않음이다.

그로부터 반시간 정도를 걸어가니 사람이 살지 않는 움막이 나온다. 움막은 전쟁 때 변을 당한 모양으로, 대략 몸체의 절반이 움푹 패인 구덩이 안으로 쓰러져 내려 앉아 있다. 그나마 반이 근근이 몸체를 유지하고 있는 덕에 세 식구는 마른자리에 엉덩이를 붙일 수 있었다.

소녀는 마른자리에 발을 들이자마자 털썩 주저앉다시피 한다. 그러곤 고무신과 두 겹으로 껴 신은 버선을 벗어재낀다. 과연 짐작대로다. 발가락과 발바닥 끄트머리 부위는 벌겋게 달아올라 있는 데 반해 그와 명확히 경계를 긋고 있는 부위들은 옅은 회색빛을 띤다. 이 상태로 대책 없이 강행군을 이어간다면 동상에 걸릴 일은 자명했고, 자칫 발가락 몇 개는 떼어내야 할 지경에 이를지도 모를 일이다.

소녀의 발을 시야에 담고 있는 어머니의 안면엔 조금 전과는 다른 안타깝고 미안한 기색이 피어오른다.

"많이 아프니?"

소녀는 대꾸 없이 발을 주무르기만 한다.

"이리 내봐."

어머니는 소녀의 발을 자신의 허벅지로 가지고와서 깔고 앉는다. 그리고 삐져나온 발가락을 정성스레 만진다. 소녀도 그러한 정성에 못내 서운한 마음이 가신 듯 지그시 어머니의 얼굴을 응시한다.

"애송정에 다다르기만 하면 더운 물로 몸도 씻고 음식도 배불리 먹을 수 있을 테니 조금만 참거라."

아버지는 확신에 찬 어투로 말했다. 안쓰러워하는 표정과는 괴리감이 느껴진다.

"그런데 아부지. 왜 거기로 가는 거예요?"

소녀의 질문에 아버지와 어머니는 서로 간 눈길을 주고받는다. 그리고 곧 같은 결론에 도달한다. 이제는 소녀에게 말을 해주어야 할 때라고.

"대원님을 승안하러."

"그런데 왜 우리만 가요? 종규랑 남규는 놔두고?"

"그 애들은 허락을 받지 못했으니까."

"무슨 허락이요?"

"종규랑 남규는 장로님의 허락을 받지 못했단다."

"대원님을 만나려면 장로님 허락이 필요한 거예요?"

"그렇단다. 대원님을 뵈려면 장로님의 허락이 필요해."

소녀는 거기에 관한 궁금증은 풀렸다는 듯 다른 질문을 꺼낸다.

"대원님은 보통 사람이 아니라고 했죠?"

"물론이지. 세상의 모든 고비를 다스릴 수 있는 분이시고. 또 우리도 그렇게 할 수 있도록 가르침을 주시는 분이시지."

"고비를 다스려요?"

소녀는 그때까지 부모로부터 '대원'이라 불리는 교주가 전능한 신통력을 발휘하는 큰 어른이라는 것 외엔 딱히 전해들은 바가 없다.

"그렇단다. 사람은 물 흐르듯 유하게 살아가야지만 덕을 쌓을 수 있는 거란다. 그리고 덕을 쌓아야지만 영원의 나라인 하늘나라로 갈 수가 있는 거고."

소녀는 아버지의 말이 어렵다는 얼굴을 한다. 말 자체가 이해하기 힘들어 떠올리는 표정과는 거리가 있다. 하늘나라의 존재여부가 다소 의심스럽다는 안색이다. 그러나 이내 선명한 빛을 띠어선 안 된다는 생각을 가진다. 왠지 그래야 할 것 같았다.

"물 흐르듯 산다는 건 세상 모든 것들과 두루 어울리며 미움 없이 살아가는 걸 뜻하는 건데. 그러기 위해선 세상의 고비들을 다스릴 줄 알아야 한다는 말이야. 이해가 가?"

아버지는 소녀의 의중을 잘못 짚어내는 바람에 다른 설명을 붙인다. 하지만 소녀는 알아들었다는 고갯짓을 해 보인다. 이 시점에 의구심을 내어놓게 되면 괜한 마찰을 불러일으키게 될 거라는 느낌이 확고해졌기 때문이다.

"그 분을 뵈면 저절로 모두 알게 될 거야."

아버지는 만족스러운 미소를 머금으며 소녀의 머리를 쓰다듬는다. 어머니는 딸의 발을 주무르는 동안 남편의 말이 참으로 옳다는 식으로 중간 중간 깊숙이 턱을 숙이곤 한다.

"많이 춥지?"

아버지가 손바닥을 비벼 소녀의 불그스름한 뺨에 얹는다. 소녀는 너무도 춥고 고되었으나 이토록 자신을 위해주는 부모님이 옆에 있어 힘이 난다.

"대원님이 흡족해하셔야 할 텐데."

아버지는 소녀를 지그시 바라보며 그렇게 말했다.

"꼭 그렇게 될 거예요."

어머니도 거든다.

"흡족해하시다니? 무슨 말이에요?"

소녀는 아버지와 어머니가 금방 본인이 떠올렸던 부모님의 사랑과는 성격이 판이한 무언가를 기대하고 있음을 알아챘다. 자신을 바라보는 그들의 예사롭지 않은 눈빛과 표정이 알아차릴 수밖에 없게 만든다.

"연수야. 실은 넌 장로님이 아니라. 무려 대원님께서 친히 허락을 내주셨단다."

“대원님이 허락을 내리셨다고요?”

소녀는 일러주는 아버지에게서 어머니에게로 시선을 옮긴다.

“널 마음에 들어 하셨대. 네가 아주 예쁘고 총명해 보인다고 말씀을 하셨다더구나.”

어머니는 상기된 얼굴에 걸맞은 투로 말해온다.

“절 마음에 들어 하셨다는 거예요? 대원님이?”

“그래. 너를 아주 귀히 보신 게지.”

“그치만 전 대원님을 뵌 적이 없는걸요?”

소녀는 일차원적인-아마도 부모의 입장에선 의문으로 들이미는 자체를 송구하게 여길-물음을 던진다.

“일전에 장로님을 통해 네 사진을 몇 장 보내드렸거든. 대원님은 사진만으로도 그 사람의 내면을 들여다보실 수 있고. 또한 앞을 내다보실 수 있는 분이신데. 그런 대원님이 칭찬을 아끼지 않으셨다지 뭐니?”

어머니는 본인이 무척이나 감격에 겨운 톤으로 말을 맺는다.

“그럼 저 때문에 거기로 가고 있는 거예요?”

“지금의 넌 알기가 힘들 거야. 그게 얼마나 복된 일인지. 네가 대원님 마음에 들기만 하면 모두가 아주 큰 복을 얻게 돼. 동생들까지 몽땅.”

소녀는 그전까지 어디로 향하고 있는 건지, 왜 그곳으로 가고 있는 건지, 그곳은 어떤 곳인지, 궁금한 것들이 산더미 같았다. 그러나 어머니의 대답을 접한 후론 머릿속의 궁금증들이 모조리 달아나버린다. 대신 심오한 걱정이 들어찬다. 반드시 나쁘다거나 혹은 불안한 기분은 아니다. 다만 자신이 그 대단하다는 대원님의 눈에 든 덕에 부모님과 더불어 먼 길을 떠나고 있다는 사실이 부담으로 와 닿는다.

“이제 그만 출발할까? 한시라도 빨리 도착을 하는 게 좋지 않겠어?”

"그래야죠. 혹시나 대원님이 우리 연수를 기다리고 계실지도 모르니. 연수야. 그만 일어나."

"……응."

소녀는 벗어뒀던 버선을 주섬주섬 집어 든다.

1부

1

"예. 창조일보입니다."

생기발랄한 편인 어조는 고객을 맞는 느낌이기도 하다. 마침 기다리던 제보가 있었는지도 모른다.

"김진수 기자님 자리에 있습니까?"

"잠시만요."

수신자가 말을 멈췄을 때 탁탁하고 활자가 종이를 때리는 소리가 희미하게 들린다. 송화구를 손바닥으로 가리지 않은 걸로 봐서 자리에서 벗어나 진수를 찾으러 간 모양이다.

조금 뒤. 수신자의 음성이 타자 치는 소리를 밀어내고 수화기를 넘어온다.

"지금 자리에 안 계시는데 누구시라고 전해."

"송 기자! 나 찾았다며?"

그때 낮익은 고함소리가 수신자의 음성과 뒤엉킨다.

"예. 여기 전화 와 있어요. 오셨네요."

수신자는 길게 대답을 보낸 후 말했다.

"누군데?"

낮익은 음성이 가까이서 울린다.

"몰라요. 방금 물어보려고 했는데……."

수신자의 얼버무림이 끝나기 무섭게 진수의 또렷한 음성이 상원의 귀에 꽂힌다.

"김진숩니다."

"진수야. 나 상원이야."

"상원이?"

어떤 상원인지 헷갈려서가 아니라 어째서 이 시간에 불쑥 신문사로 연락을 취했는지 의문을 던지는 투다.

"웬일이야? 집도 아니고 회사."

"나 지금 위험한 상황에 처해 있어."

여유가 없었던 상원은 진수의 말을 가로막는다. 그리고 본인이 처해 있는 상황에 대해 최대한 신속하게 설명을 붙였다.

다행히 초조한 심경에 비해 설명은 제법 구성졌고 알아듣기 쉽게 일목요연한 축이었다. 단, 수화기를 들고 있지 않는 다른 한 손은 다이얼과 주머니속의 동전들을 연신 왕복해댔다. 초조한 심리를 간접적으로나마 배출시키고 있었던 것.

"확실히 손을 넓게 뻗치고 있나 보군? 보자, 지금이 12시 10분 전이니까 내가 3시까지 어떻게든 춘천에 도착을 할게. 그놈들 꽤나 조직적으로 움직이는 것 같으니 혈안이 돼서 찾아다닌다 치면 춘천역이나 명동 같은 번화한 곳도 안심할 수가 없을 거야. 말로 설명하기가 좀 애매하긴 한데, 시내를 약간 벗어난 외곽으로 돌아다니거나 숨어있는 편이 나을 것 같아. 지리를 거의 모르니까 너무 외곽으로만 빠질 생각은 접어. 주구장창 낯선 길을 따라가다 보면 자칫 토박이들에겐 예상이 빤한 길목으로 찾아들어가는 최악의 수가 될지도 모르니. 참! 말대로라면 택시도 마음을 놓을 수가 없을 거 같아. 연계가 되어 있다면 곧장 무리들이 벼르고 있는 곳으로 모는 들 네가 알아챌 도리가 없을 테니 말야. 지금 뭐 적을 만한 거 있어?"

너무도 거대한 탓에 터무니없어 할 법도 했다. 헌데 습성이 천생 기자여서인지, 아니면 평소 진중한 편인 상원의 입을 통해 흘러나온 이야기여서인지 진수는 단음절의 의문도 그냥 넘기지 않고 그렇게 말했다.

"잠깐만."

냉큼 부스 내부 구석구석을 살핀다. 그러나 필기를 할 만한 도구를 찾을 수 없다. 본래 볼펜이 달려 있었을 것으로 추정되는 링 고무줄은 끊어져 있다. 그래서 시선을 밖으로 돌려보았지만 부스 앞을 지나치는 행인들 중에도 필기도구를 소지하고 다닐 만한 이는 눈에 띄지 않는다.

"춘천에 우리 지사번호가 어떻게 되지?"

그 사이 진수도 동료에게 물어 춘천지사의 전화번호를 확인하려 한다.

"진수야."

난감해하던 상원의 눈이 전화번호부에 고정된다.

"응. 부른다."

진수도 때맞춰 확인을 받고 답을 넘긴다.

"적을 만한 게 없어. 대신 전화번호부가 있으니까 아예 찢으면 될 거 같

아. 지사 정확한 상호가 어떻게 돼?"

"그래? 창조일보춘천지사. 거기 구나 동을 따로 구분할 필요는 없대. 소도시라 지사가 하나라는군."

"알았어."

상원은 전화번호부를 뒤져 창조일보춘천지사를 찾는다.

"있어. 그런데 특별히 대표번호 표시 없이 58-2365랑 2747 두 갠데, 둘 다 맞아?"

"음? 잠시만. 어이 송 기자! 이 번호 맞아? 전화번호부랑 다른 거 같은데?"

진수의 물음 이후 상원의 전화를 받았던 것으로 추측이 가는 이의 음성이 뒤섞인 대화가 아득하게 들려온다.

"순수외부라인이면 전화번호부에 기재된 번호가 맞을 거예요."

"그럼 진작 그 번호를 가르쳐줬어야지!"

진수는 마음이 급한 나머지 언성을 높인다.

"선배님이 물으셔서 당연히 내선번호를 가르쳐 드린 건데?"

진수 외의 음성엔 소소한 억울함이 배여 있다.

"알았어. 미안. 생각이 짧았어. 58-2365라고 했지?"

마지막 물음은 아주 생생히 들려오는 것이 상원 본인에게 확인하고 있음이다.

"2747이랑."

"잠깐만 기다려봐."

진수는 번호확인을 위해 잠시 자리를 비운 뒤 돌아온다. 순수외선만을 취급하는 번호이니만큼 신분은 적당히 둘러댔으리라.

"여보세요. 상원아?"

"듣고 있어."

"확인해보니까 둘 다 맞아. 그러니 둘 중에 빨리 연결되는 번호로 하면 돼."

"3시쯤에 이리로 전화를 하면 되는 거지?"

"그래. 가능한 3시 전에 도착해서 직접 받을 수 있도록 할게. 그래도 혹시 모르니까 내가 받지 못하면 이후엔 20분 단위로 연락을 취해. 알았지?"

"잠깐. 그럼 차라리 여기로 가 있는 게 나은 거 아냐?"

"그건 좋은 생각이 아닌 거 같아."

"어째서? 지사라며? 네가 말을 해놓으면 안전하지 않을까?"

"아니. 솔직히 나도 지도에 표시를 해놓고 떠나야 지사를 찾아갈 수 있어. 지리를 잘은 모른다는 소리야. 당연히 네가 있는 곳에서 지사까지의 거리도 몰라. 그러니 택시를 타든지 해야 할지도 모르지. 더군다나 지사라곤 해도 난 그 쪽에 아는 사람이 없어. 기껏해야 안면만 있는 정도겠지. 알다시피 얼마 전까지 허울 좋은 떠돌이 신세."

나름 고도의 집중력을 발휘하고 있던 진수는 상원과 현재 공유하고 있는 주제에서 일말의 이탈도 허용하지 않으려 한다.

"지금 그게 중요한 게 아니고!"

그렇게 스스로를 온전히 다시 주제에 묻은 그의 어투엔 무안함과 조급함이 배합돼 있다.

"상황이 이렇다 보니까 거기에 널 얘기해줄 믿을 만한 사람이 없다는 말이야 내 말은. 알아듣지?"

조금 전 춘천지사에 전화를 넣어 본사의 기자라고 밝히지 않고 적당한 신분으로 둘러댄 이유다. 가능성은 지극히 미비했지만 행여나 춘천지사에 끄나풀이 있다면. 그래서 뜬금없는 본사의학전문기자의 연락을 수상한 낌새로 감지한다면. 진수가 그곳에 닿기 전 다른 수를 꾀할지도 몰랐다.

"알았어."

"조심해. 바로 출발할게."

"너도 운전 조심해서 와."

전화를 끊은 상원은 진수가 일러준 대로 범위가 애매하긴 하나 시내의 약간 외곽으로 향하기로 한다. 틈틈이 눈에 띄는 도로의 표지판을 확인하면서 길을 따라가면 크게 무리가 없을 듯하다.

상원은 이동을 하는 동안 진수에게 전화를 넣기를 참으로 잘했다고 생각했다. 진수는 기대치 이상의 집중력과 순발력을 발휘해줌으로써 특히나 파출소 앞에서 발걸음을 돌려야 했던 이후부터 급작스레 막막해졌던 사고의 시야를 터주었다.

이렇듯 결정적인 순간에 떠올린 진수에게 상원이 사전에 미리 계획을 알리지 않았던 것은 상원이 춘천으로 오기 얼마 전까지 진수가 미국에 들어가 있었기 때문이기도 했지만 또 하나 실은, 그에게까지 도움을 청할 일이 일어나지 않을 것이라는 위안적인 생각을 가졌던 것도 이유라 할 수 있었다.

불안한 마음을 안고서 거리를 거닐고 있는 상원은 스치는 모든 이들에게 과도한 경각심을 일으킨다. 그래서 어느 시점부터는 자기도 모르게 역으로 의심을 살 낌새를 내비칠까 봐 조마조마하기도 하다.

극도의 초조함이 낳은 경각심은 일흔이 훌쩍 넘어 뵈는 노파마저 예외로 두지 않는다. 지팡이를 짚고 다닐 만큼 거동이 변변치 않은 노파였지만 시야에 두 번 이상 걸리다 보니 하다못해 교도나 신도일지도 모른다는 신경이 쏠렸던 것.

시간이라는 건 대개 인간의 심리가 바라는 반대로의 흐름을 보이기 마련이다. 그리고 지금 상원이 딱 그러한 상황에 처해 있었다. 간간이 상가 통유리 너머로 확인되는 시간들이 어찌나 더딘지. 가슴으론 애를 태우고 있고, 머리로는 더딘 초침만을 떠올리고 있는 상원은 마치 이 거대한 세계에 자신만이 다른 시간을 적용받고 있다는 기분을 만끽 중이다. 그 정도로 마음뿐만 아니라 온 몸의 신경세포가 극도로 예민해져 있는 상태다.

3시 5분. 상원은 전화 부스를 찾아 다녔다. 허나 좀처럼 눈에 띄지가 않는다. 그래서 가장 먼저 눈에 들어온 가게의 출입문 옆에 달려있는 공중전화 앞으로 왔다. 상원은 주변경계를 늦추지 않으면서 최소한의 움직임으로 찢어온 전화번호부낱장을 주머니에서 꺼낸다. 그리고 창조일보의 전화번호위치를 확인한 뒤 투입구에 동전을 밀어 넣는다. 삼켜진 쇳덩이가 제 역할을 할 때까지. 쉽지 않았으나 차분히 신호음을 기다린다.

평평한 음이 귀에 도착했을 때, 두 번호 중 위쪽에 적혀 있는 번호로 다이얼을 돌렸다. 손목에 스냅을 주는 동안 진수가 아닌 다른 누군가가 전화를 받으면 어떻게 말을 돌려야 하나, 그대로 끊어야 하나 등의 조금은 사소한 고민도 해본다.

"여보세요?"

전화기 탓인지 회선 탓인지, 잡음이 많이 섞이는 바람에 음성을 구분해 내기가 힘들다. 하지만 이내 '창조일보'라는 언급 없이 '여보세요?'라고 전화를 받은 것에 착안. 진수일 가능성이 농후하다는 판단을 내린다.

"창조일보 김진숩니다."

역시나 진수가 맞았다.

"나야. 상원이."

"지금 거기가 어딘지 알아?"

진수의 음성은 몇 시간 전 본사에서 통화를 했을 때보다 한껏 잠겨 있다. 모르긴 해도 지금 전화를 받고 있는 곳엔 낯선 이들이 분포되어 있는 까닭일 것이었다. 생각대로라면 진수 역시 상원 못지않게 주변을 경계하고 있음이다.

"유봉여자고등학교주변."

"시내 근처지?"

"아마도. 춘천시청에서 북동쪽으로 얼마 안 되는 거 같았어."

"춘천시청이면 여기서도 멀지 않으니 금방 갈 거야. 지금 학교정문으로 갈 테니까 지켜볼 수 있는 곳에서 기다리고 있다가 파란색 포니, 번호판 '서울 자 1-371'을 발견하거든 얼른 올라 타. 알았지?"

"파란색. 1-371?"

"맞아."

"알았어."

"조금 있다 보자."

전화를 끊은 상원의 시야에 멀리 언덕 위 솟은 유봉여자고등학교의 하얀 건물이 들어온다. 시선을 조금 더 위로 옮기자 눈이 아닌 비를 쏟아 내고 싶어 안달이 난-심보가 틀어진 얼굴을 하고 있는 겨울하늘을 마주할 수 있었다.

진수는 흩날리는 진눈깨비가 내려앉아 멋대로 올록볼록해진 사이드미러를 통해 포니로 다가오고 있는 상원의 모습을 지켜본다.

우려와는 달리 처해 있는 상황과는 이질적인 모습의 상원이다. 조바심의 흔적이 머물러 있지 않은 낯빛과 하얀 와이셔츠를 더욱 돋보이게 받쳐 주는 검은 정장. 그리고 말끔한 구두. 진정한 한파를 목전에 둔 강원도의 칼바람에 맞서기엔 다소 역부족인 차림새 같긴 했다. 허나 그것 외엔 럭셔리한 출장맨과 다를 바 없는 행색이다.

그런데 실상 상원은 이전까지 의식적으로라도 의연한 모습을 보일 수가 없었다. 극악무도하기 이를 데 없는데다 짐작이 어려울 정도로 그 세력을 드넓게 뻗치고 있는 치미교에 쫓기고 있었으니. 행여 잡히기라도 한다면 상상만 해도 오금이 저리는 끔찍한 경험을 하게 될 것이 자명했다. 그래서 그는 진수의 포니가 눈앞에 나타나기 전까지 불안한 시선과 표정을 내색하지 않기 위해 각고의 노력을 기울여야만 했다.

"오래간만이군. 얼굴 보는 건? 2년 정도 됐나?"

진수는 인사도 겸하고 서로 간에 긴장도 가라앉힐 겸 친근한 색채가 짙은 멘트를 던진다.

"대충 그 정도 된 거 같군?"

"정말로 웬일인가 했어. 회사로 전화를 다 넣고 말이야? 집 번호가 예전 그대로거든."

"어차피 그 시간엔 집에 없잖아? 이번에는 아예 들어 온 거 맞아?"

"글쎄. 위에서 가라면 가고. 또 오라면 와야겠지? 기자나부랭이가 힘이 있어?"

"아무튼 고마워. 이렇게 곧장 달려와줘서."

상원은 다소 긴장이 풀린 덕에 덤덤하게 대꾸할 수 있었다. 그렇지만 한시라도 빨리 춘천으로부터 벗어나고픈 심정으로 인해 응답과는 달리 노골적으로 차를 출발시키라는 눈치를 준다.

주책없는 진눈깨비 탓에 포장도로는 한층 매끄럽다. 서울로 향하는 동안 상원과 진수는 거의 한시도 쉬지 않고 대화를 나눈다. 물론 몇 시간 전 상원으로부터 전화통화로 전해들은 설명의 보충이 대부분이긴 했다. 진수는 대강의 내용만 전해 들었을 때에도 경악을 금치 못할 정도였는데, 조금 더 세부적으로 실체를 파악하고 나니 실제로 머리가 뜨거워지는 느낌을 받는다.

비단 놀람과 두려움으로부터 야기된 열기는 아니었다. 그런 점도 없지 않아 있었지만. 기자라는 업종에 종사하는 자로서 이정도의 특종을 생애 몇 번이나 맞이해 보겠는가 하는 흥분감이 훨씬 비대했다.

대화가 어느 선에서 일단락이 되고 진수의 아파트에 다다랐을 즈음 상원은 잠시 잊고 있던, 그러나 떠올리는 것만으로 가슴이 미어지는 불안함에 어깨가 축 늘어진다. 다름 아닌 아버지와 누이에 대한 걱정.

지금쯤 자신으로 인해 추궁을 당하고 있을지도 모른다는 생각이 상원으로 하여금 가슴깊이 무거운 죄책감을 지게 만들었다. 상원이 어떠한 염려에 시달리는 중인지 알고 있던 진수는 친구를 배려하는 차원에서 잠시 자리를 비켜준다. 혼자서 마음을 수습할 시간이 필요할 것이리라.

옆에서 이야기를 들어주고 함께 해결책을 찾아가는 일이 가장 큰 위로가 될 것임을 모르는 바 아니다. 허나 그건 어느 정도 감정을 추스르고 난 후라고 판단을 내렸다.

상원은 생각을 정리하고 심경을 달래는 동안 아내와 아들의 안부를 확인한다.

아내는 계획대로 상원이 춘천으로 떠나기 몇 달 전, 병원을 거쳐 지리산 곳곳의 암자를 전전했었다. 그러다 상원이 춘천으로 떠나고 얼마 후 신도들의 감시가 느슨해진 틈을 타 마찬가지로 외가친척집을 전전하던 아들과 합류해 창원이 마련한 은신처에 몸을 숨기고 있었다.

상원은 창원을 통해 아내와 아들이 아무 탈 없이 잘 지내고 있다는 사실을 확인받는다. 이에 한층 마음을 추스른 그는 춘천에서 있었던 사정들을 구체적으로 그리고 차근히 창원에게 설명을 해준다.

철곤과 유선의 실정을 전해들은 창원은 비통한 심정을 감추지 못한다. 하지만 이내 받아들이곤 형의 선택을 지지한다. 창원이 상원의 선택을 지지하는 데에는 치미교의 VPF음모론 폭로가 크게 한몫을 했다.

일전에 상원이 느낀 바대로 그전까지 질이 아주 고약한 사이비종교쯤으로 치부했었는데, 막상 설명을 듣고 보니 그것이 아니었다. 이토록 거대하고 치밀하면서 극악무도한 무리들이었다니. 치미교의 정체를 알고 나자 철곤과 유선을 빼내오는 것이 사실은 엄두를 내지 못할 일이었음을 깨달음과 동시에 상원이 무사히 빠져나온 것만으로도 다행이라는 생각을 가지는 창원이다.

상원이 동생에게 VPF음모론을 세세히 언급한 연유는 구차하게 본인의 선택에 대한 이해 따위를 구하려는 것이 아니다. 치미교의 견고한 조직체계와 악랄함을 신랄하게 각인시켜줌으로써 창원 스스로 경각심을 일깨우게 하기 위함이었다.

2

진수는 의학전문기지임에도 불구하고 VPF에 관한 이해가 다소 부족한 편이다. 응당 일반인들의 그것과는 현격히 차이가 있었다. 하지만 기자라는 직업, 게다가 전문분야임을 감안했을 때 그의 관련지식과 이해정도는 낮은 수준이라 할 수 있다.

진수는 VPF가 한창 전국을 공포로 몰기 직전의 시점에 독일을 거쳐 미국으로 유학을 가 있었다. 실상 유학이라기보다는 연수의 성격에 가까웠다.

그는 사측 즉, 창조일보사와의 협의 끝에 유학을 마치고 복귀를 하면 7년간 본사에서 근무를 하는 조건으로 계약을 맺었다. 7년 경과 이후에도 본사에서 5년 이상의 연차를 채우게 되면 상식적인 범위에서 실적을 반영해 임원자리를 약속받는 제법 파격적인 조건이었다.

창조일보에서 유례없는 파격적인 계약조건을 제시한 근간은 앞으로 의학전문분야 기자의 희소가치가 무던히 높아질 것이라는 자체적 진단을 내놓았던 까닭이다. 당시에도 사내에 의학전담기자가 있기는 했다. 그러나 논문이나 인터뷰내용을 토대로 겨우 해석을 해내는 정도의 수준에 불과했다.

이와는 반대의 추세로 대중들은 비약적인 경제발전에 힘입어 건강이나 질병 등에 관해 전에 없던 관심을 쏟았다. 게다가 상식이나 지식습득 측면에서도 약진의 발전을 거듭하고 있던 터였다. 따라서 구독자들의 눈높이와 욕구에 미치지 못하는 수준 이하의 기사가 버젓이 귀중한 일면을 장식하는 경우가 왕왕 생겨났다.

구체적인 청사진을 그려본 창조일보는 과감한 투자를 하기로 결정을 내린다. 그래서 직원들 중 의대본과 2년을 중퇴한 독특한 이력을 지닌 진수를 설득 끝에 의료선진국으로 유학길에 올린 것이다. 처음엔 거절로만 일관하던 진수도 회사의 끈질기고 성의가 깃든 설득에 결국 승낙을 하기에 이른다.

이러한 연유로 진수는 VPF에 대한 지식이 의학전문기자의 입장으로 치면 깊지가 못했다. VPF가 워낙 악명을 떨쳤던 탓에 독일로까지 소식이 전해졌던 건 사실이다. 하지만 이역 만 리 떨어진 선진국에선 미개한 나라의 토속질병 혹은 개발도상국에서 흔히 발생하는 산업질병 등으로 치부하는 수준이었다. 거기다 진수의 직계가족들은 그가 의대에 입학하자마자 미국으로 이민을 와 있었기 때문에 더더욱 관심 안에 둘 여력이 없었다.

진수는 우선 학계에 보고되어 있는 학설들을 토대로 VPF에 대에 알아보기로 한다. 모교인 성균관대 의대를 찾아 관련 자료를 찾아보기도 하고, 그때까지 연이 닿는 은사인 윤 박사에게 자문을 구하기도 한다.

그런데 윤 박사로부터 자문을 구하던 중 상식을 조금 빗겨간 징후에 관해 전해 듣게 된다.

"너무 급했어. 내 생각으론."

"어째서 말입니까?"

"테미란은 엄연히 말해 치료제라고는 할 수가 없네. 예방제라고 하기엔 더욱 그렇고."

"치료제도 예방제도 아니라고요?"

진수는 윤 박사의 부정이 반갑다. 예상보다 쉽게 실마리를 발견할 수 있을지도 몰랐기 때문이다.

"증세를 둔화시키는 부분에 있어선 분명히 타 약품들에 비해 월등한 효능을 보이긴 했어. 그러나 아쉽게도 거기까지였네. 물론 증세를 둔화시킨 것만으로도 의약적인 측면에선 절반 이상의 성공으로 볼 수 있었겠지. 그런데 말이지. 흠…… 내 입장에서 '기껏'이라는 말이 조금 멋쩍긴 하지만 테미란은 기껏해야 단순 억제제였단 말일세."

윤 박사는 진수가 인식을 할 수 있을 정도로 문장들을 죄다 과거형으로 열거했다. 그만큼 당시의 발표가 그에게는 미심쩍은 부분이 많았으나 불가항력적이었던 듯 사료됐다.

진수는 윤 박사가 조금 더 편안한 심리상태로 테미란에 관한 본인의 관점을 꺼내놓을 수 있도록 독려를 할 필요가 있다고 생각한다.

"교수님. 전 진실을 알고 싶습니다. 도대체 무슨 일이 있었던 겁니까?"

"유례가 없던 일은 아니네. 상용화 훨씬 전. 그러니까 연구단계에서 다소 과장이 섞여 기대효과가 발표되는 사례가 있긴 했었지. 소위 말하는 학계인사들의 연구 성과의 발표라면 더욱 그러하는 데 용이했고. 그런데 그건 어디까지나 연구단계에서나 가능한 일이고. 또 가능해야만 하는 일이야. 의학이라는 건 지독히도 실체로의 파고듦을 기초로 하는 학문이라네. 치료를 위해 인간의 몸속으로 들어가는 약을 개발하는 일도, 살을 찢고 암 덩어리를 도려내는 수술을 시행하는 행위도, 모두가 생명연장으로 향한 실체들이지. 하지만 그렇기에 더욱 근간과 근원을 잊어선 안 된다는 것이네. 의학은 단순한 장사수단으로 전락해서는 안 된다는 말일세. 만약 그렇게 되어버리면 인간의 생명에 숫자로 표시되는 가치를 적용하는 비극이 실현되고 말 테니까."

윤 박사는 그간의 가슴앓이를 전부 쏟아내어 보이겠다는 기세로 두서없는 서론을 늘어놨다. 그렇지만 진수는 따분해 한다거나 본론을 재촉하지 않았다. 나름 신선하게 다가왔던 까닭이다. 진수가 알고 있는 윤 박사는 제법 말을 아끼는 국내 몇 안 되는 의학연구가였기에 어지간히 답답했을 그의 심정이 심적으로 와 닿았다.

"테미란은 공격당할 요소들을 다분히 지니고 있었음에도 불구하고 이렇다 할 저항 한 번 받지 않고 유일무이한 치료제로 자리를 굳혔다네. 물론 VPF가 최초로 발병하기 전에 시판 된, 그래서 약효의 조작발표가 어려운 의약품이긴 하나 지극히 우연히 그 효능이 알려지게 되었는데도 이후 별다른 확인연구가 이루어지지 않았던 게지. 진짜 문제는 의학계권위자 몇몇이 너무도 이른 시점에 VPF에 대한 테미란의 효능을 발표했던 탓에 학계 쪽에서도 거기에 관한 연구의 불씨가 확연히 수그러들어 버릴 수밖에 없었다는 거야. 그러니 우리 같은 의학연구가들 눈에는 그것들이 모두 장삿속을 차리려는 쇼로 보였을 수밖에 없겠지 않은가?"

거기까지 말을 맺은 윤 박사는 상기된 표정과 무기력한 음성에 휴식을 주려 한다. 진수가 의식하기에도 그래야 할 필요성이 있었다.

"테미란은 기껏해야 억제제에 불과하네. 앞서도 말했듯 고통을 받고 있는 환자들을 생각한다면 그것만 해도 괄목할 만한 성과이긴 하지. 허나 아무리 그렇다 하더라도 진실은 왜곡되어선 안 되는 법이야. 그것도 제약회사의 막대한 이익을 위한 허접한 대의명분이라면 더더욱. 치료제가 아님을 알고도 눈과 귀를 막고 지껄여대는 꼴을 옆에서 지켜보고만 있어야 한다는 게 얼마나 혐오스러운 일인지, 자네는 이해하기 힘들 걸세."

"교수님."

진수는 감정이 절정에 다다른 윤 박사에게 딱히 해줄 말이 떠오르지 않는다.

"국민은 비록 위안을 얻긴 했지만 그 대가로 속았던 거야. 아니지. 지금도 나라 전체가 속고 있다고 하는 게 맞겠군. 마치 특정종교를 맹신하듯 지금도 VPF를 두려워해 테미란을 예방제인 양 남용을 하지 않느냐 말일세."

"그러니까 교수님 말씀은 매수가 있었다는 뜻입니까?"

"분명."

윤 박사는 무겁게 고개를 끄덕였다. 그의 안면엔 같은 길을 걷는 자로서 느끼는 부끄러움이 고스란히 드러난다.

"아무리 그래도 정부의 윗선들까지나? 그게 가능합니까? 일개 제약회사주제에 어떻게 그것이."

순간 진수의 머릿속에 상원으로부터 전해들은 치미교의 실체가 떠오른다. 때문에 제대로 말을 맺지 못한다.

"오늘 말씀 정말로 감사했습니다."

"김군. 무슨 생각인지 물어봐도 되겠는가?"

윤 박사는 짐작을 하고 있지만 진수의 입으로 직접 확인을 받고 싶다는 눈치를 건넨다.

"교수님이 생각하시는 대로일 겁니다. 그런데 상상도 못하실 끔찍한 뿌리가 하나 있습니다. 지금은 말씀을 드려도 의미가 없으니 나중에 적당한 때에 말씀을 드리도록 하죠."

진수도 윤 박사의 의중을 알았기에 지레 앞선 대답을 보낸다.

"분관이라? 분명 서울에도 지부가 있을 텐데? 문제는 그쪽에서 워낙 치밀하고 은밀하게 접촉을 한다는 말이지. 뭐, 상원이 말만 토대로 삼더라도 윤곽은 충분한 정도니 직접 매복을 할 필요는 없을 듯하고. 그럼 역시 신고이력조회가 답이야. 종종 신고가 들어갔는데도 결국은 흐지부지됐다고 했으니 지금으로썬 거기서부터 실마리를 쫓아가는 게 최선이야."

단과대 주차장에 주차돼 있던 포니에 다다를 때쯤 생각이 정리된 진수는 제3한강교*로 차를 몰았다.

기자치곤 인맥이 부실한 그였지만 대신 단 한 명, 서초구서의 경수와는 그 어떤 기자와 형사사이보다 끈끈한 유대관계를 맺고 있었다.

"차경수 경위 자리가 어딥니까?"

진수는 입구 가장 가까이에 자리하고 있는 앳된 형사에게 명함을 내민다. 형사는 진수의 명함을 확인하곤 거부감 없는 표정과 어투로 잠시 기다려보라고 한다. 대강이나마 신분을 확인했으니 자리를 가르쳐주고 근방에서 기다리라고 해도 되었을 터인데. 형사는 직접 경수를 찾아나서는 수고를 아끼지 않는다. 그러한 행태로 미루어 짐작했을 때 그는 앳된 외모에 걸맞은 신참임이 거의 확실하다.

* 현재의 한남대교

형사가 진수가 들어왔던 입구로 나서는 모습으로 보아 경수는 회의를 갔거나 취조실에 들어앉아 있는 모양이었다. 조금 뒤 호탕한 웃음소리가 입구 너머로부터 차츰 다가온다. 쩌렁쩌렁 복도를 울려대는 웃음소리만으로 서초구서에서 근무하는 직원이라면 모두가 알 것이리라. 구십에 백십. 별명치곤 다소 심심한데다 늘어지기까지 했지만, 어쨌든 거구를 자랑하는 경수의 별명으론 안성맞춤이었다.

곧 웃음소리보다 더 호탕한 얼굴을 한 경수가 입구를 통해 들어온다.

"웬일로 동생이 여기까지 납셨나? 그새 내가 보고 싶어졌어? 며칠 안 되지 않았나? 아니지. 그때가 귀국하고 며칠 후였나?"

경수는 몸소 직장까지 찾아준 진수를 상대로 기세등등해졌다. 까닭인지 시답잖은 농담부터 늘어놓는다.

경수는 진수보다 한 살이 위였는데 이름 끝 자가 같다는 이유로 멋대로 형, 동생으로 호칭을 정리해버렸다. 진수도 경수가 영 밉상이 아니었기에 암묵적으로 동의를 하고 거기에 관해 별다른 이의를 단 적이 없다.

"기분 좋은 일 있어? 왜 이리 방방 떠?"

진수는 되레 무안해 주변의 눈치를 살핀다. 특히 경수와 함께 돌아 온 앳된 형사의 오묘한 표정이 신경 쓰인다.

"아무리 멋대가리 없고 딱딱한 경찰서라지만 결국엔 사람이 섞이는 곳 아닌가? 너무 기합만 넣다 보면 피곤해서 견뎌내지를 못하는 법이라고. 안 그래?"

경수는 자리에 앉는 앳된 형사의 등짝을 팡하고 손바닥으로 쳤다. 상체가 급격히 내각을 줄이며 앞으로 쏠렸지만 그는 익숙한 듯 대꾸를 생략한다.

"알았으니까 잠깐 나가자고. 할 말 있으니."

"동생이야말로 오늘따라 분위기 엄청 잡고 있구먼? 바바리코트도 그렇고. 취향 아니지 않아?"

"차 형사. 아주 중요한 얘기야."

진수가 그렇게 말을 던지며 옆으로 스쳐갔다. 그러자 경수도 진중함의 정도는 파악이 된 듯 군말 없이 따라 나선다.

서초구서를 나선 두 사람은 인근의 다방을 찾았다.

"'치미교'라고 알아?"

"치미교? 아니. 처음 듣는데?"

경수는 번득 웬 포교활동이냐는 둥, 자신은 무교라는 둥의 장난기 충만한 대답을 생각해낸다. 그러나 지금은 분위기가 아님을 알았기에 꾸밈없는 답을 보냈다.

"차는 뭐로 하시겠어요?"

마담으로 보기에도, 그렇다고 종업원으로 단정 짓기에도 나이나 행색면에서 모두 애매한 여인이 두 사람이 자리한 테이블 옆으로 섰다. 서초구서와 인접한 다방이니만큼 경수라면 안면 정도는 있을 법도 한데 그 역시 일면식도 없는 듯 진수와 비슷한 눈길을 여인에게 슬쩍슬쩍 흘린다.

"난 커피. 자넨?"

"나도."

"커피 두 잔 주문 받았습니다."

여인은 다방과는 어울리지 않는 사무적이면서도 깔끔한 멘트를 꾸밈없는 음색으로 뱉었다. 그런 다음 카운터 쪽으로 향한다.

여인의 모습에서 다방특유의 친근한 오지랖은 일절 찾아볼 수가 없었다. 진수와 경수 두 사람 모두 여유가 있는 평소였다면 그녀의 최근 과거를 놓고 내기를 했으리라.

"내가 며칠 전에 언제까지고 묻혔을 줄 모를 엄청난 사건을 하나 물었는데…… 차형 도움이 필요해서 말이지."

진수의 외적으로 드러나는 것들이 조금 전 서초구서에서보단 확연히 덜 경직이 돼 있다. 그래서 경수는 그의 이야기를 들어주기가 한결 편해졌다고 여긴다.

"그래? 이런 면에선 겸손한 편인 동생이 비장하게 말을 꺼내는 걸 보니 보통 일은 아닌 게 확실하군."

"맞아. 예삿일이 아니지."

"좋아. 어디 한번 들어보자고."

경수는 치미교의 내막과 그간의 행적에 관해 전해 들으며 꽤나 놀란 눈치를 한다. 하지만 진수와 마찬가지로 일반인이 지니기 마련인 보편적인 심경은 아니었다. 어떻게 그토록 거대한 규모의 사이비종교가, 거기다 국가를 상대로 대사기극을 벌이고도 표면으로조차 떠오른 적이 없었는지가 놀라울 따름이다.

"미친! 그게 가능해?"

진수가 준비해온 설명이 마쳐졌을 즈음 커피 잔 안의 커피는 식어 있다. 두 사람 모두 말하고 듣는 데 집중하느라 한 모금도 제대로 삼키지 않은 상태다. 열을 잃어 매력이 반감된 커피는 소태맛을 가두기 마련이다.

"나도 처음엔 어이가 없었어. 아니 지금도 믿기가 힘들어. 대한민국에 그런 거대 사이비가 존재한다는 게……."

"지어내기도 힘든 이야기군."

진수가 입술을 여민 뒤 호흡을 정비하자 경수가 거들었다.

"그래, 맞아. 말도 되지 않는 소리지."

"정말로 산 사람들을 잡아다가 세균이나 바이러스 실험을 했고, 그 결과물로 탄생한 VPF를 전국에 퍼뜨렸다?"

경수는 확신을 자기 안으로 들이기 위해 되물었다.

"더 소름끼치는 건 테미란을 개발해서 나라를 속여먹고 있다는 거지. 것도 현재까지."

진수는 하나의 포인트라도 놓치면 안 된다는 식으로 설명을 보탠다.

"과연 보통일이 아니군. 보통일이."

"그래서 차형 도움이 필요해."

"일개 형사나부랭이인 내가 도움이 될까?"

진수는 찰나 기자나 형사들은 '나부랭이'라는 단어를 본인에게로 적용시키면 겸손을 떠는 것처럼 보인다고 여기는 게 거의 확실하다는 생각을 해본다. 물론 영양가 없는 상념에 불과함도 인지한다.

"아직 도움을 얻고자 하는 사항에 관해서 말을 않았잖아?"

"그런가?"

"뭐야 지금? 덩치에 안 어울리게 겁먹은 거야?"

"흥! 겁이 아니라 정말로 내가 도움을 주지 못할까 봐. 그래서 쪽팔릴까 봐 그런다."

"역시. 하지만 걱정 마. 내가 그 정도 생각도 않고 무턱대고 부탁을 할 위인은 아니잖아? 안 그래?"

"그렇지. 얍삽한 머리로만 치면 서울을 통틀어서도 열 손가락 안에 들 위인. 김 기자시니?"

진수는 경수의 비아냥거림이 희석된 칭찬이 썩 마음에 든다.

"분명 신고 건 이력이 남아있을 거야. 친구 말로는 서울에 사는 동생들만 해도 몇 차례나 신고를 넣었다고 했으니, 외에 다른 건들도 접수되었던 이력이 있을 거란 말이지."

“흐지부지 됐다고 했나?”

“친구 생각으로는 경찰 쪽에서 증거불충분이니 하는 등의 빤한 근거들을 들이밀어서 무마를 시키는 것 같다고 했어. 실제로 춘천에선 교도인 경찰관이 버젓이 파출소에 근무를 하고 있었다고 했고.”

“파출소 정도라면 단순한 교도에 불과할 거야. 정말로 돈이나 접대로 매수된 경찰들은 그보다 훨씬 위에 있는 놈들일 가능성이 커.”

“나도 같은 생각이야.”

“그러니까 동생 부탁은 서울시 내에 사이비종교 건으로 들어온 신고들을 알아봐 달란 거지? 물론 무마시켰던 인간들에 대해서 조사하는 게 주요 포인트고?”

“음. 맞아. 정확히는 치미교 건이지.”

“명칭을 하나로 쓴대? 철저하다며?”

“접촉이 워낙 은밀해놔서 그런지 예상외로 명칭은 번갈아 쓴다거나 하지는 않는 것 같았어.”

“꼴에 프라이든가? 그런데 ‘치미교’라는 게 뜻이 뭐래?”

“나도 확실히는 모르는데. 한자로 다스릴 치(治)에 험준할 미(巏)에 가르칠 교(教)를 쓴다고 하더라고.”

“고난을 다스리는 법을 가르친다? 큭큭. 육갑하고 앉았군.”

“그런 그렇고. 시간이 되겠어? 형사업무라는 게 연중 만만치가 않잖아?”

“그걸 아는 사람이 한 시간도 넘게 앉혀 놓고 주절주절 떠들어 댔다고?”

진수는 피식하는 웃음으로 무안한 응답을 대신한다.

“걱정 마. 내가 이래 봬도 남들보다 일찍 일을 시작한 터라 짬밥이 좀 되거든. 경위지만 경감파워라고 해야 하나?"

경수는 단물 빠진 너스레를 떨곤 식은 커피 잔을 입으로 가져간다.

"그게 그거 아닌가?"

이야기가 제법 풀린 뒤라 평소처럼 장난기 충만한 도발을 던져보는 진수다.

"모르는 소린 그렇게 쉽게 꺼내는 게 아냐. 특히 기자가 경찰 앞에선 말이지."

"하기야 수완 좋기로 소문이 자자한 차 형사님 아니겠어?"

"그럼, 그럼. 내가 어딜 가나 인기가 좀 있는 편이긴 하지. 그러니까 그런 낯간지러운 신경일랑 접어두라고. 나 좋다고 따르는 애들이 얼마나 빠릿하고 똑똑한데? 시간이 문제가 아니라 집념의 문제야, 집념. 경우를 모르는 동생이 아니니 나중에 고생한 식구들한테 섭섭잖게 성의를 보여줄 거라 믿네."

"두말하면 잔소리지."

진수는 자신이 도움을 청할 수 있는 경찰이 경수라서 다행이라는 의식을 떠올린다. 그는 유일하게 연(緣)을 유지해오는 담백한 형이었다.

"씨발. 그나저나 지난달에도 테미란 챙겨 먹었는데? 우리 애들도 먹이고. 사실은 효과가 없는 거였다고?"

경수는 굵은 손가락을 구부려 빽빽한 머리카락 속을 헤집는다. 진수는 부작용이나 없으면 다행이잖은가, 라고 말을 꺼내려다 관둔다.

3

상원은 진수의 아파트에 은신해 있는 동안 일절 외출을 삼간다. 만에 하나라도 추적의 빌미를 제공하지 않기 위함이다. 대신 하루에 한 번씩 아내와 아들, 그리고 두 동생들과 통화를 하며 안부를 주고받았다. 다행히 아직까지는 주변에 별다른 낌새가 없다고 했다.

"많이 답답하겠지만 참고 견뎌줘. 정확한 기약은 할 수 없지만 기자친구가 지금 백방으로 방법을 알아보는 중이니까 머지 않은 시일에 해결이 날 거야."

"우린 걱정 마요. 그것보다 아버님이랑 아가씨가……."

고작 말에 지나지 않았다. 그러나 아내가 상원에게 줄 수 있는 유일한 위로였다.

"그 점에 관해선 신경 쓸 거 없어. 거기서 내가 직접 생활해보고 고심 끝에 결정한 일이니 모두 내가 감당하는 게 맞아."

"여보……."

"정말로 방법이 없었어. 나로선. 아버지랑 유선이, 나중에라도 내가 진심으로 당신들을 생각해서 그런 짓을 벌였다는 걸 알게 되면 적어도 원망은 않을 거라 믿어."

사실 상원은 아내와의 통화 내내 철곤과 유선이 현재 아주 곤란한 상황에 처해 있을 거라는—한편으론 이미 끔찍한 변고를 당했을지도 모른다는—생각에 깊이 자책을 하고 있던 참이다.

"여보. 힘내요."

"고마워. 그리고 힘들게 해서 미안해."

상원은 아내에게 그 말을 전하면서 세상엔 언어로 표현해내기가 불가능한 인간의 심정이 너무도 많음을 깨닫는다.

진수는 경수가 조사에 들어가 있는 동안 VPF의 최초발원지나 마찬가지인 경상남도 통영 동달리의 해안가 마을을 찾는다. 마을을 방문한 연유는 감염자들의 현재 상태와 당시의 상황을 구체적으로 파악하기 위함이었고, 협조를 구하기 위함이었다. 진수는 이곳으로 출발하기 전 상원과 충분히 의견을 조율했다. 다름 아닌 행여 그들 중에 신도가 있을지도 모르지 않느냐는 사항에 관해서.

결론은 신도가 섞여 있을 가능성이 희박하다는 쪽으로 났다. 신도중에 병을 얻게 되면 자칫 교도가 병을 가지게 되는 경우가 발생할 수도 있기 때문이었다. 그렇게 되면 교도들을 상대로 신통력을 발휘할 수 있어야 할—물론 마음만 먹으면 그 모두를 무마해버리는 것이 가능하겠지만—어쨌든 그처럼 번거로운 상황을 맞을 수도 있게 될 터였다. 헌데 백신이 개발되지 않은 시점에서 신중하기 이를 데 없는 교주 해용이 빈틈을 보일 리가 만무하다고 판단을 내린 것. 혹여 백신이 개발되어 있었다면 되레 신도들이나 교도들에게도 주저 없이 감염을 시키고 난 뒤 다시 치유를 해주었을지도.

여담으로 VPF가 전국적으로 맹위를 떨치기 몇 해 전에 증상을 목격한 적이 있는 일부 교도들은 VPF가 기승을 부린다는 소식을 접했을 때에 막연히 하늘나라의 심판이라 믿으며 더욱 교리공부에 증진을 하기도 했다.

"안녕하십니까?"

보통 그러하듯 마을회관엔 기력이 다했음을 자타가 공인하는, 그래서 자신들의 놀이로 시간 죽이기만 한들 누구 하나 지탄하지 않는 노인들 몇몇이 둘러앉아 있다.

"고름병 말이제?"

"기자라꼬?"

"예, 어르신. 조사 때문에 그러는데 그때 감염된 분들을 좀 만나 뵙고 싶은데요."

"병 걸린 사람 중에 아직 살아 있는 사람이 몇이나 되노?"

"나야 모르제."

"저쩌 달재 아버지가 아직 있다 아이가? 인자 일은 못해도 아직까정 약 묵으면서 살아 있는 거 같던데?"

"맞다. 카고 옆집에 수연이 아비랑 어미도 있다. 거 둘은 진작에 거동도 제대로 못할 정도였는데. 여태까정 용케 버티고 있다 카데?"

"쯧쯧. 무신 날벼락이겠노? 젊은 사람들이. 기왕에 올 거면 우리 같은 늙이들한테 올 끼제."

"참내! 내는 싫다. 고름 터지다가 죽는 기 뭐가 좋타꼬? 내는 그냥 평범하이 죽는 기 좋다."

"죽는데 평범한 기 어디 있노?"

"있다!"

노인들은 진수의 물음에 응대를 하다 대뜸 입씨름을 벌인다.

"이건 제가 빈손으로 오기 뭐해서."

진수가 준비해온 박카스 한 상자를 노인들 쪽으로 슬며시 밀었다.

"아이고. 뭐 이런 거를 다? 잘 묵으께요."

노인들은 자못 반색한다.

"어르신. 그 달재 아버님 댁으로 가는 길을 좀 가르쳐주실 수 있을까요?"

"하모. 내 젊은 양반 하는 짓이 기특하이 요고 한 빙 묵고 같이 가주께."

게 중에 가장 기운이 넘쳐 뵈는 노인이 진수의 앞으로 몸을 당겨온다.

"감사합니다."

진수는 박카스 한 병을 꺼내 뚜껑을 비틀어 노인에게 건넸다. 그리고 조금 뒤. 그는 노인과 함께 달재 아버지 집 마당에 도착을 했다.

"여다. 달재야! 달재야! 집에 있나?"

노인이 부른 잠시 후 안방여닫이 문이 기운다. 열린 문 안으로 상체만 겨우 일으켜 앉은 달재 아버지가 보인다.

"봉우 어르신 아입니꺼?"

"그래. 우째 몸은 좀 개안나?"

"맨날 그렇지예. 칸데 웬일입니꺼?"

달재 아버지는 노인의 옆에 서 있는 진수에게 힐끗 눈길을 주곤 물었다.

"어. 이 젊은 양반이 기자라 카네? 그칸데 그 고름병 조사 때문에 서울에서 내리왔단다."

"저 양반이 기자고, 고름병을 조사한다 말입니꺼?"

받아들이기에 따라선 껄끄러울 법도 했다. 병마와 맞서고 있는 환자를 기자가 찾아왔으니. 내어줄 것은 있어도 얻을 것은 없으리라.

"참말로 기자 맞십니꺼?"

헌데 달재 아버지는 의외로 놀라움 반 기대 반의 호의적인 태도에 가까운 반응을 보인다.

"저와 얘기 좀 나눌 수 있을까요?"

"어디서 온 기잡니꺼?"

"창조일보에서 나온 의학전문기자 김진숩니다."

진수는 준비한 명함을 달재 아버지의 앞으로 내밀었다.

"의학전문기자라꼬예?"

"그렇습니다."

"날이 쌀쌀한데 일단 안으로 들어오이소. 같이 있는다꼬 옮는 건 아이니 걱정 말고."

"알고 있습니다. 어르신, 감사했습니다."

진수는 은연중에 노인에게 이제 가보시라는 식으로 인사를 한다.

"그래. 둘이 얘기해라."

노인은 왔던 길로 돌아갔다.

진수는 손에 들고 온 박카스 상자를 먼저 밀어 넣는 모양새로 방안으로 발을 들인다.

"이야기라는 게 뭡니꺼?"

달재 아버지는 기대하는 눈빛을 해선 급하게 물었다.

"아. 예. 다름이 아니라……."

진수는 자리를 잡고 앉은 다음 말을 잇는다.

"제가 현재 VPF의 정체와 테미란과의 관계에 관해 조사 중인데 협조를 좀 구할 수 있을까 해서 이렇게 찾아왔습니다."

"어떻게 협조를 하면 됩니꺼?"

달재 아버지는 아예 그렇게 물어왔다. 마치 진수와 같은 인물이 자신을 찾아주길 기다려왔던 것처럼. 얼마나 고통스럽고 답답한 가슴이었으면 초면인 진수를 두고 이렇듯 서두르겠는가. 물론 진수의 입장에선 달재 아버지가 이러한 식이면 말을 꺼내고 설득을 하기가 아주 용이한 셈이다.

"병이 발발하고 얼마나 있다가 테미란을 복용하셨죠?"

"확실치는 않은데. 지는 제법 시간이 흐르고 나서 약을 묵었을 깁니더."

달재 아버지는 답을 하며 아득한 눈매를 만든다.

"경제적으로 여유가 없으셔서 때를 놓치고, 이미 진행이 많이 되었을 때 복용을 하신 겁니까?"

"오데예. 지가 처음 병 걸렸을 때는 약이 없었거든예. 있었다 케도 몰랐을 끼고. 아무튼지 간에 여 마을 다섯 집 중에 한 집이 병에 걸렸는데. 지금 살아 있는 사람은 내랑 요 앞에 사는 수연이네밖에 없십니더."

"그렇군요."

진수는 VPF가 발병하고 얼마 후 우연히 VPF에 대한 테미란의 효능이 밝혀졌다는 사실을 되새긴다.

"약을 드시고 차도는 있으셨습니까?"

"있다가 지금은 없십니더. 속도 다시 울렁거리고 소화도 안 되고. 카고 배에 헛물도 차기 시작했고예. 아마 안으로 고름이 들어차는 모양입니더."

"그런데도 무척 담담해 보이시는군요?"

달재 아버지가 너무도 덤덤하게 그리고 서슴없이 말을 내어놓자 진수는 새삼 숙연한 기분이 든다.

"여 마을사람이면 다 그렇지예. 고름병에 걸려가 사람이 죽어나간 것도 이제 옛날 일이고 하이 말입니더."

"아무리 그렇다지만 지금도 밖에선 경각심이 대단한데?"

진수는 무의식적으로 동정의 눈길을 보내고 있었다.

"우째 이래 태연하냐고예? 이제는 병이 안 생기 거든예. 거다가 옮는 병도 아이라는 걸 알았고 하이. 걸린 사람들이 재수가 없기는 해도 그나마 참말로 다행이지 뭡니꺼?"

달재 아버지의 그 말을 듣고 나니 VPF에 대해 물었을 때 마찬가지로 푸석하기만 했던 노인들이 어느 정도는 이해가 갔다.

"칸데 지가 어떻게 협조를 한다는 말입니꺼?"

진수는 치미교에 관해 간단히 설명을 마친 다음 그와 연관된 VPF와 테미란의 실체를 연구할 계획이라고 밝혔다. 단순히 실체를 연구할 계획이라고만 밝히는 건 긴 세월 동안 억울히 고통에 시달리고 있는 이에 대한 도리가 아니라고 생각했다. 그래서 간략하게나마 그 부분까지 설명을 해주었다.

달재 아버지는 앞서 보였던 적극적인 태도 그대로 흔쾌히 실험 군이 되어주겠노라 약속을 한다.

"정말로 감사합니다. 진실을 밝히고 치미교를 법의 심판대에 올리는 데에 반드시 큰 도움이 되실 겁니다."

"지는 무식해서 법이 어쩌고까지는 모르겠고예. 다만 어차피 제대로 손도 못 써보고 죽어만 가던 차여가지고 꼭 기자님 같은 분이 찾아주시기를 기다렸십니더. 그칸데 오늘이 그날인 거 같네예. 간밤에 꿈자리가 엄청시리 밝더만 이런 일이 생기지 뭡니꺼?"

진수는 기뻐하는 달재 아버지를 보고 있자니 가슴이 저며 온다.

"그라믄 잠만 기다려 보실래예? 내 수연이네 좀 다녀올라 카는데."

"수연이네요?"

"거도 내캉 똑같은 맴으로 죽을 날만 기다리고 있거든예. 이 사실을 알면 아마 도움을 드릴라 칼낍니더. 우리 같은 사람이 많으면 더 좋은 거 아입니꺼? 참! 돈이 너무 많이 듭니꺼?"

"아뇨. 당연히."

진수는 감정이 북받친다. 순박하고 가여운 달재 아버지의 모습에 결국 울컥하고 만다.

"내 금방 갔다 올게예."

"저도 같이 가겠습니다."

통영에서 서울로 올라 온 진수는 곧장 윤 박사를 찾는다.

"VPF와 테미란의 상관관계를 연구해 달라고?"

"누구도 딴 소리를 못할 증거와 논문을 정립해주십시오."

"무얼 위해선가? 기자인 자네의 장래를 위해선가? 아니면 진실을 위해선가?"

"둘 다입니다."

"……."

"굳이 우선순위를 두자면 장래가 첫 번째겠지만."

진수는 솔직한 심정을 내어놓는다. 윤 박사는 그래서 더 그의 의지가 와 닿기도 한다.

"하지만 무릴세."

"어째서 무리라고 하십니까? 교수님 정도면 학부 내 시설은 물론이고, 결심만 하시면 필요한 부분에 대해선 최고의 전문연구기관에 의뢰도 가능하지 않습니까?"

"물론 자네 말이 틀리지도 않거니와 나도 마음이 없는 건 아닐세. 그렇지만……."

윤 박사는 뱉어내는 말 자체가 씁쓸하다는 낯빛을 띤다.

"연구대상이 되어줄 보균자를 찾는 일이 가장 큰 걸림돌이라는 말씀이시죠?"

"맞네. 전국의 병원을 뒤지면야 환자는 찾을 수 있을 걸세. 허나 내가 그들을 설득할 입장이 못 되네."

"그 정도는 저도 알고 있습니다. 주위의 눈도 그렇고, 선생님도 모험을 하기엔 부담이 무척 크시다는 거."

윤 박사는 얼굴에 부정하지 않는 표정을 만들고서 시선을 떨어뜨린다.

"제가 요 이틀 동안 어디를 다녀왔는지 아십니까?"

진수의 물음에 추락한 눈동자가 반짝인다.

"경상도를 다녀왔습니다. VPF의 발원지였던 경상도 말입니다. 발원지였던 만큼 이제는 테미란을 복용한들 효과를 보지 못하고 있는 환자들이 그 어느 지역보다 많은 곳이죠."

"자네 설마?"

"진실을 전해 들은 몇몇 분이 그러셨습니다. 가만히 죽는 날만 기다릴 바에야 서울로 올라와 도움이 되는 게 낫지 않겠느냐고. 그분들 지금 교수님의 결정만 기다리고 계십니다."

"그런……."

설령 그들의 뜻이 강건하다하더라도 의학계에 몸을 담고 있는 윤 박사로선 쉽게 결정을 내릴 수 있는 입장도, 사항도 아니었다.

"모든 증거를 남기겠다고 하셨습니다."

"증거?"

"본인들의 신체를 연구재로 사용해도 무방하다는 각서는 물론, 필요하다면 저를 통해 인터뷰영상도 남기시겠답니다. 영문도 모른 채 VPF에 간염돼 말 그대로 버티고만 있는 분들입니다. 그런 분들의 간절한 의지를 모른 척하는 것도 의학인의 길을 가겠다는 교수님의 신념에 위배가 되는 일이 아니겠습니까?"

"조금 전 진실을 전해 들었다는 것도. 지금의 영문이라는 것도? 혹 그 말들에 뜻이 있는 겐가?"

"일전에 제가 말씀을 드렸을 겁니다. 상상도 어려운 끔찍한 본체가 있다고."

"그랬었지."

"이제 말씀을 드릴 때가 된 것 같습니다."

진수는 치미교의 존재와 VPF의 상관관계를 윤 박사에게 고했다.

"그게 정말인가?"

"그렇습니다."

"어떻게 그런 말도 되지 않는!"

윤 박사의 얼굴 곳곳에 깊은 주름이 자리를 잡는다. 그것은 놀라움과 두려움, 그리고 증오를 한꺼번에 표출하고 있는 감정의 선(線)이었다.

4

일반 교도가 아닌 상원의 탈교는, 아니, 실상 도주는 해용과 간부들에게 있어 뼈가 녹아드는 실책이 아닐 수 없다. 결과론적인 이야기이긴 하나 그들은 방심을 한 것이 사실이다. 해용도 간부들도 상원에게 믿음을 가졌던 가장 큰 이유 중 하나가 바로 철곤과 유선의 존재다. 행여나 상원이 교단의 뜻을 거스르더라도 그를 움직일 가장 확실한 구실이라 여겼다.

그런데 저 혼자 살겠다고 도주라니. 게다가 우발적이 아닌 계획성이 짙은. 일이 이 지경에 이르고 보니 확신을 했던 구실이 오히려 방심의 빌미를 제공한 꼴이 돼버렸다.

"탈교는 차치하더라도 우리 교단의 일에 너무도 깊이 관여를 했었다는 게 문제에요."

오늘날엔 그 누구보다 성향이 정적이고 차분한 정혜도 근심어린 기색이 여실하다.

"너무 걱정하지 마이소. 어차피 지가 할 수 있는 게 딱히 있겠십니꺼?"

"그럼 좋겠지만. 이번엔 문제가 불거질 수 있을지도 모릅니다."

"그렇십니꺼?"

영주 아버지는 성훈의 이의에 금방 기세를 우그러뜨린다. 예전 같으면 혼자만 아는 낯빛이라도 못마땅한 의사표시를 했을 것이다. 하지만 그에 대한 관점이 180도 가까이 달라진 현재엔 눈 밖에 날 어떠한 처신도 득이 될 것이 없다고, 아니 독이라고 생각했다.

해용과 만규는 침묵으로 일관한다. 두 사람은 다른 세 사람과 달리 아까부터 구체적인 대안을 머릿속에 그리고 있는 중이다.

"수소문해본 결과론 서울번호판을 단 승용차를 타고 있었다고 했으니 어지간하면 서울에 있지 않을까 합니다. 대한민국에서 가장 큰 도시라 수색에 난항을 겪을 수도 있겠지만 행적을 짐작할 수 있는 것만 해도 소득은 소득 아니겠습니까? 철저히 계획적인 도주를 감행한 강상원이 두 손 놓고 있을 가능성은 희박하니 서울에 신경을 집중해놓고 있으면 신고를 하든 모의를 하든, 결국은 수면으로 떠오르는 게 있지 않을까 합니다."

나머지 세 간부들 모두 만규의 균형 잡힌 분석에 공감의 기색을 비친다.

한동안 천하태평이라 잊고 살았었는데 이런 때만큼은 만규만 한 심복이 없다는 사실을 새삼 깨닫는 해용이다.

"일리 있는 말이에요. 내가 이번 일로 아주 심려가 큽니다. 동시에 여러분 같은 인물들을 맞아들인다는 게 얼마나 힘이 드는 일인 줄도 깨달았고요."

해용은 전에 않던 자책을 했고, 덕분에 간부들 또한 전에 없이 숙연해진다.

"이번 일은 나의 과옵니다. 기도와 공부가 아직 부족한 탓인 듯합니다."

"아입니더, 대원님. 강상원 그 야비한 인간이 작정을 하고 계략을 짠 긴데, 어찌 대원님의 과오라 하십니꺼?"

"그건 김 권사님 말씀이 맞습니다. 옆에서 모시던 저희들의 불찰이 더 큽니다."

"맞아요. 엄연히 저희들의 불찰입니다."

만규를 제외한 간부들의 위안이 속속 날아든다.

"이 일을 계기로 새삼 여러분들의 충절을 확인하는군요. 어찌됐든 이번 건은 최 장로님께 전적으로 일임을 할 생각이니 모두들 물심양면으로 도움을 드릴 수 있도록 하세요. 알겠습니까?"

"예. 대원님."

"최 장로님."

"말씀하십시오."

"번호판 말입니다. 한 번 더 면밀히 알아보세요. 현재 우리에게 가장 힘이 실릴 수 있는 단서니까."

"그렇잖아도 진행 중입니다. 찾아내면 다시 말씀을 드리려 했습니다."

"이번 사태가 마음을 다해 신속하고 깔끔하게 매듭지어지기를 바랍니다. 마음을 다해서 말입니다."

해용의 그 말은 네 간부들에게 거부할 수 없는 중압감으로 작용한다.

"김진수 기자 좀 부탁드립니다."

"누구시라고 전해드릴까요?"

"서초구서의 차경수라고 하면 알 겁니다."

"잠시만요. …… 어쩌죠? 김 기자 지금 자리에 없는데?"

"그럼 들어오는 대로 저한테 연락 좀 넣어 달라고 전해주시겠습니까?"

"그러죠. 서초구서 차경수……?"

음성은 능숙하게 확인과 동시에 경수의 직함을 묻는 뉘앙스를 풍긴다.

"서초구서 차경수 경위입니다."

"네. 그렇게 전해드리죠."

그로부터 몇 시간이 흐른 뒤 신문사로 돌아온 진수가 경수에게 전화를 넣었다. 하지만 이번엔 경수가 자리에 부재했다. 진수는 느긋하게 경수의 연락을 기다리지 않고 서초구서로 향한다.

"엄청 바빠들 보이는군."

어찌된 영문인지 도착한 서초구서 사무실 분위기가 유독 분주한 듯했다. 일전에 비해 직원과 그렇지 않은 이들의 머릿수가 두어 배는 되어 보인다. 그리고 공중에는 인원에 걸맞은 온갖 음성들이 둥둥 떠다닌다.

상대는 아닐지 모르지만 진수 본인은 분명히 안면이 있는 앳된 형사의 자리 앞으로 온다. 그는 지난번과 매한가지로 경위선지 뭔지를 열심히 들여다보고 있었다. 코흘리개 애처럼 볼펜을 입에 물고 빠는 시늉을 하고 있는 것 말곤.

"안녕하세요?"

"아, 예. 오셨어요?"

고맙게도 형사는 단번에 진수를 알아봐줬다.

"오늘 많이 바쁘군요?"

진수는 시선을 들어 사무실 내부를 한번 스윽 훑은 뒤 다시 형사에게로 가져온다.

"그런가요? 음…… 좀 그러네요."

형사도 앉은 자리에서 분잡함을 확인하곤 무심한 말을 던진다.

"그런데, 차 형사님 지금 안 계시는데?"

"알고 있습니다. 기다리죠 뭐."

진수는 형사가 알아채게끔 의도적으로 앉을 만한 자리를 찾는 눈치를 흘린다.

"안쪽에 숙직실 겸 휴게실이 하나 딸려 있으니까 거기서 기다리시면 될 거예요. 제가 안내해드리죠."

형사는 또 한 번 고맙게도 진수가 원하는 답을 내놓는다.

"바쁘신데 제가 방해를 하는 건 아닌지 모르겠군요."

"아니에요. 어차피 담배라도 한 대 피울 참이었어요."

"잘됐군요. 저랑 같이 가시죠."

진수의 시선이 형사의 오른손에서 책상 위로 옮겨지는 볼펜을 따라간다.

"아뇨. 여기서 피시면 되요."

진수가 돌아서려는 모션을 취하자 형사가 자리에서 일어나며 제지하듯 말했다.

"같이 커피도 한 잔 하고 바람도 좀 쐬세요. 제가 사겠습니다."

"그럼……."

진수와 형사는 경찰서 전체에 단 한 대밖에 설치되어 있지 않은 귀한 커피자판기 앞을 거쳐, 녹색바탕에 하얀 글씨로 '흡연구역'이라 적힌 팻말이 서 있는 앞마당의 후미진 곳으로 왔다.

형사는 겨우 자판기커피 한 잔 사면서 건물입구에서 피워도 충분한데 여기까지 끌고 나오느냐는 류의 불만을 내색하지 않으려 애쓴다. 실상 자판기가 귀하다고 해서 커피까지 귀한 건 아니었으니. 하지만 진수가 사람의 발길이 뜸한－우습게도 오히려 흡연자들을 찾아보기 힘든－이곳까지 나와서 담배를 피우려는 데에는 이유가 있었다.

"여기."

진수가 담뱃갑을 꺼내 한 개비를 폼 나게 밀어 올린다.

"이건, 말보로잖아요?"

다름 아닌 양담배 맛을 보여주기 위함이다.

단지 자신의 얼굴을 기억하고 있던 것에 불과했지만 진수는 그것이 고마웠다. 그래서 나름대로는 성의표시를 실천하고 있는 중이다.

"맞습니다. 자."

진수는 상표가 더 잘 보이게끔 담뱃갑에서 검지와 중지를 뗐다. 그리고 담뱃갑을 들고 있는 손을 조금 더 형사의 앞으로 당겨갔다. 허나 형사는 곤란하다는 기색을 비치며 진수의 성의를 선뜻 받아들이지 못한다.

이유인즉, 양담배는 단속 대상이었기 때문이다. 몇 해 전에 비해 확실히 분위기가 완화되긴 했다. 그러나 어찌됐든 단속 대상은 단속 대상이었다. 참고로 70년대 초반. 정부가 전매청을 두어 담배사업을 관장했을 때에는 외화유출의 이유로 양담배유통을 전면 금지한 적도 있다.

이처럼 법규만 놓고 따진다면 경찰을 상대로 양담배를 권하는 진수의 행동이 다소 지나치게 과감한, 따라서 경솔한 처세가 아니냐는 의식을 가질 수도 있겠다. 하지만 이와 같은 정도는 일찍이 기자와 형사 사이의 관례로 자리를 잡고 있던 터라 크게 문제가 될 만한 사항은 아니었다. 혹 신경이 일반적이지 않은–현재는 멸종위기에 처한 상태나 진배없는 고리타분한–형사를 상대로라면 얘기가 달라지겠지만.

"형사님도 참. 요즘은 민간인도 작정을 하면 미군PX에서 공수해다가 피는 시절이 아니겠습니까?"

형사를 상대로 모순덩어리의 설득이었다. 헌데 일반적인 신경의 소유자인 앳된 형사는 그쯤에서 못 이기는 척한다.

"하긴. 그렇긴 합니다."

형사가 담배를 집어 입으로 가져가자 진수가 다른 주머니에서 민무늬 금색지포라이터를 꺼내 불을 당겨준다.

"역시 필터담배는 부드럽군요?"

"책상 위에 화랑이 있는 것 같던데? 화랑 피다 이거 피면 감질맛 나죠."

조금 전 볼펜을 따라가던 시선에 화랑담뱃갑이 걸렸었다.

"확실히 맛은 좋군요."

필터가 달려서인지 아니면 단속대상인 양담배여서인지. 진수와 형사는 그 자리에서 각각 세 개비씩을 나눠 피운다.

진수는 형사가 안내해준 휴게실 창문 너머로 쾌쾌하고 바쁜 공기가 들어차 있는 서초구서사무실 전경을 구경했다. 의외로 윽박지르거나 반대로 쩔쩔매는 모습이 드물다. 그저 여유가 없어 보일 뿐.

굳이 신문사사무실과 이질적인 점을 집어내자면 능숙한 타이핑솜씨가 눈에 띄지 않는다는 거. 상사의 눈치를 보지 않고 앉은 자리에서 담배를 입술 틈에 꽂고 있다는 거. 마지막으로 신문사사무실보다 실은 더 조용하다는 거. 그 외엔 딱히 없었다.

"현장을 너무 안 뛰었나 봐? 기자란 놈이 이런 게 낯설어서야 원."

괜히 스스로를 실없는 기자로 만들어버린 후 독일에 머물 당시 장만한 뚜껑이 없는 회중시계에 눈을 주었다. 휴게실로 들어와 있은 지 한 시간하고도 반이 지난 후다. 시간을 확인하고 나니 씁쓸한 연기가 생각나기도 한다. 덩달아 앳된 형사도.

"많이 기다렸어?"

때마침 경수가 휴게실문을 벌컥 연다.

"조금. 그런데 오늘 따라 왜들 이리 바빠?"

"주점이랑 향락가 특별단속기간이라 그래."

"일은 다 봤고?"

"대충. 나가서 얘기하지."

경수는 나서는 길에 자신의 자리에 들른다. 그리고 책상서랍에서 두꺼운 파일 하나를 꺼내 옆구리에 파지한다. 진수가 부탁한 조사의 산물일 것이리라.

"조용히 둘이서만 한잔 할 수 있는 데가 좋겠지?"

진수가 물었다.

"물론."

"우리 회사중역들이 애용하는 집이 하나 있는데. 거기로 가지."

"거 반가운 소리군."

경수는 입맛을 다시며 기분 좋은 표정을 그린다.

정장차림에 정통적인 쪽진 머리가 다소 언밸런스하다. 하지만 나름 묘한 분위기를 연출하고 있는 여직원이 진수와 경수를 방으로 안내했다.

심플하면서도 고급스러운 측면이 노골적으로 강조되어 있는 그래서 한편으론 오히려 심플한 느낌이 덜한 방 안에는 6인 정도가 자리를 할 수 있을 만한 널찍한 테이블이 자리를 잡고 있다. 이곳의 전체적인 분위기로 짐작컨대 넉넉한 4인용일 가능성이 컸다.

"제가 말을 하면 넣도록 해주세요."

"알겠습니다."

여직원은 고개를 숙인다거나 하지 않고 짧게 대답만 보내곤 문을 닫는다. 여직원의 그러한 언행은 경수로 하여금 고위층의 비서를 연상케 하기도 한다. 단조롭고 깔끔한 방안의 전경이 더욱 그러한 기분이 들게 했으리라.

"많이 출출한 거 아니지? 되도록이면 이야기를 나누는 동안엔 끝까지 맑은 정신이면 해서 말이야."

"그것보다 여기 반주상 괜찮은 거 맞지?"

경수 나름은 심각한 이야기 전 분위기를 누그러뜨려 보려는 심산으로 던진 농담조다.

"이봐. 형사 나리. 언론사간부들의 미각이 얼마나 예민한 줄 모르고 하는 질문은 아니겠지? 그 양반들, 눈이나 귀보다 혀가 더 발달된 양반들이야."

경수의 의중을 모를 리 없는 진수도 적당히 꼬인 농담으로 받아쳐준다.

"좋아. 대답을 듣고 나니 입을 놀릴 기분이 나는군."

경수는 말을 마침과 동시에 장난기 서린 눈과 입 주변을 정렬시킨다. 그 다음 챙겨 온 두꺼운 파일뭉치를 자신과 진수 모두 보기가 편하게 세로 방향으로 돌려 테이블 가운데에 놓는다.

파일을 펼치니 타이핑과 제각각인 필체가 반씩 정도 섞인 서류들이 미끄럼을 타듯 흘러내려 낮은 계단을 형성했다.

"이런. 제대로 묶이지가 않았었군."

"상관없잖아?"

경수가 테이블 위로 쏟아져 있는 서류들 중 하나를 집어 들어 진수 쪽으로 민다.

"김 기자가 말한 대로 치미교라는 교단과 연루된 신고들이 몇 건 들어왔었더라고. 거기 보면 은평구, 동대문구, 구로구, 송파구가 각각 한 건씩. 노원구에 두 건. 보이지?"

"예상했던 것보단 적군?"

"이게 생각보다 적은 거라고?"

진수가 경수의 물음에 그건 별로 중요한 사안이 아니라는 눈치로 받아치자 경수는 바로 설명을 덧붙인다.

"한 건 말곤 모두 김 기자 친구의 경우처럼 가족들이 신고를 넣은 거였어. 물론 경찰이 취한 후속조치도 그 친구의 경우와 비슷하다고. 아니지. 똑같았다고 할 수 있고."

"그럼 한 건은?"

"본인이었는데. 그냥 정신착란병자의 헛소리로 무마가 됐어."

"정신병자취급을 했다?"

"무작정 취급이라 몰기가 뭐한 게, 공교롭게도 병원에 들락거린 전력이 있더라고. 하나님 흉내를 내면서 사기를 친다고 했대. 하늘나라라는 곳도 결국은 돈이 많아야 갈 수 있다나 뭐라나? 아무튼 밤낮 가리지 않고 온 동네가 떠나가도록 떠벌리고 다녔다는군."

"그런 것까지 알아봤어?"

이번엔 경수가 진수에게 그딴 건 별로 중요한 게 아니라는 눈치를 준다.

"우리 애들이 일 하나는 야무지게 한다니까 그러네? 그건 됐고. 내 생각으론 두 번 정돈 그쪽에서도 식겁한 저력이 있는 것 같더라고."

"치미교가? 아님 무마하려던 경찰이?"

"우리가 쫓는 대로라면 둘 다겠지? 아무튼 결국은 무마가 되긴 했는데. 그 과정에서 경감 하나랑 경정 하나가 옷을 벗은 것 같아."

"왜? 은폐비리가 탄로 나서?"

"그게, 우리가 알아본 바론 비리탄로까진 아니었던 거 같은데. 딴에는 같은 직종이었던 탓에 한없이 캐기엔 빡센감이 있더라고."

"신도나 교도로 교화를 한 건가? 그 두 사람 지금은 뭐한대?"

"한 명은 강원도로 들어간 행적을 마지막으로 자취를 감췄고, 다른 한 명은 수원 쪽에서 양판점을 제법 크게 하고 있다더군."

"이런 경우가 자주 있는 건 아니지?"

진수의 물음에 경수는 서류들을 뒤적여 하나를 꺼내 보여준다.

"전례가 없다곤 할 수 없지만 확실히 특이한 경우지. 우리 애들이 구로구랑 송파구 건에서 작성된 경위서를 운 좋게 확인을 해왔는데, 여기 대강 정리된 내용을 보더라도 공식적인 수사착수명령이 떨어지지 않았다는 게 나로선 이해가 안 가."

"전례가 있는 경우라면?"

"당연히 윗대가리들이지. 검찰 쪽이면 부장급 정도? 경찰 쪽은 국장급 정도?"

"그 정도가 되면 모든 잡음들을 잠재우고 수사착수 정도는 재껴버릴 수 있다?"

"내가 생각하기엔 마지노선이야."

"그럼 적어도 그보다 더 위일 가능성이 높다는 거네?"

"마지노선이라고 했잖아?"

"만약 그렇다면 아무리 이쪽에서 갖춘들 힘들 수도 있겠군?"

경수는 어지간한 아이얼굴 만한 주먹으로 광대를 받치곤 고개를 끄덕인다.

"요지는 그것들과 유대관계가 약하면서 이상의 파워를 가진 개인이나 기관의 힘이 필요한 셈이군. 그치?"

"끈끈한 판검사라도 있어?"

"삼권분립제도를 국가통치원리로 채택한 나라임에도 불구하고 이곳

대한민국엔 그와 별개로 기형적이나 공식적인 또 다른 실력부가 하나 존재하잖아?"

"뭘 그렇게 장황하게 늘어놓으시나? 그보다 김 기자 발이 넓지 않은 걸로 알았는데. 정보부에 연이 닿는 사람이 있나 봐?"

"차형만큼은 아니지만 안면정도는 트고 지내는 인물이 한 사람 있지."

"나 정도는 아니라? 괜히 으쓱해지는군? 그래. 소속은?"

"11통제실 범죄수사과 유민우 과장."

"대답이 딱딱한 걸 보니 정말로 안면 정도만 트고 지내나 보군?"

"실은 그것도 후하게 쳐서야. 어쩌면 내 이름도 기억 못할지 몰라."

"어떻게 연이 닿았는데?"

"유학을 가기 전에. 그러니까 유 과장이 막 수사과 과장자리에 앉았을 때 일인데, 당시 인천항을 거점으로 활개를 치고 다니던 중국계마약유통들이 있었거든. 거기 취재를 나갔다가 우연히 만났지."

"어떤 인간이야? 정보부 통제실과장 정도의 남잔?"

경수는 간략하게 유 과장을 머릿속으로 그리고 나서 물었다.

"생각이 사방으로 열려 있으면서 동시에 확고한 정보부맨이지. 유연하면서도 냉철하기 이를 데 없는."

"그야말로 까다로운 타입이군."

경수의 까다롭다는 말엔 여러 뜻이 내포돼 있었다.

"맞아."

"믿을 만하고? 실정이 이 판국인데 거기라고 손이 뻗지 않았다고 장담할 순 없지 않아?"

"뼛속까지 정보부맨이라니까? 만에라도 그런 남자마저 매수가 되어 있다면 이 나라는 미래가 없는 셈이지."

진수는 유 과장에 대한 확신이 있었기에 그렇게 대꾸했다.

"수원에는 가볼 생각이야?"

경수는 그만하면 듣고 싶은 대답을 들었다는 듯 일시에 화두를 바꾼다.

"같이 가줄 수 있지?"

"당연히 그렇게 나올 줄은 알았는데. 난 반대야."

"어째서?"

"수원을 찾아간다는 건 직접적으로 연관을 지어 묻겠다는 거잖아?"

"상황에 따라선 추궁이 될 수도 있겠지? 그래서 차형과 갔으면 하는 거고."

"그게 좀 걸린단 말이야. 양판점 놈이 현재까지도 치미교와 깊은 유대관계를 맺고 있다고 가정을 해봐."

진수는 경수의 말에 대번 상황정리가 됐다. 의식을 아예 하지 못했던 건 아니다. 다만 경수가 함께라면 사소한 거리로 치부할 수 있을 것이라는 바람에 기댄 믿음이 확고했었다. 헌데 당사자인 경수가 그렇게 말을 해오니 묻혀있다시피 한 의식이 단번에 깨어났다.

"내가 무방비로 노출된다는 말이군. 차형이 조사했던 경우와는 성격부터가 다르고 말이지."

"뿐만 아니라 그쪽에서 취할 수 있는 조치도 달라질 가능성이 커지지. 아무리 그래도 형사보다는 기자가 덜 껄끄럽지 않겠어?"

"너무 비약적인 해석 아닌가?"

진수는 수원으로 내려가고픈 마음이 앞서 생각이 덜 정리된 물음을 던졌다.

"정말로 그렇게 생각한다면 나도 뜯어말리진 않겠어."

하지만 이어진 경수의 대답은 진수로 하여금 생각의 궤도를 틀게 만든다.

"알았어. 그 일은 조금 더 신중을 기하자고."

"그 과장이라는 사람부터 만나 봐."

"그러지."

"휴…… 너무 떠들었더니 속이 다 허하군."

"오늘 사양 말고 마음껏 들어."

"내가 언제 김 기자를 상대로 체면치레했다고?"

"그나저나 왜 자꾸 김 기자래? 어색하게."

"내가 그랬어?"

"아까부터."

"뭘 새삼스레? 기자 맞잖아?"

"뭐……."

진수는 얼굴에 희미한 미소를 떠올리며 벽면에 붙은 인터폰으로 손을 뻗는다.

5

"신원을 밝혀주십시오."

"창조일보기자 김진수라고 합니다. 범죄수사과 유민우 과장님과 통화를 원합니다."

"지금 전화하시는 곳은 어딥니까?"

"창조일보 본사입니다."

"잠시 기다리세요."

음성이 넘어온 후, 창조일보 본사와 중앙정보부를 연결하고 있는 전화회선의 신호가 침묵한다.

진수는 아마도 이쪽 회선의 위치를 추적해 대강의 확인을 하고 있음이라 짐작을 했다. 그가 알고 있기론 중앙정보부 내 9통제실부터 12통제실에 소속돼 있는 요원들과의 접촉은 유난히 엄격한 확인과정을 거쳐야 했다. 그 정도로 베일에 쌓여있는 조직들임과 동시에 정보부 내에서도 주요 한 직무를 수행하고 있음이 자명했다.

"지금 넘어갑니다."

침묵이 흐르고 1분이 조금 덜 지났을 즈음 음성이 넘어왔다. 위치확인과 유 과장의 의중확인이 끝난 모양이다.

"유민우요."

곧 묵직한 음색 위에 거만한 어투를 실은 유 과장의 음성이 진수의 귀에 당도한다. 11통제실 수사과장의 직책을 맡고 있는 그는 어지간한 통화의 서두에 항시 이와 유사한 톤으로 운을 뗐으리라.

"안녕하십니까? 창조일보 기자 김진숩니다."

진수는 음성에 진중함을 담아내려 애썼다. 유 과장과 같은 부류의 인간들은 어떤 식으로든지 자신이 상대방보다 유리하거나. 혹은 높은 거점을 선점하고 있다고 인식하는 데에서부터 경계심을 늦추는 습성이 있음을 잘 알고 있다.

"김진수 기자시라고?"

유 과장은 이름이 생소하다는 식으로 말꼬리를 올린다. 하지만 설사 전화를 돌리기 전 이미 기억을 해냈더라도 으레 한 번은 이와 같은 반응을 보내왔을 것이리라.

"기억하시겠습니까?"

"아! 몇 년 전에 인천항에서 봤던?"

"네. 맞습니다."

"오랜만이군요? 그땐 여러 가지로 신세를 좀 졌습니다."

"마찬가지죠."

"그런데 무슨 일로 나를 찾은 겁니까?"

"말씀드리고 싶은 일이 있어서요."

"그래요?"

진수의 대답에 돌아오는 유 과장의 반응은 심심했다.

"상의를 드리고 싶습니다."

"상의라?"

"받아들이시기에 따라선 신고라고 해도 무방하겠군요."

"무슨 일입니까?"

이번엔 건조하지만 않은 유 과장이다.

"직접 뵙고 말씀을 드리겠습니다."

그래서 진수는 더 이상 에두르지 않고 의사를 밝혔다.

"내가 기억하는 김 기자라면 어설픈 잡일로 호들갑을 떠실 분은 아니라고 생각합니다만?"

유 과장은 기어오르려는 조짐을 보이는 진수의 기세를 한풀 꺾어놓을 의도로 그렇게 말했다.

"들어보시면 호들갑이 아니라는 걸 알게 되실 겁니다."

"좋아요. 장소는 내가 정하죠."

"알겠습니다."

유 과장은 남산 길에 위치한 고급카페로 진수를 불러들인다.

"오랜만에 뵙습니다."

"김 기자는 그대로군요?"

"과장님은, 살이 좀 붙으신 것 같습니다?"

진수의 말대로 유 과장은 예전에 비해 얼굴이나 체격이 눈에 띄게 후덕하다. 그래서 전에 가졌던 날카로움이 확실히 무뎌 보인다고 해야 하나. 하지만 그 덕분에 인상은 다소 부드러워진 게 사실이다. 물론 업무특

성상 위압감을 뿜어내며 상대를 짓눌러야 할 경우가 다반사였으므로, 인상이 부드러워졌다고 해서 딱히 반가워할 이유가 없는 입장의 유 과장이긴 했다.

"나이가 들어서 그런지 요령이 생겨서 그런지. 막기가 영 힘들더군요."

"그래도 눈빛이,"

진수는 한층 유연해져 보기는 좋다고 말을 꺼내려다 바꾼다.

"여전히 살아 계세요."

"커피?"

어김없이 무심함이 튕겨 온다.

"좋습니다."

유 과장이 카운터 쪽으로 손짓을 하자 웨이트리스가 다가온다. 유 과장은 그녀가 테이블에 닿기 훨씬 전, '커피 둘'이라고 짧게 말을 보낸다.

"제가 뵙자고 한 건 이것 때문입니다."

진수는 상대가 유 과장이라면 군더더기 없고 신속한 자세를 취하는 편이 효율적일 거란 판단에 경수에게서 받은 파일뭉치를 테이블 위에 올려놓는다.

"오호. 그런 일이 있었단 말이지?"

유 과장은 진수로부터 치미교의 실체와 그간의 행적을 전해 들었음에도 예상외로 눈썹하나 까딱하지 않는다. 놀란 기색까진 아니더라도 불쾌해하는 반응정도는 엿보일 것이라 기대 아닌 기대를 하고 있던 진수다. 헌데 서류를 확인하며 설명을 듣는 동안에도, 그리고 모두 듣고 난 후에도 유 과장은 일체의 동요도 표출하지 않는다. 그래서 진수는 다소 불안한 마음이 든다. 행여 유 과장마저 매수가 되어 있는 건 아닐까 하고. 만약 그렇다면 일이 더없이 꼬이는 건 둘째 치고 자신의 신변도 장담을 할 수가 없는 상황에 처하게 될 것이었다.

"테미란에 대한 연구를 따로 하고 있는 와중에 이쪽으로 접촉을 해온 건, 일사천리로 일을 진행시켜 엉뚱한 압력이 개입할 틈을 주지 않겠다는 의도로 보면 되겠소?"

"그것도 있지만, 빠져나갈 구멍을 만들지 않겠다는 의도가 더 큽니다."

"뭐 그게 그거지만 미묘한 차이가 있긴 하군."

유 과장은 짐짓 하찮다는 안색을 띤다.

"어떻게 생각하십니까?"

"참으로 유감으로 생각하오."

당연히 원하는 답도 아니었거니와 보기에도 없던 답이다.

"어떻게 조치를 취해주실 겁니까?"

"조치를 취할 거냐고 묻는 거요?"

"당연하지요."

진수는 이미 엎질러진 물이다-는 심정으로 대답을 촉구했다.

"김 기자. 내 하나 물읍시다."

"그러시죠."

"왜 나한테 이 사실을 알리는 거요?"

왜가 아닌 어째서라는 의문사를 달았다면 대답을 내놓을 수 있었을지 모른다.

"말이 모호했나? 그러니까 정보부장님이 아닌, 왜 나한테로 온 거냐 이 말이오. 굳이 설명을 안 해도 알겠지만 연락을 취하고 사건을 알리는 정도라면 나보다는 부장님이 더 빠르고 쉬운 방법이 아니었나 생각이 되는데?"

"간단합니다."

"들어봅시다."

"중앙정보부요원들 중에 그나마 제가 안면이 있고 믿을 만하다고 사료된 사람이 과장님이었기 때문입니다."

유 과장은 자신이 원하는 답으론 부족하다는 눈매를 만들고서 고개를 갸우뚱한다. 이에 진수는 곧장 다시 입을 연다.

"경찰, 검찰의 경우처럼 중간에 흐지부지되지 않으려면 정보부 내에서 어느 정도 실력이 있어야 한다고 판단했습니다. 그래서 통제실 소속이면서 수사과 과장인 유 과장님을 찾아온 겁니다. 유 과장님 정도의 선에서 시작되는 수사라면 제아무리 윗선으로부터의 압력이 내려온다 하더라도 쉽게 무산되어지진 않을 거라고 생각했습니다."

"제아무리 윗선이라? 제아무리?"

유 과장은 본인과 어울리지 않는 표정을 얼굴에 심는다. 음성 역시 그 전의 톤과는 묘하게 이질적이다. 그래서 진수는 그가 지금 무슨 생각을 하고 있는 건지 읽어낼 수가 없다.

"김 기자 편에서 보면 내가 부장님을 재낀 셈이군?"

진수는 유 과장의 그 말에 동의도 부정도 않는 표정과 몸짓으로 커피잔을 입으로 가지고 간다.

"그렇지. 이유가 간단하다고 해서 그 동기들마저 간단해버리면, 나로선 맥이 살짝 풀리게 되지."

유 과장은 그제야 진수가 들어줄 만한 대답을 내놓았다는 낯빛을 떠올리며 나지막이 중얼거린다.

"이제 과장님이 대답을 하실 차렙니다. 어떻게 조취를 취하실 겁니까?"

"'어떻게?'라는 물음엔 답을 하지 않겠소."

"그 말은 곧 조취는 있을 거라는 거군요?"

"하나만 더 물읍시다."

유 과장은 진수의 물음을 아무렇지 않게 따돌린다. 의외로 금방 적응이 되는 대화방식이다.

"그러시죠."

"내가 인수당이나 그 사이비교단과 연관이 있을 거라는 생각은 안 해 봤소?"

진수는 그럴 리가 있겠는가. 당신을 대하기 전 무엇도 아닌 그 부분이 고민이었다-라고 대답을 보내고 싶었으나 그딴 건 지금 내놓을 대답 안에선 사설에 불과했다. 고로 생략하기로 한다.

"만약 그렇다면 전 이제 무사하지 못할 것이고. 인수당은 계속해서 돈을 끌어 모으게 되겠죠. 그리고 그렇게 되면 미비할지는 모르나 이 나라 발전에 어떻게든 악영향이 미치게 될 거고 말입니다."

진수는 어투를 다소 도전적으로 가공해 답을 투척했다.

"과연 그런 생각이었군요? 배짱도 그렇고, 의식도 그렇고. 간만에 기자다운 기자를 마주하는 기분이오."

유 과장은 대견하다는 눈길로 진수를 똑바로 응시한다. 허나 진수는 그런 유 과장의 시선이 달갑게 받아들여지지만은 않는다. 사람을 한참 깔보는 눈빛이랄까. 정작 본인의 의도는 그렇지 않을지도 모르나 진수가 느끼기엔 꼭 그랬다.

"칭찬으로 듣겠습니다."

진수는 머릿속에 떠오르는 여러 문장들 중 가장 순화된 문장을 골랐다.

"이 자료. 사본으로 알고 내가 가지고 갈까 하는데, 괜찮겠소?"

"물론입니다."

"창조일보 김진수 기자님."

"네? 아. 네."

진수는 예기치 못한 타이밍에 예기치 못한 유 과장의 발언에 찰나 멍해진다.

"내가 기억력이 좋지 않아서 말이요. 명함 하나 주겠소?"

"그러죠."

진수는 순간 긴장이 풀렸다. 까닭에 다소 허둥지둥하는 모양새로 지갑에서 명함을 꺼내 유 과장에게 건넨다.

"또 봅시다."

진수는 유 과장이 자리에서 일어날 때 의자에서 엉덩이를 떼는 정도의 예의만 갖춘 뒤 다시 착석했다.

"쳇! 막판에 바보처럼 굴었군."

왠지 분하다는 기분이 꿈틀댄다.

2부

1

해용의 아버지 순국은 부산항에서 세 손가락 안에 꼽히는 해운회사를 운영했다. 이웃들이나 사원들은 그를 '사이조씨'라고 불렀다. 사실 앞에선 그렇게 일컬었지만 뒤에서는 대개 '쪽바리 곽가놈'이라고 길게 명명하기 일쑤다. 이유는 간단했다. 순국은 조선총독부에서 창씨개명을 권장하기 훨씬 전에 이미 자발적으로 일본이름으로 개명을 했었다. 뿐만 아니라 생활이 힘든 수많은 조선인들을 감언이설로 꼬드겨 아주 헐값에 일본의 거상들에게 팔아넘기는가 하면, 일본제국군에서 강제징용이라도 할라치면 말도 되지 않는 대의를 입에 올리며 징용을 옹호하고 선동하는 파렴치한 짓도 서슴지 않는 인물이었다. 그러니 그의 아들 해용이 일찍이 일본으로 건너가 고등교육을 받은 건 어찌 보면 당연한 일이다.

"이 바다를 건너고 나서는 니는 더 이상 곽해용이 아이다. 니는 마츠다 아키라다. 죽을 때까지 마츠다 아키라단 말이다. 내 말 무슨 말인지 알아 듣나?"

"예. 아버지."

해용은 열다섯 살이 되던 해 순국의 뜻에 따라 일본으로 건너간다. 그리고 야누아가 13특수학교에 입학을 한다. 13특수학교는 일본제국육군에서 설립을 했는데 일반장교육성학교와는 그 설립 목적부터가 다소 상이했다. 물론 13특수학교 역시 여느 장교학교와 마찬가지로 정신적으로 그리고 육체적으로 강인한 장교육성을 주된 교육이념으로 삼고 있긴 했지만 그것은 겉치레에 불과했다.

실상 이 학교의 으뜸목표는 다름 아닌 생화학무기연구에 요구되는 지식과 기술을 학생들에게 주입하고 숙달시키는 것으로, 장교신분의 졸업생을 배출하는 것 외에는 일반 장교학교와 그 교육이념에서부터 판이하다고 할 수 있었다. 혹자는 군의관학교와 맥락이 비슷하다고 여겼을지도 모르지만 어디까지나 대외적으로 그렇게 비춰지기를 바라는 학교의 의도에 지나지 않았다. 오로지 상대적 저렴한 비용으로 대량살상이 가능한 무기를 개발하는 연구에만 몰두했으므로 맥락이 비슷하기는커녕 오히려 정반대의 성향을 지니고 있는 것이 실정이었다.

해용은 6년 만에 13특수학교를 졸업했다. 그리고 곧장 일본제국 육군관동군 산하 735부대의 장교로 임관을 한다. 735부대는 이시이 시로 중장을 주축으로 창설된 731부대의 예하부대 성격을 띠는 부대였는데, 731부대가 개발한 전염병균이나 인체에 치명적인 세균 등을 실전에 배치하고 이를 효율적으로 전술에 활용하는 방법을 연구 또는 훈련하는 부대였다. 고로 731부대 내 여덟 개 부서들과는 연구주제가 다소 이질적인 관계로 실제로는 독립예하부대라 할 수 있었다. 물론 이곳에서도 생체실험이 자행되어 왔기에 무고한 민간인들을 잡아다가 마루타로 전락시키는 점에서는 731부대와 별반 다를 게 없긴 했다.

어쨌든 해용은 이곳에서 장교로 복무하는 동안 수많은 생체실험에 참가하며 연구에 몰두한다. 처음엔 다소 혼란이 있었던 것도 사실이다. 저항조차 할 수 없는 민간인들을 끔찍한 생체실험의 실험체로 소모해야 하는 현실이 받아들이기가 힘들었다. 그들은 감옥에 갇힌 뒤로는 일말의 저항도, 심지어 목소리조차 제대로 내기가 힘들었기에 소모되고 있는 것이 맞았다.

"팔이나 다리를 내어줄 테니 보내만 주시오. 대신 굶어 죽을 순 없으니 한쪽만 떼어 가시오. 내가 없으면 딸아이들 살 길이 막막하단 말이요."

이틀 전 강제연행을 당한 중국여인이 간곡히 면담을 요청했다. 만 하루를 넘겼을 때 그녀는 이곳이 어떠한 곳인지 눈치 챈다. 말로만 듣던 생체실험이 벌어지는 곳. 그래서 저들이 필요로 하는 걸 제시하면 아이들을 다시 볼 수 있을지도 모른다는 판단을 내린다.

"몇 살인가? 애들이?"

장교는 핏기가 가시지 않는 수술 장갑을 벗으며 물었다.

"네 살, 여섯 살이오."

"네 살이면 어미가 필요하긴 하겠군?"

"그렇소. 그러니 제발 좀 보내주시오."

"좋아. 사정이 딱하니 딸아이를 보살필 수 있도록 해주지. 애들이 무슨 잘못이겠나? 못난 아비가 죄지? 안 그래?"

"……그럼요."

그녀의 남편은 일본군에 대항한 게릴라부대 소속이었는데, 결국 내부분열과 대대적인 공습을 견디지 못하고 부대는 전멸하고 말았다.

"딸아이와 지낼 수 있는 거처를 마련해주겠소. 대신 잡일을 도맡아 하시오. 밥이다, 빨래다, 시키는 건 뭐든지."

"애들이랑 여기서 살란 말이요?"

"왜? 싫소? 먹고 자는 걸 해결해준다는데?"

"아니오. 하겠소. 다 하겠소."

언제나처럼 선택은 일본이, 수락은 식민지인이 내놓는 꼴이 돼버린다. 침략습성이란 막다른 수락에 의의를 두는 특징을 지니기 마련인가 보다.

"어디에 두고 왔소?"

"잡혀오는 길에 급하게 부락 사람에게 맡기고 왔소."

"담당자에게 말을 해놓지."

"고맙소……."

"마츠다를 내 방으로 보내게."

그렇게 모녀는 상봉을 할 수 있었다. 하지만 함께할 수 있는 시간은 지독히도 짧았다.

시간은 해용의 인간성 그대로의 인간성을 차츰 마비시킨다. 언젠가부터 눈앞에 펼쳐지는 끔찍한 장면과 귀로 들리는 비명소리에 무뎌지기 시작한 것. 거의 매일을 대하다 보니 사람이 사람으로 보이지 않을 때도 있었다. 어느 기점을 넘어서서는 소, 돼지만도 못해 보였다. 실험을 거치고 난 그들은 땔감 이상의 의미도, 기능도 가지지 못했기 때문이다. 해용은 그때쯤에야 이들을 왜 마루타*라고 지칭하는지 여실히 깨닫기도 한다.

비단 해용뿐만이 아니다. 다수의 부대원들이 해용과 같은 혼란을 겪어

* 일본어 : 통나무

야 했다. 허나 그들 역시 해용처럼 차츰 익숙해져갔다. 본래 집단이라는 곳이 그러했다. 그 안에 속해 지내다 보면 자아가 집단의 성격에 희석되기 마련이었다. 더구나 살상집단이나 다름없는 735부대와 같은 곳에선 자아에 기댄 양심의 가책이나 인간성 따윈 그 맥을 유지하기가 극히 힘든 법이다. 따라서 그들은 정말로 사람이 아닌 통나무를 대상으로 실험을 하고 있다고 착각하고 있는지도 몰랐다.

1945년. 제2차 세계대전의 주범 일본은 패망이 짙어지자 그전까지 반인류적으로 자행해왔던 연구시설들과 연구 자료들을 비밀리에 파기하기 시작한다. 735부대도 예외가 아니었기에 급작스레 파견된 공병들에 의해 부대 전체가 말끔히 정리가 되었다.

735부대원들은 여느 부대와 달리 행군으로 퇴각을 않고 도둑고양이마냥 야밤에 은밀히 줄행랑을 놓는다. 역사는 철저히 승자의 입장에서 쓰여진다는 말처럼 패망한 일본으로서는 국제정세를 의식하지 않을 수가 없었기에 부대 존재자체를 부정해야 했던 터다. 그렇지만 손바닥으로 하늘을 가릴 수는 없는 노릇. 735부대가 주둔했던 중국 관동지방주민들과 관리들의 끈질긴 추적 끝에 결국 735부대의 만행은 전 세계에 적나라케 드러나고 만다.

당연히 국제전범재판에 회부가 되었고, 해용을 비롯해 부대장교 대부분이 2급 전쟁범죄자로 낙인이 찍히게 된다. 이에 일본정부는 공식적으론 735부대의 존재를 철저히 부정함과 동시에 부대장교 및 부대원들의 신분을 암암리에 세탁하는 작업을 진행한다. 이 과정에서 그 뿌리가 조선인이었던 해용은 일본정부로부터 버림을 받게 된다. 일본정부입장에서는 해용을 강력하게 통제할 만한 유대관계가 본국에 없다는 판단도 있었고, 패망한 입장에서 옛 식민지 출신의 장교. 더군다나 735부대 출신 장교가 곱게 보일 리 만무했던 이유까지 더해져 그를 제거하기로 결정을 내린다.

눈치가 빠른 해용은 이를 직감하고 주변동정을 면밀히 살피다 적정한 시기에 사령부를 빠져 나왔다. 헌데 탈출에 성공한 뒤론 극심한 불안함과 긴장감을 떠안은 채 하루하루를 버텨내야 했다. 자칫 방심했다간 일순간 목이 날아가버릴 것이었기에. 행여 그렇게 된다면 이 세상에 자신의 흔적은 티끌하나도 남지 않을 것이었고, 그런 일은 죽임을 당하는 것 이상으로 서러울 듯했다.

해용은 정부의 추적을 피해 전국을 전전하던 중 한국으로 돌아가기로 결심을 했다. 단순히 고국이어서가 아니었다. 철이 들고 나서는 스스로를 단 한 번도 조선인이라 생각지 않던 해용이다. 얼마 전까지만 하더라도 자신의 몸에 조선인의 피가 흐르는 자체를 치욕으로 여기기도 했었다. 그런 그가 한국행으로의 결정은 오로지 목숨을 부지하기 위해서였다.

1945년 당시. 강제징용이 되거나 거짓말에 속아 일본으로 와 있던 조선인징용자들을 송환하는 절차가 시행된 적이 있었는데, 이 과정에서도 일본의 파렴치한 악행은 그칠 줄을 몰랐다. '우키시마호 폭침 사건'*이 대표적인 예다.

거짓과 강압이 주를 이뤘던 주제에–고국으로 돌려 보내주겠다는 명분 아닌 명분으로, 수천 명의 조선인들을 실은 우키시마호가 일본중부 동해에서 그만 두 동강이 나버린 것. 이로 인해 조선인 수천 명이 독립의 기쁨과 귀국의 희망을 가슴에만 묻은 채 일본중부 동해에서 수장을 당해야 했다. 폭침이라 일컫는 연유는 폭발직전 일본인 선원들 대다수가 미리 인

* 1945년 8월 24일. 조선인 7천~1만여 명 사망 추정.

지하고 있기라도 했던 듯 배에서 탈출을 했다는 후문이 있기 때문이다.

사실 해용은 대강의 내막을 알고 있었다. 사령부에서 대기를 하고 있을 당시 동료장교들로부터 우연찮게 귀동냥으로 들은 바가 있다. 조선인 징용자들 중에는 탄광 외에 일본군 주요군사요지에서 노역을 했던 이들이 포함되어 있었다. 그런데 훗날 우키시마호에 승선한 이들 중 반 이상이 다름 아닌 주요군사요지에서 노역을 했던 이들로 확인이 되기도 한다. 즉, 자국의 군사기밀이 새어나갈 것을 염려한 일본정부가 조선인징용자들을 사고로 위장해 집단으로 수장을 시켰을 가능성이 농후했던 것. 때문에 해용은 송환선보다는 상선이 안전하다는 판단을 어렵지 않게 내릴 수 있었고, 우키시마호 폭침 사건이 있은 지 수개월 후 한국으로 향하는 상선에 몸을 싣는다.

11월의 바닷바람은 도리어 여름의 그것보다 훨씬 비릿한 내음을 풍기며 출렁인다. 착잡한 심정을 품고 한국으로 향하고 있는 해용에겐 바다 냄새가 어느 때보다 역하다. 멀리 부산항이 보이기 시작하자 서글픈 심경이 이루 말할 수 없을 정도다.

"빠가야로. 조선."

목숨을 부지하기 위해 일본을 빠져나왔음에도 원망은 한결 같았다.

2

한국에 발을 디디는 건 참으로 오랜만이다. 일본유학길에 오른 후로는 두어 번 와본 것이 전부였다. 그나마 임관 후엔 전시 중인데다 중국에 주둔해 있는 바람에 한 번도 와보지 못했었다. 아버지 순국은 유학 초기시절 1년에 한 번 본가를 찾는 해용에게 일본에서 입지를 다지기 전까진 찾지 말라는 당부를 하기도 했다. 그만큼 해용이 본인을 대신해 완전한 일본인으로 살아가기를 바랐다.

순국은 진심으로 일본을 동경했다. 그의 의식 안에 자리한 일본은 일찍이 서양으로부터 효율적인 문물과 합리적인 제도를 받아들여 자신들의 체질에 맞게 때로는 과감하게 개선을 함으로써 아시아에선 유일하게 스스로의 힘으로 열강들의 침입을 막아낸 나라였다. 순국이 경험하기에 조선의 제도들 중에는 비합리적이고 허상인 것들이 너무도 많았다. 콕 집어 말해 모든 규약들이 양반에 의해, 또한 양반을 위해 정립되어진 것들뿐이었다.

조부 때도 그렇고 아버지 때도 그랬다. 한자나 몇 자 읽을 줄 아는 게 전부인 양반들은 무능력한 탓에 낭유도식(浪遊徒食)하는 주제에 졸렬하고 거만하긴 이를 데 없어 자신들보다 위의 계급들에겐 온갖 아첨과 아양을 떠는 반면 아래의 계급들은 발톱에 때만도 못하게 여기기 일쑤였다. 갖은 부정을 다 저지르느라 정작 조부나 아버지 같은 상인들에게 신세를 지는 주제에도 눈은 높기가 하늘을 찔렀고 혓바닥은 쓰게만 놀려댔다.

"자네 성의가 깊고 하니 내 거절은 않네만 앞으로는 오늘처럼 백주 대낮에 불쑥 찾아오지 말게. 누가 보면 내가 자네와 같은 사람을 가까이 두는 줄로 오해를 할 게 아닌가. 아니 그런가?"

대청마루에 우뚝 솟은 대감은 고약한 눈초리를 내리깔았다. 그 모양새가 네놈들 같은 상것들은 안으로 들일 수 없다는 식이다.

아래에는 갖가지 상품을 두 팔 가득 안은 채 머리를 조아리고 있는 조부와 아버지, 그리고 어린 순국이 있었다.

"소인이 생각이 짧았습니다요. 대감님의 넓으신 아량으로."

"험! 그나저나 식솔들을 이렇게 줄줄이 달고 온 연유가 무엇인가? 혹시 예외적으로 바라는 게 있는 겐가?"

"예?"

"속에 다른 염두를 담아두고 있느냐는 말일세?"

대감은 대화를 조기에 맺기를 원한다는 의중을 노골적인 물음으로 표했다.

"당치도 않습니다. 대감님을 알현하려는데 때마침 손이 없어서 동행을 한 것뿐이니 오해는 말아주십시오."

조부는 조선과 중국을 오가며 물건을 떼와 사고파는 식으로 차익을 남기는 장사꾼이었다. 헌데 당시 조선에서 나가고 중국에서 건너오는 모든 물품들은 관가를 거쳐야만 했다. 때문에 조부로선 이 지방 관가관리들 중 으뜸인 대감을 알현하지 않을 수가 없었다. 굳이 아버지와 순국을 대동한 연유는 대대로 가업을 이어받게 될 아들과 손자를 한 번이라도 더 대감의 눈에 들게 하기 위함이다.

그것은 열이면 아홉 손해볼 일이 아니었다.

"알았으니 그만 가보게."

"예. 대감."

대감은 근엄하지만 고약한 눈초리를 거두었다. 조부는 머리를 더욱 조아렸지만 얼굴을 미세하게 폈다. 순국의 눈에 비친 그들의 모습은 대감도 조부도 그 정도 오간 말이면 서로 간에 충분히 의중을 전하고 확인한 듯했다.

그날 처음 자리를 가져본 순국은 대감을 알현한 뒤 돌아가는 길 내내 가슴이 먹먹했다. 결국은 허물 수 없는 양반과의 경계를 직접적으로 경험한 탓이다. 대조적으로, 조부와 아버지는 만족스러우나 가여운, 그래서 희미한 미소를 떠올리고 있는 것처럼 보였다. 틀림없이 두 사람은 대감을 알현한 일을 매우 흡족하게 여길 터였다. 허나 가슴이 먹먹하다 못해 울화가 치밀어 오르는 순국에게는 딱해 보일 뿐이다. 이 일을 계기로 순국은 본격적으로 양반들을 증오하기 시작했다. 그리고 무능한 양반들만을 고위직책에 앉히는 조선의 제도를 속으로나마 배척했다.

불합리한 조선의 제도를 뒤집어엎은 일본을 순국은 구원이라 맹신하기에 이른다. 따라서 일본이 무자비하게 총칼을 들이대지 않았다 하더라도 그는 물신양면으로 일본에 협조를 했을 위인이다. '개혁'이라는 미명

하에 천지가 무너져도 용서받지 못할 악행들을 범하는 일본이었음에도 그의 눈에는 혁신과 진보로만 비쳤다.

"반드시 일본인이 존경하는 일본인이 돼야 된다. 그것만 가슴에 새기고 살아라. 아버지 말 알아듣제?"

순국이 해용을 대할 때면 항시 빼먹지 않는 언질이었다.

"명심할게요."

기적적으로 돌아왔다고 할 수 있는 본가엔 사람이 살고 있지 않는 듯했다. 창문은 모조리 깨져 있고 담벼락과 집채는 정체를 알 수 없는 오물들로 얼룩덜룩하다. 잘못 찾은 건 아니었다. 일본풍이 전혀 스미지 않은 현대적 건물. 그런데 뒷마당엔 정통일본식 정원을 옮겨놓은 특이한 구조의 본가였기에 잘못 찾을 리가 없었다.

해용이 멍하니 본가 앞에 서 있자 옆을 지나치던 한 무리의 사내들이 말을 걸어온다.

"여기 볼일 있는 사람이요?"

"예? 아, 아닙니다."

오랜 동안 일본에만 머물러 있던 탓에 발음이 미묘하게 어눌하다. 사내들은 딱히 개의치 않는 듯했으나 해용 스스로 거북함을 지닌다.

"그런데 여기서 뭐하는 거요?"

"혹시 이집 사람들 아는 사람이요?"

"그게, 저……."

해용이 대답을 망설이는 근간은 말이 서툴러서라기보다 사내들이 자신의 얼굴을 빤히 쳐다보고 있는 탓에 지레 뜨끔했기 때문이다. 더군다나 신경을 가미해 다시 보니 사내들 중 한둘은 어렴풋이 낯이 익다. 그리고 낯이 익다는 사실을 알아차리자 그다지 유쾌하지 않은 기분이 엄습해온다. 제 발을 저린 가슴이나 무언가 어긋나 있는 듯한 기분으로 미루어 짐작컨대 사내들은 순국에게, 나아가서 본인의 집안에 우호적인 감정을 지니고 있지 않을 가능성이 농후할 것이라는 생각이 번득 든다.

그게 아니더라도 사내들이 말을 걸어오기 전 본가의 전경을 접했을 때에 이미 대강의 짐작을 했다. 해용 자신의 가족들은 조선이 해방되고 나서 이곳에 더 이상 발을 붙이고 살지 못하게 되었으리라. 일제강점기 시절 순국의 행실을 되짚어보면 이치적으로 이상할 것이 없었다. 그래서 급작스레, 행여나 사내들이 본인을 알아보기라도 할까 마음이 초조해진다.

"그럼 뭐 하러 여기 서 있는 거요?"

다행히도 사내들은 해용을 알아보지 못하는 듯했다.

"그냥 집이 좋아 보여서요. 크고."

"어디서 오셨소? 못 보던 얼굴인 것 같은데?"

"진주가 고향인데, 일본탄광으로 끌려갔다가 지금 막 돌아오는 길입니다."

부산항에 도착하기 전 미리 생각을 해두었던지라 막힘없이 대답을 내놓을 수 있었다.

"어휴…… 고생이 얼마나 많았소?"

"나이도 얼마 안 되어 뵈는 양반이…… 쯧쯧. 참으로 어렸을 적에 끌려갔나 보오?"

"열세 살 조금 넘어서 갔습니다."

"천벌을 받을 놈들! 그 어린 아를 잡아다가, 에이……."

사내들은 애환이 깃든 눈을 하고서 해용을 바라보았다. 해용에게 진한 연민의 정을 느끼고 있음이리라.

"내도 오키나와로 끌려가서 5년 동안 노역을 하다 겨우 살아 돌아왔소."

사내들 중 한 명이 상체만 조금 더 앞으로 당기는 몸짓을 해서 말했다.

"그러셨군요?"

"여 이집에 살던 곽가놈한테 속아서 말이오."

해용이 대꾸가 없자 다른 사내들이 설명을 덧붙이듯 한마디씩 보탠다.

"개, 백정만도 못한 앞잡이놈이었다카이. 가면 돈도 많이 벌고 대우도 좋게 해준다고 속여서 일본군에 넘긴 조선인이 족히 이백은 넘을 끼라."

"이백은 무신? 사백도 더 된다 카던데?"

"에라이. 쳐 죽여도 시원찮을 놈. 카악!"

사내들은 순국을 떠올리는 것만으로 울분이 치미는 듯보인다. 까닭에 해용은 가족들의 행방을, 아니 집에 살았던 이들의 행방을 얼핏이라도 물을 수 없었다.

"그럼 진주로 돌아갈 참이요?"

"네? 아. 네."

"오늘 내려가기는 힘들 텐데. 묵을 데는 있고?"

"아뇨. 부산에는 연줄이 없어서요."

"어떻게 되슈?"

나이를 묻는 눈치였다.

"스물하고 일곱입니다."

"이름은?"

"……박정철입니다."

해용은 그렇게 대답했다. 박정철은 13특수학교 재학시절 유일하게 자신과 같은 순수 조선인 출신 동기였다. 같은 조선인인데다 사고방식이 판박이처럼 닮아 있던 덕에 졸업을 할 때까지 각별하게 지냈다. 하지만 임관을 하게 되면서 해용은 중국 관동지방으로, 박정철은 필리핀으로 자대배치를 받는 바람에 이후 자연스레 소식이 뜸해진다. 그리고 일본이 패망한 후에는 생사조차 알지 못했다. 자신과 처지가 별반 다를 것이 없었던 박정철은–모르긴 해도 전장에서 전사를 하지 않았다면 아마도 일본정부에 의해 숙청을 당했을 것이었다. 둘다 아니라면 어딘가 숨죽여 살고 있던가.

"어디 박씨입니까?"

그때까지 입을 떼지 않고 지켜만 보고 있던 사내가 해용의 앞으로 나선다. 사투리억양이 약한 말투도 그랬지만 그는 행색부터가 다른 사내들에 비해 정갈하고 차분한 느낌이다.

"밀양 박씨입니다."

"내키거들랑 저희 집으로 가시겠습니까?"

"그렇게까지 신세를?"

사양하는 투로 말을 건네긴 했으나 내심 사내를 따라 나서고픈 해용이다. 가족들의 행방도 묘연한데다 본인 말대로 딱히 연고도 없었으므로 당장이 막막하던 차다.

"그카지 말고 나서오. 쪼매 있음 날이 저물어서 중간에 오도 가도 못할기 뻔한데."

"하모 그럴 낍니더."

옆의 사내들이 거들어준 덕에 마음같이 대답을 내놓을 수 있었다.

"그럼 신세를 좀 지겠습니다. 부탁드립니다."

해용은 호의를 건네는 사내에게 정중히 감사를 표했다.

"갑시다."

사내는 해용의 예의바른 언행이 마음에 드는 얼굴을 해선 앞장을 선다.

그의 집은 꽤나 널찍한 마당을 끼고 있는 기와집이었다. 그것만으로 단정 짓기엔 이르지만 조금 전 여타 사내들과 구분이 지어지는 어투와 행색에는 이유가 있었다는 생각이 든다. 사내가 대문으로 들어서자 마당에서 옹기종기 모여 놀고 있던 아이들 너댓이 우르르 그의 앞으로 몰린다.

"아버지, 다녀오셨어요?"

개중 가장 키가 큰 여자아이가 또랑또랑한 목소리를 낸다.

"그래. 동생들 잘 보고 있었지?"

"네. 잘 보고 있었어요."

하나같이 꼬장꼬장한 아이들의 몰골과 가장 큰 아이가 그 아이들을 돌보고 있는 행태인 걸로 봐서 어머니의 자리가 부재중인 듯 사료됐다.

"여기는 아버지 손님이시다. 인사 드려라."

사내가 해용의 옆으로 비켜서며 아이들에게 소개를 하자 아이들이 일제히 허리를 숙인다.

"안녕하세요?"

"그래. 안녕."

이런 식으로 아이들의 인사를 받아본 적이 생전 처음이었던 해용은 어색하다 못해 쑥스럽기까지 하다.

저녁끼니는 물에 불릴 대로 불린 자루콩으로 해결을 했다. 해용은 몹시 시장했던 탓에 자루콩이 코로 들어가는지 목으로 넘어가는지 분간을 해내지 못할 지경이었다.

"많이 시장하셨나 보군요?"

"조금……."

불과 몇 달 전까지 동아시아를 호령했던 일본제국군 장교였던 해용은 남에게 이렇듯 허술한 모습을 보이는 자신이 어색하고 창피하다.

아이들이 모두 잠든 밤. 사내와 해용은 마루에 마주보고 앉았다.

"양을 알았다면 한 움큼 더 불릴 걸 그랬군요?"

"아닙니다."

해용은 머쓱한 미소를 얼굴에 떠올린다.

"웃음의 떠를 보아 하니 체면을 아는 분이시군요?"

그쯤 되니 사내는 어떤 방향이로든 공부를 했던 사람이라는 확신이 든다.

"선생님."

해용이 그렇게 불렀을 때 사내는 별다른 동요 없이 지그시 바라본다.

"선생님은 공부를 하신 분이시죠? 맞습니까?"

"나름대로는 그렇습니다."

사내는 담담하게 응답을 했다.

"어떤 공부를 하셨는지 여쭤봐도 되겠습니까?"

"어떤 공부라기보다 보통학교의 교원이었습니다."

"그러셨군요?"

막연히 짐작한 대로다.

"정철 씨도 공부를 했던 사람으로 보입니다만."

사내 역시 해용과 비슷한 생각을 가지고 있었던 듯 자신을 밝히고 나서는 묻듯이 말꼬리를 올린다.

"아닙니다. 워낙 어린 나이에 끌려갔던 터라."

부정이 아닌 자신이 없어 하는 해용의 대답에 사내는 빙긋이 웃곤 거기에 관해 더 이상 물음을 달지 않는다.

"제가 궁금한 게 있는데 말입니다."

해용은 이 시점에, 이 사내라면 넌지시 물은 들 오해나 의심을 살 소지가 없다는 판단이 섰다.

"궁금한 거요?"

"아까 봤던 큰 집 있지 않습니까? 곽가가 살았다던?"

"그런데요?"

"거기 사람들 어떻게 됐습니까? 언뜻 들어서는 앞잡이 노릇을 했던 족속들 같은데?"

해용은 그렇게 말을 마친 직후 기분이 묘하다. 실은 예감도 했었다. 하지만 물어봐야 했다.

"평소 이를 갈고 있던 사람이 한둘이 아니었어요. 이 일대에선 일본의 개로 소문이 파다했죠."

"아……."

익히 알고 있던 터라 반응은 미약하다.

"제가 듣기론 광복이 되고 이튿날 밤 무리들 손에 붙잡혀 야산으로 끌려갔는데, 거기서 양손과 다리가 결박당한 채로 돌팔매질을 당해 생을 다했다고."

"아……."

사내의 그 말엔 멍해질 수밖에 없는 해용이다.

"정철 씨?"

"그럼 식구들도 모두?"

"그건 아닐 겁니다. 무리들도 딱한 마음에 처와 자식들은 줄행랑을 치도록 놓아주었다고 들었습니다. 물론 확실친 않아요."

그나마 다행으로 어머니와 누이들은 목숨을 부지했을지 모른다.

"왜 그러십니까? 거기 집안을 아십니까?"

"아닙니다. 집이 하도 좋아 보이기에 그 집에 살았던 사람들은 어떤 사람들인가 궁금해서 말입니다."

"그건 그렇고. 앞으로 뭘 할 생각입니까? 진주로 돌아가면 할 일이 있는 겁니까?"

"아직은 마땅한 계획이 없습니다. 사실 돌아간들 이제 아무도 없거든요. 부모님도 형제들도."

사내로부터 가족들의 행방을 대략이나마 전해들은 뒤라 대답을 보내는 음성이 매끄러운 편이다. 어느 정도는 마음을 비워내고 있던 까닭이었으리라.

"공부를 해보는 것이 어떻겠습니까?"

"공부요?"

"정철 씨라면 뭐든 착실히 익힐 수 있을 것처럼 보이는데 말입니다? 이래 봬도 사람 앞에 서는 일을 했던 터라 보는 눈이 나쁘지 않은 편입니다."

이런 상황이지만 해용은 사내의 제안이 온 가슴으로 와 닿는다. 마냥 반가운 것과는 차이가 있었다.

"그렇다면 책을 좀 구해주실 수 있겠습니까? 우선은 한글과 한자를 익힐 수 있는 책이면 좋겠는데 말입니다."

실상 바탕이 있는 해용이었기에 배우는 데는 자신이 있다.

"물론입니다."

사내는 그 말을 기다렸다는 듯 흔쾌히 대답을 준다.

"감사합니다. 선생님."

"나도 고맙습니다. 선뜻 제안을 받아주셔서 말이죠."

"그리고 선생님, 존함이 어떻게 되시는지?"

"장성민입니다. 아무래도 나이 차도 있고. 또 정철 씨가 부르기도 그렇고 남들이 듣기에도 그렇고 하니…… '장 선생'이라 부르시면 무리가 없을 듯 하군요."

"네. 장 선생님."

그날부로 해용은 장 선생의 집에 기거를 하며 낮에는 공사판에서 땀을 흘렸고, 밤에는 한글과 한자공부에 전념을 한다. 본가가 그 꼴을 하고 있는 걸 확인한 후에는 어떻게 살아가야 할지 마냥 두렵고 막막하기만 했는데 해용으로서는 장 선생을 만난 일이 참으로 다행이 아닐 수 없었다.

"선생님. 어쩌다 다치신 겁니까?"

해용이 양 새끼손가락이 자리에 없는 장 선생의 손에 번갈아 시선을 준다. 진즉에 묻고 싶었으나 좀처럼 기회가 마땅하다고 여겨지는 때가 없었다.

"일본군 장교가 잘라버렸다네."

"군인이 민간인인 선생님의 손가락을 잘랐단 말입니까?"

서울에서 공부를 마치고 귀향한 장 선생은 조선총독부로부터 하달된 칙령을 어기고 학교 아이들에게 한글과 역사를 가르쳤다. 그런데 어느 날 순사들이 느닷없이 교실로 들이닥쳐서는 자신을 체포해 갔다고 했다. 한글과 역사를 가르쳤다는 이유로 아이들이 지켜보는 앞에서 죄인마냥 맥없이 끌려나가야 했던 그날이 아직도 아픈 기억으로 뇌리에 생생하다는 설명도 덧붙였다.

장 선생은 곧장 경찰서 지하고문실로 끌려왔다. 그리고 그곳에서 온갖 모진 고문을 당하던 중에도 끝내 원하는 답을 내어놓지 않자 취조실을 찾은 일본군 장교가 홧김에 새끼손가락 두 개를 잘라버렸단다. 그 자리에서 목숨을 거두지 않은 이유는 자신이 대대로 성리학을 공부했던 양반 가문의 후손이었기 때문에 지역민심을 고려함이었을 것으로 추측한다고 했다.

"그들의 입장에선 내가 죽이고 싶을 만큼 미웠겠지. 오죽하면 총독부에서 행정장교를 내려 보내 나와 대질을 해보라고 명령을 내렸겠는가?"

"행정장교요?"

"그렇다네. 나와 같은 조선인들이 조선팔도에 어디 한둘이었겠는가? 대화숙(大和塾)*이 말기 즈음에 출범한 게…… 참! 자넨 오랫동안 나가 있었으니 이름도 생소하겠구먼? 아무튼 총독부 마음 같아서는 앞서 말한 것처럼 나나 그들 모두의 목을 단칼에 쳐버리고 싶었을 게야. 하지만 그러고 나면 무장봉기라든지 더 골치 아픈 일들이 벌어질 거라는 판단에 실행으로 옮기진 못한 게지. 그래서 선회한 방법이 바로 우리와 같은 조선인들을 포용하는 척하며 꼭두각시로 전락을 시키는 거였어. 그러려면 어떻게 어르고 달래야 원하는 성과를 얻을지 연구가 필요했던 거고. 일본인들의 특징이지 않나? 인간이고 사물이고 분석하고 연구해서 원하는 결과를 도출해내려는 거 말일세."

말을 맺을 즈음 장선생의 음성이 야릇하게 흐트러진다. 그렇지만 얼굴에 묻어나는 심정만큼은 당시의 처신에 일절 후회가 없음이 명백하다.

반면, 장 선생의 마지막 말에 해용은 혼자만 아는 가책으로 인해 얼굴이 달아오른다. 문득 든 생각으로 만약 자신이 행정장교였다면 목숨을 거두진 않았다 하더라도 팔 하나는 떼어놓았을 것이리라.

몇 달 후 교육관을 다녀온 장 선생이 해용을 앞에 앉혔다.

---

* 1941년 조직된 사상교화 단체

"주민신고를 해야 한다고요?"

"그렇다네. 교원시험에 응시를 하려면 반드시 주민신고를 해야 하네."

"하지만 전 제가 태어난 곳의 주소를 제대로 알지 못합니다. 게다가 제가 알고 있는 나이도 본래 나이인지 확신을 할 수가 없고 말입니다."

해용은 교원이 되려고 마음을 먹었을 때 이미 이와 같은 상황을 어느 정도 예측했었다.

"시국이 이러하니 크게 상관은 없을 걸세. 자네 같은 사람들은 어린 나이에 납치되다시피 해서 끌려갔으니, 간단한 심사와 함께 내가 보증을 하면 무리 없이 신고를 할 수 있을 걸세."

과연 장 선생은 해용이 원하는 대책을 강구해놓았다. 한편으론 그런 장 선생에게 죄송한 마음이 든다. 그를 능멸한다거나 할 마음이 추호도 없었기에 속이고 있다는 죄책감이 들어서다.

장 선생의 집에 기거한 지 몇 달이 흐른 동안 해용은 의식의 틀이 많이 바뀐다. 10년이 넘도록 오로지 출세만을 위해 달려왔고, 이외의 삶의 목표는 생각도 해본 적이 없었다. 그래서 온 몸과 마음으로 충성을 다한 일본으로부터 버림을 받았을 당시엔 이후의 삶은 단지 살아 있기에 살아가는 어떠한 면에서든지 전에 비해 의미가 퇴색한 인생이 될 것이 빤하다고 치부했었다.

허나 근래 들어 그게 아닐지도 모른다는 의식이 피어올랐다. 이곳에 머무르다 보니 방향만 다를 뿐 출세 못지않은 의미 있는 인생을 만들어 나갈 수 있을지 모른다는 희망이 생겼다. 매사에 경우가 바르고 마음이 넉넉한 장 선생이 그렇게 만들어주었고. 순박하고 착해서 자신을 잘 따르는 아이들이 그렇게 만들어주었다.

나중에 안 사실이지만 장 선생은 결혼을 하지 않은 총각이었다. 아이들은 일제강점기 동안 부모를 잃고 고아가 되어 여기저기를 떠돌아다니다 해용 본인과 같이 우연히 장 선생을 만나 인연을 맺고 오늘날까지 함께 생활을 해오고 있던 것이었다.

해용은 사실을 알고 난 뒤 장 선생과 아이들에게 더욱 각별한 마음이 생긴다. 자신은 그게 무엇이든 이들에게 도움이 되어야 할 의무가 있다고 자각을 한 것이다. 그러한 마음은 장 선생과 아이들에 대한 감사함과 속죄의 감정이 뒤엉켜 파생된 산물이었고, 동시에 앞으로의 삶의 목표가 되었다.

그런데 교원시험이 있기 며칠 전 해용은 예기치 못한 인물들과 마주치게 된다. 바로 일본으로 건너가기 전까지 알고 지내던 친구들이었다.

해용이 부산시 소재의 어느 고아원 증축공사현장에 나왔을 때다.

"여보소."

시커먼 사내들이 해용의 얼굴을 유심히 살피며 다가선다.

"네?"

"니, 해용이 아이가?"

"어? 맞네. 맞다! 곽해용이!"

세월이 10여 년이나 흘렀음에도 불구하고 사내들은 20대 후반 해용의 얼굴로부터 열다섯 해용의 얼굴을 단번에 유추해냈다. 이에 반해 해용은 그들의 안면을 알아보지 못하는 판이다.

"사람 잘못 보신 거 같군요? 전 곽해용이라는 사람이 아닙니다."

그들이 누구건 간에 지금의 해용은 박정철이다. 의외로 당사자에겐 단순하면서도 간단한 사안이다. 그래서 당황한 기색 없이 말을 던지곤 자리를 피하려 했다.

"아니기는? 맞구만. 언제 돌아왔노?"

사내가 돌아서려는 해용의 소매를 획 낚아채 묻는다.

"사람 잘못 보셨다니까요? 제 이름은 박정철입니다."

"새끼. 일본놈 한번 돼볼라꼬 온갖 빼끼를 써대더만. 와? 광복되고 나니까 금마들이 쪼까내드나?"

뿌리를 박고 던진 말은 아니었겠으나 얼추 맞아 떨어졌다.

"알지도 못하는 사람 붙잡아다가 말씀이 너무 지나친 거 아니요?"

"지랄하고 자빠졌네. 우리가 니 면상을 잊을 거 같나? 우리 아버지가 니 놈 애비 때메 냉골에서 헤매다 돌아가신 게 재작년 일이다. 어이?"

가장 몸집이 다부진 사내가 해용의 멱살을 움켜쥐어 언성을 드높인다. 너무도 순식간의 일이었기에 찰나 사내들이 이곳에서 자신을 벼르고 기다리고 있었던 건 아닐까, 하는 밑도 끝도 없는 의심도 해보는 해용이다.

아무튼 그 바람에 주변 모든 이들의 시선이 일제히 해용에게로 쏠린다. 순간, 숨이 턱하고 막힐 만큼 아찔하고 창피했다. 햇볕에 그을려 있던 얼굴색이 자주빛깔로 변해버린다. 그때서야 기억 언저리에서 매치가 이루어진다. 당장이라도 자신을 죽일 듯한 눈길을 하고서 멱살을 움켜쥐고 있는 사내의 얼굴은 10여 년의 세월을 고스란히 담아낸 어렸을 적 벗의 얼굴임을.

둘도 없는 사이까진 아니었지만 유년시절 꽤나 어울렸던 기억이 분명 남아있다. 그러고 나서 다시 보니 다른 사내들도 당시 함께 어울렸던 얼굴들의 흔적을 어렴풋이나마 지니고 있었다.

"글쎄. 사람을 잘못 봤다니까!"

"닥쳐라 새끼야! 일본이 항복하면서 어디 가서 뒈졌나 했는데, 이렇게 사지 멀쩡하게 살아 있었네?"

"원래 이런 족속들이 명은 질긴 기라. 씨발."

사내들이 이 정도로까지 몰아붙이니 더 이상 어떠한 부정도 소용이 없을 듯하다. 그들은 확신을 하고 있는데다 주변의 다른 이들 역시 상황이 있기 전과는 달라진 눈으로 해용을 힐끗거리며 삼삼오오 몰려들고 있었다.

이들이 이토록 해용을 증오하는 데에는 공통된 하나의 가슴 문드러지는 과거가 존재했다. 바로 해용의 아버지 순국이 사내들의 아버지나 친척들을 차례로 일본군에 넘겼던 것. 그런 그들 앞에 해방직후 해용이 제 발로 나타났으니 다소 표현이 억지스럽지만 반갑기 이를 데가 없었으리라.

"난 아니래도! 이 사람들이 엄한 사람을 붙잡고. 크윽!"

사내의 돌덩이 같은 주먹이 부정을 뱉으려는 해용의 입으로 날아든다. 해용은 멱살이 붙들린 채 몸 전체를 휘청거린다.

"니가 곽해용이라는 사실을 인정하면 여기서 병신으로 만들지는 않으꾸마. 자! 사실을 말해봐라."

"난 정말 그 사람이 아니라니까? 컥!"

이번엔 다른 사내의 주먹이 흙먼지를 갈라 해용의 턱으로 돌진했다.

"니가 곽해용이 아니면 내가 성을 간다. 이 쌍놈의 새끼야!"

해용을 둘러싸고 있는 사내들의 살기가 차츰 더 날을 세워간다. 혹 정말로 해용이 박정철이었다고 한들 당장 이 자리에서 곽해용임을 인정하지 않으면 성한 몸으로 벗어나기란 불가능할 것 같았다. 고로 이제는 방법이 없다는 생각이 들었다. 어떻게든 빠져나가고 봐야 한다는 판단이 선 것.

"여기서 이러지 말고 다른 데로 자리를 옮겨 얘기 좀 하세."

몰려든 이들의 눈과 귀를 의식한 제안이다.

"알았으니까 똑바로 말해라. 니, 곽해용이가 맞나 아이가?"

"맞다. 나 곽해용이 맞다. 내가 사정을 다 얘기 할 테니까, 그러니까."

눈앞이 번쩍했고 곧바로 몸이 고꾸라진다. 이후 어디서 날아드는 주먹들인지. 또 발길들인지 도통 방향도 짐작할 수 없을 정도로 온 사방에서 그것들이 들이닥친다. 그리고 멈출 기미가 없다.

"아…… 악!"

새어나오는 소리가 형편없이 찌그러진다. 마치 신음마저 두들겨 맞는 듯.

한참 얻어맞는 와중에 주변을 둘러볼 틈이 생겼는데, 그간 자신을 친동생처럼 아껴주고 혹은 친형처럼 따르던 이들의 눈길이 차디차게 변해 있는 것을 목격한다.

장 선생과 그들을 만나면서 새로운 인생을 꿈꿀 수 있게 되었다. 정말로 새 삶을 살 수 있을 것 같았다. 하지만 이제는 모든 것이 끝장났다. 그래서 죽을 만큼 심정이 짓이겨졌고 정말로 이대로 맞아서 생을 마감하는 것도 나쁘지 않겠다는 생각도 들었다. 멀지 않은 과거까지-자신은 출세를 위해 수많은 이들에게 고통을 주었었고, 심심찮게 목숨까지 빼앗았으니 크게 억울할 것은 없지 않은가. 동일한 가치를 지닌 상품과 상품을 교환하는 행위에 지극히 가까운 의미만을 본인의 양심에 새기는 해용이다.

"대체 이게 무슨 짓들이오?"

사내들의 등 뒤에서 날아든 장 선생의 날카로운 음성이 그들의 동작을 일시에 정지시킨다. 역시나 해용이 고개를 들어 시선을 둔 곳에 장 선생의 뒷모습이 있다.

"이건 불한당의 짓거리가 아니오?"

"장 선생님 댁에 청년 하나를 두고 있다고 들었는데, 이놈이었습니까?"

"그렇습니다. 그나저나 뭣들 하는 짓이오? 사람 여럿이서 하나를 둘러

싸고 패는 꼴이라니! 이게 모범을 보여야할 청년회 여러분들이 할 짓이오?"

"이놈이 어떤 놈인 줄 아시고나 하는 말씀입니꺼? 이놈은 쪽바리보다도 더 지독한 놈입니더. 지아비는 간언으로 수많은 동포들을 속여 사지로 몰았고, 이놈은 지가 아예 일본군이 되겠다고 작정하고 일본으로 건너가 있던 놈입니더."

해용은 '동포'라는 단어를 새삼 머릿속에 각인시켰을 때 시큼한 신물이 입안에 고여 있음을 인지한다.

"그렇다 해도 이건 사람이 할 짓이 아니오."

대변을 하곤 있었으나 장 선생의 표정, 어투, 몸짓 등 그의 모든 것들이 미세하게 꿈틀댔다. 해용을 향한 심경에 변화가 생긴 것이 틀림없다. 쓰러진 해용을 등지고 서 있었지만 해용은 그것을 알 수 있었다. 하긴, 독립운동까지 했던 장 선생이니 변화의 기운이 드리우지 않는 것이 되레 이상할밖에.

"장 선생님. 비켜주이소. 우리 아버지 한이고, 우리 식구 모두의 한입니더."

"여러분. 그렇다고 해도 제발 진정을."

"비켜주이소!"

사내들이 해용에게로 달려들려 하자 장 선생이 막아섰다.

"제발 진정을 좀 하시고."

해용은 혼란한 틈을 타 재빨리 몸을 일으킨다. 그리곤 본능에 가까운 뜀박질을 한다. 그는 발을 구르는 중에 깨닫는다. 몇 초 전의 체념이 무색하게 참으로 다행이라 여기고 있는 자신을.

"저 새끼 도망간다. 잡아라! 저 새끼 잡아라!"

“이러지들 마세요. 네?”

사내들은 결국 장 선생을 거칠게 밀어붙여버리곤 해용을 쫓아 달린다.

눈물이 났다. 정신없이 도망을 치는 동안에는 단순히 안도의 눈물인 줄로만 알았다.

“빠가야로!”

그러나 몸을 피신시켜놓고 되짚어보니 그건 아닌 듯했다.

3

"이 밤에 어디로 가는 길이요?"

하염없이 길을 따라 걷고 있는 해용의 옆으로 짐칸의 모양만 변형한, 보닛의 길이가 유독 긴 일본제국군의 군 트럭 한 대가 섰다.

"그냥 뭐."

운전사는 호의를 표하고 있는 것이 맞았으나 심정이 복잡했던 해용은 그리 반갑지 않은 게 사실이다.

"마! 여 형님 연식이 얼만 줄 아나? 어른이 묻는데 말투가 와 그따구고?"

조수석에 앉은 사내는 우락부락한 인상에 걸맞게 어투가 사납고 거칠다.

"어허, 사람 참."

연배가 있어 뵈는 운전사가 제지하듯 조수석 사내의 팔뚝을 팔꿈치로 슬쩍 민다.

“그냥 위로 가는 중입니다.”

“그냥 위라니? 무슨 말이 그렇노?”

가까스로 몸을 피해 도망 나온 해용은 당장은 부산에서만 멀어지면 된다는 생각이었으니 대답이 그럴밖에.

“정말로 그냥 위로 가는 중이에요.”

“참나. 말하는 본새하고는?”

노골적으로 마음에 들지 않는다는 눈총을 쏘아대는 사내를 앞에 두었음에도 그것 외엔 다른 말이 떠오르지 않았다. 심적인 요인이 컸다.

“이 야심한 시간에 걸어서 어디까지 갈 생각이요? 정말로 무작정 걷고 있는 거요?”

운전사는 조수석의 사내에게 자제하라는 의중을 충분히 주입한 뒤 해용에게 물었다.

“딱히 정한 곳은 없고 서울이나 경기도 쪽으로 가볼 생각입니다.”

입술이 움직이는 대로 대꾸했다. 심정적으론 말을 입 밖으로 내는 자체가 내키지 않았다. 하지만 대답은 보내야 한다고 생각했다. 만약 그러하지 않으면 정이 많고 오지랖이 넓을 것으로 사료되는 운전사가 끈덕지게 질문을 해댈 것이었고……. 그렇게 되면 성실히 대꾸할 의사가 전혀 없는 자신의 멱살을 조수석에 앉은 사내가 반갑지 않았던 낮의 옛 친구처럼 붙들어 맬 가능성이 높아질 것이었기 때문이다.

“타겠소? 우린 함양으로 가는 길인데.”

“함양이요?”

귀찮게 굴던 운전사는 한순간 정반대로 해용이 반길 만한 제안을 내놓는다. 갑작스레 도망쳐 나온 탓에 몸뚱이 말곤 가진 것이 없었다. 그래서 거

귀한 차를 탈 생각은 언감생심 꿈도 꾸지 않았었다. 운전사가 트럭을 세우고 말을 걸었을 때에도 얻어 타고 간다는 기대는 추호도 하지 못했다.

"형님. 뭐 하러 태웁니꺼?"

조수석의 사내는 정확히 해용과 눈을 맞추어선 그렇게 말했다. 해용의 판단에 사내는 시비를, 아니 싸움을 못해 안달이 난 사람 같았다.

"함양이 위쪽입니까?"

"여 사람이 아인가 보네? 함양이 어디 붙었는지도 모르는 거 보이."

조수석의 사내는 빈정거리는 웃음을 띤다. 실상 자기 입으로 타 지역 사람인 것 같다는 식으로 말을 해놓고 함양군의 위치를 모른다며 빈정거리는 모양새란 개연성이 결여된 처세가 맞았다. 허나 조수석의 사내는 자신의 감정을 최우선시하는 부류인 듯 개연성 따윈 안중에도 없는 눈치다. 하긴, 당연히 그럴 것 같았고 또 어울린다.

"여기로 치면 북서쪽이지."

해용은 서울은 몇 번 다녀와 보았다. 그렇지만 설령 부산의 인근이라 하더라도 그 외의 지역은 거의 다녀본 적이 없다.

"그렇군요? 실은 어릴 때 일본으로 끌려갔다 돌아온 통에 지리를 모릅니다."

이때쯤엔 의식을 않더라도 가공된 과거가 자연스레 입술을 통과했다.

"징용이 됐었다고?"

운전사는 확실히 전보다 애처로움을 더한 눈을 해서 말끄트머리를 띄운다.

"형님은 새삼스럽게? 까놓고 말해서 지금 대한민국 땅에 징용 한번 안 당해본 남자가 몇이나 되겠는교? 마! 어릴 때면 몇 살 때 끌려갔는데?"

"열두세 살 때쯤이었던 거 같습니다."

"맞나?"

조수석의 사내도 이번 만큼은 동요가 있다.

"씨팔. 그 썩을 놈들은 고사리 같은 아까지 잡아가서 삽질을 시켰구만. 지들 아새끼들은 금이야 옥이야 온갖 지랄을 다 떨더만? 마! 그카면 진작 말을 했어야지."

묻지도 않았을 뿐더러 거기에 연계된 이야기를 꺼낼 만한 건수도 없었다. 허나 지금은 그딴 걸 조수석의 사내에게 상기시키는 처신이 불필요하다. 차에 몸을 실을 수만 있다면 여러 가지로 손해볼 것이 없었기에. 그래서 대뜸 사과를 했다.

"죄송합니다."

"됐다. 짐칸이기는 해도 타고 갈 만할 끼다. 타라."

조수석의 사내가 엄지손가락을 치켜 올려 뒤쪽을 가리킨다. 그가 가리킨 짐칸에는 벌목한 나무들이 수북이 쌓여 있다.

"감사합니다."

"저녁은 묵었나? 지금 시간이 한참 밤인데."

드센 기운을 한껏 누그러뜨린 조수석의 사내다.

"아직."

"있어봐라."

그가 발밑에 놓여 있는 보따리를 푼다. 그리고 야참으로 준비해온 듯 보이는 삶은 연잎에 싼 주먹밥 하나를 해용에게 내민다.

"아나."

해용은 단 한 마디 사양의 말도 뱉을 수가 없었다. 그만큼 시장기가 대단했다.

"감사합니다. 정말 감사합니다."

인사를 맺기 무섭게 해용은 주먹밥을 입안으로 쑤셔 넣는다.

"고향은 어디고?"

"진줍니다."

해용은 열심히 밥알을 씹는 중에 답한다.

"가족들은?"

"일찌감치 고아가 됐습니다."

충분히 시간을 갖고 체념을 한 사항이었기에 이젠 감성에 파동 따위가 인다거나 하진 않는다.

"이름은?"

"박정철입니다."

그 사이 해용은 주먹밥 하나를 게 눈 감추듯 해치운다.

"나이는 얼마고?"

"스물일곱입니다."

"보기보다는 마이 뭇네? 내는 최만규다. 나이는 니보다 여섯이 많고."

"네."

"위에는 아는 사람이 있나?"

"가봐야 알 것 같아요."

해용은 연출과 실제의 경계가 모호한 애수를 드리운 눈을 해서는 잠시 생각하다 대꾸했다. 가봐야 아는 사람이 없기 때문이었고 또 한편으론 그걸 바라면서도 서글픈 마음이 들었기 때문이다.

"알았다. 타라. 함양까지는 태워다 주꾸마."

"감사합니다."

트럭에 몸을 싣고 울퉁불퉁한 길을 따라 세 시간여를 달려 도착한 곳은 함양군 소재의 어느 목재소 마당이다. 트럭이 들어서는 입구 위에 버젓이 간판이 자리를 했지만 표면이 엉망으로 벗겨져 있는 탓에 쓰인 글자를 알아볼 순 없다. 혹 낮이었다면 분별이 가능했을지도.

"길이 험해가 애 좀 묵었제?"

"아뇨. 두 분 덕분에 편하게 왔습니다. 정말로 신세졌습니다."

"밤이 익었는데, 여기 창고에서 하룻밤 묵고 가던가?"

운전사는 마지막까지 해용에게서 호의를 거두지 않는다.

"아닙니다. 이 이상 신세를 지기는 싫습니다."

만규는 해용의 염치를 아는 태도가 마음에 드는 눈치를 한다. 그러더니 주섬주섬 바지주머니를 뒤져 1원짜리 지폐 다섯 장을 꺼낸다.

"마! 지금 5원밖에 없다. 이거라도 가져 가라."

"아니요. 이렇게까지 않으셔도."

해용은 손사래를 치며 두 발짝 정도 뒤로 걸음을 디딘다.

"마! 내가 행님이니까 내가 주는 건 받아도 된다. 아나."

만규는 해용의 손목을 낚아채 기어이 5원을 쥐어준다.

"가봐라. 열심히 살고."

선뜻 주먹밥을 내밀었다곤 해도 안하무인일 거라는 인식은 여전했는데 이제 보니 정은 있는 사내다.

"은혜 잊지 않겠습니다."

만규는 반응 없이 등을 보이며 돌아선다.

"참으로 감사했습니다."

해용은 운전사에게도 인사를 잊지 않는다.

"그래. 조심해서 가고."

운전사는 만면에 부드러운 곡선을 그리며 해용에게 가보라는 손짓을 한다. 해용은 깊이 허리를 숙여 인사를 한 뒤 목재소 마당을 나섰다. 목적지 없는 그의 발걸음이 멈춰선 곳은 다름 아닌 야산이다. 양력으로 6월. 초여름이었기에 산중에서 비박을 하는 데 크게 문제될 것은 없었다.

허리가 결리는 감각에 저절로 눈이 떠진다. 절기상 해가 일찍 뜨는 탓에 주변이 백주대낮처럼 훤하다. 잠시 그대로 누운 채 눈 안에 주변을 담았다.

'교원시험도 날아갔구나.'

잠에서 깨 맨 처음 속으로 웅얼거린 말이다. 교원시험은 해용에게 있어 새로운 인생의 첫 걸음이자 목표였다. 따라서 사고를 할 수 있게 되자마자 자기도 모르게 중얼거렸던 듯하다.

빌어먹을 옛 친구 놈들만 만나지 않았어도 교원시험 응시는 물론이거니와 그랬으면 어제 저녁, 이제 막 공부에 재미를 들인 숙이와 영찬의 한자공부를 봐줄 수도 있었을 텐데. 결정적으로 장 선생님께 죄송할 일을 만들지 않아도 되었을 텐데. 해용은 과거의 행적보다 몰리게 된 상황이 원망스럽다. 그리고 그로부터 피어난 원망은 경멸하는 눈초리로 자신을 힐끗거리던 지인들에게로 향한다.

'한순간에 안면을 바꿔? 그동안 지들이랑 나랑 어떻게 지냈는데? 빠가야로!'

얼마 뒤. 부질없는 기억들을 떨쳐버리고 몸을 일으킨다. 바닥에 닿아 있던 몸 구석구석이 눅눅하다는 사실을 그때야 안다. 까닭인지 깊은 잠 후였음에도 기분이 찜찜하기 이를 데 없다. 특히 목주름을 따라 끈적이는 감각이란 불쾌하기 짝이 없다. 손등으로 얼굴과 목에 들러붙은 끈적임을 닦아낸 해용은 누워 있던 자리를 가만히 내려다본다. 타인이라면 그 옆을 지나쳐도 흔적이 눈에 들어올 리 만무했겠지만 해용에겐 너무도 또렷하다.

흔적이라……. 마음에 들지 않는다. 지금 자신은 본인의 그 흔적이라 할 수 있는 잔상 때문에 인생이 다시금 꼬여가고 있는 중이다. 생각이 거기에 이른 해용은 누워 있던 자리를 발로 헤집은 후에야 인가를 찾아 나설 마음이 생긴다.

4

해용은 함양군 외곽의 작은 산골마을 초우리로 들어와 터전을 마련한다. 초우리 주민들은 주로 밭농사나 양봉 아니면 약재를 캐서 생활을 연명해갔는데 지리적 특성상 외부와의 단절이 심했던 터라 주민 대부분이 무학이다. 외부와의 단절이 어느 정도였는가 하면, 인근의 다른 마을 주민들을 제외하곤 1년에 한두 명의 외지인도 구경하기가 힘들었다. 오죽했으면 그 집요한 일본순사들마저 1년을 주기로 한 차례씩만 초우리에 들러 인구조사 정도만 했겠는가. 들어오는 길이 험난한 것도 있었지만 무엇보다 이곳의 주민들은 우매하고 무지했기에 필요할 때만 찾아도 별 탈이 없을 거라는 판단에서였다.

해용은 지리산의 험난한 산세를 헤매고 헤매다 이곳 초우리에 발길이 닿는다. 산속을 해맬 당시 외부와의 접촉이 잦지 않은 산골마을이면 좋겠다고 생각을 품었다. 헌데 초우리가 딱 그런 마을이었다. 게다가 다행히 초우리 주민들은 고립된 지역 특유의 패쇄적인 성향이 의외로 짙지 않았다. 사람을 귀하게 여기는 마음이 성향을 압도하는 모양이었다. 그래서 어느 순간 불쑥 나타난 해용을 크게 경계한다거나 배척하지 않았고 며칠 지켜본 후론 짐짓 우호적인 태도를 취하기도 했다. 아마도 젊은 외지인이 이곳에 정착을 원하는 자체가 주민들로서는 반가웠던 것이리라.

"몇 달 전에 식구 전부 다 읍으로 간다꼬 나간 창걸이 집 않있나? 거서 살게 하면 되지 싶은데?"

"하모예. 그라면 되지예."

해용이 초우리에 닿은 이튿날 저녁. 주민들은 선뜻 집을 내어준 것도 모자라 곧장 들어와 살기에 무리가 없도록 비울 것은 비우고 또 채울 것은 채워주기까지 한다.

"정말로 감사합니다."

"뭐 이런 걸로예. 여까저 들어온다고 몸이 욕봤을 낀데 푹 쉬소. 카고 아침은 요 바로 밑에 용국이 집에 가서 묵도록 하고."

"알겠습니다."

비행기가 연착륙을 하듯 별다른 수고나 추돌 없이 초우리의 주민이 된 해용은 초우리에 발을 디딘 지 얼마 되지 않아 마을 아이들의 공부를 책임지게 된다. 해용이 선생님이 된 데에는 자의가 아닌 타의가 절대적으로 작용을 했다.

어느 날 양봉을 하는 영주 아버지를 따라 산에 오른 적이 있다. 그런데 알고 보니 그는 한글은 고사하고 숫자조차 읽어내지를 못하는 까막눈이였다. 보름 가까이 지내본 바로 마을주민 대다수가 까막눈일지 모른다는 막연한 짐작을 했는데 실제로 그럴지도 모른다는 생각이 들었다.

"영주 아버님. 12번은 아까 확인을 했는데요?"

"12번이예?"

"여기 '12'라고 적혀 있지 않습니까?"

"아…… 여섯 번째 벌통 말씀이시구만? 칸데 내는 글자를 모릅니더."

"숫자도, 아예 모르세요?"

"당연하지예."

해용이 조심스러운 감으로 질문을 던진 데 반해 영주 아버지는 일말의 주저함 없이 그렇다고 응답을 해온다. 영주 아버지는 숫자를 모르고 아는 차이에서 오는 불편과 편리에 관한 이해나 인지가 거의 없다고 할 수 있었다. 따라서 창피할 것도 없었으리라.

"그럼 날짜기록 같은 건 어떻게 하세요? 숫자나 글자를 읽고 쓰지 못 하시는 것 같은데. 혹시 일일이 기억을 하시는 겁니까?"

"날짜기록이예?"

"여기 통에 날짜표시를 해놓은 흔적이 있어서 여쭙는 겁니다."

해용이 가리키는 날짜표시는 외지의 예전 벌통 주인이 양봉을 할 당시 표기를 해둔 것이었다.

"그냥 와볼 때가 됐나 싶으면 오고 열어볼 때가 됐나 싶으면 열어보는 데예."

"여기 이렇게 숫자로 간단하게 표시를 해놓으면 수확에 있어서나 일손에 있어서 보다 효율적이지 않겠습니까?"

"그칸데 어차피 날짜를 정확히 모르는데예. 달력 있는 감나무집 어르신한테 일일이 여쭙지 않고서는 말이지예."

"마을에서 어르신만 달력을 볼 줄 아시는 겁니까?"

"그건 아이고, 형님 두 분 정도 더 계시긴 하지예. 그나저나 젊은 양반이 참말로 아는 게 많소?"

"아뇨. 그렇진 않습니다."

"아니긴? 말하는 거 보이 보통이 아이구만?"

그날 산에서 내려온 영주 아버지는 초우리 주민들을 앉혀놓은 자리에서 해용이 대단히 공부를 많이 한 사람이라며 흡사 무용담을 늘어놓듯 낮에 있었던 일들을 늘어놓는다. 역시나 주민들은 영주 아버지와 엇비슷한 반응을 보인다. 그리고 소식을 접한 감나무집 차 영감은 다음날 이른 걸음으로 해용이 기거하는 초가집을 찾는다.

"마을 아들한테 글자 좀 가르쳐줄 수 없겠나?"

"제가 말입니까?"

"다 들었다. 아는가 모르겠는데…… 자네 말고는 마을 전체가 글을 모르는 기나 마찬가지다."

해용은 차 영감의 제안이 아니 부탁이 내켰기에 앉은 자리에서 수락을 한다.

"선생님. 안녕하세요?"

"그래. 잘 잤나?"

초우리 아이들은 학교를 다니지 않았던지라 대개 부모님의 일을 돕는다거나. 아니면 온 산을 뛰어 다니며 하루를 보내기가 일쑤였다.

해용은 현실적으로 학교까진 불가능하더라도 학당 정도는 세워야 한다고 생각한다. 그래야 공부를 하는 아이들도 공부를 시키는 부모들도 마음가짐이 똑바로 설 것이라 여겼다. 다음으로 시간표가 있어야 한다고 생각했다. 일정하게 시간을 정해놓고 공부를 가르쳐야 효과도 크고 앞서와 같은 맥락으로 아이들과 부모들의 배움에 대한 마음가짐이 제대로 설 것이라 기대를 했다.

초우리주민들은 해용의 의견을 모두 수렴해 마을 변두리쯤에 어설프게나마 학당을 마련한다. 또한 시간에 맞춰 아이들을 학당으로 보냈다. 학당이 막 문을 열었을 당시엔 칠판이나 분필은 언급할 것도 없고 아이들이 필기를 할 수 있을 만한 종이도 연필도 마을 내에선 구할 수가 없었던 탓에, 나뭇가지로 흙바닥에 글자를 적어가며 가르치고 또 배워야 했다. 드문드문 차영감으로부터 화선지와 붓 등을 빌려오긴 했다. 허나 그 또한 넉넉지가 않아 금세 한계에 부딪쳤다.

어쨌든 주민들의 적극적인 지지와 조력 덕분에 학당이 문을 연 지 두 달이 채 되기 전 아이들의 손에는 연필과 공책이 쥐어진다. 이로써 아이들은 학생의 구색을, 학당은 학교의 구색을 어느 정도 갖출 수가 있게 된다.

아이들은 처음 접하는 체계적인 교육환경에 예상 밖으로 적응을 잘해 내갔다. 일정 시간 동안 의자에 앉아서 읽고 쓰고 또 외워야 하는 공부가 초우리 아이들에게는 마냥 신기하고 재미가 있던 모양이다. 덕분에 더 신이 난 이들이 있었으니 바로 부모들이다. 태어나고 또 지금까지 살아왔던 터전이 이곳 산골이었기에 벗어날 엄두를 내지 못했다. 때문에 자녀들 교육도 마음은 있되 꿈만 꾸고 있던 실정이었다. 그런 어느 날 불쑥 마을에 나타난 해용으로 인해 자녀들이 학당을 다니며 글을 깨칠 수가 있게 됐으니 어깨춤이 절로 나는 것이 당연했다.

"선생님. 어디 가십니꺼?"

"선생님. 식사는 하셨으예?"

그런 연유로 남녀노소 할 것 없이 마을주민 모두가 해용을 존경하고 따르게 된다.

한날은 영주가 배가 배배 꼬이는 것처럼 아프다며 도저히 견디기가 힘들어 조퇴를 하고 싶다고 한 적이 있다. 해용은 영주의 상태를 살펴보고는 즉시 영주 부모를 불러다 딸아이를 군이나 시 소재의 병원으로 데리고 나가라고 일러준다.

"배야 뭐, 좀 아프다 말 낀데?"

"뭘 잘못 먹었나 보지예. 가시나가 온 산을 돌아 댕기민서 씹을 수 있는 건 전부 다 주서 묵디만 배탈이 났나봅니더?"

"아뇨. 배탈이 아니라 맹장입니다. 자칫 안에서 터지기라도 하면 일이 걷잡을 수 없이 커지게 됩니다."

"맹장이 뭐꼬?"

"몰라. 선생님 맹장이 뭔데예?"

해용의 입장에서 영주의 부모는 답답한 소릴 늘어놓느라 시간만 지체하고 있었다.

"이러고 있을 시간이 없다니까요? 얼른 병원으로 가세요!"

급기야 해용이 언성을 높였다. 그제야 영주 부모는 사태의 심각성을 인지하고 서둘러 딸을 군 소재 병원으로 데리고 나갔다. 다행히 거창의 큰 병원으로 옮겨질 때까지 맹장이 터지지 않은 덕에 비교적 간단한 수술로 영주는 몸을 회복할 수 있었다.

"선생님. 우리 아가 어저께부터 열꽃이 이래 피쌌는데 우째야 되겠십니꺼?"

일이 있은 후 마을 주민들은 몸이 아프다거나 이상이 생길 조짐이 보이면 해용을 찾아온다. 해용은 13특수학교와 735부대를 거치는 동안 수도 없이 생체실험에 참관을 하고 또한 참여를 한 이력이 있었기에 인체에 관해 적어도 이론 면에서만큼은 어중간한 의사 못지않았다.

물론 전염병과 세균을 개발하는 등 의학의 본질과는 정확히 상반되는 연구에 힘을 쏟긴 했다. 하지만 그 과정에서 의학이론은 물론이고, 어느 선의 기술까지 익히지 않을 수가 없었다.

735부대에 막 임관을 했을 당시 부대장이 신임장교들을 앞에다 세워 놓고 이런 말을 했었다. 가장 무서운 파괴력을 지닌 생화학무기란, 가공할 전염성과 고통을 수반함과 동시에 오직 본인들만이 백신을 가질 수 있는 무기라고.

때문에 이따금씩은 기존에 알려져 있는 다양한 질병들에 대한 치료제 연구에도 참여를 해야 했었고 그러한 연유로 간단한 진료 정도는 해낼 수가 있던 것이다.

"알레르기 반응입니다."

"알레르기예? 그게 뭔데예?"

아이 아버지는 눈을 동그랗게 떠서 물었다. 하지만 해용은 설명을 해준들 소귀에 경 읽는 격이라는 사실을 알고 있었기에 생략한다.

"최근에 평소 먹이지 않았던 음식을 먹인 적이 있습니까?"

"안 먹던 거예? 보자……. 야가 멀 무겄드라?"

아이 아버지는 눈을 위로 치켜뜨며 머리를 긁적인다.

"점순아. 그저께부터 니가 먹었던 거 한번 다 말해볼래?"

해용이 아이에게 눈길을 주며 타이르듯 말했다. 그러자 잠깐 생각을 해보던 아이가 또박또박 이틀 전부터 먹었던 것들을 나열한다.

"보리밥이랑이예. 감자랑이예. 산딸기랑이예. 나무쥐 먹었으예."

"나무쥐?"

"혼자 잡은 기 아이고 용수 오빠랑 찬우랑 같이 잡았으예."

"나무쥐면, 다람쥐 말하는 거가?"

"다람쥐 말고 고놈 보다 쪼매 더 큰 놈 있지 않십니꺼? 더 새카맣고."

아이 대신 아버지가 얼른 대답했다.

"청솔모말이군요?"

"나무쥐를 청솔모라 합니꺼?"

주변에 있던 몇몇 주민들은 해용의 그 말에 '청솔모' 하는 입모양을 만들어가며 눈길을 주고받기도 한다.

"나무쥐 자주 먹던 거 아니제?"

"야. 지는 먹는 건 그날 처음이었으예. 맨날 오빠야들이 잡아먹는 거 구경만 했거든예."

"아무래도 청솔모 때문인 듯합니다."

"열꽃이 말입니꺼?"

"네. 앞으로 점순이, 절대 청솔모는 먹지 못하게 하십시오. 알레르기도 자칫 심하면 목숨을 잃을 수 있어요."

"죽어예?"

아이 아버지는 크게 놀란 얼굴을 하고서 아이를 내려다봤다. 반면, 아이는 '그 정도로 아프진 않은데?'라는 얼굴로 아버지를 올려다본다.

"오늘은 다행히 증상이 그리 심각해 보이지 않습니다. 알레르기 증상 중에 열이 안으로 들어차 있다가 피부표면으로 표출이 되는 증상이 있는데, 열만 모두 뿜어내고 나면 이번엔 크게 문제가 되지 않을 것 같군요. 그래도 혹시 모르니 열이 지금보다 더 오르거든 군에 있는 병원으로 데리고 나가세요."

"그카니까 선생님 말씀은 요번에는 저절로 나을 거라 이 말씀이지예?"

"아마 괜찮아질 겁니다."

해용의 대답에 아이 아버지는 금세 얼굴을 핀다. 그리곤 몇 번이고 허리를 숙여 인사를 한다.

"선생님 욕보셨습니더. 감사합니더."

"아니에요."

"선생님이 계셔서 참말로 다행이라 카이."

해용이 병까지 진단을 할 수 있다는 점은 주민들에게 참으로 반갑고, 또한 감사한 일이 아닐 수 없다. 그 전에는 병이 들었다 하더라도 웬만해선 미련하게 참고 또 참다가 말곤 했다. 모르긴 해도 배탈이나 장염이 원인이 되어 목숨을 잃은 주민이 한둘이 아닐 것이었다.

초우리 주민들은 여건상 정말로 당장에 죽을 것 같지 않고선 군이나 시에 있는 큰 병원으로 나가지 않았다. 초우리뿐만 아니라 조금 깊다 싶은 산골마을 대부분이 비슷한 행태를 띠었다. 현 시대의 관점으로는 공감하기가 어렵겠지만 당시엔 사람이 병으로 급작스레 죽어나가는 경우가 일상까진 아니더라도 심심치 않은 편이었기에-여건도 여건이지만 거기에 관한 내성을 지니고 있었던 것도 그러한 행태를 띠는 이유 중 하나로 작용을 했다.

비단 실정이 그렇다 하더라도 아이가 부모보다 앞서가는 경우엔 그 찢어지는 가슴을 온 초우리 주민들이 나누어야 했다. 하다못해 병명도 알지 못하고 속절없이 떠나보내야 했던 부모들은 이웃들과 슬픔을 나눈들 찢어지는 가슴의 통증은 매한가지였다. '슬픔은 나누면 반이 된다.' 이들에겐 해당이 되지 않는 말이었다. 언제 내 아이가 같은 병에 걸려 세상을 등질지 몰랐음에도 저항할 방도가 만무했던 까닭으로. 헌데 그랬던 초우리에 글을 가르치는 건 물론 병까지 진단해낼 수 있는 해용이 제 발로 들어와 산다는 건 그야말로 호박이 넝쿨째 들어온 격이다. 일부 주민들은 조상들이 자신들을 딱히 여겨 해용을 초우리로 인도를 했다고 믿기도 한다.

마을 평판이 이러하다 보니 해용은 귀한 대접을 받는 걸 뛰어넘어 아예 귀한 존재가 되어버린다.

"선생님. 저희 집에 어쩌다 고기가 쪼매 들어와서 이리 갔고 왔십니더. 한번 드셔보이소."

"선생님. 우리 훈이 아부지가 거창 장에서 설탕을 구해왔네예. 감자 푹 삶아다가 요다 찍어 잡수면 맛이 참 좋을 끼라예."

주민들은 귀한 먹을거리가 생기면 언제든 해용과 나누었다. 어느 집은 해용의 몫을 최우선으로 챙기기도 했다.

"선생님. 뭐 딴 거 필요하신 게 있으면 저희한테 말씀만 하이소. 구할 수 있는 거면 조선 땅끝을 뒤져서라도 구해오겠십니더."

진료를 보기 위해 기본적으로 필요할 것 같아 청진기나 체온계 등을 구해줄 수 없겠느냐고 의중을 내비친 적이 있다. 초우리의 사정을 잘 알고 있던 해용이었기에 어려운 부탁인 줄 모르는 바 아니다. 그렇지만 꼭 있었으면 하는 바람에서 의중을 비춰봤었다.

그런데 웬걸. 주민들은 해용의 의중을 접한 직후, 의기투합해 보름도 지나지 않아 기본적인 의료도구들을 구해온다. 해용은 주민들의 정성이 진심으로 고마웠다. 그들로서는 얼마나 애를 썼을지 보지 않아도 눈에 선했다. 그래서 처음에는 주민들의 그런 열화와 같은 성화에 몸 둘 바를 몰라 할 때도 있었다. 하지만 1년이 지나고 2년이 흐르고 나니 자기도 모르게 그러한 것들이 익숙해졌다.

해용에 관한 소문은 입에서 입을 타 부근의 다른 산골마을에까지 퍼진다. 그래서 그곳의 주민들도 몸이 아프다거나 하면 해용을 찾아오기 시작한다.

약을 처방해준다거나 수술 등을 감행할 엄두를 내지 못해 곧장 병원으로 가라고 일러주는 것이 고작일 때도 왕왕 있었다. 그러나 주민들은 해용을 찾아와 그의 견해를 듣고 싶어 했다. 또한 초우리와 사정이 비슷해 아이들 교육을 꿈도 꾸지 못하고 있던 마을에서는 그나마 왕래가 가능한 초우리로 아이들을 보내 공부를 시키기도 했다.

이외에도 쉬이 판단이 서지 않는 집안일이나 가족구성원들의 장래에 관해서도 해용의 조언을 구하기 원했다. 공부를 많이 하고 덕망까지 갖춘 해용이 우매한 자신들의 앞날에 관해 조언을 해주십사 했던 것.

이렇듯 만날 대하는 주민들 모두가 진심으로 감사해 하고 떠받들 듯하다 보니 언젠가부터 자기도 모르게 심경이 틀어지고 있던 해용이다. 스스럼없이 자신을 맞아준 순박한 주민들에게 일말의 꼼수나 계산 없이 그저 신세를 갚겠노라는 마음으로 시작했던 일이 부득이하게 예상치 못한 위치를 선사함으로써 그가 다른 마음을 품게 만든 것. '자리가 사람을 변하게 만든다.' 딱 지금의 해용에게 들어맞는 말이었다.

'비록 내가 하는 일이 별 거 아니지만 이곳 사람들에게만큼은 특별한 가치일 수밖에 없어. 그러니 이런 대우는 어찌 보면 당연해. 애초에 내가 바랐던 게 아니잖아? 자기들이 마음대로 날 받들기 시작한 거지? 그래. 내가 시키는 대로 하는 게 이 무지한 사람들에겐 어차피 득인 거야. 암.'

그런 어느 날. 건너 마을에 산다는 건장한 체격의 사내가 노파를 들쳐업고 해용을 찾은 일이 있다. 사내의 등에 업힌 노파는 극심한 고통에 시달리고 있는 듯—주름이 마치 얼굴 전체를 잠식하고 있는 것처럼 보이기도 했다.

"혹시 그때?"

"니가 박 선생이었나?"

뜻밖에도 사내는 2년여 전 해용에게 주먹밥을 내주고 손에 5원까지 쥐어줬었던 만규였다.

"우선 어르신부터 보죠."

"어, 어. 알았다."

만규는 어머니를 해용의 앞으로 뉘이고 증상을 설명한다.

"한참 전부터 목이다 어깨다 아프다고 하셨는데, 어제 아침부터는 꼼짝도 못하시고 끙끙 앓기만 하신다."

해용은 서둘러 노파의 목이며 어깨 죽지를 확인해본다. 과연 그 부근의 피부가 시뻘건데다 군데군데 수포가 떠올라 있다.

"대상포진이군요."

"대상포진?"

"여기 피부 위로 수포 같은 게 나있는 거 보이시죠? 이게 바로 대상포진입니다."

"내야 연세가 있으니 목이나 팔이 아플 때가 됐다고만 생각했지."

"틀린 말은 아니지만 이건 단순히 연세 때문이 아니라 연세가 드시면서 면역력이 약해지셔서 걸리는 병입니다. 드러나 있는 수포가 이 정도면 통증이 아주 대단할 겁니다."

만규는 해용의 말을 온전히 다 이해할 수 없었다. 단지 고통이 극심할 거라는 정도만으로 알아듣는다.

"많이 안 좋은 거란 말이가?"

"눈으로 봐선 확신을 못합니다. 그런데 신경이나 근육에까지 퍼져 있을 가능성이 커 보이는군요? 이 병이 본래 피부로 드러나는 게 실체가 아닌 병이거든요. 신경을 타는 병이란 겁니다."

"이상한 말만 해싸치 말고. 카니까 우째야 되는 긴데?"

"많이 고통스러워하시니까 얼른 병원으로 모셔가서 진통제를 맞히셔야 할 겁니다. 이후엔 최대한 목과 팔을 쓰지 않아야 내부의 염증이 가라앉을 거고요. 그 부분에 대해선 병원에서 더 자세히 설명을 해줄 겁니다."

"여서 큰 병원을 갈라 카면 날고 기어도 꼬박 하루가 걸리는데 그때까지 덜 아프게 하는 방법이라도 없겠나? 이래 고통스러버 하시는데?"

만규의 간청에 골똘히 생각에 잠기던 해용은 이내 결심을 한 얼굴로 몸을 일으킨다.

"잠시만 기다려보세요."

자리를 비운 해용은 자신의 방 앉은뱅이책상 깊숙이 숨겨뒀던 양귀비 잎을 진하게 다려 돌아온다.

"어르신. 이 물 좀 삼켜보십시오."

두 시간여 후. 노파는 통증이 많이 덜어진 듯 전보다 한층 편안한 얼굴을 했다.

"어무이. 이제 좀 개안십니꺼?"

"어. 영 덜 아프다."

"어차피 임시방편에 불과하니 서둘러 병원을 찾으세요."

"고맙십니더, 선생님. 내 다녀와서 다시 인사를 드리겠십니더."

노파가 통증을 더는 동안 해용과 만규는 그간에 대해 이야기를 나누었다.

"여기로 들어와 있었드나?"

"그렇게 됐어요. 그땐 정말로 신세 많았습니다. 실은, 쥐어주셨던 5원. 아직도 고스란히 가지고 있어요. 쓸 여지가 없었거든요."

"아…… 예."

이야기를 나누는 동안 해용을 대하는 만규의 언행은 변하고 있었다.

"아저씨가 건너 마을에 사시는 줄은 몰랐네요? 하기야 제가 초우리를 벗어나는 일이 거의 없으니."

"쭈욱 살았던 건 아이고 며칠 전에 들어왔십니더. 어무이가 많이 편찮다고 하셔서예."

"그러셨구나?"

"선생님에 관해서 이래저래 들어는 왔십니더. 초우리에 글도 가르치시고 병도 보시는 분이 계신다고."

"아이들 글을 가르치는 건 맞지만 병은 그리 잘 보지 못해요. 해드릴 수 있는 게 별로 없거든요."

"겸손하시기는? 지가 소문을 다 듣고 찾아 온 긴데예. 참! 그카고 옛날에 쌍놈같이 굴었던 건 참말로 지송했십니더. 지가 어렸을 적부터 험악하게 살아왔던지라 드러나는 게 거칩니더. 선생님이 이해를 좀 해주이소."

"아니에요. 별말씀을요. 그, 큰 형님께서도 잘 계시죠?"

"아마 그럴 깁니더. 실은 지가 일을 바꾼지 쫌 돼서 소식이 뜨문합니더."

"음…… 지금쯤이면 좀 나아 지셨을라나? 어르신한테 한번 가보죠."

만규는 해용이 방문을 기울이는 모습까지 지켜보다 무릎을 편다.

마산의 이름도 없는 어느 장판에서부터 김해, 밀양 등을 거쳐 다니던 시정잡배생활. 어림짐작으로 열둘 언저리쯤일 것이리라. 한두 해 늦게 들어간 덕인지 동급학우들에 비해 뒤처지는 것이 없었다. 헌데 힘이 세고 똑똑한 것이 오히려 화근이었는지도 모른다.

주변의 관심도, 형편도 빈곤했던 만규는 학우들을 못살게 굴면 부수적으로 삐져나오는 여러 것들에 재미를 들이게 된다. 참지 못한 학우들이 선생님에게 행동거지를 알리면 끈기를 곁들인 온갖 수단으로 찾아내어 더한 괴롭힘으로 갚아주곤 했다. 계기로 학교를 띄엄띄엄 하게 되고 그러다 수료를 한 해 반가량을 앞둔 시점에 완전히 떠나게 된다.

시작은 전통시장 건달들의 심부름이었다. 막 고사리를 탈피한 손으로 할 수 있는 일이란 약속돼 있는 푼돈들을 거둬오는 게 고작이었다. 성장을 하면서 차츰 시장판뿐 아니라 시내통으로 나오게 된다. 질 좋은 먹이를 두고 벌어지는 싸움판의 전력으로 부상하는 일은, 명과 암이 분명했다. 허나 그곳이야말로 만규가 원하는 세상과 거의 맞아떨어지는 판이었다.

본래 타고난 신체가 좋은데다 매정하고 험한 성향이 물씬했던 만규는 행동파의 중심으로 자리를 잡게 된다. 그리고 얼마 안 있어 몸담고 있던 조직을 양분해 독립을 하기에 이른다.

"솔직한 말로 행님도 지 덕 마이 봤다 아입니꺼? 이만하게 뿔라놨으믄 지도 도리는 다 했다고 생각하는데예?"

"그래. 갈라면 가라. 지금 우리끼리 아구 어긋나면 쾌재를 부를 놈들이 누구겠노?"

"역시 행님은 계산이 빠르시네예? 그런 면은 참말로 존경합니더."

"별로 기분 좋을 건 없구마. 계산 때문에 니가 내랑 갈라서게 됐다 아이가."

"어쨌든 잘 지내이소. 감사했네예."

"니 좋아하는 돈, 마이 벌어라."

"건강하이소."

새로운 조직을 꾸린 만규는 철저히 실리만을 추구했다. 그는 조선, 혹은 일본상인을 가리지 않았다. 상대적으로 이익이 많고 피해가 적은 손 싶으면 밀어붙였다.

"야쿠자새끼들이 전부 헌병이나 경찰이랑 싸바하는 기 아이다. 그런 놈들은 저 위에 명동이나 종로 정도 잡아 물라꼬 건너온 놈들인기라. 여

어슬렁거리는 아제들은 일본에서 폼 좀 잡던 양아치들 몰린 기 대부분이라카이. 본토에서 치이니까 조선바닥에서 판 좀 벌려볼까 해가지고 말이다. 그카니까 미리 겁 쳐무가 느릿하지 마라. 내 알아서 서에다가 씨는 뿌리 놨으니까 너거들은 내만 믿고 따라오면 된다. 알겠나?"

까닭에 적도 많았지만 공교롭게 일감도 늘어갔다. 구분을 짓지 않는 것으로 소문이 나자 먼 타지에서도 의뢰가 들어오곤 했다.

그런 어느 날. 만규의 건달 인생을 바꾸게 되는 일감이 들어온다. 의뢰를 한 곳은 조선노동총동맹(朝鮮勞農總同盟.1924) 산하 세포단체인 경남노동조합소속의 노동자들이었다. 일본기업인의 광산에서 일을 하고 있는 그들은 갑작스레 인건비를 2할 가까이 내렸다면서 부당한 처우에 반박을 하고 있지만 일본인 사장이 데리고 온 깡패들의 압박에 힘을 쓰지 못하고 있는 실정이라 했다.

"거가 민간기업인 건 확실하고?"

만규가 노동대표자에게 물었다. 총독부와 직접적인 연계가 되고 있다면 손익계산이 빤했다.

"확실합니다. 제가 탐사 때부터 붙어 있었는데 여긴 노다지는 아니에요. 큰돈이 되는 광산은 죄다 정부놈들이 먹은 다음 민간인들한테 넘기는 추세거든요."

"패거리놈들은 쪽빠리들이라나?"

"사장이 고향이랑 그 근방에서 모아 온 놈들로 알고 있어요. 몇몇은 아예 작업반장 노릇을 하려 들고 있다니까요?"

"받아낼 수 있는 건 맞지예?"

"아무리 일본놈이라지만 법적으론 저희가 위배될 게 없습니다."

"아니 내 말은 쪽바리가 무서운기 아이고, 돈 말이요. 우리한테 떨어질

게, 아까 말한 고대로가 맞냐고?"

"물론입니다. 선금으로 5할, 끝나고 5할."

"뭐 하나 적읍시더. 아야, 계약서 하나 가져와봐라."

"일을 맡아주시는 겁니까?"

"받을 거 준다는데 해야지요. 칸데 서에는 함 가봤소? 법이 어쩌고 했잖소?"

"어찌된 세상인지. 그게 최후의 수단입니다. 이 땅 위의 조선인은……."

대표자는 말을 흐리며 탄식을 삼킨다.

"마실 만한 것도 가와 봐라."

얼마 후 만규의 조직은 기마헌병과 경찰들에 의해 분쇄되고 만다. 만규를 포함해 주요 조직원들은 민족독립운동세력과 결탁이 되어 있는 것이 아니냐는 추궁을 받기도 한다. 그 과정에서 갖가지 고문도 스친다.

"백 번도 더 말했다 아잉교? 노동동맹이고 뭐시기고는 내랑 아무런 상관이 없고, 그냥 돈 마이 줘서 일을 한 것뿐이라고! 사람들한테 물어보소! 내는 본래 조선이고 일본이고 구분이 없다카이. 돈만 쫓아간 기라요. 예?"

주변탐문을 벌인 결과 만규의 진술과 딱히 어긋난 사항들이 없던 바 행패를 부린 죗값을 치른 후 풀려나게 된다. 어떻게 보면 그의 행적이 일관성을 유지한 덕이었다.

"선생님 계십니꺼?"

어머니 일이 있은 한 달여 후. 만규는 여동생 정혜와 매제 성훈과 함께 해용을 찾는다.

"오셨어요?"

"그간 잘 계셨십니꺼?"

"저는 잘 지냈는데 어르신은 좀 어떠세요?"

"선생님 말씀대로 하니까 많이 좋아지셨십니더."

"다행이네요. 옆에 분들은……?"

해용은 정혜와 성훈에게 눈길을 주며 물음을 늘어뜨린다.

"지 동생이랑 매젭니더. 어무이 일로 감사인사를 드리고 싶다고 해서 이렇게 따라나섰십니더."

"뭘 그렇게까지나……."

"안녕하세요? 선생님. 처음 인사드립니다. 이성훈이라고 합니다."

성훈은 어투가 상당히 부드러우면서도 톤 자체 또한 은은한 편이다.

"안녕하세요. 최정혜입니다."

정혜는 만규와 친남매지간이라고는 믿기 힘들 정도로 몸집이 아담하다. 그러면서 용모도 단정했다.

"선생님께서 급한 때 저희 장모님을 봐주셨다고 들었습니다. 감사합니다."

"감사합니다. 선생님."

부부는 고개를 숙였다.

"제가 무슨 한 일이 있다고……."

해용은 한껏 쑥스러운 낯빛을 떠올린다.

"카고 이건 저희 성입니더."

만규가 튼실한 씨암탉을 싼 보자기를 해용 앞에 들어 보인다.

"그냥 오셔도 되는데 이러시면 부담스럽습니다."

"그기 무신 말씀이십니꺼? 선생님 덕에 우리 어무이 몸이 많이 나아지셨는데예."

"알겠습니다. 그럼 같이 식사라도 하고 가시죠. 그놈 아주 실하게 생겼군요."

"아이고, 아입니더. 선생님 잡수라고 가져 온 닭인데 선생님이 드셔야지예."

"제가 안 먹는다는 게 아니라 같이 드시자는 겁니다."

"그기 그 말이지예."

"실은 제가 닭을 잡을 줄 몰라서 그럽니다."

"그렇십니꺼?"

조금 뒤 네 사람은 감자와 함께 지은 보리밥과 백숙이 올라와 있는 상을 가운데 두고 빙 둘러앉았다.

"대접해 드릴 게 없네요."

"아입니더. 묵을 게 이마이나 푸짐한데예?"

해용의 헛간은 이곳저곳의 주민들이 가져다주는 보리며 감자, 고구마 등으로 풍요로운 편이었다.

"드시죠."

"예. 그칸데 선생님은 아직 장가를 안 드셨나 보네예?"

"저요?"

"그기, 사모님이 안 계시는 거 같아서예."

장가를 가지 않은 것 같다고 아무렇지 않게 물음을 던질 때는 언제고. 사모님 소리엔 어지간히 눈치를 보는 만규다.

"아직 결혼을 못했습니다."

"하기는. 선생님을 지아비로 모실라 카면 보통 내기로는 어림도 없겠지예?"

해용은 만규의 뜬금없는 칭찬 아닌 칭찬에 살짝 난색을 표한다. 만규와 단 둘만 가진 자리였다면 가볍게 농담조로 넘겼을 테지만 정혜와 성훈이 함께한 자리이다 보니 민망하기가 이를 데 없다.

"그게 아니라 아직 인연을 못 만난 거죠."

"하하하. 겸손하시기는."

만규는 호탕한 웃음 후 능글맞아 보이는 눈길을 흘리기도 한다.

"오라버니. 식겠어요."

정혜가 해용과 만규의 눈치를 살피다 입을 열었다.

"참참. 내가 자꾸 쓸데없는 말을 씨부렸네? 선생님 얼른 드이소."

"네. 잘 먹겠습니다."

이후 만규는 해용의 집을 자주 왕래한다. 그리고 만규 정도는 아니지만 덩달아 정혜와 성훈도 해용을 찾곤 했다. 세 사람 역시 여느 주민들과 마찬가지로 해용으로부터 조언을 구하기 원했다. 하지만 동기나 방법에 있어선 확실히 거리가 있는, 차이가 확연한 면모를 보인다. 그들은 주민들에게선 찾을 수 없는 진취적인 면도 지니고 있었고, 배우고 습득하려는 면모도 다분했다.

"선생님. 사람은 우째 살아야 잘 사는 깁니꺼?"

"글쎄요? 제가 그런 심오한 이치까지 알 리 만무하겠지만……. 세상 속에 두루 잘 어울리고 물 흐르듯 유유히 사는 것이 가장 잘 사는 이치가 아닐까 생각을 합니다만?"

해용은 교원시험을 준비하는 수개월 동안 한글과 한자로 작성된 저서들을 두루 섭렵했는데, 저서들 중에는 섭리와 사상에 관해 기술을 해놓은 것들이 대다수였다.

만규는 껄렁하고 거친 언행과는 이질적으로 해용으로부터 가르침을 받을 때만큼은 항시 진지한 자세로 임한다. 오랫동안 조직생활을 해왔던 이력이 있어서인지 마음을 준다 싶더니 성심성의껏 해용을 받들었다. 그에 비해 정혜와 성훈은 만규와 같이 맹목적이진 않다. 의문가는 점이 있으면 질문도 던져왔고, 아주 가끔은 반문도 해왔다. 하지만 그 덕에 조금 더 깊이 있는 대화를 나눌 수 있었던 게 사실이고 이해를 시켰을 때에는 만규 못지않은 신임을 보이는 두 사람이었다. 부부는 슬하에 자식이 없었다. 그로 인해 세월이 흐를수록 공허해지던 인생을 해용과 대화를 나누며 배움을 얻음으로써 달래려 노력했다.

만규 등과 교류를 하고 교감을 나누는 동안 일전부터 미세하게 틀어지던 해용의 심정이 급기야 내면 어딘가에 꽁꽁 숨어있던 욕망을 구체적으로 일깨우기에 이른다. 무엇이든 가지려 마음을 먹으면 가질 수 있는 힘을 얻고 싶었다. 가지고 싶은 것이 많다기보다 마음을 먹기만 하면 가질 수 있는 능력 그대로의 원초적인 힘을 원했다. 원하는 힘을 손에 넣으면 돈을 원할 때 돈을 가질 것이었고, 여인을 원할 때 여인을 취할 것이었으며, 명예를 원할 때 명예를 쥘 것이었다.

그럼 그러한 힘을 얻으려면 어떻게 해야 할까. 고심을 해보니 돈만 많아서도, 매력만 있어서도, 명예만 높아서도 안 되었다. 다름 아닌 인간을 부릴 수 있어야 했다. 인간의 의식과 마음을 장악할 수 있어야 했다. 스스로를 만물의 영장이라 칭하는 인간을 멋대로 부리는 것이야말로 자신이 진정으로 원하는 힘의 실체일 것이리라는 결론에 도달한 것.

인간을 부린다, 이는 곧 신이 되겠다는 뜻이었다.

'사람 위에 내가 서는 거다.'

그렇게 제법 구체적인 형태를 갖춘 욕망은 서서히 고개를 들며 자신을 폭발시킬 도화선을 준비해간다.

만규 등이 해용의 집을 왕래한 지 3년여가 흘렀을 무렵, 결국 욕망이 마련해놓은 도화선에 불씨가 타오르는 계기가 생겨났으니, 바로 한국전쟁이 발발한 것이다. 초우리주민들과 해용은 북한전투기의 포탄이 건넛마을 어딘가에 떨어지고 나서야 전쟁이 발발했음을 알았다.

포탄이 떨어지고 며칠 후 한동안 왕래가 뜸했던 만규와 정혜, 성훈 세 사람이 해용을 찾는다.

"선생님 여기도 안전하지 못할 거 같은데예?"

"그렇습니까? 그건 그렇고 어르신은?"

"그기 밭에 나가셨다가, 지난 번 포탄에……."

만규는 말끝을 가느다랗게 흐린다. 해용은 단번에 알아들었기에 간략하나마 심심한 조의를 표한다.

"분명 좋은 곳으로 가셨을 겁니다."

"아무튼지 간에 안전한 곳으로 대피를 하셔야지예?"

"나라 전체가 전쟁 통인데 안전한 곳이 있겠습니까?"

"그렇다고 가만히 앉아 있다가는 개죽음만 당할지도 모릅니더. 빨갱이 놈들이 불손분자가 어쩌고저쩌고 하면서 민간인들도 무자비하게 죽인다고 들었십니더."

"그래요?"

"저짜 대구랑 부산 쪽에 최후 방어선을 준비 중이라 들었십니더. 아는 군인동생놈한테 들었으니 얼추 말이 맞을 낍니더."

언뜻 드는 생각으로 기왕에 피신을 할라치면 부산보다는 대구가 나을 듯했다.

"그럼 대구로 가십시다."

"얼른 준비하고 나오이소."

5

1945년 8월 15일, 대한민국 국민은 광복의 기쁨을 만끽해보기도 전 1950년 6월 25일, 강대국들에 의해 나라가 둘로 쪼개어지는 민족상잔의 비극을 겪어야 했다.

잇따른 난세에 국민의 생활과 의식은 피폐하기가 이루 말할 수 없었다. 응당 그 어느 때보다 간절히 안식을 열망하게 된다. 까닭으로 대다수라고 할 순 없지만 적지 않은 이들이 끝이 보이지 않는 고된 현실로 인해 눈이 멀고, 정신이 흐트러지기가 일쑤였다. 그리고 그들 중에는 무지몽매한 이들이 대부분이었다.

해용은 전쟁 동안 대구 달성군*의 비슬산으로 피신해 있으면서 그러한

* 당시 경북 달성군

부류들을 대상으로 전부터 마음에 두고 있던 인간심리를 파고드는 이론의 정립을 실천에 옮기기로 마음 먹는다.

"세상을 실질적으로 움직이는 원초적인 힘은 식량도 돈도 아닙니다."

"그럼 무엇입니까?"

"바로 종교와 군대입니다."

해용은 성경이나 불전의 자의적 해석을 토대로 본격적으로 본인만의 교리를 정립해나간다. 그런 해용의 모습이 만규 등의 눈에는 공부를 하는 것으로 그리고 도를 닦는 것으로 비쳤기에 열성을 다해 그를 보필한다.

피난민들이 이따금씩 해용이 기거하는 비슬산의 골짜기까지 들어오는 경우가 있었다. 이에 해용은 세상으로 나가기 전 시험 삼아 그들에게 설법을 펼쳐본다. 결과는 만족스러웠다. 초조하고 불안한 그들의 마음에 자신의 교리가 예상했던 것 이상으로 쉽게 뿌리를 내렸던 것.

"정말로 하늘나라가 있다는 말씀이십니까?"

"물론입니다. 하늘나라는 나 자신이 영원한 곳입니다. 고로 덕을 쌓고 올라가면 한없는 평안을 맞을 것이고 그렇지 못하다면 끝없는 고통이 기다릴 것입니다. 그 극명함이란 감히 짐작도 어렵지요."

"덕을 쌓으려면 어떻게 해야 하는 겁니까?"

"덕을 쌓으려면 유유한 생을 살아야 합니다. 즉, 일생 동안 맞이하는 고비들을 잘 다스려 유하게 흘려보내야 한다는 겁니다. 그리고 덕을 쌓으면 나의 후손들이 생을 입는 동안 힘든 고비를 덜 맞이하게 될 것입니다."

"그러니까 선생님의 설법대로만 행하면 덕을 쌓을 수 있다는 말씀이시죠?"

"그렇습니다."

"선생님을 따르겠습니다. 그러니 가르침을 주십시오. 고비를 다스리는 법을 알려주십시오."

"그리하지요."

1953년 7월 27일. 휴전 협정이 맺어짐으로써 전쟁은 일단 휴면기로 접어든다. 비슬산 일대를 전전하며 전쟁이 멈추기만을 기다리던 피난민들은 드디어 안심하고 고향으로 돌아갈 수 있게 되었다. 해용의 곁을 떠나기 전 피난민들은 그에게 머지않은 시일에 자신들을 불러줄 것을 간청했고, 해용은 그렇게 하겠노라 대답을 내어준다.

해용은 세상 밖으로 발을 디디기 전 지금보다 훨씬 더 탄탄한 교리를 정립할 필요가 있다고 결론을 짓는다. 그래서 휴전 이후에도 비슬산에 머물며 공부를 이어간다. 그로부터 3년 후 그는 강원도 춘천 동내면에 위치한 대룡산에서 치미교(治𪊷教)를 개창하고 본격적으로 포교활동을 시작한다.

가장 먼저 포교의 대상으로 삼은 이들은 3년 전 연이 닿았던 피난민들이다. 그들은 이미 해용에 대한 믿음이 굳건했던 터라 우선적으로 교도로 삼기에 안성맞춤이라고 판단한다. 해용은 치미교의 간부로 임명한 만규와 성훈 그리고 정혜 등을 전국 각지로 흩어 본인의 말을 전한다. 해용의 전갈을 받은 이들 중에는 마음이 변해 교도가 되기를 거절하는 이들도 적잖았으나 반대로 전하는 말만 접하고도 교도가 되겠다며 나서는 이들이 많았다.

"전쟁 직후니 모두 얼마나 힘이 들겠소? 대원님은 그 모두를 헤아리시어 우선 안정이 되기까지 재산의 3할만 바치어도 교도로 받아주시겠다는 뜻을 내어주셨소."

해용이 교리를 정비하는 동안 만규 등도 그가 정립한 교리 외에 여러

저서들을 두루 섭렵하며 공부에 열을 올린다. 치미교의 간부가 될 그들이었기에 해용의 특별한 지시가 있었던 것. 그 덕에 구사하는 언어뿐만 아니라 행실에도 전과 비교할 수 없는 품위가 깃들게 된다. 그래서 적어도 겉으로는 완전히 다른 사람으로 변모해 있었다. 다른 두 사람에 비해 바닥도 깊었고 열정도 남달랐던 만규는 유독 그러한 면모가 두드러진다.

"알겠습니다, 장로님. 기꺼이 바치지요."

이와 같은 방법으로 전국에 흩어져 있는 교도들의 재산을 끌어 모은 해용은 대룡산에 본관을 지어올림으로써 실질적으로 치미교의 발판을 마련한다.

"최 장로님."

"네. 대원님."

"초우리에 한번 다녀오셔야겠습니다."

"초우리에 말입니까?"

"아시다시피 일전에 내 그들에게 신세를 가진 적이 있지 않습니까? 그러니 그들에게도 덕을 쌓을 기회를 주려 합니다. 그들이라면 저항 없이 치미교를 받아들이고 또 나를 따를 것이니 한번 다녀오십시오."

"그럼 내려가는 김에 인근의 마을에도 말씀을 전하심이 어떠하시겠습니까? 사정이 크게 다르지 않을 것으로 사료가 되는데 말입니다."

"좋은 생각입니다. 최 장로님 뜻대로 하세요."

"알겠습니다."

예상을 했던 대로 초우리 주민들 대부분은 예전의 터에 정착을 해 있었다. 8년 전 해용은 만규 등과 급작스레 피난을 떠나는 바람에 제대로 된 인사 한마디 전하지 못했다. 따라서 말도 없이 하루아침에 초우리를 등진 해용이 주민들은 못내 야속했으리라. 그보다 아쉬움이 컸으리라.

"안녕하십니까? 저 알아보시겠습니까?"

"누구요?"

"접니다. 건넛마을에 살던 최만규. 영주 아버님이시죠?"

영주 아버지는 말끔하게 양복을 차려 입은 만규의 얼굴을 뚫어져라 응시한다. 그러다 이내 손뼉을 마주친다.

"아이고. 최형이시구만? 미안합니더. 내가 눈이 티미해서 몰라봤네? 우째, 멀쩡히 살아 있어서 다행이네예."

"영주 아버님도 무사하셔서 다행입니다."

"고향으로 돌아온 깁니꺼? 건너 마을사람들은 최형 소식 통 모른다카던데?"

"그땐 워낙 상황이 급박했지 않습니까? 정신이 없었습니다."

"하기사. 칸데 최형, 뭐가 많이 변한 거 같네예?"

영주 아버지는 말끈한 구두에서부터 가지런히 빗어 넘겨진 가르마까지. 만규의 행색을 아래에서 위로 다시 한 번 찬찬히 살핀 후 말했다.

"그렇게 보이세요?"

"뭐라 캐야 되노? 옷 입은 것도 그렇고 말하는 것도 그렇고. 쫌 높은 사람이 된 거 같다 캐야 되나? 배운 사람이 된 거 같다 캐야 되나? 뭐 그래 보이는데?"

보는 눈은 정확하다고 할 수 있는데 반해, 표현은 투박하기 이를 데 없다고 해야 하나. 만규는 찰나 그런 생각을 해본다.

"정말로 그렇게 보셨다면 저야 기분이 좋을 따름이죠. 그건 그렇고, 어르신은 어디 계십니까?"

"차 영감님 말씀이지예?"

"네."

"그기, 두해 전에 돌아가셨십니더."

"저런. 그랬군요?"

"그칸데 불쑥 나타나서는 차 영감님은 왜 찾십니꺼?"

"말씀드릴 게 있어서요."

"무슨 말이예?"

"박 선생님 기억하시죠?"

"하모예. 아무리 난리 통이었어도 박 선생님을 이자뿌겠십니꺼?"

영주 아버지의 대답은 말 그대로 전광석화 같았다. 고로 항시 해용을 잊지 않고 있었을 가능성이 농후했다.

"그 박 선생님의 말씀을 전하러 왔습니다."

"예? 박 선생님 살아 계십니꺼?"

영주 아버지는 반기면서도 놀라는 눈치다.

"물론이죠. 잘 계십니다."

"어디, 우째 계십니꺼? 내사 간밤에 흔적 없이 사라지셔서 온갖 생각이 다 들었었구만?"

"그때는 사정이 그러하셨습니다. 그리고 지금은 아주 큰 사람이 되셔서 여기 초우리 주민들을 기다리고 계세요."

"큰 사람이예? 무슨 장군이라도 되셨십니꺼?"

영주 아버지의 물음은 당시의 시국이 십분 반영된 것이리라.

"그보다 더 큰 사람이 되셨습니다."

"장군보다도 더 큰 사람이예?"

3부

1

상원의 부친인 강철곤은 경기도 가평일대에 논 120마지기, 밭 100마지기를 소유하고 있는 대지주로서 한때는 육십 명에 가까운 소작농을 거느리기도 했다. 상원의 집안이 대대손손 부농가는 아니었다. 그의 7대조부터 증조부 때까지는 정통적인 양반문인의 길을 걸으며 조정에 몸을 담았었다. 고조부는 종1품 좌찬성*의 품계에까지 오르기도 했다. 하지만 모가 크면 치이기가 마련. 고조부를 음해하던 조정세력들은 고조부가 물러나자 마찬가지로 조정에 몸을 담고 있는 증조부에 끊임없는 도발과 계략을 일삼았다. 헌데 증조부는 선대들과는 달리 대찬 면이 부족하고 성품이 양순하기만 한 탓에 추악한 중상모략과 밀고를 일삼는 세력들에 맞설 힘을

* 조선시대 관직

내지 못한다. 그래서 늘 환멸감에 시달리기가 일쑤였고 끝내 버텨내지를 못해 관직에서 물러나기에 이른다. 그나마 다행인 점은 굵은 죄목이 붙은 술책이 아닌 품위를 추락시킨 모함에 걸려들었단 사실이다. 해서 유배지로의 귀양(歸鄕)을 피해 고향으로의 귀양(歸養)을 할 수 있었다.

증조부는 선대들이 이룩해놓은 살림을 바탕으로 그전까진 천대시했던 농사일에 매달린다. 반드시 소작농들에 섞여 논으로 그리고 밭으로 나가는 것은 아니었다. 그러나 당시의 시대통념상 정통양반문인 출신이 농사에 관심을 기울이고 또 매진하는 일은, 집안의 긍지를 저버리는 것과 마찬가지였다. 따라서 주변의 시선이 고울 리 만무할밖에. 그럼에도 불구하고 증조부는 농사일에 마음을 안착시킨다.

학문을 닦으며 체득한 지식과 이치는 의외로 실상에 쓸모가 많았다. 엄연히 본질이 상이한 분야가 다수였음에도 사람을 부리는 요령과 문제점을 통찰하는 시각이 남다를 수 있도록 만들어주었던 것. 효율적이고 안정된 제도와 나름의 농사법을 정립한 증조부는 선대들이 남긴 튼실한 밑바탕까지 등에 업음으로 해서, 바둑판에 집을 지어나가듯 해가 거듭될수록 경기도 곳곳에 본인소유의 논과 밭들을 늘려나간다. 고향을 중심으로만 매수하지 않은 연유는 철저히 수확이 용이한 논과 밭을 고집했기 때문이다. 이러한 증조부의 근거 있는 고집은 의도치 않게 훗날 자식들에게 땅을 물려줄 때에 잡음을 적게 야기시키는 역할을 수행하기도 한다. 군데군데 자리를 잡고 있는 덕에 땅을 일일이 가를 필요가 없었던 자식들은 서열에 따라 배분되는 것에 대해 그다지 반감을 가지지 않았다.

상원의 조부는 삼남이었기에 증조부가 소유한 것들 중 세 번째로 널찍한 논과 밭을 물려받는다. 그리고 상원의 아버지 철곤은 장남이었으므로 고스란히 그것들을 물려받게 된다. 그렇다고 우여곡절이 없었던 건 아니다. 일제강점기와 한국전쟁을 거치는 동안 소유 권리를 잃을 뻔한 적도 있었고, '복구가 가능하기나 할까'라는 의문을 품을 정도로 논이나 밭이 폐허가 되기도 했었다. 하지만 조부와 철곤은 부단한 노력 끝에 끝내 그러한 우여곡절들을 이겨냈다.

부농의 자식으로 태어난 상원은 남들에 비해 비교적 순탄한 유년기와 청소년기를 거친 뒤 뜻을 두고 있던 한약대에 입학을 한다. 학업을 마친 그는 전라남도 광주로 내려와 '신명당'이라는 한약국을 개업했다. 상원은 고유한 비방으로 약을 처방했는데 그가 조제하는 약은 뇌신경질환이나 임질에 탁월한 효능을 보여 일대에서 큰 성공을 거두게 된다.

입지를 다진 상원이 신명당의 확장과 더불어 한약연구개발에 몰두하는 동안 3년이라는 세월이 흐른다. 그런 어느 날, 서울에서 찾아온 동생들, 창원과 보명으로부터 어처구니없는 소식을 접하게 된다. 다름 아닌 철곤이 본가의 가산을 모두 정리하고 춘천으로 가겠노라 엄포를 놓았다는 것이다. 정작 납득이 되지 않는 건 비단 가산을 정리하고 춘천으로 향한다는 사실이 아니다. 바로 '치미교'라는 종교집단의 입교를 위해 그러한다는 것이었다.

"처음 듣는 종굔데?"

"내 말이. 몇 번이나 찾아가서 뭐하는 곳이고, 제대로 된 교단이냐고, 나중에는 다그치기까지 해봐도 함께 입교를 않을 거면 잔소리 말라는 식으로만 나오시니 원. 내 지금까지 살다 그렇게 답답한 아버지는 처음 보오. 정말이지……."

한탄하듯 말을 늘어놓는 창원의 어투엔 아버지만 아니었어도 방법을 써서 실토를 하게 만들었으리라는 뉘앙스가 배어 있다.

"둘째 오라버니랑 저로서는 도저히 방법이 없었어요. 본래 그런 분이 아니신데, 완전히 눈이 머신 거 같았어요. 정말로 그랬어요."

그에 반해 보명은 순수하게 아버지를 걱정하는 기운으로 말을 마치며 상원을 지그시 바라본다. 보명은 철곤에 대한 애증이 다른 형제들에 비해 남달랐다.

철곤의 아내는 막내 유선이 열 살 때 유방암으로 세상을 떠났다. 이후 보명은 자연히 어머니의 역할을 부분적으로 물려받게 된다. 따라서 다른 형제들은 알 리 없는 아버지의 고독과 고충에 관해 깊은 이해를 가졌고, 그 덕에 남다른 애증을 지닐 수가 있었다.

"알았어. 내가 한번 올라가볼게."

본가의 사정을 전해들은 상원은 착잡한 심정이 녹아든 목소리를 낸다. 비교적 기간을 느긋하게 두고 벌어진 일이라 되레 설명이 간략할 수 있었는지도.

"이번엔 진짜로 올라오는 게 맞는 거요?"

"오라버니."

은연중에 불편한 심기를 드러냈던 창원은 보명이 건네는 눈치에 금방 자신이 어긋났음을 깨닫는다.

"아니. 나도 답답한 심정에 그만. 형님, 미안해요."

그래서 얼른 머쓱한 사과를 내놓았다.

"괜찮아. 오죽하면 니들이 불쑥 광주까지 찾아왔겠어?"

그간 본인의 행적이 있으니, 상원은 창원의 그러한 태도가 영 이해가 안 가는 건 아니다.

"형님이 그렇게 이해를 해줘요."

"알았으니까 조만간 혼자 한번 다녀와보마."

"같이 안 가고요?"

"이럴 땐 모두일 필요가 없을지도 모르는 법이거든. 둘째는 속만 끓일 거고, 셋째는 마음만 아플 테니 말이야. 그런 모습들이 아버지께는 오히려 내면을 털어놓기가 껄끄러울 수가 있어."

"알겠어요. 오라버니."

상원을 대하고도 불안한 기색이 역력했던 보명의 얼굴에 그제야 안도가 조금씩 자리를 잡아간다. 그 모습으로 짐작컨대-의도든 아니든-몇 년 동안 무심함으로 일관했던 상원이 석연찮은 대답을 내놓을지도 모른다는 염려를 했음이리라.

"그나저나 막내는 요즘 어떻게 지내?"

"그게 이상한 게, 유선이를 못 봤어요. 아버지는 공부 보냈다는 말씀만 해대시고. 벌써 꽤 됐지?"

창원이 보명에게 그렇지 않느냐고 시선을 넘겼다. 보명은 강한 긍정의 일환으로 고개를 깊숙이 숙였다가 든다.

"막내가 안 보인다고?"

이튿날. 상원은 주책없는 늦봄의 추적추적 떨어지는 비를 뚫고 경기도 가평의 본가를 찾는다. 유선의 일만 아니었다면 며칠 더 여유를 두고 올라왔을 것이었다.

과연 동생들의 말대로 집 안에 범상치 않은 기운이 감돌고 있음을 느낀다. 일단 기운이고 자시고를 감지하기도 전에 당장 눈에 살림들이 휑하니 빠져나간 자리들이 박혔다. 사정을 전해들은 상태에서 눈에 담는 전경이라 그런지 번뜩 가슴 한구석이 묵직해져온다. 그리고 집안의 잡다한 일을 보며 마당 한쪽에 있는 사랑채에 기거하던 아저씨네 가족들의 모습이 보이지 않는 게 마음에 걸린다. 가산을 정리한다더니. 그새 살림들과 함께 내보냈나 보다. 그렇지만 상원은 아저씨네 가족들이 살림들과 똑같은 취급을 아니 대접을 받으며 본가에서 떠나지 않았기를 진심으로 바랐다.

대략 30여 년 전. 본가로 처음 인사를 온–몸집이 큰 청년의 모습을 한– 아저씨의 인상은 어수룩하다 못해 가엽기까지 했다. 아저씨를 데리고 온 노인이 철곤과 이야기를 나누는 동안에도 아저씨는 항시 겁을 집어 먹은 얼굴을 하고서 불안한 시선을 흘린다. 아저씨가 집에 도착하기 전 철곤은 가급적이면 호기심 어린 눈길을 삼가라고 가족들 특히 장난기가 충만한 상원과 창원에게 당부를 해뒀다.

"안녕하세요?"

상원이 철곤의 당부에 협조하듯 행할 수 있는 최대한의 예의를 갖춘 몸짓으로 아저씨에게 인사를 건넨다.

"네, 네."

아저씨는 삐쭉거리며 인사를 받곤 금방 다시 시선을 들어 주변을 두리번거린다. 상원은 이때 알아차렸다. 아저씨는 자신보다 덩치가 몇 배나 더 컸음에도 자신을 두려워하고 있다는 사실을. 상원은 또래 사내아이들이 그렇듯 겁을 먹은 아저씨의 모습에서 치기어린 우월감을 느낀다. 그래서 금세 철곤의 당부를 잊고 골려 먹으면 재미있을 것 같다는 생각을 가진다.

"저기요. 아저씨."

그러한 결론에 다다른 상원이 아저씨의 정강이를 발로 툭툭 건드렸다.

"상원아. 쯧!"

상원이 장난을 걸려고 들자 이를 보고 있던 어머니가 눈치를 준다.

"알았어요."

상원은 장난기 그득한 미소를 머금은 채 아저씨로부터 떨어진다. 아저씨는 상원이 자신에게서 떨어지고 나서야 불안한 시선을 아래쪽으로도 간간이 흘렸다.

그날 이후 아저씨는 마당 한쪽에 자리 잡은 사랑채에 기거하며 허드렛일을 보게 된다. 일 중에는 상원과 창원의 유치하기 짝이 없는 장난도 포함되어 있었다.

"아버지가 김 씨 아저씨네 복순이 잡아다가 집으로 가지고 오랬어."

"김 씨 아저씨, 복숭이?"

상원이 말하는 김 씨는 소작농 중 한 사람이다. 복순이는 김씨네 개 이름이었다.

"아니. 복숭이가 아니라 복순이 말이야. 강아지."

"어, 어. 복순이. 알았어."

"그리고 복순이, 그 집 식구 몰래 가지고 나와야 돼. 왜냐하면 개장수한테 팔아넘기려고 하는 거거든. 알았지?"

"어. 알았어."

아저씨는 그길로 김 씨네로 와서 아무렇지 않게 복순이의 목줄을 풀려 했다. 동작에 빈틈이 많으면서도 거침이 없는 걸로 봐서 몰래 데리고 나와야 한다는 사실은 이미 망각한 모양이다. 복순이는 아저씨가 아는 얼굴이라고, 짖기는커녕 꼬리까지 살랑살랑 흔들어 댄다. 아마 마실이라도 나가자는 줄로 아는 모양이다. 앞집 담벼락에 숨어 이를 지켜보고 있는 상원과 창원은 그래서 더 재미가 있다.

"뭐하냐?"

마당으로 들어오던 김 씨가 복순이의 목줄을 풀고 있는 아저씨를 발견한다. 그렇지만 별로 개의치는 않는 듯 짧은 물음을 던지곤 쥐고 온 연장들을 넣어두기 위해 곳간 옆 창고로 향한다.

"안녕하세요? 형님."

"그래. 그런데 뭐하냐? 복순이는 왜?"

김 씨는 연장들을 창고에 집어넣으며 다시 물었다.

"개장수한테 팔려고요."

"뭐?"

김 씨는 얼굴에 어이가 없다는 인상을 그린다. 헌데 연장들을 모두 제자리에 놓고 나서야 아저씨와 복순이에게로 다가온다.

아저씨는 그때까지도 복순이의 목줄을 풀어내지 못하고 있는 실정이다.

"복순이를 개장수한테 판다고?"

"예."

아저씨가 주저 없이 대답을 했음에도 그의 상태를 알고 있던 김 씨는 황당해하지 않고 차분하게 이유를 묻는다.

"왜 파는 건데? 돈이 필요해?"

"돈은 모르겠고, 대감님이 그러라고 하셔서요."

"지주어른께서?"

"아뇨. 대감님이요."

이번엔 살짝 의아하다는 반응을 띠는 김 씨다. 정말로 철곤이 시킨 것이라 믿어서라기보다 아저씨치곤 그럴싸한 핑계를 대었기 때문이다.

"쓰읍, 인마. 똑바로 말 안 해? 정말 지주어른께서 그렇게 말씀하셨어?"

"지주어른이요?"

"대감님 말이야."

"아, 네. 상원이가 그렇게 말했어요."

그때 문으로 바싹 붙어 상황을 지켜보고 있던 상원이 마당으로 들어선다.

"내가 언제요?"

"마침 상원이 왔구나?"

"안녕하세요?"

"그래. 그런데 말이다. 지주어른께서 정말로 그렇게 말씀하셨니?"

"아뇨. 전 처음 듣는 말인데요?"

"그럼 니가 아저씨한테 장난친 거야?"

"아니에요. 전 아저씨가 아까부터 자꾸 복순이 얘기를 하길래 궁금해서 따라 온 것뿐이에요."

"그래? 요놈아! 니가 머리를 쓰는 건 반긴다만 이런 쪽은 아니야. 알겠어?"

김 씨는 괘씸하다는 뜻으로 아저씨의 머리를 한 대 쥐어박았다.

"아. 죄송해요."

아저씨는 억울하게 몰리고 있음에도 김 씨나 상원에게 반박을 않는다. 자신이 처해 있는 상황을 이해하기가 힘들었기에 엄두를 내지 못한다. 그래서 그저 멀뚱한 눈으로 복순이의 목줄을 잡고 있을 뿐이다.

"너 설마 잡아먹으려고 했던 건 아니지?"

"먹어요? 복순이를?"

아저씨는 그게 세상에 있을 수나 있는 일이냐는 식의 놀라움과 두려움이 엉킨 회색낯빛을 떠올린다.

상원과 창원은 아저씨와 함께 집으로 돌아오는 내내 키득거렸다. 반면, 아저씨는 억울함이 아닌 반성을 하는 얼굴을 하고서 터벅터벅 뒤따라 걷고 있었다.

상원이 아저씨를 대하는 마음가짐과 태도가 변한 건 그로부터 몇 년 후다. 학교를 파하고 읍내를 가로질러 집으로 오던 상원이 불량 작당들에 의해 인적이 드문 골목으로 끌려온 적이 있다. 그런데 작당들은 가지고 있던 돈이나 질 좋은 학용품을 모두 빼앗고 나서도 뒤틀린 배알이 편치 않았는지 돌아가며 상원을 두들겼다.

“이제 좀 보내주시면. 악!”

불량배가 웅크린 몸을 펴던 상원의 뺨을 세차게 후려친다.

“똑바로 안 서? 뒤로 순서 보이지? 아직 멀었어.”

상원은 두 눈에서 눈물줄기를 흘려내는 것 말고는 딱히 해볼 수 있는 일이 없었다. 저항은 꿈도 꾸지 못했기에 최대한 불쌍하게 보이는 것이 이 자리를 벗어날 수 있는 최선책이라 여겼다.

“상원아.”

아저씨의 음성이 이토록 반가웠던 적이 없다. 상원은 얼른 흐르는 눈물을 닦아내고 목소리가 들리는 쪽으로 고개를 돌린다. 역시나 자기 몸통만 한 커다란 포대기를 어깨에 짊어진 아저씨가 성큼성큼 다가오고 있다. 행색으로 보아 읍내로 심부름을 나온 모양이다.

아저씨의 등장에 작당들은 적잖이 당황한다. 그도 그럴 것이 자신들이 아무리 머릿수가 많다고 한들 머리통 하나가 더 높이 솟은 튼실해 뵈는 아저씨의 등장에 긴장을 하지 않을 수가 없었으리라. 더군다나 골목에서 빠져나갈 수 있는 출구는 아저씨가 걸어오고 있는-성인 세 사람이 어깨를 나란히 하고 걷기엔 힘들 것으로 짐작되는 좁은 길 한 가닥이 전부였기에 더더욱 그랬다. 그러고 보면 반대편으로 길이 나 있었다면 이날 아저씨는 작당들과 혈투를 벌이지 않았어도 되었을 것이었다.

“아저씨도 때려!”

영문도 모른 채 속절없이 맞고만 있던 아저씨는 상원의 외침에 봉인에서 풀려난 야수마냥 일순간 돌변해 작당들의 모가지를 하나씩 끌어다 땅바닥이고, 담벼락이고 구분하지 않고 마구 패대기쳐버린다. 작당들은 전의를 상실해가는 와중에도 불량배 기질을 십분 발휘해 더욱 맹렬히 저항을 해본다. 하지만 결국 무릎을 꿇고 용서를 빌 수밖에 없었다. 다행인 건 흔치 않게도 폭렬한 장사가 관대하기 이를 데 없다는 것.

그렇게 상원은 아저씨 덕에 빼앗겼던 돈과 학용품을 고스란히 다시 주머니와 가방에 담아 골목을 나올 수 있었다.

"역시 아저씨는 힘이 세구나?"

"어."

아저씨는 시퍼렇게 부어오른 눈가를 만지작거리며 쑥스러운 미소를 짓는다.

"포대기 어디로 가져가는 거야?"

"떡집에."

아저씨는 방앗간을 떡집이라고 불렀다.

"같이 가."

"어."

"고마워. 아저씨."

"어."

아저씨는 상원으로부터 그런 식의 인사를 처음 받아본다. 헌데 익숙한 듯 아무렇지 않게 대답을 해온다. 상원은 그래서 더 아저씨가 고마웠는지 모른다. 그날 상원은 작당들에게서 지켜낸 돈으로 아저씨와 함께 사탕 하나씩을 입에 물었다.

아저씨는 서른이 다 되어가는 나이에 장가를 든다. 상대는 사고(思考)하는데 아무런 문제가 없는 여인이었는데, 어렸을 적 높은 곳에서 떨어지는 사고(事故)를 겪는 바람에 한쪽 다리를 심하게 절었다.

두 사람은 자신들이 남들과 조금 다르다는 사실을 인정했기에 서로를 맞아들이는 데 있어 다른 의미를 두지 않았다. 의미를 품지 않았다는 말은 맞이하는 자세에서만큼은 보통 사람들의 그것과 다르지 않았다는 뜻이다. 신기한 것은 여인은 그렇다고 쳐도 아저씨가 의외로 자신의 상태를 꽤나 객관적으로 인지를 하고 있는 듯 보인다는 것이었다.

두 사람이 부부의 연을 맺을 수 있었던 건 분명 여러 주변인들의 조력 덕분이었다. 그런데 막상 혼사가 성사되고 나서는 조력을 했던 대부분의 사람들이 우려를 표했던 것도 사실이다. 도리어 서로가 더 큰 짐을 안게 하는 것은 아닐까, 하는 메마른 현실이 본격적으로 살림을 합치는 과정에서 수면으로 떠올랐던 이유다. 하지만 다행히도 두 사람은 그런 주변인들의 우려를 보란 듯이 씻어날려 버린다. 물론 두 사람이 그들의 걱정까지 염두에 두고 사는 것은 아니었지만, 어쨌든 별 탈 없이 잘 지내던 부부는 지인들로부터 의도치 않는 칭찬을 듣기도 한다.

아이는 예상했던 것보단 늦게 들어섰다. 물론 이 또한 주변인들 멋대로의 예상이었고, 아이의 상태를 두고 불안한 마음을 가진 것도 아이의 어머니보다 그들이 더했다. 여인은 행여 아이가 장애를 지니고 태어난다 한들 어떠한 면에서도 차이를 두지 않을 작정이었다. 까닭에 주변인들의 불안감과는 확연히 그 성격이 다른 걱정 정도에서 그치고 낳을 준비를 해갔다.

다행히 아이는 장애를 지니지 않는다. 나이가 들어서는 그것이 더욱 명확해진다. 또래에 비해 뒤처지기는커녕 영특했다. 아이가 다섯 살이 될 무렵 동생이 태어났다. 역시나 장애가 없는 동생은 보통 아이들과 다를 것이 없었다.

2

상원은 어수룩한 아저씨의 얼굴로부터 시작된 회상을, 자신을 유독 잘 따랐던 열 살, 여섯 살, 지금은 중학교, 국민학교에 들어갔을 꼬맹이들의 함박웃음으로 마무리 짓는다. 정황상 비록 쫓겨나다시피 했을 가능성이 크겠지만 아저씨네 가족들이 챙길 수 있는 건 모두 챙겨서 떠났기를 빌었다. 상원은 왔던 길을 되걸어 가는 축축한 발자국에 맞춰 의도적으로 그들의 기억을 회상저편으로 하나씩 넘긴다. 다시금 본격적으로 철곤과 유선의 안위에 신경을 쏟을 필요가 있었기에.

상원이 본채의 마루로 올라와 자리를 잡고 앉은 지 얼마 후 철곤이 살이 가지런히 정리된 장우산을 말아 쥐고선 대문으로 들어서는 모습이 보인다. 사이비종교에 빠져 재산이고 뭐고 다 정리한다던 노인의 몰골치곤 혈색이나 옷차림이 말끔하다는 인상이다. 기억에 남아있는 몇 해 전 철곤의 마지막 모습보다도 오히려 더 그러한 느낌이 강했다. 까닭인지 마냥 부정적이기만 했던. 나아가서 적의를 품었던 치미교에 대한 인식이 살짝 틀어지기도 하는 상원이다.

적어도 철곤과 말을 섞기 전까진 그랬다.

"니가 무슨 일이냐?"

철곤은 몇 해 만에 대하는 아들을 앞에 둔 아버지가 할 법한 표현들을 생략했다. 듣기에 따라선 장성해서도 부모에게 손을 벌리려 찾은 한심한 자식을 대하는 어투 같기도 하다.

"그간 잘 지내셨어요?"

상원은 철곤과의 대면이 짐작했던 것 이상으로 어색하기 그지없다. 눈을 맞추는 일은 고사하고 철곤 쪽으로 시선을 주기도 부담스러울 정도다. 상원이 이처럼 안절부절 하지 못하는 데는 연유가 있었다. 일이 바쁘다는 핑계로 장남임에도 긴 시간 동안 단 한 번도 어머니가 계시지 않는 아버지를 찾아뵙지 않은데서 오는-동생들이 가까이에 기거하고 있다는 일종의 안일함에 기댔던-자괴감 때문이다.

마루로 올라와 마주 앉은 부자는 불편한 대면식을 치르는 중이었다.

"절 받으세요."

상원은 철곤의 대답을 듣지 않고 절을 올렸다. 비스듬히 앉은 자세와 표정을 지운 얼굴로부터 어차피 답을 않을 것임을 예감한다. 상원은 절을 한 뒤 무릎을 꿇고 앉는다. 그리고 곧장 본론을 꺼낸다. 정면의 철곤이 풍기고 있는 분위기와 기운이 그렇게 하는 편이 낫다고 일러주었다.

"무슨 교단에 들어간다면서요?"

철곤은 상원의 질문에 그나마 주고 있던 시선마저 거두어 마당으로 넘긴다.

"재산도 다 정리하신다고 들었는데?"

차라리 듣기 싫다는 표정이라도 지었다면 다음 말을 꺼내기가 수월했을지 모른다. 철곤은 아예 소리가 들리지 않는 모양새로 눈도 한 번 껌뻑이지 않는다. 그 상태 그대로 두 사람 사이에 한동안 침묵이 오간다. 상원뿐 아니라 철곤 역시 상원에게 궁금한 것이 있음에도 정적으로 묻고 답하고를 하고 있는 격이었으니 침묵이 오가고 있는 것이 맞았다.

두 사람은 마치 먼저 입을 떼면 지는 내기라도 한 마냥 서로의 표정과 입술을 힐끔거리기만 한다. 허나 조금이라도 더 안달이 나는 자가 아쉬운 법이니 침묵을 깨야 했던 쪽은 상원이다.

"정말로 거기에 다 갖다 바칠 생각이세요? 예?"

다소 도발적인 어투는 먼저 입을 여는 불리한 상황을 조금이나마 만회하기 위함이다.

"그럴 생각이다."

철곤이 자못 불편한 심기를 음성에 담아내는 것으로 보아 도발은 성공적이었던 듯하다.

"도대체 뭐하는 곳인데 재산을 몽땅 바치라는 겁니까?"

상원은 여세를 몰아 대답에 따라선 확실한 고지에 오를 수 있는 질문을 던진다.

"방금 관할청에 다녀왔다. 주소를 옮기게 됐다고. 집은 이미 임자가 나타났으니……."

철곤은 상원의 그런 식의 질문이 무척이나 불쾌했던 모양이다. 다른 말을 내어놓은데 이어 제대로 맺음도 못해서는 입술을 파르르 떤다. 아마도 자식을 향해 겨눌 수 있는 세상에서 가장 고약한 욕을, 떨리는 입술 안으로 삼키고 있음이리라.

"그러니까 거기가 뭐하는 교단이냐고요? 세상에 전 재산을 바치라는 종교가, 그게 어디 정상이에요?"

의식하지 못했지만 상원의 목소리 톤은 철곤의 대답을 듣고 난 후부터 점점 고조되어간다.

"어디서 그딴 상소리를 입에 올리는 게냐? 너 같이 키워준 은덕도 모르고 자식 된 도리를 마다한 놈이 어디서 큰 소리냔 말이다!"

철곤의 눈빛이 처음으로 보통 아버지의 눈빛으로 변한다. 그간 가슴 속 꾸역꾸역 묻어 두었던, 아버지란 직책을 맡고 있던 탓에 내색할 수 없었던 고독과 서운함이 일시에 밀려든 것이 틀림없다. 모를 리 없는 상원은 뇌리에 맴도는 반박을 입 밖으로 꺼내지 못한다.

"……죄송해요."

철곤은 상원의 죄송하다는 말 한 마디에 그간 가슴에 쌓였던 응어리가 모두 씻겨내려 가는 듯하다. 부모와 자식의 관계라는 것이, 내리사랑이라는 것이 본래 그런 것이었다. 하지만 낯빛에 변화를 주지 않으려 무던히 애쓰는 표정을 얼굴에 떠올린다. 그래야 한다고 믿었다.

"치미교라고. 덕을 쌓는 걸 으뜸으로 여기는, 널리 알려지진 않았지만 어느 교단보다 순수하면서 신성한 교단이다."

어찌됐든 마음이 다소 풀린 철곤은 상원의 물음에 대해 신중하게 입을 연다.

"정말로 정상적인 교단이 맞는 거예요?"

"물론이지. 자고로 인간은 유한 생을 살아야 하는 법인데, 그러려면 살면서 닥치는 여러 고비들을 잘 다스려야 하는 법이거든."

느닷없이 교리정신을 늘어놓고 있는 철곤이었다. 그러나 상원은 말이 이해가 가지 않는 선은 아니었기에 더 들어보고 싶다는 눈치를 보낸다.

철곤도 상원의 의중을 알아차리고 자연스러운 호흡으로 말을 잇는다.

"고비를 다스리는 데에는 필히 지혜가 필요한 법이지만 인간의 지혜만으론 모든 고비를 다스리기가 불가능해. 천재지변은 말할 것도 없고 몸이 얻는 병도. 그리고 마음이 얻는 병만 해도 그렇지."

"대충 이해는 가는데 덕은 왜 쌓으라고 하는 건지? 천국에 간다고 해요?"

상원은 빈정거리려는 의도가 아니라 교단의 실체가 궁금해서 다소 서두르는 감으로 물음을 보낸 것이었다.

"바로 하늘나라지."

"하늘나라요?"

"그곳은 영원의 세계야. 영원의 세계로 가려면 덕을 쌓아야 하는 거고."

창곤은 마치 신성하기 이를 데 없는 말을 입에 올리는, 감격에 겨운 얼굴을 한다.

"거기서 말하는 하늘나라가 교회에서 말하는 천국을 가리키는 건가요?"

"교회의 천국과는 달라. 하늘나라는 풍요로움이나 즐거움이 아닌 오로지 평안만이 존재하는 곳이지. 하지만 그 평안 속에는 풍요로움이나 행복과는 비교도 되지 않는 안정이 있어. 쉽게 말해 이승에서 행한 믿음과 선의의 대가를 보상받는 곳이 아니란 말이다. 대신 대가를 바라지 않는, 대가 같은 건 기억조차 없는, 존재했고, 존재하는 모든 것들을 평온하게 바라보고 느끼게 하는 평안 속에서 영원토록 살게 하는 세상이 바로 하늘나라라는 거다."

상원은 얼핏 그럴듯 하지만 어설프게 이런저런 구어들을 가져다 붙인

-한마디로 조잡하다는 느낌을 버리지 못한다. 무엇보다 마음에 걸리는 건 철곤이 전해들은 이야기가 아닌 마치 본인의 의식을 여과 없이 쏟아내고 있는 듯한 인상이 강하다는 점이다. 상원이 생각하기에 대개의 일반적인 종교는 성인들의 말씀을 전하고 또 실천하자는 의지가 엿보이기 마련이다. 그런데 주체를 자신에 두고 이러한 식이면 믿음을 가진 것이라기보다 세뇌에 가깝다는 판단이 섰다.

"교주는 누굽니까?"

이번에도 철곤의 입장에선 무례하면서도 날카로운 물음이 날아든 것이리라.

"우린 그 분을 '대원님'이라고 불러. 그 분은 하늘나라에서 오신 분이신데 인간으로 하여금 덕을 쌓는 법을 가르치시고, 또 인간의 몸과 마음의 병을 다스릴 수 있는 신통력을 지닌 분이시지."

"신통력이요?"

상원은 그 대목에서 확실히 불길한 조짐을 감지한다. 차라리 조금 전 느낀 바대로 주체를 온전히 자신에게 두었더라면 확신이 덜했을 텐데. 절대적인 존재로 추앙받는 교주가 실제 존재하는 것으로 보아 하니 세뇌가 자명했다.

"유선이는요? 유선이는 어디 있어요?"

상원은 문득 막내 동생이 떠오른다. 불길한 징조가 그 방면의 의식을 깨웠다.

"유선이는 선택을 받았단다."

철곤의 대답은 상원으로 하여금 흥분에 못 이겨 그가 자리에서 벌떡 일어나게끔 만든다.

"어디 있어요? 지금 어디 있냐고요? 유선이!"

철곤은 몹시 흥분을 한 상원의 모습에 당황한 기색을 표출한다. 그러나 이내 평정심을 찾고 차분하게 말했다.

"유선이가 비범한 아이인 줄은 그때 처음 알았어."

상원은 철곤의 다음 말이 두려웠지만 듣지 않을 수 없었다.

"대원님이 아니셨다면 평생 모르고 살았겠지?"

"유선이 이제 열아홉 살이에요. 알기나 해요?"

이내 결론이 내려진 상원은 원망서린 눈으로 철곤을 쏘았다.

상원은 나흘 동안 본가에 머물며 철곤을 설득해보려 했다. 하지만 뜻대로 되지 않는다. 방법이 적당치 않다고 여겼으나 어느 때는 화를 내며 윽박질러 보기도 했다. 좋은 말로 해서는 귓등으로도 듣지 않으려 하니 다른 수가 없었다. 그래도 철곤은 완강하게 자신의 뜻만 고집한다. 오죽했으면 아버지 당신이 가산을 정리하고 입교하는 것까진 반대하지 않을 테니 유선만 데리고 오라고, 후에는 한번 볼 수나 있게 해달라고 애원도 해봤다. 건실한 사내에게 시집을 보냈다고 해도 눈으로 본 적이 없고, 또 보이지 않으니 걱정이 될 터인데. 하물며 사이비종교집단이 자명한 교단의 교주의 첩으로 들어갔다고 하니. 걱정은 갖가지 몹쓸 상상들을 동반해 머릿속을 헤집어 놓았고 급기야는 마음에 분노가 차오르는 지경에 이르게 만든다.

응당 분노는 철곤에게로 직행한다.

"정말 말씀 안 하실 거예요? 예?"

부릅뜬 상원의 눈은 뜬눈으로 밤을 지샌 탓에 치민 화가 한층 더 발화돼 보인다. 그러나 철곤은 대답 없이 앉은뱅이책상 위에 펼치인 장부만 들여다본다. 이따금씩 주판을 놓고 숫자를 적어내려가는 것 외에는 다른 움직임을 보이지 않는다. 그래서 상원의 마음은 더욱 초조하다. 오늘 저녁이나 늦어도 내일 오전엔 광주로 출발을 해야 했기 때문이다. 아무리 한약국이라지만 일절 진맥 없이 환자들에게 조제되어 있는 약만을 처방할 수는 없는 노릇이었다.

아니다 다를까. 아침에 연락을 취해봤더니 아내는 당장에 내려오라며 본가의 일은 물을 정신도 없는 듯 그곳 상황이 말이 아니라는 앓는 소리만 늘어놓다 수화기를 내려놓는다.

"정말 말 안 할 거냐고요?"

신명당과 유선. 양쪽에서 압박을 받던 상원은 급기야 극단적인 행동을 취한다. 철곤 앞에 놓인 앉은뱅이책상을 들어다가 마당으로 집어 던져버린 것. 철곤도 이번만큼은 도무지 참을 수가 없었는지 벌떡 몸을 일으킨다. 그러곤 씩씩거리는 상원을 매섭게 노려보며 고함친다.

"무슨 짓이냐? 이 백정만도 못한 놈아!"

철곤의 노여움이 모조리 토해진 호통이었다. 그러나 지금의 상원에겐 철곤 본인이 기대하는 어떠한 효력도 발휘될 수가 없다.

"유선이 어디 있냐고요?"

"개만도 못한 놈."

"흥! 아비라는 사람이……."

아무리 이성을 잃기 직전이라지만 그 다음 말을 생각나는 대로 꺼내지는 않은 상원이다.

"있어봐!"

철곤은 거칠어진 상원이 두려워서가 아니라 자신이 매정하고 우매한 아버지는 아니라는 사실을 각인시켜주기 위해 본소로 연락을 취해 유선과의 통화를 요청했다.

"20분 뒤에 전화가 올 거다."

확인을 받은 철곤은 그렇게 말한 뒤 등을 보이고 돌아앉는다. 그리고 전화기만 응시한다. 상원은 뒷모습만으로도 괘씸함에 분해하는 철곤의 기운을 온전히 느낄 수 있었다.

철곤과 한참 떨어진 마루 끄트머리에 자리를 잡은 상원은 흥분이 서서히 가라앉자 철곤이 불쌍히 여겨짐과 동시에 자신의 책임도 크다는 생각이 든다. 이제와 돌이켜보니 아버지였기에 신경을 쓰지 않은 부분이 의외로 많았다. 혹 어머니가 혼자된 입장이었다면 이리 무신경하진 않았으리라.

언제나 강한 분이고 듬직한 분이라 여겼던 것이 이러한 상황에 이르고 보니 자신이 편하자고 키워낸 안일한 마음에 불과했음을 깨닫는다. 모르긴 해도 다른 형제들 역시 비슷한 인식이었으리라, 상원은 짐작을 해본다. 조금 더 자주 찾아뵙고 신경을 썼어야 했는데. 게다가 자신은 맏이가 아닌가. 이런저런 생각에 심경이 수그러들려 할 때 안방의 전화가 울린다.

철곤과 상원의 시선이 동시에 검은 빛깔을 띠는 전화기로 꽂힌다. 상원은 마음 같아서는 곧장 자신이 받아들고 싶은 심정이다. 하지만 자리를 지킨다.

"여보세요? ……그래. 애비다……."

철곤은 덤덤한 어투로 몇 마디 주고받더니 상원 쪽으로 고개를 돌린다. 괘씸하다는 눈초리는 수화기를 귀에 대고 나서 오히려 짙어진다.

"바꿔주마."

상원은 철곤의 바꿔준다는 말소리가 너무 작아 알아듣지 못한다. 그는 수화기를 든 손을 자신을 향해 뻗는 아버지의 몸짓을 확인하곤 얼른 엉덩이를 떼 안방 문지방을 넘는다.

"유선이냐?"

"오라버니. 잘 지내신다고 들어왔어요."

상원은 너무도 차분한 유선의 음성에 기분이 오묘하다. 본인이 방금 전까지 흥분을 한 상태였기에 그러한 기분이 더했으리라.

"유선이 맞지?"

"네. 오라버니. 저예요."

"어떻게 지내? 참! 거긴 어디냐?"

"전 아버지랑 대원님 덕에 잘 지내요."

상원은 '대원님'이라는 소리에 일순간 머리가 띵하다. 철곤은 그렇다쳐도 유선마저 깊이 세뇌가 되어 있는 듯해서다. 본인의 잘 지낸다는 안부에도 불구하고 상원이 그러한 느낌을 받는 연유는 나흘 간 철곤과 대화를 나눠본 결과 치미교는 사이비종교가 확실했기 때문이다.

아버지의 강제에 못 이겨 동생이 그곳에 가있는 것이라 여겼었는데–솔직하게는 믿고 싶었는데–실상은 그게 아닐지도 모른다. 순서를 바꿔 생각해 그곳에 가있음으로 해서 마음이 변했다고 하더라도 어차피 상원의 입장에서 가슴이 내려앉기는 매한가지다.

"거기 어디니? 오라비가 널 한번 봐야겠구나."

"번거롭게 그러지 마세요."

"번거롭다니? 번거롭다니!"

유선은 볼 수 없었지만 상원은 눈에 불을 켜고 열을 올렸다.

"아버지도 곧 여기로 오실 예정이니 아무 걱정 마세요."

"나도 듣기는 했다. 그래도 걱정이 되는구나. 그러니 거기가 어딘지,"

"걱정 마시라고요!"

유선은 상원의 말을 가르고선 꾸짖듯 말을 쏟는다.

"오라버니가 무지해서 아버지나 저를 걱정하는 거예요. 나중에 시간이

지나고 나면 알게 될 거예요. 아버지와 저의 선택이 옳았다는 걸 말예요. 그러니 지금 그곳 아버지 앞에서 경거망동 마세요. 알겠어요?"

"유선아……!"

매가리 없는 숨이 송화구에 굴절된다.

"아버지께는 앞에 인사를 드렸으니 이만 끊겠어요."

유선은 단호한 투에 들어맞게 곧바로 전화를 끊어버린다.

"잠깐만 유선아! 내 말도. 유선아? 유선아? ……."

신호음이 일정한 수화기의 송화구에 대고 상원은 막내 동생의 이름만을 되풀이한다.

3

상원은 광주로 내려가서도 지속적으로 본가로 전화를 넣어 철곤을 회유하려 노력한다. 그런데 언젠가부터 전화가 먹통이 돼버린다. 심지어 유선과의 통화 후 보름이 지난 날. 동생들과 함께 본가를 찾았을 때는 이미 주인이 바뀌어 있다.

몇 년을 없던 자식으로 쳤던 자신은 그러려니 해도 서울에 사는 동생들과는 제법 왕래가 있었음에도, 철곤은 매정하게 전하는 말 한마디 없이 훌쩍 떠나버렸다. 하긴, 동생들의 말을 빌리자면 철곤이 치미교에 빠진 2년여 전부터 오히려 왕래가 있던 자신들과 온갖 마찰을 빚어왔던 터라 근래 들어선 진심으로 눈엣가시처럼 여겼다고 한다. 이에 끝내 방법을 강구해내지 못해 광주까지 내려온 것이라고.

어련히 잘 지내고 있을 줄 알았던 상원으로서는 동생들이 그러한 일로 찾아왔을 당시, 딱히 내색은 않았지만 제법 충격을 받았다. 그렇다고 마냥 손을 놓고 연락이 오기를 기다리고 있을 수만은 없는 노릇이다. 철곤에게 질린 동생들은 아닐지도 모르겠으나 절절히 때늦은 책임감에 사무치는 상원은 그랬다. 거기다 철곤과 유선의 행태로 짐작해봤을 때 그들 쪽에서 먼저 연락을 취해올 가능성은 극히 희박하다는 예감이 들어서이기도 하다.

상원은 관할청을 찾아 신원확인절차를 밟는다. 그리고 서류상으로 철곤이 이사를 한 곳의 주소를 알아낸다. 반드시 알아낸 주소지에 거주하고 있을 거란 기대는 않았다. 지난 번 오갔던 대화의 언저리에 교단이 마련해놓은 촌락으로 들어갔으면 한다는 뜻을 내비친 철곤이었다. 그렇다 하더라도 본소라는 곳이 대룡산에 위치해 있음은 거의 확실했다. 따라서 주소로 찾아가 흔적들을 쫓아가다 보면 소식이라도 접할 수 있으리라 기대한다.

어쩌면 가평을 떠난 지 얼마 되지 않았으므로 촌락으로 들어가기 전일지도 모른다. 전 재산을 바치라고 독려하는 사이비종교 특유의 냄새가 진동하는 걸로 봐서 자신들의 입김이 직접적으로 닿기 힘든 시점까지는 본래의 행정절차를 밟도록 해야 했을 것이었다. 그리고 그 과정 안에서 균열이 생기기 마련일 것이리라. 만약 그렇다면 주소지를 처분, 혹은 세탁하는 데 있어 일정 시간이 소요될 가능성이 농후하다. 물론 그곳의 관할청이나 일대의 부동산에까지 영향력을 뻗치고 있다면 앞서의 기대와 가설들은 속절없이 의미를 잃게 될 수밖에 없을 테지만.

주소지를 획득한 상원은 곧장 춘천으로 온다. 어차피 서울로 올라오기 전, 적어도 닷새는 신명당을 비울 참으로 단단히 준비를 해두고 왔기 때문에 크게 무리될 것이 없었다.

춘천시 효자1동 483-17번지. 시에 위치하고 있음에도 예상대로 허름하기 짝이 없는 기와집이었고, 짐작대로 철곤은 없었다. 탕진을 해왔다곤 하나 본가와 논밭들을 정리했다면 못해도 이딴 기와집쯤 십여 채는 짓고도 남음 직했을 텐데. 상원은 문득 그러한 생각에 이르자 철곤이 안쓰럽다. 전에는 웬만한 장사꾼 못지않을 정도로 실리에 밝고 더불어 사리분별이 명확한 아버지였다. 헌데 이제는 나이가 들어 정신도 흐트러지고 마음도 왜소해졌나 보다.

어떤 식으로 처리가 되었는지 집에 있던 살림들 역시 눈 씻고 찾아봐도 보이지 않는다. 다만 땔감으로 써도 무리가 없을 것으로 짐작되는 낡고 해진 가구들과 기능을 상실하기 직전으로 사료되는 몇몇 부엌도구들만이 간간이 눈에 들어온다. 그러나 먼지가 앉아 있지 않는 모양새로 짐작컨대 이곳에서 적어도 최근까지 머물렀던 듯하다.

허름한 기와집을 둘러보고 있자니 남루한 옷차림을 하고 있는 철곤의 이미지가 자꾸만 떠오른다. 반작용으로 기분은 가라앉는다. 상원이 어느 선에서 생각과 감정을 추스르고 대문을 나서려는데 마침 집 앞을 지나치던 노파가 "이보슈!" 하며 상원을 부른다.

"여기 영감님 아는 사람이슈?"

상원은 노파의 물음이 반갑다. 물어 오는 내용으로 보아 철곤이 이곳에 머물렀고 또한 그를 알고 있을 가능성이 다분했던 까닭으로. 물론 철곤이 이곳에 머물렀다는 증거가 있는 것은 아니다. 살림살이 등 그의 또렷한 흔적이라곤 일절 눈에 띄지 않았으니.

"저희 아버지세요."

하지만 거기에까지 생각이 미치기 전. 미리 반가운 마음이 컸던 탓에 심정 그대로의 기색으로 대답을 보내는 상원이다.

"아…… 아드님이었구먼?"

"아버지. 어디 나가셨나 봐요? 집에 안 계시네요?"

"그렇겠지."

상원은 그때서야 순서가 조금 뒤바뀌었다는 사실을 인지한다.

"참! 여기 사시는 영감님 성함이 강 철자 곤자 쓰시는 분 맞죠?"

"강철곤? 이이…… 강씨성이 맞어. 키가 적당허이 크고 호리한."

대강의 인상착의만 들어도 철곤을 일컫는 것임을 알 수 있었다.

"네. 맞아요. 그런데 어디 가셨는지 아세요? 지금 보니까 집에 계시질 않네요?"

"연락을 못 받았나 보네? 바로 어제 이사 간다고 짐 싸들고 나섰는데. 짐이라고 해봤자 보따리 하나가 다였다만."

"이사요? 어디로요?"

"나야 모르지. 본래 이 집에는 잠시 머물렀다가 어디 좋은 데로 살러 들어간다고 했던 거 같은데? 화통한 양반이었어."

노파의 어투나 내용으로 짐작해봐서 철곤은 원하던 교단의 촌락으로 들어가기 전이라 마음이 들떠 있었던 듯하다.

"그럼 어디로 가셨는지 알 방도가 없는 겁니까?"

"아들이라면서 그것도 몰라?"

속사정을 알 리 없는 노파는 노골적으로 못마땅하다는 눈초리를 하고서 혀를 찬다. 상원은 노파에게 정황을 설명하는 짓 따윈 시간낭비라는 판단을 어렵지 않게 내린 뒤, 보편적인 태도를 취함으로써 대답을 유도해내려 한다.

"죄송합니다. 먹고 사는 게 바쁘다 보니. 아무튼 행방을 알 방도는 없겠습니까?"

노파는 단번에 저자세를 취하는 상원의 태도가 밉지 않은 듯하다. 그러나 여전히 못마땅하다는 눈길은 거두지 않는다.

"아시면 말씀 좀 해주십시오."

노파가 아니더라도 어떻게든 방법이야 강구했을 것이다. 그러나 초행길인 이곳에서 일이 만만치 않으리라는 염려 때문에 기대를 걸어보는 것이었다.

"동장한테 물어보면 알지도. 여기 올 때도, 나갈 때도 동장이 신경을 썼던 거 같았으니까 말이야."

다행히 노파는 기대에 부응을 해주었다.

"감사합니다."

상원은 허리를 숙여 정중히 인사를 했다. 노파는 이번엔 썩 마음에 든다는 표정을 지어 보이며 한 가지 더 일러준다.

"방금 오다 보니까 철물점에 가는 길 같더라고? 철물점은 저기로 가면 되고."

노파는 자신이 걸어왔던 길을 손가락으로 가리키며 시선을 멀리 둔다.

"정말 감사합니다."

"아버지한테 잘해드려. 화통하긴 해도 쓸쓸해 보이던 양반이었어."

더없이 연륜이 묻어나는 지적이다.

"그렇게 하겠습니다."

상원은 노파가 가리킨 길을 따라 걸음을 재촉한다. 얼마 지나지 않아 길 양쪽으로 모두 합쳐 다섯 상가가 전부인 차도를 낀 길이 나타났다.

가장 먼저 눈에 띄는 상점은 양복점이다. 현대의 쇼윈도라고 하기엔 뭣한 통유리 너머로 남녀가 구분지어진 각각의 마네킹 상체에 정장이 둘려 있다. 조금 더 안으로 시선을 넣어보니 주인이 반으로 접은 줄자를 목에

두르고 앉아 신문을 읽고 있는 모습이 보인다. 유독 목주변이 해진 러닝 셔츠에 삐죽삐죽 아무렇게 자라나 있는 수염. 혹 주인이 줄자를 목에 두르고 있지 않았더라면, 영락없이 공사판 노무자가 어울리지 않게 양복점에 들어 앉아 시간을 때우고 있는 것이라 짐작을 했을 것이었다. 모르긴 해도 주인은 상원과 같은 생각을 품은 손님이 문 앞에서 발길을 돌린 경험이 있던 터라 의식을 해서 줄자를 두르고 있는 건지도 모른다.

다음으로 시야에 들어온 상점은 구멍가게라고 하기엔 다소 규모가 있는–겉으로 보기엔 그런–가게였는데. 딱히 눈에 띄는 것이 없다고 할 수밖에 없는 것이 문이 굳게 닫혀 있는데다 안쪽이 이상하리만큼 어두웠다. 외부가판대에 물건 하나 깔려 있지 않는 걸로 보아 해가 중천에 뜬 지 오래임에도 아직 문을 열지 않은 듯하다.

'여기 주인은 술주정뱅이일 가능성이 다분하군.'

그다지 근거는 없었으나 상원은 가게를 지나치며 속으로 말했다.

외에도 이용소와 미용실이 나란히 마주보고 있는 모습이 눈에 들어왔다. 공중화장실도 아니고, 암묵적으로 영역이 구분되어 있는 게 웃긴 사업장들이다. 어쨌든 근처까지 갈 일은 없었다. 가게를 지나치자마자 노파가 말한 철물점이 나왔기 때문이다.

철물점 안엔 삽과 곡괭이를 발밑에 놓아둔 사내 서너 명이 걸쭉한 욕지거리들을 남발하며 한창 이야기 중이다. 상원은 그들에게 말을 걸기도 전에 이미 동장이 누구인지 확신에 가까운 짐작을 할 수가 있었다.

그들 중 가장 연배가 있어 보이나 가장 덩치가 큰 사내의 셔츠칼라에, 새마을운동 배지가 위용을 뽐내듯 정 가운데 자리에 고정이 되어 있던 까닭이다. 쓰고 있는 모자는 흔한 새마을운동 모자가 맞았다. 허나 배지는 작업반장 이상의 직급을 맡은 자에게 주어지는 배지다.

"저기, 효자동 동장님이시죠?"

"맞습니다만?"

짐작대로 그가 동장이었다.

"제가 여쭤볼 게 있어서 이렇게 찾아왔습니다. 시간 좀 되십니까?"

"아, 네. 괜찮습니다."

상원의 태도가 무척이나 공손한 편이었으므로 동장도 그에 걸맞게 언행에 예의를 갖춘다. 주변의 사내들도 시커먼 외모와는 달리 동장과 비슷한 분위기를 연출하려 한다.

"요 며칠 전에 잠시 머물렀던 영감님 기억하십니까?"

동장은 너무 뜬금이 없지 않느냐는 표정을 최대한 부드럽게 순화시켜 안면에 나타낸다.

"이런. 제가 마음이 급해서."

상원은 사과를 건네는 투로 말을 끊는다. 그 다음 생각을 정리한 후 다시 말을 잇는다.

"483-17번지 기와집 있지 않습니까? 왜 이 길따라 쭉 들어가다 보면 나오는 골목 안에 있는?"

상원이 상체를 살짝 틀어 걸어온 길 쪽을 가리키자 동장은 단번에 알아챈다. 주변사내들도 마찬가지인 반응을 보인다.

"아…… 찬수네 옆집 말씀이신가 보구먼?"

동장이 그렇게 말을 해오자 이번엔 반대로 상원이 뜬금이 없다는 내색을 표면으로 떠올리지 않으려 의식한다.

"형님도. 그렇게 말을 하면 이 분이 아시나?"

"참! 그렇군. 저도 마음이 앞섰군요?"

"아닙니다. 아무튼 거기 머물렀던 영감님 말입니다……."

상원은 동장이 기억 속에서 철곤을 끄집어낼 수 있을 만한 시간적 여유를 부여할 필요가 있다 느낀다. 그래서 타이밍 상 호흡이 어색해지나마 말을 끊는다.

"가평어르신 말씀이군요?"

의도가 적중하는 순간이다.

"제가 그분 아들인데…… 혹시 저희 아버지께서 어디로 가셨는지 알고 계십니까?"

"아드님이시라고요?"

동장은 상원의 얼굴을 새삼스레 빤히 들여다본다. 상원의 입장에선 어수룩하면서도 형식적인 확인절차다.

"그 어르신이 보자…… 신동면인가? 동내면인가로 가신 걸로 알고 있는데?"

주변사내들도 철곤과 안면이 있는 듯 동장이 눈길을 주자 가볍게 고개들을 끄덕인다.

"동장님도 확실히는 모르시는 겁니까?"

"저도 확실히는……."

"가평관할청에는 효자1동 483-17번지로 이사를 간다고 되어 있었는데. 이곳으로 와서 보니 다시 다른 곳으로 가셨다고 들어서 말입니다."

상원은 이전 행정상의 절차상황을 동장에게 설명할 필요가 있다고 여겼다. 그래야지만 협조를 구하는 데 수월할 것이었고 쓸데없는 부가요소들을 거론할 수고를 덜 것이라는 판단에서.

"저도 사무소관할창구에서 그렇게 확인을 받았는데, 엿새 후인가? 순경 두 명이 사무소로 찾아와서는 자신들이 어르신을 모시고 간다고 했다더군요."

"순경들이 모시고 갔다고요?"

참으로 뜻밖의 사안이었기에 생각과 심정이 한층 더 꼬인다. 교단이 경찰과도 결탁이 되어 있는 것인가. 아니면 그보다는 확률이 조금 낮다고 여겨지지만 중간에 일이 틀어지는 바람에 현재 경찰이 철곤을 보호하고 있는 건 아닐까 하는.

"사정이 있는 어르신이라 모시고 가니 주소 이전에 관해선 곧 위에서 통보가 있을 거라고 했다던데……?"

잠시 기억을 되짚던 동장은 그 사정이라는 것이 궁금하다는 눈치로 말을 늘어뜨린다. 아들인 상원은 알고 있을 것이라는 짐작이리라.

"사정이 있다고요?"

허나 상원의 되물음에 다소 아쉽다는 기색을 내비친다.

"아드님도 모르시는구나?"

"그 순경들 어디 순경들이었습니까? 어떻게 연락을 취하죠?"

상원이 초조한 낯빛으로 급하게 말을 쏟아낸다. 그러자 동장을 포함한 사내들은 상황이 자못 급박함을 감지한 얼굴을 한다. 하지만 해줄 말은 하나였다.

"건너 들은 이야기라 알 수가 없어요."

상원은 결국 별 소득 없이 철물점을 나설 수밖에 없었다. 그 자리에서 사무소관할창구에 연락을 취해봤으나 확인이 되지 않는다는 말만. 그리고 직접 찾아와봤자 분명히 헛수고일 뿐이라는 말만 되돌아온다.

"혹시, '치미교'라고 들어보셨습니까?"

왠지 직접적으로 언급하기가 꺼려졌다. 하지만 철물점을 나서기 직전 물었다.

"교회나 절 같은 거 말씀이세요?"

동장과 다른 사내들 하나같이 생뚱맞은 얼굴을 한다.

"아닙니다. 전화도 쓰게 해주시고. 정말로 감사했습니다. 그럼."

상원이 철물점을 떠난 후 사내들은 각자가 감지한 심각한 사태에 관해 털어놓는다.

"혹시 그 어르신, 간첩 아냐? 아니면 거기 관련자라든가?"

"나도 같은 생각했는데?"

"순경들이 손수 절차까지 밟아가며 모셔가는 걸 보면 보통 간첩은 아니라는 소린데?"

"맞아. 어르신도 그렇고, 순경들 소속도 확인이 안 된다고 하는 걸로 봐서 그럴지도 몰라."

"어허. 확실치도 않은 걸 가지고. 생사람 잡을 일 있어?"

동장이 사내들의 입방정을 제지한다. 허나 그의 표정에서도 의구심이 배어나오기는 마찬가지다.

상원은 다시 기와집으로 돌아왔다. 찬찬히 살펴보면 혹시나 행방의 실마리를 발견할 수 있지 않을까 하는 기대감 때문이다. 그러나 아궁이 안까지 샅샅이 뒤져봤음에도 단서가 될 만한 무엇도 찾지 못한다.

작정을 하고 이곳까지 쫓아 온 아쉬움에 쉬이 발길이 떨어지지 않던 그는 밤늦게까지 집을 지키다 근처 여인숙을 잡는다. 그리고 다음날 이른 아침부터 효자1동과 관할청 등지를 돌며 단서를 찾으려 애써본다. 하지만 안타깝게도 별 다른 소득을 얻지 못한다.

4

광주로 내려온 상원에게 연락이 온 건 그로부터 사흘 후다. 받아 든 수화기 너머에선 엄숙하고 깊이가 있는, 아마도 중년의 나이를 훌쩍 넘긴 듯한 여인의 목소리가 흘러나온다.

"강상원 씨, 맞으십니까?"

"네. 전데요?"

"며칠 전 춘천에 오셨죠?"

"그런데요?"

"무슨 일로 오셨는지 여쭤봐도 될까요?"

"아버님을 뵈러 갔었습니다."

"아버지 존함이?"

"강 철자 곤자를 쓰십니다만."

여인은 어지간해선 상원을 상대로만 통화를 하겠다는 양상으로 이것저것들을 끌어다 와 본인여부를 확인한다. 어조가 미묘하게 어색한 걸로 짐작컨대 본래 서울이나 경기도 출신은 아닌 듯하다. 하지만 어느 지방의 사투리가 섞였는지는 짐작이 가지 않았다. 그만큼 미미하게 부자연스럽다.

"아버님을 왜 뵙고 싶어 하죠?"

"그럼, 혹시?"

춘천에 다녀오지 않았느냐는 질문을 넘겨왔을 때 이미 감이 왔다. 대놓고 되묻지 않았던 건 그들의 의도대로 대답을 유도 당하는 척하며 역으로 정보를 빼내어보자는 심산이 있어서다. 준비라도 한 듯 처신을 펼칠 수 있던 까닭은 철저히 세뇌당한 철곤을 며칠 씩이나 대해봤음이었고. 춘천으로 찾아갔을 당시 그들의 주도면밀한 기획 아래 아버지의 자취가 감추어졌다는 느낌을 강하게 받았기 때문이다.

여인은 말을 망설인다. 그러한 머뭇거림은 본론을 꺼내기 전 스스로 확인 작업을 거치고 있는 중으로 사료가 된다. 방금 전 여러 가지를 대입함으로 전화를 받은 자신이 강상원임을 확인한 것과 엇비슷한 맥락으로. 그래서 상원은 재촉하지 않고 여인의 응답을 기다린다.

"아버님은 잘 계세요. 이곳 생활에 크게 만족을 하시고 말이에요."

약간의 공백 후 넘어온 여인의 음성엔 상원이 자신들의 교단에 대한 인식이 어떠한지 알고 있다는 뉘앙스가 진하게 묻어난다. 정황을 모르는 누군가 접했더라도 네 생각과는 다르게 잘 지내니 신경 꺼라-는 식으로 들렸으리라. 그 정도로 내용과는 상관없이 어조가 공격적이다.

"아, 네. 그렇군요?"

"제가 전화를 드린 건 아버님께서 소식을 전해드리길 원하셔서에요."

다른 부가적인 사항들이 있지만 생략하겠다는 투로 여인은 말을 맺는다. 분명 상원의 돌아오는 반응을 접한 뒤 거기에 합당한 응답을 꺼내겠다는 심산이리라.

"실례지만 전화를 하신 분은 어떤……?"

"전 마을 이장이에요."

여성이 이장이라는 점이 특이하긴 했다. 그러나 지금은 그에 관해 물음표를 다는 일이 불필요한 짓이다. 문득 여인이 맞는 건가, 라는 의심을 품어보기도 했지만 그 또한 영양가 없는 의식임을 자각한다.

"아아…… 이장님이시군요?"

"아버님은 잘 계시니 걱정 마세요. 그럼 전 말씀을 전해드렸으니."

여인은 서두르는 감으로 맥락을 정리하며 전화를 끊으려 한다. 돌아오는 상원의 반응으로부터 이 이상은 통화를 이어갈 명분이 없다고 판단을 내린 듯.

"잠깐만요!"

상원이 다급하게 외친다. 그저께 춘천에서 광주로 내려오는 동안 무모하다고 치부했었다. 허나, 어쨌든 큰 구도는 그려봤던 계획이 기억의 저편에서 반짝였다.

"아버지와 통화를 하고 싶은데요. 제가 전해 드릴 말도 있고, 들을 말씀도 있고 해서요."

"저한테 하세요. 사정은 잘 모르지만 아버님은 강상원 씨와 통화하시길 꺼려하시더군요?"

사정은 모른다? 빤한 거짓임을 알았기에 한 번은 따지듯 물어야 했다. 그게 더 자연스럽다는 판단이다.

"아버지와 꼭 따로 할 얘기가 있어 그러니 연결을 해주십시오. 아무리 그래도 가족인데, 본인이 아닌 사람이 중간에서 끊어내는 건 좀……."

"흠."

별 뜻이 없는 음절인데다 음성마저 건조하기 짝이 없어서 실제로 고려를 해보는 건지 아니면 척하는 건지 쉬이 짐작이 가지 않는다. 그래서 말을 보태야 할지 기다리는 게 나을지 판단이 어렵다.

여인의 침묵은 길다. 실상은 5초 정도의 간격에 불과했지만 복잡한 수를 두고 있는 상원의 머리는 그 시간을 무척이나 지루하게 인식한다.

"대략 어떤 말씀을 나누고 싶다는 것 정도는 알아야 말씀을 드려보겠는데요?"

여인이 의중을 그렇게 비쳐왔으니 오히려 에두를 필요 없이 대답이 쉬워진 셈인지 모른다.

"실은, 제가 아버지께서 그곳으로 가시는 거에 대해 무작정 반대를 했었거든요. 제대로 말씀을 들어보지도 않고 몰아붙이기만 했어요. ……그래서 용서도 빌 겸 하는 겁니다."

어차피 꺼냈어야 할 말이다. 그래야 철곤을 통해 치미교에 입교를 하고 싶다는 의사를 내비칠 수 있었고, 나아가 철곤과 유선을 직접 대면할 확률이 높아진다고 생각했다. 예상에 불과했지만 혹 철곤을 통해서가 아닌 일반적인 경로로 입교를 하게 되면 설령 가족 간이라 한들 대면을 하기가 어려울지도 모른다는 짐작이 날을 세웠다.

지난 번 철곤이 유선과 통화를 하기 위해 거치는 절차를 옆에서 지켜봤기에 그러한 예상이 어렵지 않다. 결코 적지 않은 재산을 바치는 철곤이, 그것도 교주의 첩인 유선과 통화를 하려는 것인데 직접 통하지를 못하는 실정이었으니. 의식이 닿지 못하는 게 오히려 이상했다.

"알겠습니다. 제가 한번 전해드려 보죠."

여인은 그대로 전화를 끊어버린다. 곧 음이 일정한 신호음이 귓속으로 날아든다. 그럼에도 상원은 잠시 그대로 수화기를 귀에다 대고 있다. 연락처를 물어봤어도 가르쳐줄 리 만무하다 여겨졌다. 하지만 아쉬움이 남는 건 도리가 없다.

"상원이냐?"

"아버지."

철곤의 목소리가 흘러나오는 수화기를 든 때는 당일 저녁 무렵이다.

"연락을 했더구나? 할 얘기가 있다고?"

엄연히는 상원이 아니라 교단 쪽에서 연락을 취한 것이었다. 상원의 입장에선 철곤이 기별을 해온 김에, 일방적일 수밖에 없는 연락수단에 관해 따져 물을 법도 했다. 허나 지금은 그깟 시비를 가릴 여유가 없었다.

"별 탈 없이 잘 계시는 거죠?"

"고작 그걸 물어보려고 춘천까지 쫓아왔던 게냐?"

철곤 역시 낮의 여인과 비슷한 기운을 보내온다. 마치 이곳은 절대로 네가 생각하는 그런 곳이 아니라는 점을 은연중 강조하고 싶은 듯하다. 그래서 상원은 조금이나마 분위기를 누그러뜨릴 필요가 있다고 판단한다. 행여 낮의 여인처럼 철곤이 일방적으로 전화를 끊어버리게 되면 구상을 해놓은 계획이 착수도 해보기 전에 틀어져 버릴 우려가 있었다.

"죄송했어요. 아버지."

"험! 난 잘 지내니 걱정 말고. 그래. 니들은 어떻게 지내냐?"

상원의 의도대로 철곤의 음성이 바로 전에 넘어온 그것에 비해 유연함이 깃들어 있다. 내용 또한 앞서와 비할 바가 아니다. 세뇌가 되어 있긴 하지만 아직까지는 어느 정도 감정 선을 스스로 그을 능력이 남은 듯하다.

"저희도 지내는 건 잘 지내요. 다만 아버지랑 유선이 소식을 접하기가 어려운 게 많이 답답해요."

"상원아."

"네. 아버지."

"내가 나 혼자 잘 되려고 이곳으로 들어온 게 아니라는 건, 창원이나 보명이는 몰라준다 하더라도 너는 알아줘야 해. 결국엔 우리 가족들의 무탈을 빌기 위해 이곳으로 들어와 기도도 드리고 또 공부도 하고 있다는 걸 말이다."

상원은 철곤의 심정만큼은 진심임을 알았기에 아버지에게 무신경했던 지난날의 자신이 새삼 후회스럽다. 동시에 가족을 위하는 아버지의 순수한 마음을 교묘히 이용해 재산을 강탈하고 동생의 순정까지 앗아간 치미교의 교주를 증오했다. 허나 아직은 이빨을 드러내서는 아니 된다. 지금은 성질대로 이빨을 드러낸 들 철곤과 유선을 빼내올 방도가 없다.

물론, 경찰에 신고도 했다. 진즉 창원이 치미교에 대한 수사를 의뢰해 봤으나 소용이 없었다. 경찰 측은 수사에 착수를 했고, 이내 문제가 없는 교단이라는 통보를 해왔다.

"이제는 알 거 같아요. 아버지."

"그래. 너만이라도 알아주면 되는 거다. 그거면 돼."

철곤의 지친 듯한 그 말에는 지난 세월, 가족이라는 틀 중심에 존재하긴 했지만 너무도 고독했던 그의 심정이 비약적으로 함축돼 있는 듯하다.

"그래서 말인데요. 저도 가르침을 받고 싶은데?"

이에 상원은 구상했던 계획을 실현하려는 데 추호의 망설임도 주입하지 않을 수 있었다.

"니가 말이냐? 이렇게 갑자기?"

철곤의 처세는 예상과 달랐다. 두 팔을 벌려 반기는 기색을 보일 줄 알았는데 뭔가 석연찮은 반응을 보내온 것. 상원마저 치미교에 입교를 시키기가 꺼려지는 류의 성격과는 거리가 먼 듯하다. 던져오는 말 그대로 왜 갑자기 마음이 바뀌었다는 건지 의중을 의심하는 것 같았다. 철곤의 그러한 반응을 접하고 나니 상원은 새삼스레 치미교의 음산스러운 체계가 각인된다.

"왜요? 전 자격이 안 되는 겁니까?"

"글쎄다. 이야기를 나눠봐야겠구나."

철곤은 말을 망설이다 답했다. 상원은 철곤이 잠시 주저하는 동안 주변의 누군가와 소리 없이 의사를 주고받았으리라 짐작한다.

"그럼, 허락이 떨어지는 대로 다시 연락을 좀 주세요. 꼭이요."

"그래. 알았다. 나중에 연락을 하마."

"아버지."

"말해."

"연락처 좀 가르쳐주시면 안 돼요? 동생들도 막상 아버지가 떠나시고 나서는 아버지 안부를 얼마나 걱정하는지 몰라요."

"그건 곤란하구나. 여긴 딱히 전화가 필요 없는 곳이라 기도당에 있는 전화기를 공동으로 사용하고 있단다. 그래서 개인적으로 오는 연락은 받기가 힘들어. 내가 한 번씩 너한테 기별을 넣을 테니, 니가 전하는 식으로 하자꾸나."

전보다 대답을 내어놓는 데 걸린 시간이 길었다. 거기다 수화기 너머로 잡음이 일절 흘러나오지 않은 걸로 봐서 손바닥으로 송화구를 틀어막아 놓고 육성으로 의견을 나누었을 가능성이 컸다. 그러고 보면 부자간의 심정을 나눌 적엔 전과 다를 것이 없는 철곤이 교단에 관계된 것에 관해 상원이 물음을 넘길 때에는 유독 누군가의 눈치를 보는 듯한 느낌을 받게 했다. 만약 그러한 기분이 빗나가지 않았다면 철곤은 철곤 본인이 기대를 했던 것과는 다소 이질적인 생활을 하고 있을지도. 또한 감시와 성격이 다르지 않은 압박 아래에 놓여 있을 가능성도 배제할 수 없었다. 언뜻 비약적이라는 감이 들기도 한다. 그렇지만 어쩔 수 없이 생각이 그러한 쪽으로 쏠린다.

"알았어요. 그럼 나중에 연락 주세요. 끼니 잘 챙겨 드시고요."

"흐음. 오냐."

철곤은 다른 가족들의 안부를 묻고 싶어 하는 듯한–그래서 조금은 아쉬운–호흡을 보내온다. 허나 그대로 짧은 대꾸 후 전화를 끊는다. 상원은 아무래도 예상치 못한 자신의 달라진 태도 덕분에 그네들끼리 꽤나 진중히 의견을 교환해야 할 상황인 것으로 짐작한다.

전화가 끊길 때쯤 저절로 결심이 확고해진 상원은 구상했던 계획을 구체적이고 치밀하게 다듬기로 마음 먹는다. 당시 철곤의 장광설을 곱씹어 분석을 해보면 치미교는 추종자들을 교도와 신도로 나누는 듯했다. 이를 토대로 교단의 체계를 요목조목 따져 짐작해봤을 때, 교도는 전 재산과 가족들을 교단에 바치고 지정해주는 마을로 들어가 노역을 하며 사는–대신 덕을 크게 쌓을 수 있다는 감언이설로 묶어두는–이들을 일컫는 것 같았다. 그리고 신도의 경우는 일과 생활을 꾸려갈 터전은 스스로 결정하되 지역에 설치된 분관에서 교리공부에 매진을 하며 헌금을 바치는 이들을 가리키는 듯했다.

부류의 결정적인 차이는 교도들은 연중 두세 차례 열리는 대집회나 행사 때 교주를 마주할 기회가 있지만, 신도들은 전혀 기회가 없는 것으로 사료가 되었는데 추종자들은 신통력을 지닌 교주로부터 직접 가르침을 얻게 되면 훨씬 더 큰 덕을 쌓을 수 있다고 믿는 듯했다. 따라서 마음이 깊어지면 대개 신도에서 교도로 전향을 하려는 듯 보였다.

철곤은 몰라도 교주의 첩으로 있는 유선을 빼내려면 적어도 한 번은 교주와 대면을 해야 할 것이었다. 지난 번 통화 때만 보더라도 유선은 철곤 못지않게 세뇌가 되어있는데다 교주의 첩이니만큼 교주가 가까이 둘 가능성이 크다. 따라서 의심을 사지 않고 접근해 설득을 하려면 무엇보다 상원 스스로가 교주의 환심을 살 필요가 있었다. 이러한 사항들을 종합해봤을 때 상원이 철곤과 유선을 구해내려면 결국은 교도가 되어야 했다. 이에 수반되는 필수불가결한 사항으로 나중에라도 발목을 잡힐 불안 요소들을 철저히 제외시켜야 했는데, 그러기 위해선 교도로 탈바꿈을 하는 과정 자체가 짐짓 자연스러워야 했다.

당일 날의 밤을 지새우다시피 해서 구체적인 계획을 세운 상원은 다음 날 저녁, 급하게 동생들을 불러들여 아내와 함께 자리에 앉힌다.

"난 아버지와 유선이를 반드시 탈교시켜 데리고 나올 생각이야."

"어떻게요?"

보명과 아내는 놀란 토끼 눈을 한다. 아내도 이때쯤 치미교의 정체를 대강은 파악하고 있었다.

"계획이 있어. 그리고 모두의 도움이 필요해."

"형님. 정말로 할 겁니까?"

전까지 덤덤하기만 하던 창원은 계획이 있다며 수첩을 집어 드는 상원의 모습을 접하고서야 형의 결심을 실감하는 눈치다.

"그래. 해볼 거야."

상원은 계획의 포인트를 꼼꼼히 기재해놓은 수첩을 펴서 살핀다. 그동안 아내나 동생들은 서로의 시선만 교환할 뿐 입 밖으로 말을 꺼내지 않는다. 또 우려가 짙게 배인 긴장감 때문이리라.

"우선은 신도가 될 계획이야. 언제 아버지로부터 연락이 올지도 모르겠지만. 또 온다고 해도 입교가 될지 안 될지 모르지만. 어쨌든 수단을 가리지 않고 입교를 할 생각이야."

모두가 마찬가지였으나 그중에서 상원의 결심에 가장 큰 불안감 혹은 수고를 감내해야 할 이는 다름 아닌 아내였다. 당사자는 내색을 않고 있었어도 상원은 아내가 그 점을 자각하고 있음을 모르는 바 아니다.

"하지만 당신이랑 재민이를 그런 곳으로 끌고 들어갈 수는 없어. 그래서 시간을 두고 위장을 할 계획이야. 당장에 교도가 될 생각을 않는 것도 시간이 필요해서고."

"위장이요?"

"음. 아무리 그래도 중병을 앓는 환자까지 데리고 들어오라곤 못할 거야. 거기서도 애초부터 병을 가진 교도를 받아들이기엔 여러모로 꺼려질 테니까. 그래서 말인데. 말하기 조금 미안하지만 당신은 극심하게 천식을 앓는 걸로 남들 눈에 보여야 해. 멀지 않은 날에 동문이 의사로 있는 병원에 입원하는 척을 할 거고."

"당신 계획은 이해를 하지만, 그래도 입원까지?"

아내는 불안한 건 사실이지만 그 정도로 치밀하게 위장을 할 필요가 있느냐는 눈치다. 그런 아내의 완성형이 되지 못한 질문에는 창원이 답을 단다.

"형수님. 저희가 겪어본 바로는 그 놈들, 어이가 없을 정도로 집요한 구석이 있더라고요. 지들 입으론 단순히 교도들이라고 떠드는데 가만 보니 아버지 재산규모니 성향이니 알아내려고 주변을 캐고 있지 뭐에요? 심지어는 어린 유선이의 뒤도 조사했더라고요. 정말이지 소름이 다 돋았어요. 그런데도 아버지는 답답한 소리나 하시면서 우리더러 뭐라고. 휴."

창원은 말을 마칠 즈음 철곤을 언급하며 상원의 눈치를 살피기도 한다.

"정말 그렇게까지?"

아내는 시동생의 당부가 못미더운 것이 아니라 그런 일이 가능하기는 하느냐는 쪽에 가까운 낯빛을 띤다.

"언니는 믿기 힘드시겠지만 정말로 그랬어요."

입을 뗀 보명은 불쾌했던 당시의 기억들이 떠오르는 듯 표정을 찡그린다.

"병원에 있다 얼마 후에 당신은 멀리 요양을 떠나는 걸로. 재민이는 외삼촌 집에 맡겨지는 걸로 생각 중이야."

"재산은 어떻게 처분할 생각입니까?"

창원이 물었다.

"물론 모두 가지고 들어갈 심산은 아냐. 만에 하나라는 게 있으니."

"여보."

그때까지 담담하게 이야기를 들어주고 묵묵히 따라와주던 아내는 그럼 그만두면 되지 않겠느냐는 심정을 만면에 떠올린다. 그러나 상원은 애써 외면하고 설명을 연결한다.

"그래서 상운통상 최 사장한테 협조를 구해볼 생각이야. 왜 니 친구 사촌이라는."

상원이 창원에게로 시선을 가져온다.

"최 사장한테요?"

"몇 번 보니까 일을 부탁할 만한 사람인 거 같더라고. 너하고 니 친구 관계도 있으니 나중을 생각해서도 그렇고."

"그렇긴 하죠."

창원은 방법을 재촉하는 얼굴이었지만 노골적으로 상원과 눈을 맞추진 않는다.

"약국이랑 집. 표면적으로 눈에 잘 띄는 부동산을 최 사장한테 매도할 생각이야. 장물 같은 경우는 어차피 별 거 없으니 정리를 해도 무방할 것 같고. 현금은 은폐하기가 비교적 수월하니 속이는 데 그리 문제될 게 없을 거야."

"매도한 금액을 가지고 들어갈 거라는 말이죠? 현금은 적당히 없는 식으로 해서?"

"그렇지. 급매라는 식으로 소문을 내서 아주 헐값에 최 사장에게 매도를 하는 거지."

"납득이 갈 만한 정도만 준비를 할 생각이군요?"

"음. 대강은 이렇고. 구체적인 사항은 대답이 오는 걸로 봐서 조정을 해야겠지."

상원의 계획을 전해들은 세 사람은 여전히 불안감이 가시지 않는 얼굴을 한다. 허나 한편으론 자신들이 더 거들 수 있는 일이 없을까, 하고 머리를 굴린다.

예상했던 것보다는 준비과정이 순조로운 편이다. 헌데, 반대로 철곤의 연락은 더디었다. 사람마음이라는 게 간사한 것이 가족들과 상의를 마치고 나름 은밀히 실행직전 단계에까지 이르게 하는 동안엔 소식이 더디게 오는 편이 낫다는 생각을 했다. 그런데 준비를 마치고 기다리는 입장이 되고 나니 오히려 기별 없는 하루하루가 지루하고 초조하다.

"분관이요?"

기다리던 철곤의 대답이 도착한 건 마지막 통화 후 정확히 일주일이 흘렀을 무렵이다. 그리고 다행히 계획실행준비를 한 수고가 수포로 돌아가지 않아도 될 답도 얻는다.

“양동시장입구 근처에 있는 ‘광양’이라는 기름집으로 가서 거기 주인에게 인사골목이 어디냐고 물으면 앞에까지 안내를 해줄 게다.”

철곤에게 설명을 들었을 때에는 ‘인사골목’이라는 곳이 양동시장 어딘가에 있는 골목이라 짐작했다. 그런데 막상 기름집 주인이라는 사내를 따라 나서 보니 골목 근처도 가지 않았다. 사내를 따라 도착을 한 곳은 시장 번화가에 떡하니 자리를 잡은 건어물상의 안집이다. 사내는 안집의 대문 앞으로 가서 초인종을 누르면 된다는 말만 남기곤 훌쩍 자리를 뜬다.

“‘인사골목’이라는 단어. 자기들끼리 정해놓은 암구호 같은 것이었나 보군?”

참고로 실상 암구호라기보다는 신도가 되기 전의 인물을 그네들의 기준으로 분류를 한 뒤 사용하는 가칭이었다.

대문 앞에 선 상원은 서슴없이 초인종을 누른다. 마음의 준비는 이미 오래전부터 해왔던 터라 망설일 필요가 없었다. 조금 뒤. 중후한 여인의 음성이 대문 틈을 비집고 새어나온다.

“강상원 씨?”

“그렇습니다.”

상원이 느끼기에 그녀의 반응시간은 환갑 정도의 여인이 안방에 앉아 있다 초인종 소리를 접하고 마루와 마당을 가로질러 나오는 시간과 얼추 맞아떨어진다. 즉, 신속하다거나 재빠르다는 느낌과는 거리가 있었다. 하지만 대문이 열리고 여인과 마당의 전경을 시야에 담았을 때. 상원은 자신의 느낌이 반만 맞았다는 사실을 알아차린다.

여인은 예상한 연령대의 모습을 충실히 갖추고 있었다. 허나 마당은 예상했던 것보다 몇 배는 더 넓었다. 담벼락의 길이 등 시야에 들어왔던 외관상으로의 계산과는 큰 차이를 보였던 것. 실은 건어물상뿐 아니라 그

옆으로 다닥다닥 붙어있는 몇 개의 점포들 역시 이 집의 측면에 속했나 보다.

"어서 오세요."

여인은 추정되는 나이에 걸맞은 품위를 유지한다. 화려하지 않은 단아한 한복차림에 연륜이 묻어나는 포근한 미소와 여유로운 손짓이 상원으로 하여금 그러한 기분이 들게끔 만든다. 상원이 고개를 살짝 숙여 보인 후 대문 안쪽으로 몸을 넘겼다. 그러자 여인은 한층 더 여유로운 미소를 눈매와 입가를 통해 드러낸다.

"안으로 드세요."

여인은 상원이 서 있는 위치에서 볼 때 마당의 끝자락에 자리한 집채를 손바닥을 펴 가리킨다. 그러면서 스리슬쩍 대문을 기울인다.

집 안으로 들어와 여인과 함께 세 개의 문을 통과하니 교회나 성당의 성전과 흡사한-그러한 분위기를 연출 중인-기도당이 나온다. 성전과 흡사하다고 느낀 연유는 기다란 나무벤치가 예닐곱 개 정도 자리를 하고 있었기 때문이다. 혹 휑한 바닥 가장자리에 방석들이 쌓여 있었다면 법당의 느낌을 받았으리라.

십자가나 불상은 물론 우상화 이념이 깃든 인물화 한 폭도 눈에 띄지 않는다. 대신 정면에 보이는 벽면 한가운데에 정체를 알 수 없는 크고 화려한 황금문양이, 그보다 더 넓은 면적의 새하얀 천에 수놓여 있는 모습이 인상적이다.

상원은 확신을 한다. 바로 저 문양이 치미교에서는 교회의 십자가를 그리고 사찰의 불상역할을 수행하고 있음을. 상원이 텅 비어 있는 기도당을 둘러보는 잠깐 동안 여인은 그를 유심히 지켜보았다. 마치 상원의 표정이나 몸짓에서부터 무언가를 확인하거나 알아내려는 것처럼.

상원이 기도당 내부를 둘러본 뒤 여인에게로 시선을 옮겨온다.

"이거 받으세요."

여인은 관찰하는 눈을 거두고 기다렸다는 듯 두꺼운 교리책 하나를 내민다.

"아. 네."

"전 이곳 기도당의 장로이자 본소 전도사 이경화라고 해요."

"저는 강상원이라고. 참! 알고 계시겠군요?"

기도당에서는 장로이면서 본소에서는 전도사라. '장로이면서 전도사?' 상원은 머쓱한 미소를 그리며 이 교단은 직위나 직책마저 여느 보편적인 종교들과는 다른 체계를 구축하고 있으리라 짐작해본다.

"다른 형제님들도 곧 오실 거예요."

여인이 언급한 그들은 상원이 교리책 페이지를 넉 장쯤 넘겼을 무렵 기도당으로 모습을 보인다. 두 명의 사내였는데, 한 사람은 연배가 상원과 비슷해 보였고, 다른 한 사람은 적어도 열 해는 먼저 태어난 얼굴을 하고 있다. 두 사람 모두 나이를 떠나 인상 자체는 꽤나 푸근한 편이다.

여인은 두 사내가 함께 자리를 하자 치미교의 신도로서 지키고 따라야 할 기본적인 사항에 관해 설명을 늘어놓는다. 그다지 놀랍다거나 하는 것은 없었다. 예상의 범주를 크게 벗어나지 않는 사항들이 대부분이었기 때문이다. 하지만 찜찜했다. 뭐랄까. 예감했던 불순함을 확인했음에도 당장에 처리할 순 없는 기분이랄까.

"형제님!"

"네?"

용무를 마친 상원이 집으로 향하려는데 사내들이 이런저런 핑계를 대가며 동행을 요구해왔다. 상원은 그들이 눈으로 직접 자신의 형편을 확인

해보려는 속셈임을 알고 있다. 그래서 그들의 인상이 완전히 달리 보이기도 한다.

"아직 가보지는 못했지만 '신명당'이라는 이름은 익히 들어왔습니다."

"그러셨군요?"

"제가 요즘 간간이 신물이 올라오는데, 좋은 약이 좀 있겠습니까?"

"가서 한번 봐드리죠. 그런데 말입니다."

"네."

"아까 장로님도 그렇고 두 분도 여기분이 아니신가 봅니다? 말투에 전라도 억양이 배이지 않은 걸 보니 말입니다."

"제대로 보셨습니다. 장로님도 그렇고 저희들 모두 경기도가 고향입니다."

"그랬군요? 저도 가평이 고향인데."

"저흰 평택입니다."

"그러시군요?"

두 사내는 자연스럽게 대답을 해낸다. 허나 상원은 그들의 대답에서 그들이 예상하고 있는 것과 다른 속내를 가진다.

'역시나 이곳 사람들이 아니었군. 그렇다면 보통의 신도일 가능성이 적다는 이야기가 되는 거고. 확인차로 따라붙는 걸로 봐서 무슨 직책 같은 걸 맡고 있을 가능성이 커.'

"아직 멀었습니까?"

"아니요. 다 왔습니다. 저기 앞에서 세워주세요."

기사는 곧바로 택시를 도로가로 붙인다. 도로 위에 차가 많지 않았던 관계로 정확히 상원이 가리킨 지점에 정차를 할 수 있었다.

5

아내의 실제 입원기간은 닷새 남짓. 하지만 서류상으론 한 달 가까이 입원을 한 것으로 기록됐다. 남에게 신세 지는 것에 인색하고 성향이 곧은 상원을 잘 알고 있던 동문은 일이 끝나면 모두 털어놓을 터이니 자신의 부탁대로 해달라는 한 마디에 딱히 물음을 달지 않는다.

이에 반해 최 사장 쪽은 동문과는 사정이 조금 달랐다. 훗날 매수했던 부동산들을 다시 돌려주어야 할 인물이었으니 구체적인 설명을 토대로 이해가 수반된 협조를 구해야 했다. 상원의 입장에서 다소 부담스러웠던 점은 교단의 눈과 귀를 속이는 계획이니만큼 실제 내막을 아는 이의 숫자가 늘어날수록 득이 될 게 없다는 것이었다. 주변 최소한의 조력자들의 도움을 받아 나머지들에게는 으레 그러하게 보여지는 것이 최선이라는 판단이었다. 물론 다수 조력자들의 확고한 협조를 구하게 되면 그보다 나은 경우가 있겠느냐마는. 이는 현실적으로 앞서의 최선보다 실현가능성이 낮았다. 이처럼 과정 안에서 신경이 많이 쓰이긴 했으나 어쨌든 상원은 최 사장으로부터 협조를 약속받아낸다. 거기에는 창원과 최 사장의 사촌이라는 친구의 설득이 큰 몫을 했다.

"이제는 너도 보명이도 나와 인연이 끊기다시피 하는 걸로 보여야 돼. 내 말 이해하지?"

"예. 형님."

"오라버니. 부디 몸조심하세요."

교단을 고발하기까지 했던 창원과 보명이다. 따라서 교도가 되기 위한 준비에 매진하는 동안 이들과의 교류는 불필요한 잡음으로 작용할 뿐이다.

상원은 은밀히 계획을 진행하는 중에도 성실히 분관에 나간다. 또한 교리공부에도 열성을 보인다. 그러한 자세야말로 가장 견고한 위장막임을 믿어 의심치 않았다.

본인들을 신도라 밝히며 첫날 상원의 한약국에 들렀던 사내들은 이후로도 몇 차례 시간과 인원들을 불규칙하게 편성해 신명당을 찾는다.

"선생님. 저 왔습니다."

"어서 오세요."

신도들끼리 있을 때에는 어디서든 '형제님'이라고 불렀지만 신도 외의 이들 앞에서는 호칭에 유연성을 두었다. 켕기는 것이 많은 집단특유의 공작이라 상원은 치부했다.

"지난 번 선생님의 약이 너무 잘 들어서 아는 형님 내외분도 모셔왔습니다."

그들 딴엔 자연스러운 상황극을 바탕으로 감시를 하고 있다고 여겼을 것이리라. 허나 상원의 눈에는 교묘하고 간사한 수작이 빤히 보였기에 제

아무리 순박한 노인들을 대동하고 신명당을 찾는다 하더라도 그 모습이 가증스럽기만 하다.

그렇게 몇 달이 흐른다. 계획했던 것들은 슬슬 자리를 잡아가고 있었다. 병원에서 퇴원해 요양과 치료를 이유로 지리산의 암자들을 전전하는 걸로 되어 있는 아내는 산으로 들어간 사실만 명확히 되어 있고 이후의 행방은 묘연하도록 손을 써놓았다. 그리고 아들 역시 대전에 있는 외삼촌의 집에 맡겨졌다가 그곳의 사정이 여의치 않게 되어 다른 외가 쪽 친척 집들을 전전하는 것으로 정보를 흘려놓았다.

교단사람들은 이때까지도 햇수만 조금 잦아들었지 꾸준히 신명당과 상원의 집 주변을 어슬렁거린다. 계획을 구상하던 초기, 상원은 그들이 관찰을 넘어선 감시의 행태를 띨 것이라는 동생들의 진언을 토대로 신중에 신중을 기하고 있기는 했다. 그러나 한편으론 필요 이상으로 치밀하고 또한 일을 지나치게 번거롭게 늘려놓는 것이 아닌가, 하는 의구심을 스스로 던져봤던 것도 사실이다. 그래야 할 필요가 있다고는 여겼지만 자신이 이행하려는 계획 때문에 아내와 아들 그리고 주변사람들에게 커다란 부담을 안겨줘야 한다는 것이 못내 마음에 걸렸다. 헌데 이제 와서 보니 그게 아니었다. 다행이라고 하기에 조금 뭐하지만 예상외로 끈덕지고 집요한 교단사람들을 대해보니 백번 옳은 선택이다 싶다.

이렇듯 아내와 아들은 계획 안에서 자신들의 몫을 다 해주었다. 고로 이제는 상원 본인의 차례다. 부자연스럽지 않게 그러나 확실히 무기력해진 모습을 연출해야 했다. 교단사람들은 물론이고 이웃이나 약국직원들 모두의 눈에 그렇게 비쳐야 한다.

"형제님. 요즘 얼굴이 너무 안돼 보이세요."

분관의 장로이면서 본소의 전도사를 맡고 있는, 그래서 상원의 상식선에선 비논리적으로 직책이 왔다 갔다 하는 여인이 근심어린 눈동자에 상원을 드리우고 말했다. 상원은 다른 인물은 몰라도 이 여인만큼은 본인이 실체를 파악하고 있는 사례가 참으로 다행한 일이라 여긴다. 여인에겐 마주하는 이로 하여금 속에 담아 두고 있는 것들을—그것이 응어리든, 드물게 반대의 심정이든—털어놓고 싶게 만드는 비범한 재주가 있었다. 외형에서 풍기는 단아한 기품도 그러했고 편안한 음성과 그 음성에 실는 격조는 있되 불편하지 않는 어휘들이 사람의 마음을 달달하게 만들었던 것.

그런 연유로 우락부락한 형사들 앞에서도 자백을 않고 버티는 흉악범들에게 여인과 차분히 대화를 나눠보게 하면 일이 수월해질지도 모른다는 쓸데없는 생각을 가져보기도 했다. 하지만 지금은 구상하고 있는 계획 아래 가감 없이 여인의 재주에 걸려들어줄 때다. 영화배우나 탤런트처럼 연기가 완벽할 필요는 없다. 대화의 주제가 주제이니만큼 여인은 주로 질문을 건네올 것이었고, 자신은 준비한 선에서 대답을 내어놓는 일방통행식일 터이니 크게 부담을 질 연유가 없었다.

"근래 들어 좀처럼 풀리는 일이……."

여인은 기어들어가는 목소리로 결국 말을 흐리는 상원과 함께 방으로 온다.

"가족들 걱정에 많이 힘드신가 봐요?"

그녀의 물음에 상원은 아랫입술을 지그시 깨무는 것으로 답을 대신한다.

"아내분 병세가 호전이 없으세요?"

"남들은 모두 인정하는 한약국을 운영하는 제가 정작 아내의 병에는 손을 써볼 엄두도 내지 못하고 있는 게 참으로 한심해서……."

상원은 계산된 타이밍에 말을 끊곤 공허한 시선들을 흘린다.

"그래도 형제님이 이토록 마음을 쓰고 계시니 곧 병세가 호전되실 거예요. 저도 아내분의 병세가 호전되길 마음을 다해 기도드릴 테니 힘을 내세요."

여인은 당신의 사정과 아픔을 모두 이해하고 나 역시도 안타까워하고 있다-는 얼굴을 만들고서 위로의 말을 건넨다. 앞서 언급했듯 그녀의 특기 중 하나라고 할 수 있다.

"감사합니다. 장로님."

"가족을 생각하고 위하는 마음이 형제님처럼 이렇게 간절하고 진솔하다면, 그것 자체가 덕을 쌓는 일인 거예요. 그러니 언젠가 꼭 지금의 근심과는 비교도 할 수 없을 큰 평안이 형제님과 가족들에게 미치게 될 겁니다."

"정말 그리 되겠죠? 장로님."

"물론이죠."

"그래서 말씀인데, 저희 집사람 병 말입니다. 대원님께 보이면……?"

여인은 엷게나마 곤혹스러워하는 낯빛을 떠올린다. 그렇다고 교주인 해용이 병을 낫게 할 신통력이 전무하다는 식의 곤혹스러움은 아니다. 신도는 해용을 마주할 수가 없다는 데에서 오는 일종의 아쉬움이 짙게 묻어난 처신이다.

상원은 철곤으로부터 교단의 관례가 그러하다는 사실을 이미 귀띔해 있던 터라 잘 알고 있다. 그래서 여인의 미세하게 찌푸려지는 미간의 의미를 어렵지 않게 간파한다.

"형제님. 물론 대원님을 배오면 길이 생길 것입니다. 하지만."

"저도 압니다. 적어도 교도의 신분이 되어야 하고, 교도가 되려면 여기를 모두 정리한 뒤 대룡산으로 들어 가야 한다는 것도 말입니다."

상원은 초조해 하는 기색을 역력히 드러내 보여야 한다는 의도로 여인의 말에 끼어든다.

"아버님께서 교도로 들어가 계시니 잘 아시는군요? 아버님과는 연락을 자주 하세요?"

갑자기 말머리를 돌리는 듯하지만 실은 철곤과 오고 간 말이 있는지 확인을 함으로써 간접적으로 상원의 속내를 떠보는 것이었다.

"아뇨. 자주는."

"그랬군요."

여인은 음성을 도로 삼키듯 하며 의미 없는 고갯짓을 보인다.

"장로님!"

상원은 본론을 꺼내기 전의 서론을 대부분 늘어놓았으니 이제는 때가 되었다고 판단했다.

"저는 진심으로 교도가 되고 싶고 또 되려고 노력할 것입니다. 그러니 꼭 좀 도와주십시오. 부탁드립니다."

"형제님께서 충동적으로 하시는 말씀은 아닐 거라 믿습니다만, 충분히 고민을 하신 거겠죠?"

"물론입니다. 약국이나 집도 당장에 내놓을 수 있습니다."

상원의 결의에 찬 얼굴을 본 여인의 눈이 아득히 깊어진다.

4부

1

해용은 자신을 따르는 무리들을 교도와 신도 두 부류로 나눈다. 실상 맥락은 같은 말이나 다름없었지만 미묘한 뜻 해석의 차이가 있었기에 두 단어를 채택해 사용했다.

두 부류 모두 믿음이 전제가 되어야 했으므로 꾸준한 교리공부는 기본으로 하되 교도는 본인들의 전 재산을 교단에 바치고 해용이 지정해주는 곳에 근간을 이루어 사는 이들을 지칭했다. 정식 교도가 되는 일은 해용에 대한 믿음을 드높임과 동시에 크나큰 덕을 쌓는 숭고한 업적이라는 설법으로 신도들을 홀린다. 그리고 신도는 정식 교도가 되기 전 단계를 지칭하는 것으로 자신의 근간을 스스로 정하되 3할의 재산을 해용에게 바치고 연간 일정액수를 교단에 헌금하는 식이었다.

이와 같이 해용이 교도들을 굳이 두 부류로 나눈 연유는 일정의 단계를 가미시켜 우선은 교단에 대한, 나아가선 자신에 대한 충성심을 높이기 위함이다. 인간에겐 누구나 어딘가에 소속이 되면 그곳에서 입지를 다지기를 바라는 사회적 동물 특유의 본능이 있기 마련인데, 해용이 바로 그 점을 교묘히 이용한 것이다.

제아무리 귀와 눈을 홀린다고 하더라도 처음부터 전 재산을 바치게 하고 자신이 원하는 곳에 두려 한다면 일단은 반감 혹은 망설임을 동반할 가능성이 클 것이라 짐작했다. 그래서 단계를 둔 통제력이 필요하다고 여겼다. 해용의 치밀함은 이것이 다가 아니다. 그는 공권이나 사람들의 눈을 속이기 위해 표면상으로 정상 종교인처럼 십오계기도일 등을 정해놓았고, 선출 교주제와 포교소제도를 도입해 운영을 하기도 했다.

영주 아버지가 초우리의 생활을 정리하고 식솔들과 함께 대룡산을 찾은 때는 치미교가 개창을 한 지 7년이 흐른 후다. 그간 치미교는 전국방방곡곡에 그 세력을 뻗쳤고, 6개 군에 분관을 두고 있는 상태였다. 그때까지 인구가 많이 몰려있는 시(市)에 분관을 두지 않은 까닭은 군(郡) 등에 비해 공권력의 활동이 활발함을 견제해서였다. 그렇다고 해도 신도 육천에 교도 사천. 도합 일만에 가까운 추종자들을 거느리고 있는 거대 집단교로 성장을 해 있는 치미교였다.

거대 집단교라 일컫는 명목은 여느 정상 종교와는 달리 연고가 각기 달랐던 교도들이 일정 거주지에 근간을 이루고 살며 공동노동생활을 영위하는가 하면, 신도들조차 조직적이고 체계적인 연락망을 구축해 본소에서 내려오는 지시를 받들었기 때문이었다.

치미교가 개창을 한 초기에 만규를 대했던 영주 아버지는 진작 대룡산으로 식솔들을 거느려 들어오고 싶었다. 하지만 부모형제들과의 유대관계 및 마찰 등을 고려해 쉬이 행동으로 옮기지 못하던 중이었다. 그런데 한 해의 간격을 두고 얼마 전 부모님 두 분이 차례로 세상을 바꾸는 바람에 생각대로 초우리의 생활을 청산하고 대룡산으로 들어올 수가 있었다.

"선생님. 아니 대원님 저희 알아보시겠십니꺼? 이게 얼마 만입니꺼?"

"헤아리기도 지칩니다. 그간 잘 지내셨지요?"

"하모예. 저희는 이래 잘 지냈십니더. 그나저나 전쟁 통에 갑자기 사라지셔가 온 마을사람들이 얼마나 걱정을 했는지 모릅니더."

"죄송합니다. 제가 경황이 없던 터라 기별도 없이 자리를 떴습니다."

"아입니더. 그때 정신이 제대로 박힌 사람이 몇이나 되겠십니꺼?"

"모두들 평안하시지요?"

"예. 전부 다 잘 지내고, 몇 해 전에 최형 통해 잘 계신다는 소식 듣고는 다들 안심을 했십니더."

"너무도 감사한 분들인데 말입니다……."

해용은 자못 송구하다는 기색을 내비친다.

"아이라 카이. 대원님도 참. 카고 진작 강원도로 올라오고 싶었는데 난데가 괜히 난데겠십니꺼? 털고 일어나기가 녹록치 않더라고예."

"아무렴요. 이해합니다. 그나저나 많이들 컸군요? 니가 영주고 니가 정옥이더냐?"

해용은 사내아이들에겐 흘리는 눈길만 주고는 영주와 정옥에게로 시선을 고정시킨다.

"네. 대원님."

어느 덧 열여덟 열일곱이 된 영주와 정옥은 처녀티가 팍팍 났다. 두 아이 모두 어렸을 적엔 족제비눈에 온 얼굴이 시커멓기만 해 볼품이 없었다. 그런데 이만큼 성장을 해서 다시 보니 눈매도 많이 정갈해져 있고, 살갗도 전과 비교할 수 없을 정도로 하얘진 것이 그야말로 꽃이 따로 없다.

특히나 봉긋 솟아 올라 있는 가슴봉오리는 탐스러워 보이기가 이루 말할 수 없었다.

"참으로 잘 키우셨습니다."

"지가 뭐 한 게 있겠십니꺼? 지들이 알아서 잘 커준 거지예."

"학교는 보냈습니까?"

"둘 다 중학교까지 나왔십니더."

"그래요? 아주 잘하셨습니다."

"대원님 밑에서 글을 배웠던 게 얼마나 도움이 됐는지 모릅니더."

"그렇게 생각해주시니 감사하군요."

"아이고. 당치도 않십니더. 감사는 지들이 해야지예. 카고 영주는 대원님이 아니었으면 배 안이 터져갔고 큰일이 날 뻔했다 아입니꺼? 어찌 보면 대원님은 생명의 은인이지예."

"뭘 그렇게까지야?"

해용이 미소를 머금으며 영주에게로 눈길을 주자 영주가 수줍은 눈을 아래로 떨어뜨린다. 처녀의 몸으로 소녀의 감성을 표현해내고 있는 영주의 처신은 해용의 눈에 신선하기가 그지없다. 영주 아버지는 이럴 때만 눈치가 빨라선 해용이 영주에게 기울이는 관심이 예사롭지 않음을 알아차린다. 그래서 기다렸다는 듯 다음과 같이 의중을 묻는다.

"오늘 야는 대원님 곁에 머물게 해도 되겠십니꺼?"

"영주가 불편하지 않겠습니까?"

해용은 영주와 영주 어머니의 눈치를 살피며 되묻는다.

"무슨 말씀을? 영주야 니 불편하겠나?"

"아니요. 아버지."

영주의 대답을 들은 영주 아버지는 해용을 대하는 동안 일언도 뻗지

앉고 있는 영주 어머니에게로 시선을 옮겨온다. 영주 어머니는 입꼬리를 살짝—언뜻 입술모양이 변했는지도 알아채지 못할 만큼—올려선 고개를 천천히 끄덕인다.

다년간 입맛대로 교도들의 여식을 탐했던 해용은 드러내는 언행과는 달리 속으로 일절 거리낌이 없었다. 허나 되레 영주의 부모들 입장에선 말을 꺼내기가 조심스러울 수밖에 없던 사항이다. 그들 나름대로는 대원이라 칭송되는 해용의 의중과 체면. 두 가지 모두를 어떤 식으로 헤아리고 또 확인을 해야 할지 고민을 하던 차였기 때문이다. 따라서 금방처럼 입에 올리기가 다소 불편할 수도 있는 말 오고감 없이 해용의 의중을 확인할 수 있어 참으로 운이 좋다고 여긴다.

"카면 저희는 마련해주신 처소로 내려가겠십니더."

"꽤나 먼 길이라 피곤하실 터인데, 푹 쉬십시오."

"나중에 뵙겠십니더. 대원님."

"살펴 가십시오."

영주 아버지와 식솔들을 물린 해용은 먼 기억에 의지해 영주에게 간단히 안부를 묻고 들은 후 자리를 옮긴다.

"그대로 날 따라 오너라. 멀지 않은 곳으로 갈 터이니 짐이나 채비는 필요가 없다."

두 사람이 찾은 처소는 본관에 마련된 은밀한 방이다. 그곳은 날이 혹독하거나 거동이 여의치 않을 때 해용의 욕정을 해소하는 장소로 애용되었다. 꽤나 길쭉하면서도 너비가 넓은 복도를 세 개의 공간으로 나누어 놓은 방이었는데, 특이한 점은 현관 및 거실의 용도로 쓰이는 공간과, 그 다음 침실. 마지막으로 맨 안쪽의 욕실이 쪼르르 연결되어 있더라는 것이다. 그것들은 진하지 않은 고유의 색을 가지고 있는 느낌으로—안쪽에서부터 차례로 붉은, 파랑, 그리고 하얀 빛깔을 품고 있다. 벽면의 재질이나 바닥재 등 별채의 화려함이나 고급스러움은 찾아보기 힘들었지만 현대적이면서도 실용적인 간결함이 조화를 이루고 있는 모델링이다.

"여기에 모두 벗어놓거라."

영주를 앞서 세운 해용이 등 뒤편에서 말했다. 영주는 기다렸다는 듯 주저함 없이 걸치고 있는 것들을 거실바닥 위로 추락시킨다.

"처녀성이 보고 싶구나."

해용의 말에 영주는 어디하나 가리는 제스처 없이 돌아선다.

"기특하구나. 아주."

해용은 수술자국이 선명한 살갗을 검지로 두어 번 긁는다. 만족감을 만면에 새긴 그는 가장 안쪽에 자리한 욕실을 가리킨다. 이에 영주는 해용의 뻗은 손을 잡고 침실을 거쳐 욕실로 향한다. 오래전 약속이 돼 있던 듯 두 사람의 움직임에는 군더더기가 없다.

해용은 욕조의 수도꼭지머리를 꺾은 다음 영주의 몸에 둘러쳐진 굴곡들을 부드럽게 쓰다듬기도 하고 때론 돌출된 곳들을 앙칼지게 집기도 한다. 그동안 영주는 어떠한 소리도 입 밖으로 내지 않는다. 그저 특정부위에 손길이 닿기 용이하도록 몸만 조금씩 움직인다. 짧지 않은 동안 영주를 탐색하고 있을 때 수도꼭지의 입 아래에서 김이 피어오르기 시작한다.

영주의 둔부에 머물러 있던 해용의 손이 욕조에 채워진 물 위으로 향한다.

"준비가 되어가는구나."

"예. 대원님."

"영주야."

"말씀하세요."

해용은 영주의 발끝에서부터 미간까지 천천히 시선을 옮긴다.

“너는 고귀한 아이가 맞느냐?”

“그럼요. 대원님을 모시기 위해 지켜온 것들이 얼마나 많은데요?”

투정이 안색에 옮게 떠오른다. 처음으로 나이에 어울리는 표정을 만든 영주다.

“스스로에게 손을 댄 적도 없는 것이야?”

해용은 그윽한 눈매를 만들어 시선을 똑바로 맞춘다.

“……대원님을 속일 순 없겠죠?”

영주는 곡선이 가라앉은 사이로 시선을 내리깐다.

“과연 자격이 있는 아이로구나.”

아래로 향해 있던 턱을 치켜든 해용이 영주의 입술을 끈적하게 핥았다. 그러자 영주가 하얀 팔을 들어 해용의 앞섶을 헤친다.

같은 시각. 영주 아버지는 해용의 배려에 감탄을 금치 못하는 중이다.

“이기 대궐이가? 집이가? 참내. 이마이나 신경을 써주시고. 우리 대원님 만세다. 만세! 크크크.”

해용은 영주네 가족을 대하기 전 의사를 변경해 본관 인근에 위치한 자신의 별채에 그들을 묵게 하도록 지시를 내렸다. 해용의 마음이 바뀐 연유는 영주가 수줍은 처녀가 되어 있어서였고, 정옥이 영주 못지않은 탐스러운 육체와 소녀 특유의 싱그러움을 간직하고 있음이었다.

2

"영주 아버지를 말입니까?"

성훈은 염려에 가까운 의구심을 표출한다.

"그래요."

"하지만 그 사람은 글도 못 읽은 까막눈인데. 일을 볼 수가 있겠습니까?"

"어허, 이 권사. 대원님 하시는 말씀인데, 뭘 되묻고 그러나?"

만규는 성훈이 해용의 말에 반문에 가까운 물음을 달자 심사가 편치 않은 안색이다.

"오라버님."

맞은편에 앉은 정혜가 눈에 힘을 주어 만규를 똑바로 응시했다. 그렇다고 성훈의 편을 드는 것은 아니다. 정혜는 해용이 성훈의 물음에 대답을 내어줄 의향이 있음을 알아채고 행여 응답에 누가 될까 제지를 가한 것이다.

"물론 여기 계신 간부님들과 같은 역할을 할 수는 없겠지요? 그러나 간부님들의 손을 덜어줄 수는 있을 겁니다."

다소 느릿하면서도 침착한 어조다.

"손을 덜어준다고 말입니까?"

"조만간 간부님들이 굉장히 바빠질 것 같습니다. 여러분들은 할 수 있는 일이 많은 만큼 분명히 더 바빠질 테고요."

"어째서 말입니까?"

"근래 들어 교도들의 눈빛이 많이 탁해져 있더군요. 못 느꼈습니까?"

만규와 정혜. 그리고 성훈은 서로 시선만 교환할 뿐이다. 낌새를 전혀 몰랐다는 행태가 아니라, 본인들이 수행하게 될 일이 구체적으로 어떠한 것인지 감이 잡히지 않는다는 낯빛이다.

"해이해지고 있어요. 믿음도 정신력도. 그러니 다잡아줄 수밖에요?"

해용이 말을 풀어서 내어주자 알아들었다는 눈치를 하는 세 사람이다.

"전도사들을 각각 얼마나 두고 있습니까?"

"저는 여섯을 두고 있습니다."

"전 다섯 명."

"여섯 명입니다."

만규와 정혜, 성훈이 차례로 대답했다.

"믿을 만한 인물들입니까?"

"그렇습니다. 교도가 된 지 적어도 6년 이상이 된 자들로 대원님을 향한 믿음으로만 따진다면 저희 못지않을 것입니다."

성훈은 만규의 못지않다는 말에 눈매가 날카로워진다. 다소 경솔한 발언이 아니냐는 소견에서다.

"아무리 그래도 여러분 만할 순 없겠죠. 나는 절대로 그렇다고 생각합니다."

해용이 그처럼 말을 해오자 세 사람 모두 안심에 가까운 만족감이 녹아난 기색을 비친다.

"하지만 만에 하나라는 게 있으니."

해용은 그들의 핏줄이, 즉 가족들이 현재 어디서 어떻게 지내고 있는지 대답을 기다리는 눈길을 준다. 이에 성훈이 답을 단다.

"충청도, 전라도, 경상도 세 곳으로 나누어 전도활동을 보장해놓았습니다. 서로가 소식을 접하는 길은 오로지 저희를 통해서만이 가능하게 해놓았고 말입니다."

"일을 받을 사람들이니 일말의 빈틈없이 꽉 쥐고 있어야 해요. 아시죠?"

"물론입니다. 다른 마음을 먹었다간 가족의 생사가 엎어질 거라는 사실을 누구보다 잘 알고 있는 자들입니다."

"벌을 내릴 때는 가차없어야 하지만, 반대로 잘 해낼 때는 반드시 그에 합당한 포상을 베풀도록 하세요. 세상만사가 그런 겁니다. 억압과 보상. 한쪽으로만 치우쳐선 끝내 무너지는 겁니다. 이 거대한 세계를 유지하는 실질적인 힘은 바로 균형입니다, 균형. 그것이야말로 현 세상을 존재하게 하고 하늘나라로의 길을 다져주는 유일무이한 힘이라 이 말입니다. 다들 아시겠습니까?"

"예. 대원님."

해용이 이토록 장황하게 말을 덧붙인 까닭은 세 간부들에게 본인의 참뜻을 훤히 알게 하기 위함이다. 이들은 해용 스스로 생각하기에도 교리공부를 충분히 마쳤다. 허나 시간이 흐를수록 틈틈이 일러줄 것들이 새로이 생겨났던 터라 지금처럼 자연스레 말을 덧붙임으로서 일깨워주는 경우가 종종 있었다.

해용은 교단이 자리를 잡고 나서는 대룡산에서 벗어나기를 꺼려하는 편이다. 때문에 그를 대신해 타 지방의 주요행사나 표교자리엔 세 사람이 참석을 해야 하는 경우가 잦았다. 이는 곧 대원의 말을 대신 전하는 때가 많다는 것을 의미했으므로, 해용은 적어도 세 간부들만큼은 누구보다 교리에 대한 깊은 이해와 믿음을 가져야 한다고 생각했다. 응당 본질은 자신에 대한 이해와 믿음이라고 하는 것이 더 맞겠지만.

"다들 알아들으신 거 같으니 하던 얘기를 마무리 짓도록 하죠."

"대원님 말씀은 정말로 영주 아버지를 본소집사 자리에까지 앉히시겠다는?"

여전히 성훈은 우려를 깨끗이 씻어내지 못한 듯 보인다. 참고로 치미교 내에서 본소집사라 함은 교주, 본소장로, 본소권사 다음의 직위를 일컫는 것으로 표면적인 서열로 따진다면 교단에서 무려 네 번째에 해당했다.

"네. 앞으로 벌어질, 믿음을 배신한 자들의 참혹한 최후를 심판할 일꾼이 될 겁니다."

"허나 대원님. 이 권사의 염려도 일리가……."

만규는 성훈과 달리 매우 신중하고 조심스레 해용의 말에 의문을 달려 한다.

"말씀하세요."

"과연 영주 아버지 같은 사람이 일을 감당해낼 수가 있겠습니까?"

"그 점에 관해선 아마 걱정을 놓으셔도 될 겁니다. 아시다시피 나는 오래전부터 사람의 내면을 꿰뚫어볼 수가 있게 되었는데, 영주 아버지는 계기만 이끌어내주면 반드시 충실한 일꾼이 될 인물입니다."

해용이 확신에 차 말을 쏟았기에 후엔 세 사람 중 누구도 의문을 단다거나 그와 유사한 마음도 먹지 않는다.

"거기에 대해서는 최 장로님이 수고를 좀 해주셔야겠습니다."

"제가 말입니까?"

"오늘부터 내가 지시하는 일을 따로 말이 있을 때까지 항상 함께 수행하세요. 영주 아버님, 아니 김 집사님과 함께 말입니다."

"알겠습니다."

"이만 회의를 마무리 짓도록 하겠습니다."

해용의 지시가 있은 후 영주 아버지는 만규와 그의 산하에 있는 전도사들과 함께 믿음이 약해졌다고 간주되는 교도 및 신도들을 심판하러 각지를 돌아다닌다. 해용이 언급한 계기라는 게 딱히 복잡하진 않았다. 다름 아닌 살인현장의 공범으로 만드는 것이었다.

만규과 함께하는 동안 영주 아버지는 처음 한두 번은 죄책감에 시달리며 무척이나 괴로워한다. 특히 때려서 죽이고 산 채로 묻는 등의 잔인한 살해수법은 관망만으로도 몸서리가 처질 지경이었다. 헌데 그것이 세 번이 되고 또 네 번을 넘어가니 혼자만의 살육이 아니라는 점에서 위안을 얻기 시작한다. 의식을 해서가 아니라 저절로 그렇게 되었다. 그리고 어느 기점을 넘어서서부터는 앞장을 서서 손에 피를 묻히는 데에도 거리낌이 없어진다. 이처럼 비교적 단기간에 영주 아버지가 변할 수 있었던 연유는 존경해 마지않는 교주이며, 또한 사위인 해용의 안정이 곧 자신과 가족의 안정이라고 인지를 한 까닭이다.

"제가 감히 어떻게 그런 생각을 하겠습니까? 정말 오해십니다."

정수리가 휑한 사내는 울상을 하고서 영주 아버지와 전도사들 앞에 납작 엎드려 있다.

"오해? 카면 대원님께서 잘못 짚으셨다는 말이가?"

"그…… 그건 아니지만."

"알아보니까 재산도 덜 바쳤더구만? 그러고도 떳떳하게 교도라고 말할 수 있나?"

"그 논은 저희 고조부 때부터 물려 내려오던 거라 정말 어쩔 수가 없었습니다. 그래도 논외에는,"

"시끄럽다!"

영주 아버지가 전도사들에게 눈길을 던진다. 그러자 양쪽에서 사내의 겨드랑이로 파고들어 상체를 일으켜 세운다.

"살려주십시오. 애들을 생각해서라도 제발 살려주세요. 대원님도 그 정도 인정은 있으실 거 아닙니까?"

"이기 어디 요망한 주둥아리로 대원님을 거론하노?"

영주 아버지는 말을 맺기 무섭게 가차 없이 돌멩이로 사내의 입을 연거푸 내리 찍는다.

"으으읍."

입 안팎이 형편없이 상한 탓에 날카로운 비명이 목구멍에서만 맴돈다.

"처자식 걱정은 마라. 금방 니 따라 갈 끼다."

사내는 영주 아버지의 그 말에 사지가 떨어져 나가도 상관이 없다는 기세로 죽을힘을 다해 몸부림을 친다. 그리고 끓어오르는 분노로 인해 눈동자 흰자위가 시뻘겋게 달아오른다. 그 덕에 동공과의 구분이 어려울 정도다.

사내의 그러한 모습은 영락없는 광기어린 짐승의 발악이었다. 그렇지만 소용없다. 젊고 건장한 전도사들에게 양팔이 붙잡혀 있는데다 영주 아버지가 쥔 돌멩이가 쉬지 않고 사내의 머리 위로 떨어졌으니.

해용은 간부들을 시켜 이교도(이단교도들)색출이라는 명목 아래 수개월의 시간을 두고 은밀히 교도 및 신도들을 처형해온다. 해용이 지정한 곳에 근간을 마련해 촌락을 이루고 살던 교도들은 그 기간 동안 인근의 마을과 일체의 왕래도 할 수가 없었다. 다소 의아한 점은 교도들은 그 머릿수만 해도 4천이 넘는데다 강원도 산간 곳곳에 흩어져 살고 있었음에도 채 스무 명도 되지 않는 간부와 전도사들에 의해 완벽히 통제를 당하고 있다는 것이었다. 사고를 조금 틀어보면 그 정도로 간부와 전도사들의 움직임이 대담한데다 치밀했음을 반증했다.

해용은 오래전부터 이 점에 대해서도 대책을 강구해놓았다. 간부나 전도사들의 숫자를 많이 두면 보다 신속하고 치밀하게 일을 추진할 수가 있을 것이었다. 누구보다 해용이 그 사실을 잘 알고 있었다. 그렇지만 거기에 따르는 문제점 역시 만만치 않음을 자각한다.

일단 다수의 간부와 전도사들을 두기엔 금전적으로나 여러 면에서 부담이 발생하는 게 사실이다. 그러나 그것은 테두리 밖의 이유에 지나지 않았다. 진짜 이유는 교단의 특성상 철저히 비밀이 지켜지면서 결집력을 유지하되 필요시 서슴없이 내치고 관계를 잘라낼 수 있어야 한다는 것이었다.

조직이든 인간관계든 구성개체수가 늘어나고 복잡하게 엉키다 보면 사소한 빌미가 예기치 못한 거센 저항을 야기하기 마련이다. 제아무리 세심하게 주의를 기울인다고 한들 언젠가는 일이 닥쳤다. 그 냉혈하고 철저하던 일본제국군조차 조직이 거대해짐에 따라 잡음이 셀 수밖에 없었던 점을 감안한다면. 이러한 교단 정도의 조직은 말할 것도 없다는 판단이었다. 까닭에 해용은 간부들에게 신중에 신중을 기해 전도사들을 뽑아 올리게 했고, 가능한 필요 이상의 자리를 만들지 말 것을 당부한다.

해용은 어떻게 해야 소수의 간부들과 본소전도사들을 이용해 절대 다수의 교도들과 신도들을 통제할 수 있을지 고민에 고민을 거듭한 끝에 이간질을 고안해낸다. 서로가 서로를 의심하고 감시토록 하면 제아무리 다양한 인간들이 이루고 있는 거대조직체라 할지라도 울타리 안에 가두는 일이 가능하다고 여긴다.

이교도색출 기간 동안 교도들이 모여 사는 촌락들엔 많아야 서너 명 정도의 전도사가 머무른다. 전도사들은 촌락에 거처하며 교단 곳곳에서 덕이 무너지고 있는 탓에 교도들이 낭패를 보게 생겼다고 설파를 늘어놓는다. 그리고 그렇게 된 원인이 다름 아닌 교도를 사칭해 형제들 틈에 침투해 있는 괴한마들의 중상모략이라고 설명을 붙인다.

"지금도 이 안에 있을 수 있습니다. 대원님께서 말씀하시길 괴한마들은 힘들고 지친다는 거짓부렁이로 시도 때도 없이 형제님들의 귀를 울려대고 또한 머리를 어지럽히고 있다고 하셨습니다. 덕을 위한 고귀한 노동과 절제를 깎아내려 고통이라 칭하고 형제님들을 시궁창으로 선동할 계획을 꾸미고 있다고 하셨습니다. 자! 지금 주변을 둘러보십시오. 그리고 기억을 더듬어보십시오. 형제의 탈을 쓰고 괴한마들의 거짓부렁이를 입에 올리는 자가 없었는지 말입니다."

정자 입구에 우뚝 서 있는 전도사는 근엄한 얼굴을 하고서 앞쪽에 자리한 교도들을 내려다본다.

"여기 있습니다!"

그때 군중 무리의 끝자락쯤에 자리를 잡고 있던 교도가 벌떡 일어나서는 옆에 앉아 있는 교도를 지목한다. 수백 교도들의 시선이 일제히 그쪽으로 향했다.

"이놈이 예전부터 자꾸 힘들어서 못 살겠다고, 나가 살고 싶다고 말을 해왔습니다."

지목을 당한 교도는 사색이 되어 냉큼 몸을 일으킨다.

"아닙니다! 전 그런 말을 한 적이 없어요! 정말입니다! 이놈이 거짓말을 하고 있는 거예요. 정작 자기가 그딴 말을 흘려놓고 찔리니까 저한테 뒤집어씌우고 있는 겁니다. 진짜 괴한마는 바로 이놈입니다."

"이 괴한마새끼가 죽지 않으려고 발악을 하는구나?"

"정숙하세요!"

묵직한 전도사의 음성이 정자를 벗어나 사방으로 울러 퍼진다. 일순간 침묵이 군중들을 뒤덮는다.

"대원님은 바로 이러한 경우를 염려하셔서 저를 급하게 보내신 겁니다. 형제님들의 마음에 동요와 고통이 없게 하기 위해서 말입니다."

"전 정말 그런 말을 한 적이 없습니다. 진짜 없다고요."

지목을 당한 교도의 만면에 억울함과 두려움이 배합되어 일렁거린다.

"아닙니다. 저도 들었고 여기 있는 형제님들 상당수가 똑똑히 들었습니다. 그렇지 않습니까?"

수백 교도들의 입이 조용하지만 분주히 움직인다. 그 모습이 꼭 지목당한 교도를 통해서가 아니더라도 언뜻 접해본 적은 있다는 모양새다. 하긴, 길게는 8년을 이곳에 갇히다시피 생활을 해오고 있는 교도들도 있었으니 비슷한 말이 일절 새나오지 않았다는 게 오히려 이상하다.

"두 사람. 앞으로 나오십시오."

밀고를 한 교도는 몸가짐을 꼿꼿하게, 밀고를 당한 교도는 근심을 그득하니 젊어진 처진 몸짓으로 앞으로 나온다.

"대원님은 여기까지도 내다보시고 저에게 이렇게 명하셨습니다. 괴한마로 의심이 되는 자가 나타나면 즉각 시시비비를 따져 형제인지 괴한마

인지 가려내라고 말입니다."

전도사는 얼굴에 잿빛그림자를 드리우고 있는 교도의 앞으로 다가선다.

"당신은 괴한마가 확실하군."

그가 말했다. 이에 교도들이 일제히 술렁인다. 마치 전도사가 정말로 악마를 색출해낸 반응 같다.

"아니에요! 전 진짜 괴한마가 아닙니다! 제가 얼마나 대원님을 믿고 따르는데요!"

"토해내는 말에 거짓만이 가득하구나."

"정말로 억울합니다! 억울하다고요?"

"닥쳐라!"

괴한마로 분류가 된 교도는 그날 이후 촌락에서 모습을 볼 수가 없게 된다.

"잘 해주었소. 이 돈은 괴한마 색출에 공을 세운 형제님께 대원님이 직접 하사하시는 별봉이요."

전도사는 촌락을 떠날 때쯤 밀고를 했던 교도를 따로 불러 현금 20만원을 건넸다.

"감사합니다."

"앞으로도 교단을 위해 그리고 자신을 위해 더욱 증진하시오. 아시겠소?"

"여부가 있겠습니까?"

그랬다. 전도사는 설교를 하기 전날 은밀히 밀고를 한 교도와 접촉해 앞집의 교도가 괴한마가 분명하니 군중들이 모인 곳에서 신호를 주면 지목을 하라고 일러두었다. 그래도 이번 촌락은 비교적 잡음이 적다는 해용의 자체 판단이 있었기에 단 한 명의 괴한마만 색출을 해낸 것이다. 촌락마다 조금씩 차이가 있긴 했지만 상당수의 촌락은 대여섯 명의 괴한마가 얽히고설켜 서로를 지목하는 경우가 비일비재했다. 당연히 그들은 촌락에서 자취를 감추는 수순을 밟는다.

이와 같은 식으로 스무 명 남짓의 간부와 전도사들이 촌락들을 순회하고 나니 종적이 묘연한 교도들만 그 숫자가 근 백에 다다른다.

교도들이 보는 앞에선 가급적 색출만 해낼 뿐 처벌을 내리진 않는 편이었다. 해용의 특별한 지시가 없는 한은 그랬다. 색출된 대부분의 교도들은 성스러운 기도로 마귀의 기운을 떨쳐내야 한다는 미명 아래 깊은 산속이나 폐광 등지로 유인이 되어 그곳에서 무차별적으로 맞아죽거나 생매장을 당하는 경우가 보통이었다.

간혹 해용의 특별한 지시가 떨어지는 때가 있었다. 이미 크게 변심을 해 교단을 중상모략한 죄목이 쓰인 교도들을 본소로 잡아 올려다가 소수의 선택된 교도들이 보는 앞에서 본보기로 사설교수대에 세워 교살을 하는 경우다. 교살을 당하는 자는 엄히 죄를 물어 촌락에 기거하는 그의 핏줄들 역시 모조리 교살을 당해야 했다. 이처럼 말도 되지 않는 죄목을 줄줄이 엮어 처벌을 내리는 바람에 실질적으로 죽음을 맞은 교도들의 숫자는 백을 훌쩍 넘어선다.

분명 희생이 크긴 했으나 그만큼 효과도 탁월했다. 확실히 본보기를 접한 교도들은 이후 간부나 전도사의 특별한 방문이나 지시 없이도 자체적으로 본인들끼리 이단교도로 의심이 되는 교도를 몰아세워 집단으로 괴롭히곤 한다. 사정이 그러하다 보니 누구 하나 교단에 대한 불평을 입에 담을 수도 심지어는 낯빛으로도 내비칠 수조차 없게 된다. 그리고 이치가 맞물리는 작용으로 교권은 다시금 견고해진다.

"들었습니까? '신의 선택' 행사가 다시 열린다는군요."

"거 반가운 소립니다. 최근까지 얼마나 괴한마들이 속을 썩혀드렸습니까? 대원님께서 드디어 기운을 받으셨나 봅니다?"

"그런데 왜 선택이라고 이름을 지은 걸까요? 간택(揀擇)이라는 말이 있는데?"

"형제님. 아직 공부가 부족하시군요. 대원님께선 작은 신(神)의 한 분이십니다. 그러니 임금보다도 하늘에 더 가까운 사람이지요. 대원님께선 이 땅에 존재하는 것들 중 인간을 선택하시어 인간에게 길을 안내하고자 오셨기 때문에 더욱 포괄적인 선택(選擇)이라는 말을 쓰는 겁니다."

전국의 교도들과 신도들에게 극도의 공포심과 긴장감을 부여해 그 전보다 더욱 강력한 기강을 다진 해용은 한동안 잠잠했던 '신의 선택' 행사를 연다.

'신의 선택'이라는 행사는 치미교 내에서 가장 큰 축제이며 기념일인 '대원께서 내려오신 날'의 자투리 행사로 편성이 되어 있었다. 그러다가 해용의 열렬한 호응을 얻어냄으로써 현재는 치미교 교단 내에서 세 손가락 안에 드는 행사로 입지를 굳힌다.

해용은 기도를 올리는 동안 수시로 하늘나라의 기운을 받아들이게 되는데 하늘나라에서 이 고귀한 기운을 자신을 믿고 따르는 교도들에게 베풀라는 계시를 내렸다고 설파를 한다.

"내가 나누어주는 하늘나라의 정기를 받게 되면 대대손손 그의 후손들에게까지 영향이 미쳐 병마의 고비를 넘길 수가 있게 되고, 가난의 고비를 넘길 수가 있게 되며, 불안한 마음의 고비를 넘길 수가 있게 되어 결국은 크나큰 덕을 쌓을 수가 있게 되는 것이다. 아울러 내가 가지고 내려온 육신이 남성이니 기운을 받을 수 있는 교도는 때 묻지 않은 여성으로 제

한을 둠이다."

해용의 말을 목숨처럼 맹신하는 교도들은 앞다투어 집안의 처녀들을 신의 선택 행사에 내놓는다. 교단이 정비가 되고 체제가 굳은 후부터는 웬만해선 교도들 앞에 모습을 드러내지 않던 해용도 이때만큼은 모습을 보인다. 그렇지만 대부분의 교도들은 해용을 가까이서 응접할 수 없었다. 본관 대기도당의 개방된 입구를 통해 멀리서나마 그의 모습을 확인하는 정도가 고작이다. 이때 대기도당 내엔 오로지 해용의 간택을 바라는 처녀들만이 입당이 가능했다.

간택을 기다리는 처녀들은 행사에 참여하기 전 거쳐야 하는 관례가 있다. 바로 대룡산 기슭에 위치한 애송정에 기거하며 닷새 동안 오(吾)* 시와 자(子)** 시. 하루 두 번 목욕재개를 해야 한다는 것. 속세에 찌든 심신을 정화시키지 않고 대원을 가까이서 응접을 하게 되면 그의 성스러운 기운이 흐트러진다는 명분이었다. 그러나 허울에 지나지 않는 명분일 뿐. 실상은 대원의 존재를 존귀하게 받들게끔 유도를 위한 교묘한 술책 중 하나에 불과했다.

행사 시작을 알리는 대종의 종소리가 세 번 울리자 해용이 심복인 만규와 그의 산하에 있는 전도사 넷을 대동하고 대기도당에 모습을 드러낸다. 본관 마당에서 이 모습을 목격한 교도들은 일제히 이마를 땅에 대어 성심으로 대원을 맞는다.

"고개들 드세요."

해용의 말이 떨어지자 교도들은 고개를 들며 두 손을 모은다.

---

* 오전12시
** 오후12시

"오늘 이 뜻깊은 행사가 형제님들에게 밝은 빛의 덕을 선사할 것입니다."

한 마디가 다였다. 해용은 딱 그 말만 뱉고는 적당한 간격을 두어 가지런히 앉은 처녀들의 앞으로 온다.

"자네. 연식이 어떻게 되나?"

해용이 가장 근접해 있던 처녀에게 물음을 던진다.

"올해 스물 하나가 됐습니다."

"진정 남성을 맞이한 경험이 없는가?"

"그렇습니다."

적나라한 물음이었음에도 처녀는 표정에 일말의 변화 없이 담담하게 답을 내놓는다. 말쑥하기 이를 데 없는 처녀의 음색과 대답이 마음에 들었던 해용은 즉각 그녀의 몸 구석구석을 훑는다.

행사에 참여하는 처녀들은 현대로 치면 세미정장의 모양과 유사한 예복을 착용해야 했는데, 치마는 길이가 짧고 폭이 넓었으며 상의는 가슴골이 훤히 드러나 보일 만큼 파여 있었다. 이는 단아한 자세로 앉힌 중에도 몸매를 세세히 확인하기 위함이다.

풍요로워 보이는 가슴과 적당히 살점이 붙은 허벅지. 해용은 흐뭇해 하는 눈길을 하고서 만규에게 신호를 준다. 신호를 받은 만규가 전도사에게 귓속말을 넣자 전도사는 정중한 태도로 처녀를 에스코트해 기도당의 후문을 통해 나갔다가 홀로 다시 돌아온다. 기도당 안 상황을 유심히 지켜보고 있던 처녀의 아버지는 치미는 환희를 억누르려 애쓰는 표정을 짓는다.

몇몇의 처녀들을 그대로 지나치던 해용이 양 눈썹으로 미간을 좁힌다. 의아한 눈길은 그의 발을 멈추게 만든다.

"자네는?"

"그간 안녕하셨습니까? 대원님."

이번 처녀는 여느 처녀들과는 달리 고개를 드는 몸짓이나 음색에 있어 당당한 기품이 묻어난다.

"어떻게 처제가 여기 있는 것인가?"

그랬다. 처녀는 다름 아닌 정옥이었다. 참고로 영주는 해용의 열 번째 첩이 되어 그를 가까이서 보필하고 있었다.

"아버지께서 저도 자격이 된다고 하셔서요."

"그런……."

애매한 경우가 아닌가, 라는 표정을 그리고 있었지만 실은 얼마 전에 영주 아버지, 즉 장인에게 정옥의 근황을 넌지시 물었던 해용이다. 이유는 하나다. 영주와 자리를 가져보니 그녀는 전의 어느 첩보다도 자신에게 만족감을 안겨주었다. 따라서 준하는 작용으로 일전에 봐두었던 정옥이 구미에 당겼던 것. 얼굴도 몸매도 영주 못지않은데다 친자매이니만큼 꼭 닮은 기교와 색(色)을 가졌으리라 기대를 함이었다.

"장인어른. 처제도 이제 짝을 맞을 때가 되었지 않습니까?"

"아이고, 대원님. 무신 말씀을? 장인이라니예! 김 집사라 불러주십시오."

영주 아버지는 송구하다는 어투로 머리를 조아린다. 해용이 기대한 반응이다.

"지금 여기 저희 둘뿐이지 않습니까?"

"그래도."

영주 아버지는 난색을 표하며 말을 잇지 못한다.

"처제의 염두에 들어 있는 남정네는 있습니까?"

"아니예. 갸도 아직 마음 가는 놈이 없고, 실은 지도 염두에 두는 분이 계셔서예."

영주 아버지는 해용의 눈치를 살피며 말을 흘린다. 허나 노골적으로

'분'이라는 호칭을 사용했다. 이에 해용은 감을 잡는다.

"근래에 제가 일을 너무 드렸지요? 혹 몸이나 상하지 않으셨을지 염려가 됩니다."

해용의 어투에서 두드러지게 권위가 빠져나간다.

"아입니더. 저희들이 대원님께 받은 복이 있는데, 우째 그런 말씀을 하십니꺼?"

정옥의 언급 후 술잔이 몇 차례 오가는 동안 두 사람은 다른 유의 대화를 유쾌하게 풀어나갈 수 있었다.

"최 장로님."

"예. 대원님."

해용은 만규에게 직접 귓속말을 넣었고, 곧 만규가 정중히 정옥을 모셔 기도당을 나선다. 기도당 한쪽에서 이를 지켜보고 있는 영주 아버지는 회심의 미소를 그린다. 그도 그럴 것이 영주가 해용의 첩으로 들어간 뒤 교단 내에서의 대우는 말할 것도 없고 가족들이 일용할 양식도, 자식들 뒷바라지도 전부 해결이 되었다. 모든 면에서 초우리에서 지내던 때와는 비교도 할 수 없을 만큼 생활이 윤택해진 것이다.

영주 아버지는 그것이 순전히 해용의 촉망을 받고 있는 영주의 덕이라 여겼기에 관례에 어긋난다고 생각되어지긴 하나 정옥이 해용의 또 다른 첩이 되기를 바랐다. 물론 그로 인해 교단에서 본인의 입지가 한층 더 확고해지는 일 또한 계산에 둠이었다. 이때쯤 영주 아버지는 순박하고 우매했던 초우리의 양봉장이가 아니다.

정옥이 해용의 간택을 받은 얼마 후 영주 아버지는 바라던 대로, 또한 의도했던 대로 집사에서 권사로 직위가 승격된다.

"김 권사님."

"대원님?"

영주 아버지는 능청스럽게 놀라워하는 기색을 내비친다.

"예전부터 위치에 변화가 있어야 한다고 생각하고 있었습니다."

"감사합니더, 대원님. 기대에 부응할 수 있도록 더욱 정진하겠십니더."

"김 권사님이라면 잘 해내실 거라 믿습니다."

3

"감옥이 필요합니다."

해용이 말했다.

"감옥은 왜 말입니까?"

"괴한마들을 가둬야 할 일이 생겨서 말입니다."

간부들은 의아하다는 얼굴을 하고서 시선을 주고받는다. '감옥'이라는 말이 터무니없어서가 아니다. 죽이고 매장을 하는 데에 익숙해진 그들이었기에 굳이 가두어둘 필요성을 인지하지 못해서였다.

"어떤 일이신지 여쭈어도?"

"연구를 할 생각입니다."

해용은 보일락 말락 미소를 짓는다.

"연구요?"

"우리 교단의 번영과 미래를 위해 꼭 필요한 연구입니다. 자세한 건 추후에 말씀을 드릴 테니 빠른 시일 내에 감옥과 거기에 가둘 괴한마들을 준비해주세요."

"네. 알겠습니다."

그들이 지칭하는 괴한마. 즉, 이교도들은 몇 달 전에 감행되었던 이교도색출 순례 이후 자취를 감추다시피 한다. 교도들은 순례가 있고 나서는 허튼 마음을 먹는 것조차 두려워했다. 직접 살육현장을 목격한 것은 아니었지만 이단으로 지목된 이들이 어느 날 자취도 없이 사라져선 행방을 알 길이 묘연했으니 무리도 아니다.

"남자로 열, 여자는 다섯 정도 잡아와. 공사는 우리 간부들이 알아서 진행을 하고 있으니."

만규가 충복인 헌구에게 말했다.

"알겠습니더."

"헌구야. 대원님이 특별히 신경이 가시는 일이라니까 실수 없이 해라."

"염려치 마십시오."

"그리고 정 색출이 어렵거든 적당한 것들로 골라 특혜를 주겠다고 하고 올려라. 알아듣지?"

"예. 장로님."

만규의 명을 받은 헌구는 전도사 몇몇을 이끌고 경상도로 내려간다.

헌구는 그 옛날 일본기동경찰대에 의해 강제해체된 만규의 조직 조직원으로서 작은 키에 온순해 뵈는 인상과는 달리 몸이 다부지고 성향이 매우 거친 사내다. 그는 소학교를 4학년 과정까지 마쳤던지라 나름 머리가 돌아가는 편이었다. 행동 또한 민첩했던 덕에 조직 내에서 입지를 다지고 있었다.

치미교 개창 초기. 만규가 해용을 보필해 충청도 일대에 포교활동을 와 있을 당시 헌구가 우연찮게 분관 근처를 지나다 재회를 맞게 된다.

"형님!"

"쫑구 아니냐? 너 여기서 살았더냐?"

"전쟁 끝나고 이리저리 전전하다가 1년 전부터 여다 자리 잡았습니더. 형님은 우째 잘 지내셨습니까?"

"보다시피 나는 이렇게 잘 지낸다."

"그러신 거 같네예? 지금은 뭐하십니까? 옷차림도 그렇고, 형님 말투도 그렇고. 뭔지 모르겠지만 많이 변하신 거 같은데?"

헌구는 점잖은 어투를 구사하는 만규가 자못 낯설다는 눈치를 한다. 그 모양새가 휴전 후, 만규가 초우리를 찾았을 당시 영주 아버지가 그를 대했던 모습과 비등하다.

"나 장로 됐다."

"장로예? 교회 다니십니까?"

이번엔 낯설음의 성격을 아득히 넘은 짐짓 놀란 눈치를 하는 헌구다.

"교회는 아니고 교회보다 훨씬 더 실질적인 약속을 하고 또 올바른 길로 인도하는 곳에서 일을 돕고 있다."

"그게 뭔 말씀입니까?"

"여기가 내가 몸담고 있는 교단분관인데, 조금 있다 7시에 우리 대원님께서 설파를 하실 거거든. 그때 꼭 한번 와봐라. 너한테도 여러 가지로 득이 되는 일일 테니까."

"예. 뭐…… 아. 죄송합니더."

헌구는 자기도 모르게 내키지 않는 기색을 떠올린 것에 관해 흠칫한다. 하지만 만규는 개의치 않는다는 증거로 여물은 미소를 그려 보인다.

그로부터 며칠 후. 본소로 돌아온 만규는 해용에게 헌구의 이야기를 구체적으로 꺼내놓는다.

"지난번에 언급하신 동생이라는 사람을 추천하고 싶다고요?"

"조직에 있을 때부터 머리도 적당히 돌아가고 강단도 있어 일을 보는 데 많은 도움이 될 겁니다."

"믿을 만한 자가 맞습니까?"

"물론입니다. 성심성의껏 대원님을 보필하고, 제 일을 돕는 데 의심을 둘 필요가 없는 친굽니다."

"알겠습니다. 장로님이 이렇게까지 말씀을 하시니 받지 않을 수가 없죠. 그래도 만에 하나라는 게 있으니. 내 말 아시죠?"

해용은 신중함이 서성이는 눈길을 만규에게 보낸다.

"물론입니다. 감사합니다. 대원님."

그때부터 헌구는 만규 밑에서 전도사 일을 보게 된다. 그리고 현재, 본소전도사들 중 최고의 직책을 맡고 있다. 항간엔 차기 집사로 가장 유력시 되고 있다는 소문이 떠돌기도 한다. 허나 실질적으론 집사의 업무를 이미 수행하고 있는 것과 진배없었다.

해용의 지시가 있은 지 약 넉 달 뒤. 특별한 외부인이나 신도들에게 숙식을 제공하는 용도로 쓰이는 뜰안채의 지하에 실험실과 감옥이 생긴다. 그리고 감옥 안에는 열댓 명의 신도들이 영문도 모른 채 억울하게 갇혀 있다.

해용은 그곳에서 신도들을 대상으로 전염병으로 위장시킬 바이러스를 개발하기 위한 생체실험을 자행한다. 바이러스를 개발하려는 목적은 바이러스를 이용해 절대적이고 영구적인 교권을 완성하기 위함이다. 그는 최근 정옥까지 포함해 무려 열네 명의 첩을 두고 있다. 그리고 그중 네 번째 첩과의 사이에서 1남의 자녀를 두고 있었다. 본래 아기를 원치 않았던 해용이었으므로 나름은 피임에 신경을 쏟았던지라 지칠 줄 모르는 욕정과 열네 명의 첩을 거느린 것 치고는 자녀의 숫자가 놀라울 정도로 단출한 편이었다.

아무튼 인간본성이 그러해서인지 냉혈한 살인마인 해용도 자식에 대해서만큼은 각별한 애정을 가질 수밖에 없었는데. 한 가지 유념이 되는 점은 자신의 사후 아들의 거취였다. 현재도 교단의 규모에 걸맞은 체계적인 구조를 어느 정도 완성을 해놓은 상태라 할 수 있었다. 또한 끊임없이 수정보완 중인 것이 사실이다.

그러나 결국은 해용 개인의 욕망과 욕정에 의해 만들어지고, 또 쓰이고 있는 조직이다. 따라서 본인이 죽고 나면 덮여 있던 수많은 악행들이 전부는 아니더라도 어찌됐든 드러날 것이 불 보듯 뻔하다. 해용으로서는 인정하기 싫지만 모든 성직자들의 길이 그러했다. 사후 그들의 삶이 남은 이들에 의해 재조명, 재평가가 되는 과정—종교인 본연의 도리를 다하고 그것을 성실히 실천한 이들은 그 과정에서 더욱 존경을 받게 되고 사랑을 받는다. 하지만 그렇지 않은 이들은 온갖 미움과 저주에 당면하게 되고, 그의 측근들마저 곤란을 겪는 것이 이치다—이 기다리고 있기에 해용은 자신의 사후 하나뿐인 아들의 거취가 염려된다. 속내 그대로를 까발리자면 자신이 행했던 악행의 대가를 아들이 물려받을까 두렵다. 멀리 해외라든지 교단관계자들 아무도 모르는 곳에 숨어 살게 하는 방법도 강구를 해봤다. 허나 자식을 향한 정이라는 게 그렇게 되지가 않았다. 어리고 귀여운 핏줄을 옆에 두고 싶은 마음이 진심으로 비대했던 것.

따라서 다른 대책이 필요했고, 고심 끝에 전공을 살려 바이러스를 개발하기로 마음을 먹는다. 무결점의 완벽한 힘을 개발해낸다면 교권강화와 더불어 이변 없는 세습까지 일석이조의 효과를 기대할 수 있다는 판단에서다. 해용은 13특수학교를 거쳐 735부대의 장교로 지냈던 이력이 있었기에 그 어느 때보다 의욕과 자신감이 들끓었다.

실험을 자행하는 동안 해용은 항시 복면을 착용한다. 그래서 실험체로 쓰이는 이교도들은 물론, 특별히 조수로 뽑힌 전도사들마저 그때만큼은 해용의 안면을 제대로 확인할 기회가 없었다. 단정 지을 수는 없지만 아마도 스스로의 양심에 티끌만큼이라도 평안을 주기 위함일 것이리라.

실험은 단지 잔인하고 무자비하다는 말로는 표현이 되지 않을 만큼 지옥을 옮겨놓은 자체였다. 한센병에 걸린 몇몇 환자들을 꼬드겨 그들을 이용해 정상인에게로의 간염여부를 실험하기도 하고, 생매장을 해놓은 자리를 표시해놓고 주기적으로 토양을 채취해 세균이나 병균의 서식여부를 조사하기도 했다. 뿐만 아니라 폐렴에서부터 콜레라, 심지어 페스트에 이르기까지 각각의 균을 부양해 살아 있는 인체로의 투여를 서슴지 않는다. 모두가 735부대장교로 재임하던 시절 자행했던 반인류적인 연구를 토대로 한 것들이다. 그리고 그로 인해 수많은 이단의 누명을 쓴 죄 없는 신도들이 햇빛이 들지 않는 지하실험실로 끌려와 고통스러운 죽임을 당해야 했다.

실험 초창기 조수 역할을 맡았던 한 전도사는 너무도 참혹한 관경에의 노출로 인해 정신분열증을 일으켰다. 그러다 결국 실험체로 전락해 비참한 죽음을 맞이해야 하기도 한다.

'정말 대원님은 사람이 아니신가 봐? 그냥 찌르고 처죽이는 우리랑은 차원이 달라.'

남은 전도사들도 곤혹스럽긴 마찬가지다. 그러나 광기어린 해용 앞에서 일체의 내색도 할 수가 없었다.

실험기간은 예상보다 훨씬 오랜 시간을 축적해야 했다. 무려 2년에 가까운 세월이 흘렀음에도 뚜렷한 성과가 도출되지 못하고 있었던 것. 설상가상으로 실험기간 중 그간 잠잠했던 교도들과 신도들의 불만이 이곳저곳에서 삐져나오기 시작한다. 간부와 전도사들이 모든 촌락에 배치가 되어 그의 수족들과 경계를 강화했음에도 불구하고 예전만큼의 효과를 기대하기가 어려워진 실정이었다. 제아무리 보복과 위협이 두렵다하더라도 이 이상은 교도들도 참아내기가 힘들었던 듯하다.

위기를 느낀 간부들이 실험실 안에 박혀 있는 해용을 찾은 때는 자칫 폭동이 일어날지도 모를 정도로 사태가 심히 악화되어 있던 시기다.

"걱정할 거 없습니다. 이제 다 됐으니까."

해용은 마치 현 시점에 어울리는 대답을 준비하고 있었다는 반응이다.

"그럼 개발을 마치신 겁니까?"

"이름은 장기농유발균이라고 지었습니다."

"장기농유발균?"

"이름 그대로 오장육부에 고름을 유발해 죽음에 이르게 하는 바이러스입니다."

간부들 모두 설명만으로도 충분히 섬뜩한 기분이 든다. 의심의 여지없이, 해용의 입술을 통과한 말이었으니 무리도 아니다.

"그런 기 가능하다 말입니꺼?"

"왜요? 내가 미덥지 않으세요?"

영주 아버지는 기분 탓에 그렇게 물었던 것인데, 해용은 다르게 받아들인 듯하다.

"아…… 아입니더. 절대로 그런 뜻이 아니었십니더. 지는 단지."

해용의 되물음에 영주 아버지는 어찌할 바를 몰라 한다.

"괜찮습니다. 여기서 이렇게 백번 설명을 늘어놓는 것보다 직접 한번 보여드리는 게 낫겠지요? 따라 오십시오."

해용이 간부들과 함께 들어온 방에는 발가벗겨진 신도 한 명이 천으로 눈이 가려지고 사지가 결박당한 채 실험대에 누워 있다. 형편없이 얼굴이 일그러져 있는 듯한 그였다. 헌데 신음소리조차 낼 기운이 없는지 가녀리면서 가쁜 숨만을 고른다.

"잘 보세요."

해용은 양손에 수술용장갑을 입히고 매스를 든다. 간부들은 그 모습만으로 해용의 다음 행동이 예측되었기에 입을 꾹 다물고 마음의 준비를 해야 했다.

주욱. 매스는 사정없이 교도의 배 위를 지난다. 번쩍이는 날카로움이 지나간 자리로는 선혈과 함께 수십 개의 고름덩어리가 찬 장기들이 모습을 드러낸다. 영주 아버지와 정혜는 차마 보고 있을 수가 없어 아예 등까지 돌려버린다.

배가 갈린 신도는 서너 번 위턱과 아래턱을 탁탁하고 부딪치더니 이내 움직임을 멈춘다.

"정말 이게 고름입니까?"

"여러분이 흔히 봐왔던 고름과 유사합니다. 다만 지니고 있는 독소의 질은 차이가 있겠지요?"

"대단하십니다. 정말 대원님은 대단하세요."

만규와 성훈은 싸늘해진 신도의 옆으로 바짝 다가선다.

"남은 괴한마들은 이제 쓸모가 없으니 깨끗이 처리하세요. 그리고 조수들도 마찬가지고요."

해용이 흡족한 얼굴을 하고서 이른다.

"조수들까지 말입니까?"

말은 성훈의 입에서 꺼내졌다. 하지만 자리에 있던 나머지 세 명의 간부들도 똑같은 물음을 얼굴에 새긴다.

"전도사야 다시 뽑으면 되잖습니까? 조수들은 직책에 어울리지 않게 쓸데없이 많은 걸 알고 있으니 후에 해가 될지도 몰라요."

"알겠습니다."

실험에 착수한 지 2년 반. 가늠도 되지 않고 셀 수도 없는 수많은 교도와 신도들의 비명과 죽음을 묻은 지하실험실에서 드디어 VPF(Viscera Pus Fungus), 장기농유발균이 탄생하고 창궐하기에 이른다.

해용은 참으로 오랜만에 교도들 앞에 섰다. 해이해진 기강을 정립하고 자신의 신통력을 공고하기 위함이다.

"고개들 드세요."

간부들은 해용이 모습을 드러내는 것만으로 교도들의 기운이 달라졌음을 감지할 수 있다. 얼굴에 두려운 그늘이 졌음에도 불구하고 눈길들이 정확히 해용에게로 향해 있는 행태가 여전히 경외해 마지 않음이 자명하다. 비록 근래 들어 곳곳에서 잡음이 발생하긴 했지만 이 상황을 놓고 보니 어차피 해용 앞에선 무의미했음이다. 하긴, 이 거대 집단을 10년 이상 이끌고 있는 수장의 관록이 어디 가겠는가만은.

"제가 기도에 들어가 있은 지 어느덧 수년이 지났더군요."

해용은 연구를 진행하는 동안 단 한 차례도 오늘처럼 다수의 신도들 앞에 모습을 보인 적이 없다. 교단의 축제나 행사 때에도 간부들을 통해 극소수의 몇몇 교도들과만 마주했던 게 전부다.

“그런데 근래에 들어 불순한 마음들이 생기고 그로 인해 불순한 입들이 생겨났다고 전해 들었습니다. 그럼 다음은 무엇이겠습니까? 바로 불순한 행동이 생겨날 차례가 아니겠습니까?”

말을 마칠 즈음 해용이 표정과 음성에 불편한 기색을 여실히 내비치자 교도들은 그렇잖아도 나지막이 고르던 숨을 한층 삭여야만 했다.

“하지만 더 이상은 안 될 겁니다. 제가 기도를 드리는 3년 동안 무엇을 얻었는지 아십니까? 바로 하늘나라의 힘입니다. 있던 말로는 신통력이라고 하죠.”

해용의 그 말에 강당에 모인 수백 교도들의 입이 조용히 그리고 부산히 움직인다.

“모두 고개를 숙이세요. 어서요!”

교도들은 갑작스런 으름장에 일제히 고개를 떨어뜨린다.

“지금부터 눈을 감고 제 말에만 귀 기울이십시오. 왜 우리 교단에는 타종교와 달리 주문이 없는 줄 아십니까? 바로 제가 여러분들의 마음과 통할 수가 있어서입니다. 그래서 입으로 읊고 마음을 거기에다 싣는 주문 따위가 불필요한 겁니다. 사실 전, 웬만해선 형제님들의 마음과 통하지 않으려고 애를 썼습니다. 그렇게 해버리면 형제님들 스스로 깨달음을 얻지 못하게 되어버리고, 그것이 곧 덕을 쌓는 데 걸림돌이 될 것이라는 판단에서였습니다. 그러나 이제는 아니 되겠습니다. 조금만 더 인내하면 머지않아 풍요롭고 덕이 충만한 세상을 맞이할 수가 있게 될 터인데 요즘 같아서는 그 세상이 보이지 않기 때문입니다. 제가 누누이 말씀을 드렸죠? 하늘나라는 영원의 나라라고. 그러니 이곳에서의 시간은 깨달음을 얻고 나면 결국 찰나에 지나지 않는다고 말입니다. 형제님들을 제외한 세상의 다른 이들은 그것을 깨닫지 못하기 때문에 지금도 저렇듯 서로를 시기하고, 남을 깔아뭉개어 자신의 배를 불리는 데만 급급해서 살아가고 있는 겁니다. 아시겠습니까?"

"네."

교도들 중 반 이상이 자신도 모르게 대답을 보낸다.

"지금까지 덕을 성실히 쌓고 있는 형제님들이 이단들 즉, 괴한마들의 혓바닥에 농락을 당하고 있다고 전해 들었는데 이제는 안 되겠다는 겁니다. 그래서 제가 조금 전 벌을 내렸습니다. 여러분이 눈을 감고 제 말에 귀를 기울이는 동안 벌이 내려졌다 이 말입니다. 자! 모두 고개를 드세요."

해용은 호흡을 잇다시피 해서 틈을 주지 않는다.

"보이십니까? 저기 몇몇 고개를 들지 못하는 형제들이!"

해용의 말에 교도들이 주변을 둘러본다. 과연 몇몇의 교도들이 여전히 몸을 구부린 채다.

"어이. 정 씨. 언제 여기 와 있었어? ……어이?"

나이 지긋한 교도가 고개를 숙이고 있는 옆 교도의 어깨를 흔들어보았지만 반응이 없다.

"미야 아버지 뭐하고 있는 겨? 후딱 눈을 떠보라니께. 후딱!"

"온양 어르신. 어르신! 일어나세요!"

다른 교도들도 근처 고개를 숙이고 있는 교도를 불러본다. 허나 모두 반응이 없다.

"부르셔도 소용없습니다. 모두 지하용암으로 끌려갔으니까요."

"지하용암?"

작은 소리들이 산발적으로 터진다.

"속세 말로 죽어서 지옥으로 끌려갔다는 말입니다."

현재 고개를 들지 못하고 있는 교도들은 간밤에 전도사들에 의해 본소로 납치되어 온 이들이다. 해용은 이들 모두를 질식사 시킨 후 약품을 이용해 엎드린 자세로 사지가 굳게 만든다. 그러고 나서 전도사들에게 교도들이 고개를 숙이고 눈을 감으면 발소리를 죽여 반은 지인들의 근처에, 나머지 반은 아무자리에 놓아두라고 지시를 내린다.

"진짜야. 진짜로 죽었어."

"참말로 죽었네? 미야 아버지 참말로 죽어부렀어."

교도들은 크게 동조했고 이번에도 해용은 틈을 주지 않고 말을 던진다. 이 또한 분위기를 더욱 조성하기 위한 계획된 연출이다.

"그리고 지금 당장은 아니지만 가까운 시일 내에 오장육부가 썩어서 죽음에 이르게 될 괴한마들도 이 자리에 있군요. 전 그것들이 훤히 보입니다."

모든 상황은 해용의 뜻대로 전개가 되었다. 수백 교도들은 한 자리에서 같은 광경을 목격했기에 누구 하나 해용의 말에 의심을 심는 이가 없었다. 결정적으로 몇 달 후. 그의 말마따나 교도 몇 명이 장기에 고름이 차 죽어나가는 일이 발생했고. 응당 교도들은 대원과 하늘나라에 대한 믿음을 더욱 확고히 가질 수밖에 없었다. 이 일을 계기로 해용은 진짜 신이 된다. 그의 머리에서 기획된 비열하지만 치밀했던 계획이 그를 신으로 만들어 주었다.

전도사는 지목이 된 교도를 촌락의 으슥한 곳으로 불러내 액체가 든 커다란 병을 들이민다.

"이 물은 대원님의 기운이 깃들어 있는 물로 본래는 본소에서 일을 보는 형제님들에게만 특별히 내려지는 약수입니다."

"이렇게나 귀한 걸?"

교도는 몸 둘 바를 몰라 하며 감사히 약수 병을 건네받는다. 그도 그럴 것이 얼마 전 해용의 신통력을 눈으로 직접 확인을 한 후였으니 그의 기운이 깃든 약수라면 더할 나위 없이 영험할 것이라 믿어 의심치 않는다.

"단, 촌락의 다른 형제님들에겐 비밀로 하십시오. 형제님은 여느 형제님들에 비해 유달리 믿음이 강하고 성품이 곧다고 본관으로 올라오는 말이 있었기 때문에 간부님들이 특별히 추천을 해주신 겁니다."

"그럼요. 여부가 있겠습니까?"

"약수의 기운이 절정으로 뻗치는 시기는 대원님의 손을 거친 지 만 사흘이 지난 후라고 합니다. 이 물은 간밤에 대원님의 품을 떠난 거고요."

"아. 그렇습니까?"

"다시 한 번 당부 드리지만 절대로 혼자만 알고 계십시오. 가족과 나눠 마시더라도 출처는 함구하시라 이겁니다."

"알겠습니다. 염려 마십시오."

이러한 방식으로 전도사들은 촌락 몇 군데를 돌았고. 한두 달 여후 이들은 장기에 고름이 차기 시작한다. 재미있는 건 교도들 모두 죽는 순간까지도 전도사가 건네었던 물에 관해 일말의 의심도 품지 않았다는 것이다. 모두가 입을 닫고 있으면 저절로 장막이 들어차기 마련이다. 해용은 우매한 무리들을 통제하는 데 참으로 안성맞춤의 수단이라 생각했다.

"대원님의 예언은 틀림이 없는 거야. 이렇게 눈앞에 펼쳐지고 있는데 의심할 나위가 없잖아?"

"당연하지. 하늘나라도, 영원도 전부 다 사실이야. 진짜라고."

"그러고 보면 대원님을 만난 우린 정말 복 받은 거지."

"아무렴. 영원의 나라라잖아? 여기는 거기에 비하면 찰나지. 암."

이번 일로 신선한 충격을 받은 교도들은 그간 치미교의 신도가 되는 것을 망설였던 친척 및 지인들에게 적극적으로 해용의 신통력을 알리며 입교를 권하기도 한다. 그 결과 전국적으로도 신도의 숫자가 크게 늘어나는 형국을 띠었고, 정당하고도 당연한 조리마냥 신도로 머물러 있던 이들 다수가 교도가 되기 위해 앞다투어 재산을 교단에 바친다.

5부

1

여인에게 교도로의 전향 의사를 밝힌 상원은 이튿날 부동산에 신명당과 집을 매물로 내놓는다. 그리고 며칠 후 예정대로 최 사장에게 헐값에 매도를 한다.

상원은 처분 후 수중에 떨어진 현금을 두 개의 서류가방에 나누어 담아 춘천으로 온다. 역사(驛舍)에는 철곤과 교도로 짐작되는 사내 두 명이 마중을 나와 있다. 마주하기 전까지 걱정된 마음 못지않게 다른 편으로 원망스러웠던 아버지였는데. 얼굴이 밝고 생기가 도는 철곤을 확인하니 일단 안심이 되는 상원이다. 연장선상으로 유선 역시 우려와는 다른 생활을 하고 있을지 모른다는 기대도 생긴다. 하지만 그렇다고 한들 두 사람을 방치해둘 수 없다는 의지는 확고하다.

"오느라 수고했구나."

철곤이 상원을 이토록 반겼던 적이 언제였는지. 두 사람 모두의 기억에도 가물하다.

"아니에요. 그간 잘 계셨죠?"

"보는 것처럼 나는 아주 잘 지내고 있다."

"그러신 거 같네요."

"안녕하십니까? 본소전도사 전영훈입니다."

영훈은 그때까지 대해왔던 분관의 사내들과는 확연히 다른 위압감을 풍긴다. 미소를 띠고는 있으나 특유의 살기가 스멀스멀 전해지는 느낌이다. 체격도 크고 단단한데다 눈초리까지 사나웠으니 감추어지지 않는 것이 당연했다. 이런 영훈을 앞에 세워두자니 새삼 치미교 교단의 전도사는 목사의 일을 돕는 교회전도사와는 그 성격이 판이하다는 점이 되새겨진다.

"안녕하세요. 강상원입니다."

"전 집사님을 모시고 있는 박진철이라고 합니다."

키가 아주 작은 편은 아니었다. 허나 팔다리가 유독 짧아 보이는, 그래서 영훈 못지않게 단단한 느낌이긴 한 사내였다.

"아버지?"

상원은 사내의 '집사'라는 말에 의문을 달아 철곤에게로 시선을 옮겨온다. 이에 철곤은 담담한 미소를 보낼 뿐이다. 상원은 아버지의 그러한 처신에서 이전과는 다른 여유가 묻어나 있음을 감지함과 동시에 자기도 모르게 광주분관 장로의 모습과 오버랩을 시키기도 한다. 유연하면서도 안정적인 느낌이랄까. 분명 두 사람은 자못 닮은 분위기를 풍겼다. 하지만 치미교 교단에 대한 근거 있는 혐오감을 품고 있는 상원의 눈에는 그 또한 세뇌로부터 파생된 가식의 껍데기로밖에 보이지 않는다. 그러고 보면 교단에서는 직책에 어울리는 품위를 유지시키기 위해 획일적인 주입식교육을 선호하는 건지도 모른다.

"가면서 얘기들 나누시죠?"

영훈이 아주 잠깐 들어찼던 정적을 깨뜨린다.

역사 뒤편엔 개조를 한 듯 보이는, 바퀴의 휠과 타이어가 몸체에 비해 유난히 거대한 크라이슬러지프가 한 대 주차되어 있다.

상원은 철곤과 함께 나란히 뒷좌석에 앉는다. 시내를 벗어나는가 싶던 지프는 어느새 시골길을 달리는가 싶더니, 이내 험한 산길로 들어선다.

"꽉 잡으셔야 할 겁니다."

영훈은 그 말을 하며 묘한 웃음을 퍼뜨린다. 지프 안에 상원만 웃음의 의미를 몰라 다소 멍한 얼굴을 한다. 나머지 철곤과 짧은 사내는 영훈과 비슷한 웃음 띠를 입가에 두른다.

영훈은 매우 거칠게 지프를 몰았다. 액셀러레이터고 클러치고 브레이크고 사정없이 콱콱 밟아댔다. 허나 그가 괜히 그러는 것 같진 않았다. 길이 워낙에 울퉁불퉁했던 터라 저렇듯 터프하게 몰지 않고선 오를 수가 없으리라는 판단이 저절로 섰다.

"아버지. 죄송한데 이것 좀."

몸이 온 사방으로 흔들리는 통에 천장에 달린 손잡이를 붙잡아야 했던 상원은 서류가방 하나를 철곤에게 맡기려 했다.

"불안해 할 거 없다. 아주 잘한 거야."

가방을 건네받은 철곤은 이런저런 의미로 상원을 안심시키려는 말을 건넨다. 그러곤 고개를 따라 헤매는 시선을 창밖으로 넘긴다. 산세가 어지러이 밀려나간다.

상원이 짐작하기에 지프는 족히 반 시간 이상 산길을 달리는 중이다.

지프가 내달리는 동안 애써 묻어뒀던 초조함과 불안감이 고개를 들기 시작한다. 이대로 재산만 탕진하는 낭패를 보는 건 아닌지. 헤어나오기 힘든 암흑 속으로 제 발로 걸어 들어가고 있는 건 아닌지. 이런저런 염려와 두려움이 온몸으로 엄습해왔다. 여기까지나 와서 이와 같은 석연찮은 기분이 드는 건 똑같은 모양을 한 나뭇가지들이 눈앞에서 한없이 지나가고 있는 것도 이유가 될 수 있었고. 성난 바람에 갈대가 흔들리듯 단순히 거칠다는 표현으론 부족할 정도로 과격하게 요동치고 있는 좁은 공간이 신체를 급속도로 피곤하게 만든 탓일 수도 있었다.

"이제 다 와 갑니다."

영훈은 마치 말하지 않아도 상원의 심정을 알고 있다는 식으로 그의 쪽으로 말을 툭 뱉는다.

"……그렇군요."

성난 지프의 시동이 꺼진 곳은 깊은 산중에 자리하고 있다곤 믿기 힘든 잘 다져진 넓은 공터였다. 이런 산중에까지 차가 다닐 수 있는 길이 나 있는 것만 해도 예사가 아니라고 감탄 아닌 감탄을 연발하고 있던 차였는데. 치미교의 재력이 그야말로 놀랍고 기가 찰 따름이다. 지프에서 내리던 상원의 눈길에 지프의 바퀴가 슬쩍 지나친다. 상원은 그제야 바퀴가 개조된 이유를 알았다.

"저기 보이지?"

철곤은 공터를 옆구리로 끼고 있는 산등성의 4분의 3지점 높이를 손가락으로 가리킨다. 상원이 손가락 끝으로 시선과 신경을 모아봤지만 당장에는 울창한 나무숲밖에 보이지 않는다.

"회색 벽이 보일 텐데. 아직 잘 안 보이나 보구나?"

과연 회색 벽이라는 말을 접하고 손가락 끝을 응시하니 회색 벽 같은 것이 눈에 띈다. 얼핏 서 있는 곳에서 봤을 때는 그 높이가 산중의 어지간한 나무높이와 맞먹었다. 상원이 살짝 놀란 눈치를 하자 영훈과 짧은 사내는 자기들만 아는 우쭐한 표정을 찰나 떠올린 뒤 앞장선다.

"가자꾸나."

철곤이 두 사람의 뒤를 밟으며 말했다.

"가방 주세요. 제가 들게요."

"아니다."

짐작대로 공터에서 회색 벽까지 닿는 데에는 꽤나 시간이 걸린다. 공터에서 출발을 할 때만 하더라도 대룡산 가장 꼭대기보다 한참 위에 떠 있던 해가, 회색 벽에 다다랐을 즈음에는 어느새 뾰족한 모서리 끝자락에 닿을락 말락 하고 있다.

멀리서 보았을 땐 깊은 산중에 콘크리트 벽이 세워져 있다는 사실이 마냥 생소하고 신기한 느낌이었다. 그러나 막상 도착을 해서 보니 푸른 주변과 전혀 어울리지 못하는 인위적 특유의 삭막함만이 진하게 떠다닐 뿐이다. 벽의 표면이 거칠고 나무들과 어울리지 않는 회색을 띠어서도 그랬겠지만. 드디어 치미교의 아지트에 본격적인 잠입을 앞둔, 그로 인해 일체의 여유도 가질 수 없었던 상원의 심리가 크게 작용을 했으리라.

벽 옆의 경사면을 오르며 한창 그러한 기분을 만끽하고 있는데, 벽보다는 훨씬 덜 생소한–법당의 행태를 하고 있으나 기도당일 가능성이 다분한–집채가 솟아 있는 모습이 보인다. 용도야 어찌됐든 산중엔 그나마 어울리는 풍경이다. 삐쭉 솟아 있는 듯 느껴진 연유는 경사면을 따라 올라오고 있던 차에 기도당의 지붕이, 다음으로 단청이 순차적으로 시야에 비친 까닭이다. 아래에서 보았을 땐 벽이 담벼락의 역할을 하는 것이라 짐작을 했었는데 그게 아니었다. 벽은 마치 산등성의 절벽 끄트머리를 받치고 있는 커다란 바위의 위용을 흉내 내고 있었다.

상원은 숨이 가쁘다. 솔직히 공터에서 벽에까지 산등성을 오르는 길도 수월치가 않았다. 가파른 건 둘째 치고 바닥이 워낙에 험했던터라 갖가지 잔가지들이 일정한 방향대로 쳐져 있지 않았더라면 길이라고 여길 수가 없을 정도였다. 그런데 도착을 하고 보니 벽 옆의 경사면에 비하면 산등성을 오르는 길은 산책로 수준에 불과했다. 경사면을 따라 나 있는 길은 비록 거리는 짧았지만 오롯이 두 발로만은 오르기가 불가능할 정도로 가팔랐기 때문에 단순히 힘에 부치는 것보다 제대로 오를 수나 있을지가 염려 되던 상원이다.

영훈이나 젊은 사내야 자신과 비할 바가 되지 않음을 쉬이 인정했다. 허나 의외로 철곤마저 무던하게 이곳까지 닿는 모습을 선보이자 기분이 묘하다. 예순을 훌쩍 넘긴 아버지가 정정해 뵈는 건 분명 반길 만한 일이다. 그러나 왠지 모르게 철곤이 자신보다는 영훈이나 젊은 사내에 가까워졌다는 유쾌하지 못한 기분도 함께 들었다.

이윽고 경사면의 끝에 도달을 한다. 아래의 공터보다는 다소 협소하나 벽을 쌓아 인위적으로 만든 터라곤 믿기 힘든 널찍한 마당이 눈앞에 펼쳐진다. 아마도 이러한 실제 전경 덕분에 조금 전 밑에서 올려다보았을 당시, 회색 벽이 옹벽이 아닌 커다란 바위의 분위기로 와닿은 건지 모른다.

기도당을 기준으로 북동쪽. 마당의 가장 안쪽엔 고풍스러운 고즈넉함을 뽐내고 있는 한옥 한 채가 자리를 잡고 있다. 특별히 담이 둘러 있지 않은데다 주변으로 오밀조밀 모여 있는 적당히 화려한 화단. 그리고 틀림없이 해안가에서 공수해왔을 동글동글한 자갈들이 길을 이루고 있는 운치 있는 전경이 상원으로 하여금 찰나 이곳의 실체를 잊게 만들기도 한다.

"올라오시느라 아주 고생 많으셨습니다."

영훈은 외모와 어울리지 않게 길이 험난한 것이 마치 자신의 탓인 양 송구한 기색을 내비친다.

"아닙니다."

"힘들지?"

영훈이나 짧은 사내에 비해선 확실히 힘들어 하는 기색이 역력한 철곤이다. 허나 말을 할 때의 호흡이 그다지 흐트러지지 않는 걸로 봐서 적어도 본인만큼은 아님을 상원은 알 수 있다.

"여기 어떻습니까? 경치가 봐줄 만하지 않습니까?"

짧은 사내가 안내를 하듯 팔을 쭉 뻗아 벽의 가장자리로 향한다. 상원은 그의 발자국을 따라 앞으로 걸어갔다. 그리고 조금 늦은 응답을 한다.

"절경이 따로 없군요."

대개 산을 마주하는 기분이라 함은 아래에서 올려다보는 혹은 정상에서서 내려다보는 기분이기 마련이었다. 그런데 짧은 사내의 옆으로 선 상원은 산을 정면에서 바라보고 있는 듯한 다소 익숙지 않은 기분이 든다. 확실치는 않으나 이런 험난한 산등성 중턱에. 그것도 믿기 힘들 정도로 잘 꾸며진 마당 위에 서서 산세를 바라보고 있었기 때문이리라. 아래의 공터에서는 이쪽이 잘 보이지 않았지만 이곳에서는 영훈이 몰았던 지프의 타이어가 유달리 큰 것까지 구분이 갈 정도로 그곳이 훤히 내려다 보였다.

상원이 짧은 사내와 나란히 서서 경치를 구경하는 사이 철곤과 영훈은 어느새 한옥에 다다라 있다. 철곤이 이쪽을 바라보고 있는 상원과 눈이 마주치자 서류가방을 들고 있지 않는 손으로 오라는 손짓을 한다. 본소에 들이는 첫걸음이니만큼 곧장 기도당에 들러 간단한 의식이라도 행하도록 시킬 줄 알았는데 아닌 듯했다. 하긴, 법당의 모양을 한 집채가 실제로 광주분관의 기도당의 기능을 하고 있는지는 명확치 않다.

참고로 상원은 이곳이 본집회관과 대기도당이 있는, 머릿속으로만 막연하게 그려왔던 본관은 아님을 알고 있다. 지프를 타고 한참을 올라왔다는 의식이 생겨났을 즈음 철곤에게 본관으로 향하고 있는 중이냐고 물었다. 이에 철곤은 본관으로 가려면 조금 전 다른 길을 탔어야 했다고 대답을 주었다. 그리고 대룡산 산등성에는 교단소유의 여러 건물들이 군데군데 자리를 잡고 있는데, 보통 부속들을 한데 묶어 본소라 칭하고 상원이 질문한 본집회관과 대기도당이 있는 곳은 흔히 본관 또는 본당이라고 일컫는다는 설명도 덧붙인다.

상원은 화사한 화단과 동글한 자갈들이 이뤄낸 정감 있는 길을 지나 한옥의 마루에 이른다. 가까이서 확인한 집채는 정통적인 거주 용도의 한옥과는 사뭇 다른 행색을 띤다. 대청마루를 중심으로 정확히 양분이 되어 있다. 그리고 고풍스러운 나무창살들이 수놓인 미닫이문들이 길게 늘어져 있는 걸로 봐서 일정한 크기의 방들이 쪼르르 붙어 있는 것이 자명했다. 또한 복도처럼 그 방들 앞으로 대청마루에서부터 시작된 길이 나 있는 모습까지. 마치 고급여인숙이나 요정집을 연상케 하기도 한다.

먼저 와 있던 철곤과 영훈은 마루에 마주보듯 비스듬히 몸을 틀어 앉아 있다. 자연스러운 움직임으로 상원은 철곤의 옆으로, 짧은 사내는 영훈의 옆으로 자리를 한다. 철곤은 상원이 몸을 앉히자 자신의 발끝에 놓아두었던 서류가방을 그의 앞으로 불쑥 내민다. 아직은 주인이 분명히 너라는 표시 같다. 상원이 그런 철곤에게 서류가방은 언제 어떤 방식으로 교단에 바치는 것인지 묻는 눈길을 주자 철곤은 서두를 필요 없다는 눈짓으로 입을 꾹 다물어 보이곤 고개를 끄덕인다.

때마침 일행들이 자리한 가까이에 위치한 방에서 드르르하고 미닫이 문이 밀리는 소리가 나더니 은은하고 고운 빛깔의 한복을 차려입은 여인이 문지방을 넘어선다. 그녀는 눈매가 다소 날카롭고 코가 오뚝하며 입이 큰 것이 당시의 미인상과는 거리가 먼 이목구비를 구비하고 있다. 그래서 한복과의 매치가 아쉬운 인상이라 할 수 있었지만, 그럼에도 야릇한 매력을 발산한다.

"먼 길 오시느라 고생이 많으셨죠?"

여인은 철곤과 상원이 앉아 있는 가운데쯤에 다소곳이 고개를 숙인다. 상원이 추측하기에 여인은 대략 20대 중반쯤이 아닐까 한다. 헌데 여인 역시 광주분관의 장로와 매우 흡사한 분위기를 풍긴다. 고작 몇 발작 떼는 모습을 본 것이었고 한마디 들은 것이 전부였지만 그녀의 언행에는 여유와 우아함이 함께 묻어나 있다. 거기다 나이까지 젊어 뵈니 광주분관의 장로를 대할 때와는 조금 다른 감성이 피어오르는 것이 사실이다.

"아닙니다. 역까지나 마중을 나와주셔서."

상원이 무릎을 세우며 엉덩이를 떼려 하자 여인은 제지하듯 손바닥을 펴 보인다.

"앉아 계세요. 전 여기 뜰안채를 관리하는 염주은이라고 합니다."

상원은 일으키던 엉덩이를 다시 붙이는 바람에 본의 아니게 엉거주춤한 자세를 취하게 돼버린다.

"저는, 강상원이라고 합니다."

"반갑습니다. 곧 차를 내올 테니 말씀들 나누고 계세요."

주은은 복도 같은 긴 툇마루를 따라 한옥의 끄트머리로 향한다. 주은이 차를 내오는 잠시 동안 마주 앉은 네 사내 사이엔 별다른 오가는 말이 없다. 기껏해야 정원을 참으로 잘 꾸며놓았다는 상원의 칭찬에 꾸미느라 고생깨나 했다는 짧은 사내의 넋두리 정도. 법당으로 보이는 저곳이 기도당이 맞느냐는 물음에 기도당이 맞다는 영훈의 대답 정도가 전부다.

주은이 차를 내와 가세하고 나서도 상원의 입장에선 그리 괄목할 만한 대화가 없다. 다른 누가 아닌 철곤이 가늘게 떴다 감았다 하는 눈짓으로 상원의 질문을 조절하고 있었다. 그것은 절제를 위장한 일종의 압박이었다. 따라서 상원은 의문을 입에 담지 못하게 하는 속내가 당장은 가장 궁금할 지경이다.

"두 분은 따로 나누실 말씀도 많을 터인데. 우린 이만 자리에서 일어나는 게 어떨까요?"

"그러죠. 집사님, 전 밑에 방에 있겠습니다."

영훈이 일어나자 짧은 사내도 자리를 뜨려 한다.

"형제님 방은 저쪽입니다."

주은은 손짓으로 방향을 가리키며 서쪽으로 난 툇마루를 따라 걸어 들어간다.

"가자꾸나."

시야에서 주은의 모습이 사라지자 철곤이 몸을 일으키며 말했다.

"아. 네."

상원이 느끼기엔 다소 급작스레 자리가 정리됐다.

"가방 잘 챙기고."

철곤을 따라 서쪽으로 난 툇마루를 향해 몸을 틀었다. 그러자 주은이 가운데쯤 위치한 방문을 열어놓고 이쪽으로 시선을 두고 있는 모습이 보인다.

2

철곤은 근엄한 표정을 깊이 새기고서 마주앉은 상원을 응시한다. 상원은 어색하고 불편해 아무 말이라도 오갔으면 했다. 기억을 더듬어보니 그전까지 크게 권위적인 모습을, 어머니가 돌아가신 후로는 오히려 더욱 그러한 모습을 보이지 않던 아버지다. 한 번 더 생각을 해보니 크게 꾸짖거나, 하다못해 설교를 늘어놓은 적도 없었다. 자신이나 동생들이 엇나가지 않고 무던하게 성장을 했던 것도 이유가 되겠지만 무엇보다 아버지는 본래 말수가 적고 묵묵히 지켜보는 성향이 짙었던 것 같다.

"너 바른대로 말해야 한다."

철곤은 똑바로 응시하는 눈을 유지한 채 운을 뗀다. 지금부터 묻는 말의 대답엔 거짓이 엮이지 말아야 한다는 점을 강조하는 듯하다.

"네. 아버지."

상원은 다소 긴장이 된다. 당연히 곧이곧대로 답할 의사가 없었던 연유로.

"정말로 교화를 원하는 게 맞는 게지?"

그렇게 묻는 철곤의 얼굴엔 급작스러운 탓에 미완성에 가까운 불안감이 드리운다. 그래서 상원은 헷갈린다. 철곤이 불안해 하는 요소가 행여 자신이 교단에 해를 가할까 염려해서인지. 아니면 막상 전 재산을 바치고 교도가 되겠다는 아들이 못내 딱해서인지.

"물론이죠. 제 나름대로는 얼마나 열심히 기도하고 공부해서 여기까지 온 건데요?"

판단이 흐린 것도 잠시. 상원은 전자 쪽으로 의식을 기울인다. 그동안 교단으로 향한 철곤의 맹신을 지켜본 바가 있으니 단정 짓기는 싫었지만 그럴 수밖에 없었다.

"진심으로 마음을 굳힌 거냐? 각오가 미치지 못했다면 지금이라도 바른대로 말을 하면 돼."

철곤은 바로 앞에 앉은 상원이나 들을 수 있을 정도로 말소리를 낮춘다. 상원은 그때서야 철곤이 자신이 간주한 바와는 다른 걱정을 품고 있는 건지도 모른다는 짐작을 해본다.

"지금이라도 진짜 속내를 얘기하면 내가 어떻게든 광주로 돌려보내줄 수 있어. 아무 일도 없었던 것처럼 말이다."

"아버지……."

그러고 보면 조금 전 다른 이들 앞에서 질문을 자제시킨 데에는 따로 염두에 둔 이유가 있었는지도 모른다.

"어때? 니 지금 심정을 말해봐."

"지금 무슨 말씀을 하시는 거예요?"

그럼에도 이 같은 되물음이 입 밖으로 튀어나간다. 철곤의 눈동자엔 나른한 음성과는 대조적으로 의심이 그득히 서려지고 있었기 때문이다. 즉, 상원을 염려해서가 아니라 철저히 교단 쪽에 서서 마음을 떠보고 있음이었다.

"그러니까 니 말은 진심으로 교화를 원한다는 말이지? 응?"

철곤은 기색을 숨길 필요가 없다고 판단한 듯 대놓고 압박감을 준다. 이때 상원은 빼도 박도 못할 이곳까지 들어와서 일을 그르칠 뻔한 가슴 서늘함을 가까스로 내색 않고 삼킨다. 상황을 되짚어보니 앞전에 사람들 앞에서 눈치를 주었던 것도, 방금 전 한껏 목소리를 낮추어 자신을 염려하는 분위기를 뽑아낸 것도, 모두 진심을 확인하기 위한 물밑작업이던 셈이다.

상황과는 딱히 어울리지 않으나 상원은 아버지인 철곤이 자식인 본인을 상대로 덫까지 놓았다는 점에서 눈물이 핑 돌 정도의 서러움을 느낀다. 더불어 이런 아버지를 구해낸다는 명목 아래 팔자에 없는 생고생을 시키고 있는 아내와 아들에게 미안한 마음도 든다. 그렇지만 감정에 젖어 있을 시간은 없다. 이 이상 대답을 지체한다면 쓸데없이 의심의 꼬리를 늘어지게 하는 격이기에.

"그렇다니까요? 저 지금 아픈 처랑 떠돌이 신세 자식까지 놔두고 이곳까지 와있는 거, 아버지도 잘 아시잖아요?"

상원은 가슴 깊은 곳에서 차오르는 원망의 감정을 억울함으로 표출해낸다. 그래서 더 철곤의 편에선 자연스럽게 받아들여졌으리라.

"그래. 니 각오가 그랬구나."

잠시 대꾸를 망설이던 철곤의 안면에서 의심이 걷힌다.

"당장은 알 수가 없겠지만 그래서 힘이 들 수도 있겠지만, 너도 곧 깨닫게 될 게다. 가까이서 대원님의 가르침을 얻고 또 덕을 쌓는 일이 결국 가족 모두에게 크나큰 복으로 돌아간다는 사실을 말이야."

위로 차원의 말을 보태는 이번의 철곤은 진심인 듯하다. 그도 그럴 것이 한참 어긋나긴 했어도 그가 치미교에 빠진 본질은 자신과 가족을 위하는 숭고한 마음이었으니.

"저도 이제 알아요."

상원의 입에서 지친 대답이 튕겨나간다.

"들어와라."

철곤은 대뜸 상원 너머로 언성을 높인다. 그러자 미닫이문이 양쪽으로 갈리면서 사내 둘을 양옆에 두고 서 있는 유선이 나타난다. 철곤의 말이 떨어지자마자 문이 열렸고, 세 사람은 곧장 문 앞으로 모습을 드러냈으니. 언제부터 문 너머에 있었는지는 짐작이 가지 않는다. 다만 이 상황만 놓고 보아도 철곤이 조금 전까지 상원의 의중을 살펴보았던 것임은 의심할 여지가 없다.

"유선아!"

허나 상원에게는 지금 그딴 것에 신경을 줄 여력이 부재하다. 열여섯에서 열아홉이 된-꽃봉오리를 제대로 피워보기도 전에 사이비교단 교주의 첩이 된-막내 동생을 눈앞에 두고 있었기 때문이다.

유선은 선이 부드럽지만은 않은 세련된 맵시의 개량한복차림이다. 또한 그에 걸맞은 다소 짙은 화장을 하고 있었다. 얼굴도 분위기도, 심지어는 키나 체격도 변한 듯한 동생이다. 그러나 상원은 단번에 유선을 알아봤다. 나이차가 많이 나고 더구나 그래서 어린 나이에 어머니를 여의게 된 가여운 동생이었기에 한 지붕 아래 지내던 시절엔 남다른 애정을 쏟았었다. 비록 자신이 서울로 학교를 가고 이후 광주로 내려와 일에 매달리느라 전에 비해 신경을 써주지 못한 것이 사실이나 마음으로는 항상 염려를 했었다. 그런데 그런 막내 동생이 어느 날 갑자기 정체를 알 수 없는 사이비교단 교주의 첩으로 들어갔다는 소식을 접했을 때에는 철곤이 진심으로 원망스러웠다. 아버지의 무지함이 미웠다.

"큰오라버님. 오랜만에 뵈어요."

"그래. 참으로 오랜만이구나?"

상원은 몸을 일으켜 유선에게 바짝 다가섰다.

"기다리고 있어요."

"네. 부인."

유선은 경호 역할을 맡은 듯보이는 두 사내를 물린 뒤 손수 문을 모은다.

"얼마나 고생이 많았어? 미안하다. 오라비가 일에 눈이 멀어 신경을 써주지 못해 미안해."

상원은 기다렸다는 듯 유선의 두 손을 덥석 잡는다.

"그런 말씀 마세요. 전 아주 잘 지내고 있으니."

순간 얼굴에서 표정을 지워낸 유선은 상원의 손길을 뿌리치다시피 한다. 이러한 반응은 지난번 철곤에게 잘 지내고 있느냐고 걱정스레 물었을 적에 돌아온 냉담함과 별반 다를 것이 없다.

그 덕에 상원은 잠깐이나마 붕 떠올랐던 기분에서 헤어나올밖에.

"앉으세요."

"그…… 그래."

유선은 상원과 대면하는 순간부터 줄곧 딱딱한 표정과 어투를 유지한다. 그렇다고 꼭 냉소적인 태도로만 느껴지지는 않는다. 차분해진 기운이 전해진다랄까. 지나친 감이 들어서 그렇지 분명 침착한 느낌에 가깝다.

그간의 철곤을 봐오면서 많이 변했을 거라 예상은 했다. 하지만 유선은 그러한 수준을 넘어 마치 다른 세계의 사람이 되어 있는 듯하다.

"오라버님. 저의 부군이 어떤 분이신지 아시죠?"

허리를 곧게 펴고 두 무릎을 붙여 앉은 유선의 자태에서 고급스러운 성숙미가 흠씬 배어나온다.

"당연히 알고 있지."

유선은 상원에서 철곤으로 시선을 옮겨 질문을 잇는다.

"그럼 저의 부군을 승안하는 일이 얼마나 큰 영광인 줄도 아시겠군요?"

유선의 눈길을 받은 철곤은 백분 동감한다는 표정을 그리며 상원에게로 시선을 넘긴다. 상원은 두 사람의 눈을 좇고 있었기에 유선의 질문이 철곤을 거침으로 해서 더욱 확고한 답을 요하게 되었음을 알았다.

"물론이다."

"오라버님은 참으로 운이 좋은 분이세요. 이제 갓 교도가 된 자가 대원님을 승안하는 일이란 지극히 드문데 말이죠."

그 뒤의 말은 더 듣지 않아도 가슴이 뛰기 시작하는 상원이다. 따라서 의도적으로 연출을 않더라도 흥분한 속내가 표면으로 드러난다.

"그게 정말이냐? 이렇게나 빨리?"

상원이 아니었다. 상기된 것은 철곤이었다.

"그믐날 아버님의 처소에서 술(戌)시*에 보시기를 희망하셨어요."

"그랬구나? 그랬어!"

철곤은 무릎까지 탁 쳐가며 반기는 기색을 만면에 피운다.

---

* 오후 8시

"대원님이 승안을 허락해주셨다는 말이냐?"

"그래요. 그러니 지금부터 제가 하는 말을 깊이 새겨들으셔야 해요, 오라버님."

상원은 밀려드는 흥분과 긴장감에 마른침을 한 번 삼키고 나서야 대답을 보낼 수 있었다.

"음. 말해 보거라."

"우선은 교도라고는 해도 처음 대원님을 승안할 시에는 이 뜰안채에서 닷새 동안 근신을 해야 해요. 그리고 근신 기간 동안 오(吾)시와 자(子)시 하루 두 번 목욕재개를 함으로써 몸과 마음을 속세의 때로부터 정화를 시켜야만 하고요. 아시겠어요?"

유선은 확답을 들은 후 다음 사항을 꺼내놓을 요량인 듯했다.

"그래. 알았다."

"그리고 대원님을 승안하는 동안엔 어떠한 물건도, 하다못해 종이 한 장도 몸에 지녀서는 아니 되요."

유선은 이번에도 말을 맺으며 답을 요하는 눈길을 준다.

"알았다."

"다음으로는 대원님과 말씀을 나눌 때 주의할 사항들이에요. 첫 번째. 가급적 대원님이 여쭈어 보시는 사항에 관해서만 대답을 하세요. 특히나 먼저 말을 올리거나 앞서 질문을 하는 일은 절대로 없도록 해야 해요. 두 번째로, 대원님을 마주한 자리에서는 모든 말을 진실 되게 해야만 해요. 그것이 대답이 되었든 아니면 부득이하게 오라버님 편에서 나가는 말이 되었든 절대로 거짓이 섞여서는 아니 된다는 말이에요. 대원님은 당신께서 승안을 허락하시고 대하시는 교도들의 마음을 꿰뚫어보시는 신통력을 지니고 계시니 이 점 꼭 유념토록 하세요. 마지막으로 대원님이 지시하시는 일에 이론을 달아서는 아니 되요. 대원님이 지시하시는 일은 곧 진리이면서 올곧은 길이니 묵묵히 따르기만 하면 되는 거예요. 제 말 모두 알아 들으셨죠?"

유선의 설명을 모두 듣고 난 상원은 가슴이 갑갑해져온다. 과연 겹겹의 베일로 싸여진 사이비교단을 운영해오고 있는 수장답게 모든 면에서 집요하리만큼 신중했다. 유선이 늘어놓은 사항들에는 교주 자신의 권력을 과시하기 위한 수단적 성격이 강한 사항과, 혹시나 있을지 모를 위협으로부터 본인을 보호하기 위한 수단적 성격이 강한 사항이 절묘하게 배합돼 있었다.

허나 단지 그것만으로 상원의 가슴이 먹먹해져온 것은 아니다. 이 또한 어느 정도는 예상을 했었다. 그런데도 상원의 가슴이 갑갑해져옴과 동시에 미어지는 연유는 다름 아닌 일말의 틈도 찾을 수 없다는 점이다. 철곤도 그랬고 유선은 더욱 그랬다. 유선과의 대면으로 인해 기분이 들떴을 때만 해도 가족인 세 사람이 머리를 맞대고 대화를 나누다 보면 말을 꺼내볼 기회가 생겨날 것이라 기대를 했다. 그런데 희망고문에 불과했고 완벽한 착각이었다. 자신을 상대로 덫을 놓았던 철곤이다. 또한 교주를 숭안하는 조건을 설명하며 확답을 받아내려는 유선이다. 따라서 탈교 제안은 고사하고 자칫 그와 비슷한 뉘앙스를 풍기기만 하더라도 곤혹스러운 상황에 처할 것이 자명했다.

"이건 여쭈어도 될까?"

"뭘요?"

"우리 처 말이야. 지금 고약한 천식에다 합병증 때문에 사경을 헤매고 있을지도 몰라. 그러니 가능하다면 대원님께 한번 보이고 싶은데?"

굳이 물어오지 않는다면야 꺼낼 필요가 없는 사항이라 여겼다. 그러나

이 정도로 철곤과 유선의 맹신이 확고하니 스스로 짚고 넘어가는 편이 나을 것 같았다. 어차피 이들도 상원이 치미교로의 교화를 선택한 가장 큰 이유 중 하나가 바로 아내의 병을 치유하기 위함임을 알고 있었다. 장소가 장소이니만큼 아내에 대한 언급이 썩 내키지 않는다. 그러나 나중에라도 다른 관심을 받지 않으려면 그들이 알고 있는 범위 내에선 놀아나 줄 필요가 있었다.

"거기에 대해서는 제가 대원님께 직접 말씀을 드려볼게요. 그믐날 저도 자리를 함께할 터이니 그날 오라버님께 따로 대원님의 대답을 드리는 걸로 하죠."

"고맙구나."

"제가 드릴 말씀은 다 전했으니 이만 일어날게요."

상원은 말을 맺고 일어서는 유선의 뒷모습이 야속하고 또 아쉽다. 하지만 잡을 수도 없고, 그래서도 안 된다는 사실을 직시한다.

"가방은 닷새 동안 이 방에 보관을 하면 돼. 그믐날 니가 직접 대원님께 헌정을 할 테니 말이다."

철곤이 상원의 옆에 가지런히 놓인 서류가방에 시선을 주며 말했다.

"이 큰돈을 덜렁 방에다 보관을 하란 말입니까?"

"걱정할 것 없어. 이 근방엔 우리 교단사람들 외에는 아무도 없으니 잃어버릴 염려가 없거든."

철곤의 그 말엔 감시가 철저하다는 뜻도 내포되어 있다는 사실을 상원은 어렵지 않게 간파할 수 있다.

"그렇군요?"

"니가 여기서 입을 피복은 조금 있다 염 주임이 가져다줄 거야. 그러면서 생활이나 일정도 알려줄 거고."

"알았어요."

"나도 이만 가보마. 고단할 테니 쉬거라."

"그런데 아버지 처소는 어디에 있습니까? 여기서 멉니까?"

"그리 멀지 않아. 이 뜰안채 뒤쪽으로 난 능선을 따라가면 얼마 되지 않지."

철곤은 흐릿한 미소를 떠올려 보인다.

이튿날부터 상원은 유선의 말대로 뜰안채에서 근신을 시작한다. 화장실과 목욕탕을 가는 때를 제외하곤 첫날 짐을 푼 방에서 꼼짝도 않고 교리책을 정독했다. 정확히는 꼼짝하지 못했고 정독하는 척을 하며 계획을 수정보완했다.

그런데 의외로 생각은 이틀을 넘기지 못하고 멈춰버린다. 방안에 온전히 갇힌데다 결정적으로 식사를 들이는 교도 외엔 사람을 대할 기회가 일절 없었기에 새로이 알아낼 수 있는 사안이 없었다. 하다못해 산책도 허용이 되지 않았다. 고작 확인을 한 거라곤 화장실로 향하면서 간간이 교도들로 보이는 무리들이 기도당을 들락거리는 모습. 또는 뜰안채의 몇몇 방들에 사람이 차는 기척을 느끼는 정도다. 짐작이지만 방을 채우는 이들은 자신과 마찬가지로 교도가 되기 위해 이곳을 찾았음이리라.

유동성을 잃은 사고는 상원을 초조하고 불안하게 만든다. 현재의 상황이 계획에서 그다지 어긋남이 없음에도 불구하고 왠지 손발이 묶여버린 것 같은—이 좁은 방안에 갇혀 구상을 발전시킬 수 없는 동안 교단은 자신을 관찰하고 분석하고 있다는—기분이 들었다. 물론 이곳의 관례라는 점을 감안한다면 신경과민이라고도 치부할 수 있다. 그러나 현재의 상황에서 할 수 있는 거라곤 구상뿐인데. 그것마저 여의치가 않게 되었으니 마음이 초조해지는 건 어찌 보면 당연했다.

여섯째 날. 상원은 교도 한 명과 함께 방에서 대기를 하고 있었다. 그는 대원의 첫 승안 시 반드시 갖추어 입어야 한다는 예복인 순백색의 한복으로 환복을 해 있는 상태다. 교단 내의 예법에 따라 특수하게 개량된 한복이라는 명분으로 환복할 당시 교도가 옷매무새를 잡아주었는데, 두 번 생각할 것도 없이 감시의 일환임을 알 수 있었다. 행여 예복 속에 교주에게 해를 가할 만한 물건을 숨기지는 않을까, 하는 염려에서였을 것이다. 그러한 점을 미루어 짐작컨대 예복이 순백색인 이유도 한민족의 정서 따위를 고려해서가 아닌 피치 못하게 감시의 눈을 둘 수 없을 때 흔적이 좀 더 용이하게 스미게 하려는 의도일 것이 빤하다.

"잘 계셨습니까?"

미닫이문이 비켜선 자리엔 철곤을 옆에서 모신다는 짧은 사내가 나타나있다.

"지금 출발하는 겁니까?"

"그렇습니다."

"가방은 어떻게……?"

물음을 늘어뜨리는 상원은 이미 두 손에 서류가방을 들고 일어서려는 품새다.

"가지고 나오시면 됩니다."

상원이 짧은 사내와 함께 툇마루를 걸어 나오자 시기를 맞추어 주은이 방문을 밀며 모습을 보인다.

"다녀오세요."

주은이 그렇게 말하는 걸로 봐서 교주를 대하고 나서도 얼마간은 이곳에 머물러야 하는 듯하다. 상원은 교주승안 이후 본인의 일정을 알지 못했다. 궁금했지만 마땅히 알아볼 기회가 없었다.

상원은 짧은 사내와 함께 뜰안채 뒤편에 나있는 산길로 들어섰다. 입구를 찾기가 어려워서 그렇지 일단 들어서고 나니 시원하게 뻗은 하나의 길이 나온다. 그래서인지 짧은 사내는 구태여 자신이 앞서 걸으며 길을 안내하려는 모양을 내지 않는다. 그는 상원과 머리 반 개 정도 차이가 났는데 보폭이 좁은 만큼 바삐 걸음을 내디뎌 속도를 맞추었다. 상원은 유독 오늘따라 짧은 사내의 키가 눈에 들어온다. 나란히 걷고 있어서이기도 했고, 전에는 긴장감-두려움에 가까운-탓에 크지 않은 키가 눈에 들어올 여유가 없어서이기도 했다.

상원은 짧은 사내를 배려한답시고 걸음을 반보 정도 늦춘다. 짧은 사내도 상원의 그러한 배려를 눈치 채고, 또한 싫지 않았던 듯 답지 않게 먼저 말을 꺼내온다.

"근신 동안 교리공부를 아주 열심히 하셨다고 들었습니다."

그전까지도 상원을 대하며 퉁명스럽거나 불친절하진 않았다. 허나 분명히 보이지 않는 경계를 긋고 있던 것이 사실이다. 아직 선불리 많은 것을 알려들지 말라는, 그렇게 되면 서로가 곤란해질 수 있으니 불필요한 언행을 삼가라는 일종의 경고와 같은 경계였다. 그러한 기운이 비단 짧은 사내에게만 국한된 것은 아니다. 영훈이나 주임이라는 여인을 포함해 잠깐 스친 교도들까지. 모두가 상원으로 하여금 꼭 닮은 기분이 들게끔 만들었다.

"대원님을 승안하기 전에 확실히 머리에 들여놓는 것이 여러모로 마땅하다는 생각이 들어서요."

"지당한 말씀입니다."

짧은 사내는 아주 흡족한 미소를 띠더니 잠시 호흡을 둔 다음 말을 잇는다.

"모두가 형제님 같지는 않습니다."

"네?"

"모든 교도가 형제처럼 대원님을 따로 승안하지는 않는다는 말입니다."

"아. 네."

말을 할 순 없었으나 당연한 처사라고 생각했다. 자신은 유선의 오빠이니만큼 표면적으론 교주의 손위처남이 아닌가. 게다가 아버지 철곤과, 비록 그의 절반도 채 되지 않지만 자신이 바치는 재산이 얼마인가. 이와 같은 연유로 춘천으로 오기 전 교주가 조금은 특별한 예우를 차리는 것이 당연한 처사라 여겼고 또한 기대를 않은 것도 아니다. 다만 이곳에 발을 들인 첫날 유선이 직접 찾아와 날짜를 전해준 일은 뜻밖이었다.

짧은 사내는 자신이 내놓으려는 말을 상원이 짐작하고 있음을 알아차리고 그 이상 거기에 관한 언급을 않는다.

"그런데 말입니다."

"네. 말씀하세요."

짧은 사내는 제법 호의적인 어투로 묻고 싶은 것이 있으면 물으라는 식으로 대꾸한다.

"대원님과 제 누이 사이에 아이가 있습니까?"

교주의 첩이 된 지 2년이 다 되어간다고 들었으니 던진 물음이다.

"명화부인과 대원님 사이에는 아이가 없습니다."

철곤의 입장에선 애가 탈 수도 있을 것이다. 반대로 상원의 편에서는 다행한 일이었다. 만약 교주와 유선사이에 혈육이 존재한다면 훗날 유선이 이곳을 벗어난다 하더라도 연(緣)을 온전히 끊어내기가 쉽지 않을 터였다.

'명화'라는 이름은 온 몸과 마음으로 교주에게 귀의를 함으로 해서 얻은 일종의 세례명 혹은 법명일 것임을 어렵지 않게 짐작할 수 있다.

"그렇군요?"

상원은 의도적으로 아쉬워하는 내색을 비친다. 연출이라 오히려 다소 노골적이기도 하다.

"대원님과의 사이에 자녀를 두고 있는 부인은 넷째 부인인 영화부인밖에 계시지 않습니다. 허니 너무 심려치 마세요."

짧은 사내는 그런 상원에게 위로하듯 말을 건넨다.

"네……."

대답을 늘이는 상원은 첩이 몇 명인지 그리고 유선이 몇 번째인지 궁금했지만 그 물음은 속으로 삼킨다. 이후 두 사람 사이에 오가던 대화는 발이 끊긴다.

"다 왔습니다."

짧은 사내가 가리키는 손가락 끝에는 집 한 채가 덩그러니 서 있는 것이 아니라 부락이 자리를 잡고 있다. 상원으로서는 의외다. 엿새를 머물렀던 뜰안채가 깊은 산중에 덩그러니 자리해 있던 탓에 무의식중 철곤의 처소도 그러할 것이라 짐작을 했던 모양이다. 그리고 또 하나. 부락이 여느 산골마을과 별반 다르지 않는 모습을 하고 있었던 것도 의외성을 불러일으키는 데 한몫을 했다.

길은 부락에 가까워질수록 폭이 넓어진다. 그러면서 평평하니 잘 닦여 있다. 짧은 사내의 발걸음은 부락에 근접할수록 가볍고 경쾌하다. 그러고 보면 그가 오히려 산길이 익숙지 않을 상원을 배려한 것인지도 모를 일이다.

이른 가을 해의 길이는 적당히 짧고 또한 적당히 긴 것이 철곤의 처소에 다다랐을 무렵 막 뉘엿뉘엿 넘어가는 중이다.

"여기가 강 집사님의 처소입니다."

상원의 예상이 온전히 빗나가진 않았다. 철곤의 처소는 부락 내에서 가장 크고 웅장한 기와집이었다.

"왔구나."

상원이 기단 위로 올라서자, 인기척을 감지한 철곤이 안방에서 나온다.

"잘 계셨어요?"

"너도 좋아 보이는구나?"

"닷새 동안 교리공부에만 몰두하셨답니다."

말을 거드는 짧은 사내의 음성은 살짝 고조돼 있다.

"그래? 아주 잘했다."

철곤은 짧은 사내를 물리고 상원을 안방으로 인도한다. 철곤과 상원이 바닥에 엉덩이를 붙이기 무섭게 단정하기 이를 데 없는 행색을 한-식모로 보이지 않지만 식모의 역할을 수행하고 있는 듯한-여인이 찻상을 들여온다.

"들자꾸나."

"아버지. 정말 이곳에서 생활을 하시는 겁니까?"

이미 직접 확인을 하고 있는 셈이다. 허나 그와는 별개로 본인으로부터의 확답이 듣고 싶어 그렇게 물었다. 물론 예상되는 답을 접한다고 해서 치미교에 대한 견해를 바꿀 일은 추호도 없을 것이었다. 철곤이 이러한 곳에 살고 있다 하더라도. 사고를 확장해 유선이 비교적 화목한 결혼생활을 영위하고 있더라도. 결국은 간언과 약탈을 일삼는 치미교의 교만함에 기댄 산물들에 불과하다고 여긴 까닭이다.

"사실 니 공덕도 있었단다. 니가 여기에 닿으면 말을 해주려 했고."

"제 덕이요?"

"대원님은 니가 신도가 된다고 했을 때부터 특별히 관심을 가지셨단다. 물론 유독 아끼시는 유선이의 오라비이니 어찌 보면 당연한 이치이긴 하지. 헌데 것보다 니가 신명당을 운영하고 있다는 점에 크게 관심을 가지셨어."

"신명당이요?"

"주변에서 올라오는 이야기에 주의를 기울이시더란 말이다."

의식을 더듬어볼 것도 없이 광주분관의 사내들을 통해서일 것이었다.

"어째서 제 신명당에 관심을?"

"대원님께서는 십수 년 전 기도를 통해 만병을 다스리는 신통력을 터득하셨는데 그 신통력에 더욱 큰 힘을 실을 수 있게 하는 것이 바로 정도를 따르는 약조제술이라고 하시더구나."

"저의 처방을 대원님께서 정도라고 생각하신다는 말씀이세요?"

참고로 치미교 교리 안에서의 정도(正道)란 대원을 향한 믿음과 걸출한 재주가 조화를 이루어 덕을 쌓는 데 크게 일조함을 일컬었다.

"확실치는 않지만 참으로 긍정적인 생각을 가지고 계시는 모양이야."

"그래서 아버지가 이런 곳에서 지내시는 거고, 오늘의 승안을 허락하신 거라고요?"

철곤은 부정하지 않는 고갯짓을 해 보인 후 차를 한 모금 삼킨다. 그래서 상원은 가슴이 두근거린다. 잘만 하면 철곤과 유선뿐만 아니라 눈과 귀가 먼 채 착취를 당하고 있는 수많은 교도 및 신도들을 이 오만방자한 교단으로부터 해방시켜줄 수 있을지도 모른다는 생각이 들었기 때문이다.

당장엔 그들이 원망을 할지도 모르나 훗날엔 진실을 바라볼 수 있게 될 것이라는 위안적인 믿음을 가져본다.

두 사람은 시간의 간격을 두고 몇 마디를 더 주고받는다. 그리고 조금 뒤. 길이와 폭이 각각 7척과 3척에 달하는 예사롭지 않은 위풍을 자랑하는 교자상이 방 한가운데에 다리를 놓는다. 곧 찻상을 내온 여인 외에 두 명의 여인이 가세해 마루에서 안방으로 몇 번에 걸쳐 상위로 음식들을 옮긴다.

마루로 나와 있던 음식들이 모두 상위로 자리를 잡아갈 때쯤, 상원이 유럽풍의 클래식한 분위기를 풍기는 벽시계의 시간을 확인해본다. 7시 40분을 가리키고 있다.

"바로 드실 거예요."

마지막으로 신선로를 상 위로 옮긴-찻상을 들였던-여인이 나지막이 철곤에게 말했다.

"알았네."

여인의 말을 접한 철곤은 기분 좋은 긴장감을 띤 얼굴을 하며 자리에서 일어난다. 여인은 상원이 철곤을 따라 일어서는 모습을 확인한 후 나가면서 방문을 닫는다.

여인의 말대로 금방 교주인 해용이 다시 방문을 열어젖힌다. 정확히는 그의 경호를 맡고 있는 젊고 건장한 네 사내들 중 둘이 각자 문 한 짝씩을 잡아 당겼다. 상원의 예상과는 달리 해용은 선이 굵고 강한 인상이 아닌 부드럽고 유순한 인상의 소유자다. 거기다 재단복장이 아닌 말끔한 양복차림에 중절모를 쓰고 있다. 그의 옆에는 당당하면서도 차가운 인상이 강했던 엿새 전과는 정반대의, 순종적이고 온화한 자태를 뽐내고 있는 유선이 서 있다. 몸가짐에서부터 표정까지, 상원은 대번에 해용의 영향임을 알아챌 수 있었다.

어쨌든 신도가 되고 나서부터 수개월 동안 머릿속에 그려왔던 것과 너무도 판이한 실제 해용의 모습에 상원은 잠시 멍해질 수밖에 없었다.

해용은 교단의 규모가 커짐에 따라 자신의 얼굴을 대외적으로 공개하는 일을 극도로 꺼려 했다. 그렇기 때문에 어느 시점부터는 철저히 노출을 삼갔고 기존에 퍼져 있던 몇 안 되는 초상화나 사진 등이 실린 자료들도 전량 회수해 파기를 시켰다. 그렇기 때문에 상원은 이때까지 해용의 얼굴을 막연히 상상만 해왔다.

"반갑습니다."

미소를 띠며 인사를 건네는 해용은 사이비종교의 교주라기보다는 자수성가한, 남들에 비해 조금 일찍 큰 성공을 거둔 대기업의 사장 느낌이다. 자수성가의 채취가 진했던 까닭은 여유로운 중에 깊이가 있는 눈매를 하고 있었기 때문이다.

"처음 뵙습니다, 대원님. 강상원이라고 합니다."

상원은 해용으로부터 전해지는 정체 모를 위압감으로 인해 짧은 동안 호흡이 딸리기도 한다. 위압감은 분명히 온화한 얼굴을 하고 있는 해용으로부터였지 옆을 지키고 있는 네 사내들이나 유선으로부터가 아니었다. 과연 제아무리 인상이 유순해 보인다 하더라도 내면으론 수장다운 면모를 갖추고 있는 해용임을 여실히 만끽하는 순간이다.

"만남이 늦었습니다."

해용은 사내들을 물리는 손짓을 하며 방 안으로 발을 디딘다. 사내들은 상원이 보는 쪽에서 각기 다른 방향으로 찢어져 모습을 감추었고, 유선이 해용을 따라 들어오며 방문을 닫는다.

"우선 절부터 받으십시오."

상원은 해용이 자리를 잡기도 전에 느닷없이 절을 올린다. 정신이 없어서나 긴장을 해서가 아니라 계산된 연출이다. 상원은 교주인 해용을 대면

하면 이렇듯 허술한 모습을 보일 필요가 있다고 생각해온다. 더군다나 철곤과 유선이 지켜보고 있는 자리라면 더더욱 그랬다.

"너무 어려워 마세요. 바른 말로 나한테는 손위처남이지 않습니까?"

해용은 쑥스러운 기색을 떠올린다. 그리고 허리를 살짝 숙여 상원 쪽으로 손을 뻗는다.

"아닙니다. 대원님과의 사이에서 어찌 속세의 관행에 의미를 둔단 말입니까?"

상원은 더욱 태도를 낮춘다. 실제로 한 번 더 고개를 숙이기도 한다.

"모두 앉으세요."

해용은 엷으나마 뚜렷한 미소를 머금어 보이며 자리를 잡는다. 해용의 말이 떨어지고 나서야 상원은 고개를 들고 그의 맞은편으로 앉았고, 철곤과 유선도 각자의 자리에 몸을 내린다.

"어려운 결정을 하셨군요?"

"아닙니다. 제 깨달음이 늦어서 송구할 따름입니다."

"물어봐도 되겠습니까? 왜 마음이 바뀌었는지?"

그렇게 묻는 해용의 음성은 남자치고는 다소 톤이 높았음에도 불구하고 상원의 머릿속으론 아주 묵직하게 침투를 해온다. 아마도 질문의 내용이 그렇게 받아들여지게 만들었으리라.

"그게, 무지한데다 독단적이었다고밖에는 딱히 드릴 말씀이."

"무지하고 독단적이다니요? 절대 그렇지가 않을 겁니다. 그대가 정녕 무지하고 독단적인 인물이었다면 신명당이라는 한약국을 운영할 재주도, 운도, 도리어 차버렸을 테니까요."

"그렇게까지 말씀을 해주시니 몸 둘 바를……."

철곤이 일러준 대로 해용은 상원의 그쪽 방면에 대한 재능에 관심을 내비치는 듯하다.

"그러니 똑바로 말씀을 해주세요."

"네?"

"진실로 왜 마음을 바꾸었는지 말입니다."

상원은 그제야 앞서 해용의 말이 마냥 칭찬이 아니었다는 사실을 깨닫는다. 그래서 당황한 기색을 감추기가 어렵다. 더군다나 철곤과 유선마저 똑바로 자신을 응시하고 있음을 인지하고 나니 더욱 그러했다. 이런 상황엔 세월과 정을 쌓은 가족이라는 게 거추장스럽다.

"이유를."

"저는 약을 조제하는 재주 외엔 한없이 모자란 사람입니다. 그렇지 않다고 믿고 살아왔는데 대원님의 가르침을 접하면서 그걸 깨달았습니다. 정말 그것이 전부이고 사실일 뿐입니다."

심리적으로 궁지에 몰렸던 상원은 그만 해용의 말을 끊는 모험을 자처해버린다. 실은 자신이 금방 무슨 말을 어떻게 늘어놓았는지도 모를 만큼 정신이 없다. 당연히 철곤과 유선의 얼굴이 급속도로 굳어진다. 보기에 따라선 그들의 표정 안에서 잿빛살기를 감지할 수도 있으리라.

"그렇게 보이는군요."

헌데 천만다행으로 해용은 그들과 정반대의 차분하고 부드러운 몸짓과 표정을 선보인다. 대답을 접한 그는 청초한 빛깔을 온몸에 두르고 있는 술병을 들어 상원의 앞에 놓인 잔으로 가지고 온다. 그리고 포근한 눈길로 받으라는 신호를 준다. 상원은 얼른 잔을 들어 해용의 술을 받았고, 곧바로 술병을 인도받아 해용의 잔을 채운다.

"들죠."

해용의 건배 제안에 철곤과 유선이 더 마음을 놓는 표정이다. 모르긴 해도 상원의 조급함이 해용에게만큼은 진심으로 전해진 듯하다.

"참! 아내분께서 많이 편찮으시다고요?"

해용의 물음에 순간, 상원과 유선이 서로를 의식하는 눈길을 주고받는다. 그의 입으로부터 직접 언급이 되리라곤 짐작을 못한 까닭이다.

"예. 그렇습니다."

"소식은 닿고 있습니까?"

"그게, 실은 광주를 떠나 올 즈음엔 소식이 완전히 끊겨 생사도 구분을 못하고 있는 실정이었습니다."

상원은 탄식을 하듯 말을 쏟는다. 응당 속으로는 아내가 이들의 관심 밖으로 영영 밀려나기를 바란다.

"저런. 인연이 닿으면 한번 뵙고자 했는데 말입니다."

"아닙니다. 며칠 동안 근신을 하면서 많은 생각을 해보았는데, 그대로 흘러가도록 두는 것이 옳다는 결론이 나왔습니다. 아내의 뜻이 아닌 제 욕심으로 대원님을 뵙게 한다는 것이 못내 마음에 걸렸습니다. 그건 아내에게도 대원님께도 결국은 누를 끼치는 일이라는……."

철곤과 유선의 얼굴에 미세한 변화가 인다. 정확히 어떠한 류의 감성인지는 알 방도가 없었으나 그 속엔 각기의 선들이 얽히고설킴이리라 짐작을 해보는 상원이다.

"과연 생각이 깊으시군요?"

"그 사람이 정말로 대원님과 인연이 있다면 언젠가는, 어떤 식으로든, 대원님께 당도할 거라 믿습니다."

"맞습니다. 그렇고말고요."

해용은 매우 흡족해 하는 안색을 띠며 술병의 주둥이를 상원 쪽으로 향하게 든다.

3

기대와는 달리 이후 한 달이 흘러가는 동안 해용으로부턴 특별한 지시나 기별이 없다. 상원은 뜰안채에서 사흘가량을 더 지내다 철곤의 처소로 넘어와 기거했다. 몸을 옮긴 그는 부락의 교도들과 함께 텃밭을 가꾸거나 인근 교단소유의 농장으로 나가 부족한 일손 등을 거들었다. 교도들과 교류를 하게 되면서 교단의 실태를 눈으로 확인을 하긴 했지만 그다지 특별할 것이 없었다. 실소가 일 만큼, 그들은 전해 들었던 대로의 일상을 보내고 있었다.

단, 한 가지는 예상의 범주에서 벗어났다. 바로 교도가 된 후에는 탈교를 하기가 불가능하다는 점. 물론 교도들이 그와 유사한 내용의 말을 꺼내는 걸 들은 적도, 탈교를 하려면 어떠한 절차를 밟아야 하는지를 물은 적도 없다−응당 거기에 대한 궁금증을 품는 자체를 오래전부터 철저히 내색치 말아야 했다—허나 전체적인 분위기나 집회 때 간간이 새어나오는 관련 단어들을 짜깁기해봤을 때 이를 충분히 확신할 수 있었다. 이렇게 되면 애초부터 철곤과 유선을 설득해서 데리고 나오기란 거의 불가능한 일이었다.

일전에 철곤을 찾기 위해 춘천에 왔다 내려갈 당시, 그러니까 맨 처음 구상을 했을 때엔 치미교의 깊숙한 이면을 파헤치겠다는 류의 거창한 계획을 포함시키지 않았다. 하지만 교도가 되고 이곳의 돌아가는 상황을 접하다 보니 그것이 필요함을 깨닫는다. 반드시 치미교의 부조리를 세상에 널리 알리고 법의 심판대에 올리기 위함이 아니라 아버지와 여동생을 구해내기 위해선 필수불가결한 과정임을 알아차린 것.

상원은 일전에 자신의 약조제술에 관해 지대한 관심을 보이는 듯했던 해용이 한 달이 넘도록 말을 삼가는 현 상황이 안달 날 수밖에 없다. 소기의 목적을 이루기 위해선 교단의 실태파악이 필수불가결한 요소임을 인지한 시점이라 더욱 그랬다. 눈에 보이는 자체만으로 확실히 비정상적인 교단이긴 하다. 그러나 명백한 증거물이나 비리의 정황을 획득 혹은 확인하지 못하는 이상 세상에 나가봐야 소용이 없다는 판단이 선다. 일찍이 경찰에 신고를 했음에도 의도한 바를 일절 취하지 못한 동생들의 사례만 보더라도 그러했다.

상원이 해용의 부름을 받고 본관을 찾은 때는 해용을 승안한 지 무려 일백일이 지난 다음날이다.

"어떻게, 지낼 만은 합니까?"

"물론입니다. 대원님."

"다행이군요?"

해용은 백 일 동안 잘 지켜보았다는 눈길을 보낸다. 그의 양옆으론 지난 번 대동한 젊은 사내들이 아닌 중년의 두 사내가 적당히 거리를 두고 앉아 있다. 크고 각진 얼굴골격 안에 날카로운 눈매를 하고 있는, 해용을 기준으로 오른편에 자리한 사내는 체격 면에서나 뿜어내는 위압감 면에서 지난 번 건장한 사내들에 결코 뒤지지 않는다. 그리고 그의 맞은편에 앉아 이쪽을 바라보고 있는 사내는 엇비슷한 기운을 풍기곤 있으나 비교적 투박하면서도 우직스럽다는 느낌이 강하다.

"소개하죠. 여기는 최고장로를 맡고 계시는 최 장로님이십니다."

해용이 오른 팔을 적당히 든다.

"반갑습니다. 최만규라고 합니다."

만규는 단지 말로 소개에 그치지 않고 상원 쪽으로 크고 두터운 손을 내민다. 상원의 시야 안으로 떨어진 그의 손은 얼굴과 거의 완벽하게 매치를 이룬다. 상원은 자기도 모르게 방석에서 엉덩이를 떼어 만규의 호의를 맞는다. 보이는 대로 과연 돌덩이가 따로 없다.

"강상원입니다."

"대수면 강 집사님의 아드님이시라고요?"

"그렇습니다."

"훌륭한 아버님을 두셨군요? 아니지. 아버지를 두었다고 하는 건 이치에 맞지 않는 듯하군? 모시고 있다는 표현이 맞나?"

만규는 혼잣말을 하듯 별 실속 없는 말을 던져온다. 이에 상원은 예의상의 웃음기를 안면에 번지게 한다.

"그리고 이쪽은 최고권사를 맡고 계신 김 권사님이십니다."

"김철수라고 합니다."

영주 아버지는 만규와 달리 짧은 말만으로 인사를 맺는다.

"반갑습니다."

직위 앞에 '최고'라는 호칭을 붙이는 걸로 미루어 짐작해봤을 때 이들은 교주 해용과 함께 치미교의 핵심 인물들임이 틀림없다. 여담으로 교단의 규모가 현재보다 왜소했을 적엔 '본소'라는 호칭을 사용했었다.

"신명당의 명성은 익히 들어왔습니다."

해용은 에두르지 않고 곧장 본론을 꺼내려는 듯하다.

"명성이라니요. 부끄럽습니다."

"우린 형제님 같은 분이 필요합니다. 믿음이 강하면서도 지식을 지닌 인재 말입니다."

이 또한 얼핏 짐작을 했던 대목이다. 어느 조직이든 몸집을 불리게 되면 그에 비례하는 능력을 갖춘 인물들이 필요하기 마련이니. 헌데 이런 식의 사이비종교라면 대개 두 부류의 인물들이 자리를 다지고 있을 가능성이 컸다. 첫 번째는 믿음과는 별개로 사리사욕을 채우는 데 혈안이 되어 있는 자들. 이들은 현실을 관망하며 말 그대로 단지 욕망만을 좇는 부류라고 할 수 있다. 두 번째는 그야말로 맹신 하나로 필요한 만큼의 이해만 가진 자들. 이들은 대개가 무지하고 우매한 탓에 잘 구슬리기만 하면 이보다 더 길들이고 부리는 데 용이한 부류도 없었다.

상원은 지금 눈앞에 있는 만규와 영주 아버지가 어느 부류에 속할지 대강 구분이 지어진다.

"제가 할 수 있는 일이 있다면 기꺼이 행하겠습니다."

"교단을 위해서라면 무엇이든지 하겠다는 말로 이해해도 되겠습니까?"

다소 노골적인 감으로 해용이 물었다.

"물론입니다."

"좋습니다."

해용은 철곤, 유선과의 관계도 있고 성실히 신도생활을 거쳐 온 상원이었던지라 신뢰를 할 수 있다고 마음을 굳힌 모양이다.

"광주에서와 같이 이곳에서도 재능을 펼쳐봄이 어떠할까 합니다만?"

해용은 신명당에서 조제를 했던 약을 이곳 본소에서도 조제토록 함이 어떠하겠느냐는 식으로 간단한 말을 맺는다.

"저야 마다할 이유가 없습니다. 대원님."

속셈은 알 수가 없다. 하지만 상원은 판매를 목적으로 자신에게 그러한 지시를 내린다곤 여겨지지 않는다.

해용은 본관 가까이에 위치한 별채들 중 하나를 리모델링시켜 약조제소를 마련해준다. 이후 상원은 그곳에서 약을 조제하는 일로 대부분의 일정을 보내기 시작한다. 짐작한대로 그가 조제한 약은 판매의 용도가 아닌 본소를 찾는 교도들 중 몸이 편치 않는 이들이나 전국 각지에 흩어져 있는 마찬가지 사정의 신도들의 병을 다스리는 데 쓰인다.

상원이 느끼기에 약조제소로 들어오고 나서부터는 시간이 아주 잘 간다. 익숙한 환경과 일과에 금방 적응을 한 덕도 있었지만 그것보다 해용의 숨은 의도가 무엇이 됐든 필요로 하는 사람들에게 약을 나누어줄 수 있다는 점이 마음을 푸근하게 만든다. 그래서 조제에 심취해 있는 동안엔 교단의 비리를 파헤친다거나 하는 일에서 아예 손을 놓고 있다시피 하기도 한다.

그런 어느 날. 불행임과 동시에 다행으로 드디어 해용이 본색을 드러낸다.

"우리 교단의 2만 5천여 형제자매들을 위해 꼭 해야 할 일이 있는데. 도움을 줄 수 있는 분은 강 집사님뿐입니다."

"제가 말입니까?"

"그렇습니다. 도움을 주시겠습니까?"

"물론입니다. 대원님."

상원은 기다렸던 차였기에 망설임 없이 수락을 한다.

해용은 그 길로 헌구와 건장한 사내 한 명을 대동해 상원과 함께 뜰안채로 온다. 뜰안채에 도착을 하기 전까진 도대체 무슨 일일까, 하는 단순한 호기심에 비교적 덤덤했던 상원이다. 그러나 아궁이 옆으로 나 있는 비밀통로를 통해 지하실험실로 발을 디뎠을 때에는 놀라움을 아득히 넘어 경악을 금치 못한다. 알고 보니 회색 벽의 정체가 지하실험실의 일부였던 것.

해용은 상원을 안으로 들인 후 사내에게 이곳으로 통하는 통로를 철저히 봉쇄토록 지시한다. 사내는 짧고 무겁게 "예"라고 대답한 후 다시 실험실 바깥으로 몸을 옮겨 철문을 안쪽으로 민다. 육중한 몸체가 희한하게도 잡소음 하나 없이 기울어지는 광경이 들어온다. 더불어 벽 사면에 설치되어 있는 네 대의 환풍기 중 정면의 환풍기를 가만히 응시하고 있는 헌구의 가느다란 눈초리가 상원을 심리적으로 압박한다. 본인도 정확히는 이유를 모른다. 하지만 아마도 이런 곳에선 무슨 일이 벌어진들 밖에선 누구도 알 수 없을 거라는 막연한 두려움 때문이었으리라.

"지금부터 내가 하는 말, 아주 잘 새겨들어야 할 겁니다. 알겠습니까?"

해용이 말을 던지자 헌구가 환풍기에 두고 있던 시선을 상원에게로 옮겨온다. 상원은 이제야 해용이 진짜 용건을 꺼내놓으려는 것을 눈치챈다. 그러면서 대답은 물론이거니와 표정이나 심지어는 호흡까지, 그의 마음에 들지 못한다면 바로 이 자리에서 참변을 당하게 될지도 모른다는 의식이 뇌리에 앉았다 떠난다.

해용의 말대로 분명 그는 자신을 유용하게 써먹기를 원하는 것 같았다.

허나 수가 틀리는 바엔 일말의 예외도 두지 않을 인물임을 확신했다. 지금도 신 행세를 하는 데 무리가 없는 그에게 자신의 비협조는 단지 아쉬움 정도에 지나지 않을 것이었다.

이렇듯 상원이 평가하기에 해용은 계산에 능통하면서도 결단력이 있는 자였다.

“이 권사님.”

해용이 조금 전 기울어진 철문의 반대편 철문을 향해 말을 뱉자 성훈이 문을 열고 나온다.

“참! 정정해야겠군요. 내가 하는 말이 아니라 이 권사님이 하는 말을 잘 새겨들어야 할 겁니다.”

“안녕하세요. 이성훈입니다.”

“강상원입니다.”

처음 대하는 성훈은 간부의 직위에 있는 만규나 영주 아버지. 그리고 언뜻 스치며 인사만 나눴던 정혜와도 사뭇 다른 기운을 전해오는 사내다. 뭐랄까. 교도들과 전도사들까지 포함해 이곳 특유의 폐쇄적인 기운과는 확실히 이질적인 면모가 엿보인다랄까. 덜 가공된 냄새를 풍기는 사람.

“말씀 많이 들었습니다.”

“아. 네.”

상원은 딱히 받아칠 말이 없다. 자신은 성훈에 관해서 들은 바가 전무했던 연유다.

“혹시 제약회사 인수당이라고 아십니까?”

“테미란으로 유명한 회사잖습니까?”

“그럼 VPF도 잘 아시겠군요?”

“네. 뭐.”

대답은 하고 있는 상원이었으나 대뜸 인수당과 VPF를 아느냐고 묻는 통에 다소 어리둥절하다.

"혹시 VPF가 구체적으로 무엇을 뜻하는지도 알고 계십니까?"

"장기에 고름이 차게 하고 이내 기능을 상실케 만드는, 장기농유발균으로 알고 있습니다만?"

"과연 잘 아시는군요?"

성훈은 정확히 기대했던 대답을 얻었다는 듯 흐뭇한 미소를 입가 가득 그린다.

"분야가 다르긴 하지만 크게 놓고 본다면야 비슷한 계열이니."

상원은 이때까지도 얼떨떨한 감을 온전히 떨쳐내지 못한 상태다.

"대원님 말씀대로군요. 우리에게 힘이 되어주실 수 있는 분이 맞는 것 같습니다."

비단 방금 전의 물음에 답을 내놓았다고 해서만 흡족한 반응을 보이는 것은 아니었다. 성훈이 이곳 지하실험실에서 상원을 마주한 것만으로 이미 그에 관한 파악이 끝나있음을 반증한 것이었으니. 첫 대면, 단순한 안시치레에 불과했다.

"이 권사님이 보시기에도 그렇지요?"

두 사람 사이 서있는 상원은 아주 잠깐이긴 했지만 시선을 처리하기가 무척 곤혹스럽다.

"제가 지금부터 아주 중요한 말씀을 드리려고 합니다……."

성훈은 참으로 무섭고 거대한 일들을 아무렇지 않게 늘어놓는다. 마치 별 볼일 없는 일상에 관해 이야기를 해주듯 문장들을 나열하는 식이다. 성훈의 어조와 어투는 설명을 시작하고 나서 끝을 맺을 때까지 짧지 않은 동안 한결 같다. 또한 설명 안에서 굳이 상원을 설득하려는 의도도, 혹은 위압적인 분위기도 일절 내비치지 않는다. 그래서 상원은 치가 떨린다. 단순한 두려움이나 분노가 아닌 안하무인에 인간백정이나 다름없는 족속들과 마주하고 있는 현실이 불쾌하기 짝이 없어서 치가 떨렸다. 더구나 해용은 성훈이 설명을 하는 동안 그 옆에서 교만과 우월감에 찬 얼굴을 해서는 암묵적으로 자신들을 따를 것을 강요하는 눈길을 보내기도 한다.

그날 밤. 처소로 돌아온 상원은 잠을 이루지 못한다. 규모가 만만찮은 사이비집단 정도라 여겼는데, 이만큼이나 엄청난 일을 자행해왔고, 또 진행 중이라니. 너무 얕봤었다. 실험실에서의 자신은 그들에게 속내를 들키지 않으려 전전긍긍하는 것이 고작이었다. 혹시라도 수가 틀어질까 봐 얼마나 가슴 졸였는지 모른다. 지금도 마찬가지이고.

하지만 상원은 그릇된 일이라 자각을 하면서도 두려움을 이겨내지 못해 끌려 다니기만 한다면 결국 이곳의 교도들과 다를 것이 없다는 결론을 내린다. 그래서 다시 한 번 마음을 다잡으려 애를 써보았다.

상원은 대부분의 일과시간을 해용과 함께 실험실에서 보내게 된다. 실험실을 들락거리기 시작하면서부터는 항시 한 명 이상의 전도사가 동행을 했다. 거기엔 간부나 본소전도사들과 마찬가지로 상원도 이제 교단의 핵심 사안을 공유하고 또한 지시를 받는 측근이 된 만큼 더욱 철저히 단속을 해야 한다는 해용의 치밀함이 반영된 것이리라. 모르긴 해도 다른 간부들과 전도사들 역시 유사한 방식으로 서로 간에 얽혀 있으리라 짐작을 해본다.

상원이 보기에 해용은 철저히 양학적인 측면에서 질병연구에 매진해 온 것으로 사료가 되었는데, 분야에 따라선 전문의에 필적하기도 했다.

"대원님. 정말 공부를 많이 하셨군요? 양학 쪽은 감히 제가 쫓아가지 못할 정도입니다."

"난 알고 있습니다. 강 집사님 정도면 분야가 다른 양학이라 하더라도 조금만 매진을 하면 크게 깨칠 수 있다는 걸 말이에요. 이건 최신질병의학 관련서적이고, 또 이건 그간의 실험을 통해 얻은 데이터 및 자료들이니 공부를 하도록 하세요."

상원은 얼떨결에 해용이 내미는 서적과 자료들을 받아든다.

"보름 드리죠. 강 집사님 같은 분을 대상으로 조금 우습기는 하나 확인을 해야 하니 간단히 보고서를 작성해오세요. 알겠습니까?"

"네. 대원님."

"그리고 이번 주말쯤 필요한 괴한마들이 도착을 할 겁니다."

"필요한 괴한마들이요?"

"그간 한참 쉬었는데, 믿을 만한 조력자가 생겼으니 다시 시작을 해야죠."

상원은 그 말이 불길하다.

"강 집사님이니 드리는 말씀인데 속세의 지식에 찌든 인물일수록 우리의 교리를 이해하는 데 크나큰 장애를 안게 되는 것 같더군요. 그래서 나는 강 집사님 같은 분을 손꼽아 기다려왔던 겁니다."

"과찬이십니다."

상원은 해용의 말을 모두 이해했기에 긴장감에 호흡까지 흐트러진다. '괴한마들'이란 분명 실험체로 쓰일 신도들을 일컫는 것이었고 즉, 자신의 각오를 보겠다는 심산이었다.

처소로 돌아온 상원은 그 어느 때보다 마음이 심란하면서도 혼란스럽다. 어쩌면 본인의 손으로 사람을 해하게 될지도 몰랐기 때문이다. 아니, 교주인 해용이 공고를 해왔으니 불 보듯 빤한 일이다.

“만약 일이 예상대로 흘러가면 결국 나도 공범이 되는 거다. 그럼 정말로 저들의 손에서 놀아나야 할 수밖에 없게 되는 거야. 이곳에서 탈출해 치미교의 폐단을 온 세상에 까발리더라도 나 역시 죄 값을 치러야 돼.”

생각이 거기에 이르자 연장선으로 한시라도 빨리 이곳에서 벗어나야 한다는 판단이 뒤따른다. 그러나 갈등에 시달려야 했다. 다름 아닌 철곤과 유선 때문이다. 두 사람을 설득할 재간이 없다는 건 일찍이 깨달았다. 그래서 방법을 바꾸어 두 사람과 함께 춘천시나, 하다못해 본소를 벗어날 건수를 만들어 우발적으로 경찰서나 관공서로 돌진해 도움을 청할 계획을 세웠다. 무엇보다 해용에게 깊은 믿음을 심어주고 환심을 사야 한다고 믿어 의심치 않았다. 간단한 이치로 그래야만 허락을 내어줄 것이기에.

헌데 이제는 느긋하게 시간을 잴 수가 없는 처지에 놓였다. 며칠 후면 신도들이 실험실로 끌려 올 것이었고, 목에 칼을 들이댄다 한들 그들을 실험체로 쓸 실험에 참여할 자신이 없었으니 말이다. 그래서 상원은 갈등에 갈등을 거듭해야만 했다.

뜬눈으로 지샌 밤이 하루, 이틀, 사흘이 되었고 이제는 이틀 후면 실험실에서 신도들을 맞이해야 할 판이다. 거기에 관해 해용이 다른 언급이 없는 걸로 봐서 변경은 전무할 것이리라.

“하는 수 없어. 이제는 나도 도리가…….”

예정된 날을 이틀 앞둔 날 새벽. 상원은 혼자서라도 이곳을 탈출하기로 마음을 먹는다. 조금 멀리 생각을 두었을 때, 치미교의 비리와 폐단이 세상에 알려져 이곳이 일망타진되기까지의 기간 동안 철곤과 유선의 안전이 염려되긴 했다. 그러나 어쩔 수가 없었다. 부디 해용이 장인과 처와의 관계를 헤아려 아량을 베풀어주기를 빌밖에.

그날 오전 상원은 필요한 서적과 본인이 직접 확인을 해야 하는 약재가 있다는 핑계로 춘천 시내로 나온다. 참고로 지난 번 해용이 건넨 자료는 안타깝게도 가지고 나올 수가 없었다. 상황에 따라서는 결정적인 증거물의 역할을 해줄지도 몰랐지만 어디까지나 상원 본인이 이곳을 벗어난 후의 이야기다. 때문에 티끌만큼이라도 의심을 살 소지가 있는 행동은 시도조차 않는 게 최선이라는 판단을 내린다.

지난번과 다른 길을 이용했기에 크라이슬러지프가 아닌 크라운을 타고 시내로 나온다. 당연히 모양새만 심복인, 실상은 감시자인 전도사와 함께다. 그마나 따라붙은 머릿수가 하나인 점은 상원으로선 다행한 일이다.

상원은 춘천의 지리가 생소했기 때문에 기왕이면 조금이라도 면이 있는 곳에서 전도사를 따돌리기로 계획을 짠다. 그래서 생각해낸 곳이 바로 예전에 철곤을 찾아와 봤던 효자1동 483-17번지다. 응당 묘책에 두었던 요소도 그 집에 있었다.

남부시장에서 임의대로 서적과 약재를 구입한 상원은 의도적으로 17번지 기와집 쪽으로 향한다. 동행을 하는 전도사는 일전에 봐두었던 또 다른 약재가 고개 넘어 삼거리의 약재상에 있다는 상원의 말을 의심치 않는다.

"여기 잠깐만 들렀다 가지."

"여긴 왜 말입니까?"

그렇게 묻는 전도사의 안면엔 기와집이 어떠한 용도로 쓰이는 곳인지 알고 있다는 기색이 역력하다.

"일전에 아버님을 찾아 헤매다 들른 적이 있는 집이라, 한번 들어가 보고 싶어서 그래."

"네. 뭐."

전도사는 그리 내키진 않지만 들르지 못할 것도 없다는 듯 상원을 따른다.

“여전히 비어 있군?”

상원은 감회가 새롭다는 표정과 몸짓으로 이곳저곳을 기웃거리다 자연스러운 발길로 부엌으로 들어온다. 부엌으로 온 그는 전도사의 눈을 피해 수저통에서 젓가락 한 쌍을 챙긴다. 그리고 다시 마당으로 나와 가장자리에 위치해 있는 창고 앞으로 왔다. 역시나 봐두었던 대로 문고리와 삐죽 튀어나온 틈 사이에 젓가락을 끼워 넣으면 어설프나마 빗장의 역할을 일임할 수 있을 것 같다.

“이보게.”

“예.”

대문 근처에 하릴없이 서 있던 전도사가 상원에게로 다가온다.

“저것 좀 이리 꺼내줄 수 있겠나?”

상원은 창고 안쪽에 쌓여 있는 마대자루들을 가리킨다. 언뜻 외관만 보아서는 낫이나 호미대가리 등 이미 수명이 다한 폐농기구들을 담아둔 것처럼 보인다. 좀처럼 표정이 없던 전도사는 상원 모르게 시시하다는 눈웃음을 치곤 창고 안으로 몸을 넣는다. 상원은 전도사의 두 발이 창고 안으로 모두 떼이는 순간을 기다렸다가 재빨리 문을 닫아버린다. 그리고 젓가락 두 개를 포개어 고리와 틈 사이에 끼워 넣는다.

너무도 순식간의 일이라 전도사는 잠시 멍해 있다 고함을 친다.

“뭐하시는 겁니까? 예? 강 집사님!”

“집사는 얼어 죽을.”

상원은 꽁무니를 빼는 와중에 빈정거린다. 지체하고 있을 여력이 없었다. 전도사의 완력을 짐작컨대 문고리가 박살나든 젓가락이 휘든 아니면 둘다 됐든 조만간 그는 창고에서 나올 것이었고 곧장 자신을 쫓을 것이었다.

상원은 그길로 일전에 철곤의 행방 때문에 들렀으나 아무런 소득을 얻어내지 못한 파출소를 향해 냅다 달린다. 길이 헷갈릴 염려는 적다. 조금 전 남부시장에서 이쪽으로 오면서 한 번 더 봐두었기 때문이다. 파출소에 가까워질수록 어깨와 다리가 가벼워지는 기분이 든다. 짓눌려 있던 무엇인가로부터 해방이 되는 느낌이 분명하다.

그런데 상원은 파출소 정문 조금 앞에서 맹렬히 달려오던 기세를 우그러트리며 발길을 멈추어야만 했다. 파출소문을 열고 나오는, 무궁화 하나를 어깨에 얹고 있는 사내를 본 적이 있기 때문이다. 얼마 전 본관에서 거행됐었던 대집회 때 당시 집회에 수천의 교도가 참석을 했음에도 사내를 똑똑히 알아볼 수 있었다. 그가 교도들의 맨 앞에 자리를 잡고 있었기 때문이다. 조금이라도 해용을 가까이서 대함을 미덕으로 여기는 교단의 성격상 사내는 단순한 교도일 리 만무했다.

다행히 사내는 다른 순경과 이야기 중이라 상원의 수상한 낌새를 알아차리지 못한다. 행여 낌새를 감지하고서 상원에게 시선을 주었다면 그를 알아봤을지도 모를 일이다. 집회 때만 놓고 본다면 소수의 간부와 전도사에 섞여 있는 상원을 사내쪽에서 알아보기가 용이할 터였으니.

상원은 일단 근방에서 벗어나야 한다는 생각으로 몸을 튼다. 파출소로부터 멀어지는 동안 꽤 예리한 자신의 눈썰미에 저절로 감사하는, 처지와는 다소 거리감이 있는 마음이 들기도 한다.

길이 선 탓에 한참을 걸어 효자1동을 벗어난 상원은 치미교의 본소가 춘천에 위치해 있는 만큼 춘천시 구석구석에 세력을 뻗치고 있는지도 모른다는 추측을 해본다. 사고가 그렇게 정리가 되고 나니 경찰은 물론 다른 관공서를 찾아가기도 꺼림칙한 기분이 든다. 혹 그간 치미교가 벌여온 행적을 몰랐다면 터무니 없다고 치부를 했을 것이었다. 하지만 무려 국가를 상대로 대사기극을 벌이고 표면 아래론 온갖 극악무도한 악행들을 저질렀음에도 불구하고, 단 한 차례도 언론이나 매체 등에서 다뤄지지 않은 대담하고도 치밀한 집단임을 몸소 체험했기에 과민이 아닌 신중함으로 스스로를 납득시킨다.

그래서 염두에 두었던 마지막 방책을 쓰기로 마음을 굳힌다. 바로 기자로 일하고 있는 중·고등학교 동문인 진수에게 도움을 청하는 것이었다.

진수는 당시 흔치 않은 의학전문기자로서 분야만 놓고 시각을 주입한다면 사건사고 등을 다루는 여타의 기자들에 비해 야들한 면모가 다분하다 여겨진다. 하지만 사실 그는 능력이 충분하고 회사 측의 간곡한 권유로 말미암아 의학전문기자가 된 케이스다. 즉, 기자정신으로만 따지고 든다면 누구에게도 뒤지지 않을 열의와 열정을 가슴에 품고 있는 친구였다.

상원은 진수라면 지금 이러한 상황에 대해 해결책을 제시해주는 동시에 도움을 줄 수 있을 것이라 기대를 건다.

"이럴 줄 알았으면 떠나오기 전에 귀띔이라도 해둘 걸 그랬군."

상원은 근방 가게에서 병음료를 하나 산다. 목도 축일 겸 공중전화에 넣을 동전을 마련하기 위함이다.

"200원은 10원짜리로 내주세요."

가게 바로 옆에 공중전화 한 대가 설치되어 있다. 그러나 아직은 쉼 없이 움직여야 할 때라는 판단 하에 부스를 찾아 나선다.

6부

1

치미교는 천하태평의 세월을 만끽한다. 치미교의 교리에 철저히 세뇌가 된 교도들은 재산 전부를 교단에 바칠 뿐 아니라, 고된 노역에 넉넉지 못한 생활을 영위함에도 불구하고 속세의 고난은 찰나이고 하늘나라의 평안은 영원이라 믿으며 그것들을 모두 감내한다. 이는 두 해 전 성공적으로 연출되었던 해용의 공작이 여전히 강력한 영향력을 발휘하고 있음이었다.

그 어느 때보다 안정되면서 강력한 교권을 형성한 해용은 대외로 시선을 돌려볼 여유가 생긴다. 허무맹랑한 감언이설로 치미교를 개창하고, 또한 유지하고 있는 해용이긴 했지만 정작 본인이나 본인의 상황에 대해선 지극히 현실주의적인 잣대를 들이대는 그였다. 자신을 하늘나라에서 온 신이라 자처하긴 해도 어디까지나 겉으로의 연기였고 철저히 기획된 연출이다. 그런데 15년 가까운 세월 동안 1만이 넘는 교도 및 신도를 거느리다 보니 잠잠한 의식 어딘가에서부터 서서히 망상에 젖어들기 시작한다.

"현재의 교단에만 머물기에는 나의 총명함이 그리고 가진 힘이 너무도 강대하다는 사실을 깨달았습니다."

해용은 어느 날 간부는 물론이고 지방에 내려가 있던 전도사들도 일시에 본관으로 불러들여 이와 같이 운을 뗐다.

"저희는 누구보다 그 사실을 잘 알고 있고 믿어 의심치 않습니다."

만규가 대표로 진언을 올린다.

"맞아요. 여러분도 그렇고 나의 교도들도 그러합니다. 모두 깨달음을 얻었기 때문이지요. 그래서 말인데, 한 번쯤 저 밖의 세상에도 깨달음을 전하는 수고를 행해볼까 합니다."

"밖이라 하심은?"

"내 힘으로 이 세상 전체를 흔들어다 일깨움을 주고 싶다는 뜻입니다."

질이 나쁜 허황됨. 불행히도 해용은 재능을 지녔다.

"방법은 어떻게 생각하고 계시는지요?"

예전부터 그랬듯 해용의 말에 이런 식의 의문을 다는 이는 성훈이 아니면 정혜다. 해용은 의문을 다는 성훈을 지그시 바라보며 그에 대한 답을 내놓는다.

"병과 약을 줄 생각입니다. 고통만큼 깨달음에 이르게 하는 완전한 수단은 없는 법이니까요."

성훈의 옆에 자리한 정혜의 얼굴에 엷게나마 근심이 서린다. 그녀는 포교활동 외에-허락이 닿는 범위에서-교단의 살림을 관할했다. 헌데 해용의 대답을 접하자마자 금전적인 부분에 힘이 크게 쏠리리라 직감한 것이다.

"최 권사님은 근심이 생기신 거로군요?"

해용은 뭘 그리 걱정을 하느냐는 눈짓으로 정혜에게 말한다.

"아뇨. 어찌 대원님 하시는 일에 저따위가 근심을 얹을 수 있겠습니까?"

"꾸짖으려는 게 아닙니다. 나는 지금 여러분들을 설득하기 위해 부른 겁니다."

해용의 말에 간부들은 덜했지만 서른 명이 넘는 전도사들의 표정은 일제히 평정을 잃고 제각각 변한다. 전지전능한 대원님께서 하찮은 자신들의 동의를 얻기 바라신다니. 너무도 뜻밖의 말이었다. 그만큼 해용의 절대적인 권력이 의식 속에 굳건히 자리 매김하고 있음을 그들 스스로가 증명하고 있는 셈이다.

전도사들 중 가장 높은 직책을 맡고 있는 헌구가 흐트러지는 감이 있는 기운을 지적한다.

"이봐들!"

헌구의 나지막한 꾸지람에 전도사들의 의식이 제자리를 찾는다. 덩달아 표정과 몸짓도 정비가 된다.

"여기가 어느 자리라고!"

"장 전도사. 그쯤하게."

해용은 그러한 헌구의 제지가 내심 흡족하다는 낯빛을 그린다.

"예. 대원님."

"본론을 꺼내죠. 제약회사를 세우려 합니다."

"제약회사를 말입니까?"

"그래요. 우선은 제약회사를 세울 거예요. 그런데 시일 문제도 있고. 뜬금없이 창립한 신생회사가 전례 없는 바이러스의 백신만을 불쑥 내놓는 것도 쓸데없는 이목을 끌 우려가 있으니 인수를 할 만한 회사가 있는지 알아볼 생각입니다. 일은 이 권사님이 맡으세요. 필요한 인력이나 자금에 관해서는 나를 직접 통하시고요. 알겠습니까?"

해용은 성훈을 지목한다. 이러한 일을 맡기는 데는 세상 돌아가는 정세에 관심이 깊고 또한 공부를 꾸준히 해온 그가 적임자라 여겼다.

"알겠습니다. 대원님."

해용은 지금 성훈에게 큰 공을 세울 수 있는 기회를 부여한 것이다. 이를 모를 리 없는 다른 간부들 즉, 만규와 영주 아버지는 다소 경계하는 마음을 품을 수밖에. 심지어는 정혜까지도 그들과 똑같은 심정은 아니더라도 엇비슷한 감성이 자신도 모르게 싹이 트는 게 사실이다.

"자. 이렇게 일을 진행하려고 고심 중입니다. 설명을 마쳤으니 여러분들의 의견은 어떠한지 듣고 싶군요? 물론 전도사들까지 포함해서 말입니다."

당연히 그 누구도 입을 열지 않는다.

"여러분들 전원이 내 의중에 동의를 했다고 받아들이면 되겠습니까?"

"네. 대원님."

해용이 이날 간부들 외에 전도사들까지 불러들인 까닭은 어차피 세상에 크게 드러낼 일을 기획했기에 은밀할 필요성이 전무하다는 판단에서다. 오히려 일을 보는 전도사들이라면 적당한 깊이의 내막에서부터 공유를 하는 편이 낫다는 판단이 섰다. 소속감이나 동질감을 고취시키는 데 더 없이 안성맞춤의 수단이라 믿어 의심치 않았다.

"최 권사님."

꼿꼿하던 척추를 등받이에 기대면서 다소 힘이 빠진 듯한 그래서 톤이 올라간 해용의 음성이 정혜에게로 향했다.

"네. 대원님."

반대로 흠칫한 정혜는 울대에 힘이 들어가는 통에 목소리가 바닥을 기는 느낌이다.

"잘 될 겁니다. 걱정 마세요."

"여부가 있겠습니까?"

정혜는 음성이 기어 다니고 있는 지점으로 시선을 떨궈야 했다.

정혜는 본관에서 멀지 않은 상등성 아래에 성훈과 함께 기거하는 본집이 있다. 하지만 근래 들어 내려가는 경우가 거의 없다. 해용의 총애를 받게 되면서 사택에 머무는 날이 1년에 손에 꼽을 정도인 남편도 이유이긴 했다. 허나 것보다 교단의 큰살림을 살며 교도들에게 교리를 가르치는 일이 정서와 적성에 맞는다는 연유가 컸다. 그녀는 여느 간부나 전도사들과는 확연히 다른 시각으로 해용과 교리를 이해했다. 본질을 향한 맹목적인 희생을 강요하는 가르침을 조금은 부드럽게 순화할 필요성이 있다고 자각을 해온 것이다. 그렇다고 해용의 존재를 부정한다거나 교리를 의심하는 것은 아니다. 그녀는 진심으로 해용을 존경했고, 또한 그가 정립한 교리가 인간의 삶을 바른길로 이끈다고 믿어 의심치 않았다.

다만 남들과는 다소 상이하게 해용의 전능함은 큰 세상을 이해하는 시각과 그에 걸맞은 지식으로부터 파생된 것이라 여긴다. 그리고 그가 정립한 교리는 조금만 유순한 성격을 가미한다면 더할 나위 없이 완벽해질 것이라 기대한다. 이 같은 점이 맹목적인 충성심과 존경심을 표방하는 여느 간부나 전도사들과는 이질적인 시각이라 할 수 있다.

총명했던 정혜는 만규의 뒷바라지로 보통학교를 거쳐 전주여자고등보통학교에 입학을 했다. 이복 오빠인 만규는 집안의 골칫덩어리로 확고히 자릴 하고 있었는데, 시간이 흐름에 따라 눈에서 멀어진 부모나 친형제들보다 연이 끊이지 않는 정혜를 각별히 여기기에 이른다.

정혜는 고등보통학교에 재학 당시 본가에 들렀다 돌아오는 기차에서 한 사내를 만나게 된다. 광주고등보통학교의 학생이라고 소개를 한 그는 보기 드문 새하얀 피부에 왜소한 체격을 하고 있었다. 헌데 대화를 나눌수록 무게감과 듬직함이 전해져온다. 직접적으로 그런 유의 말을 주고받음이 없음에도 특유의 안정감 같은 것이 옮겨왔던 것.

"편지라도 주고받을 수 있을까요?"

목적지와 헤어짐에 도착하기 전 정혜가 물었다.

"정혜 씨가 괜찮다면 전 좋습니다. 정말로 좋습니다."

볼이 불그레 물드는 모습이 사랑스럽다.

하지만 정혜의 하얀 꿈은 오래가지 못한다. 그녀의 연인이 그녀를 버리고 멀리 떠나버린 것. 사내는 어느 날 갑자기 정혜에게 이별을 알려온다.

"난데없이 무슨 소리야? 간다니? 어딜?"

"말할 수 없어. 미안해. 전부 다."

"이게 지금 뭐하는 거야? 농담 아니라며? 그럼 제대로 설명이라도 해야 될 거 아냐? 뭐라도!"

떨리던 음성이 이내 갈라져 부서진다.

"다른 말은 준비한 게 없어. 미안해. 정혜야."

"기껏 이유도 모르고 들어가란 말야? 난 아무것도 아냐? 이제껏 난 뭐였는데?"

"다른 말은…… 없어."

"알았어. 그럼 같이 가. 멀리 떠나야 한다고 했지? 지금 갈 거면 금방 짐 싸들고 나올 테니까 기다려."

"절대 그럴 순 없어."

"왜 안 되는데? 아주 먼 곳이라 그래? 가는 길이 험해서?"

"널 데리고 가지 않아. 우린 함께할 수 없어."

"자꾸 안 된다는 말만 할래?"

"……."

"진짜 돌아뿌겠네!"

"잘 살아. 미안해."

끝내 정혜를 밀어낸 사내는 친일부호처단과 독립군양성을 목표로 삼는 대한광복회*의 거점인 대구로 향한다. 그리고 훗날 만주로 올라가 무장독립군에 가세해 숭고한 죽음을 맞는다.

"멍청한 사람. 똑똑한 게 제일 마음에 들었는데."

정혜는 무정한 연인의 비보를 전해 들었을 때에도 그와 나눈 시련을 따돌리지 못하고 있는 상태였다.

해용이 정혜의 주변을 살피다 우연히 그녀의 교리에 대한 관점을 접한 때가 있다. 정혜는 각오를 다진 상태에서 해용의 부름을 받았지만 의외로 해용은 꾸짖거나 추궁을 않는다. 되레 진지하면서도 잠잠한 태도로 그녀의 머릿속에 든 관점에 귀를 기울였고 생각을 교환하기도 한다.

"있는 그대로를 모두 털어놓은 건가요?"

"분명히 그렇습니다."

정혜는 일말의 주저함 없이 답한다.

"최 권사님의 생각이 이토록 깊고 갸륵한 줄은 몰랐군요? 어땠습니까?

* 1919년 박상진 선생을 중심으로 결성된 독립운동단체

나와 이런 식의 말을 주고받아보는 건 처음이었을 텐데?"

"솔직히 말씀드려서 놀랐어요. 워낙 강직한 성격이시라 제 속을 오해하실지도 모른다고 노심초사했거든요. 물론 부족한 제가 처신을 흐릿하게 한 오점이 크지만."

"그랬군요? 최 권사님을 불러 들였을 때 그런 의향이 전혀 없었다면 거짓이겠죠. 허나 최 권사님의 말을 귀로 듣고, 머리로 이해하고, 가슴으로 받아들이니 진심이 보이지 뭡니까?"

"대원님의 그 말씀을 듣고 나니 저의 모자람이 부끄러울 따름입니다. 이게 다 공부가 미치지 못하고 믿음이 얕은 탓입니다."

"아닙니다. 정말로 생각이 모자랐다면 지금처럼 나와 진솔한 대화를 나누는 자체가 불가능했을 겁니다. 그건 그렇고. 본질에 한 치의 어긋남도 없을 것을 맹세할 수 있습니까? 현재뿐만 아니라 앞으로의 마음가짐까지 함께 묻는 말입니다."

해용은 다짐을 촉구하는 눈길을 보낸다.

"물론입니다. 육신을 포함해 혼을 걸고서 맹세합니다."

이에 정혜는 해용과 눈을 마주친 상태로 목소리에 힘을 싣는다.

"그럼 됐습니다. 최선 중에서도 최선을 찾고, 또 행하도록 하는 것 역시 우리가 해야 할 일이니 최 권사님의 설파를 허락하겠습니다."

"감사합니다. 대원님."

"단, 집회를 열 시 최권사님의 설파내용을 빠짐없이 명기토록 할 거예요. 마음이라는 것이 묘한 게, 실마리가 태산을 끌어오는 법도 있으니. 아예 의심의 소지를 방지함으로서 나와 최 권사님의 믿음에 티끌 한 점이라도 앉지 못하게 하겠다는 뜻입니다. 아시겠습니까?"

"저도 그것이 올바른 방법이라고 생각됩니다."

진정 마음이 그러했던 정혜는 자신이 더 바라던 바라는 식으로 해용의 대안을 반긴다.

"이야기가 잘 마무리되었군요."

"네, 대원님. 오늘 말씀 참으로 감사합니다."

정혜는 전에 알지 못했던 해용의 유연함과 수긍이 가는 적절한 대안의 제시에 그를 더욱 존경하게 된다. 그리고 덩달아 성심성의를 다해 교리를 설파하기에 이른다.

정혜가 자리를 뜬 직후 병풍 너머 숨을 죽이고 있던 만규가 모습을 드러낸다.

"기쁜 날이군요."

"……네."

만규는 품고 있는 날카로운 쇳덩이를 손바닥으로 문지른다. 그러면서 해용의 정면에 몸을 내린다.

"두 분에 대한 내 믿음이 더욱 단단해진 날입니다."

"그렇습니다. 대원님."

2

성훈은 가장 가까이 두고 지내는 전도사 너댓 명과 함께 서울 및 수도권을 전전하며 정보를 수집하기 시작한다. 그들은 우선 무허가의약품도매상으로 의심이 되는 업체들을 분류해내 타깃으로 삼는다. 이들은 의약품을 취급할 수 없음에도 시중의 약국에 의약품 및 의약부외품 등을 공급했다. 그런데 대개가 재정이 취약하거나 혹은 뚜렷한 개발약품이 없어 명맥을 유지하기에 급급한 제약회사들과 거래를 트고 있기 예사였다.

무허가의약품도매상과 거래를 트고 있는 제약회사들을 분류해낸 성훈은 다음으로 제약회사들 중 이사장과 경영진들이 비교적 장삿속을 밝히는 회사로 한 번 더 선별을 한다. 그리고 최종적으로 그들을 협상테이블에 앉혀 인수건 계약을 체결해낸다. 그렇게 성훈이 거머쥔 제약회사가 '인수당'이었다.

"참으로 수고하셨습니다. 결코 만만한 일이 아니었을 텐데. 역시나 이 권사님이시군요?"

지시를 내린 지 일곱 달 만에 제약회사를 인수해온 성훈을 해용은 기쁜 마음 그대로의 표정과 몸짓으로 맞는다.

"과찬이십니다. 대원님."

"아닙니다. 내 일이 진행되는 동안의 동향을 익히 듣고 있던 터였기에 누구보다 고생이 많으셨다는 걸 잘 압니다. 특히 도매상을 조사해 분류해 낼 적엔 경찰수사를 뛰어 넘는 첩보를 펼치셨다고 들었어요. 그런 일은 보통 머리나 정성이 아니고선 불가능한 법인데 말입니다. 협상 때도 큰 배포로 경영진들을 압도했다지요?"

해용은 전과 같지 않게 성훈의 칭찬을 꽤나 길게 늘어놓는다. 그 전까진 염려가 되는 수십 수백의 입을 그를 포함한 간부들이 용도폐기를 하고 돌아오더라도 단지 고생 많았다, 수고했다, 정도로 칭찬을 맺었었는데.

그러한 전례를 되짚어 보건대 해용은 이번 추진 건에 관해 어느 때보다 열의를 쏟고 있었음과 동시에 어쩌면 실현이 어려울지도 모른다는 의식을 가졌던 듯하다. 정말로 그러했다면 성훈에게 칭찬을 아끼지 않는 것은 너무도 당연한 처사다.

허나 해용이 크게 기뻐하는 와중에도 마음 깊은 곳에 불안한 심기를 품는 이들이 있었으니. 다름 아닌 만규와 영주 아버지다. 성훈이 단순히 해용에게 칭찬을 들어서가 아니다. 지금까지 온갖 궂은 일을 도맡아왔던 자신들의 위치가 행여 예전 같지 않게 될까 봐 그것이 염려가 되었다.

간부들은 교단의 규모가 커지고 재정이 튼튼해질수록 미묘한 감정의 빗변을 그어가며 서로를 견제하기 시작한다. 그런데 드러나는 모습에 크게 숨김이 없고 저돌적인 성향이 짙은 만규와 영주 아버지는 특히나 성훈을 예의주시한다. 성훈은 기본적인 머리가 있으면서 자신들과 성향이 정반대였기 때문에 혹 꿍꿍이를 품는다면 한순간 본인들을 따돌려버릴지 모른다고 생각했다. 한편으로 앞지를 수 있는 능력이 다분하다고 인정을 한 것이다.

만규의 경우 성훈이 매제이긴 하나 교단에 몸을 담고부터는 그 경계가 모호해진다. 본래 주색을 밝히지 않는 그였던지라 온전히 마음을 터놓고 이야기를 해봄직한 자리를 가질 기회가 좀처럼 없었다. 이렇듯 제대로 대화를 나눠본 적이 전무하다 보니 성훈이 무슨 속을 가지고 있는지 궁금했고. 궁금증이 삭혀지다 보니 근거 없는 의심들이 또 다른 의심들을 낳기도 한다.

뚜렷한 유대관계를 맺고 있음에도 만규와 성훈의 관계가 모호한데, 하물며 영주 아버지의 경우는 말할 것도 없었다. 영주 아버지는 8년 가까이 함께 일을 해오면서도 실상 성훈과 개인적인 대화를 나누어본 적이 거의 없다. 더군다나 성훈은 손아랫사람이었음에도 불구하고 영주 아버지를 대할 때의 태도가 항시 뻿뻿했다. 물론 남들의 눈에 비치기에 무례하다거나 하지는 않았다. 하지만 당사자인 영주 아버지는 자신을 무시하는 감이 분명히 있다고 인지한다. 시작을 함께하지 않았고 또한 험한 일에만 앞장을 서는, 설 수밖에 없는 그였기에 자격지심이 드는 게 사실이다.

인수당을 인수한 해용은 본인이 뱉었던 말대로 세상을 뒤흔들 계획에 본격적으로 착수하기에 이른다. 병을 준 후 약을 내린다. 해용이 언급했던 커다란 구도이면서, 언뜻 진부하면서 흔한 구절이다. 그렇지만 그가 기획하고 준비하고 있는 일은 커다란 파장을 불러일으킬 사건이자 재앙이었다.

VPF. 다름 아닌 교권을 안정화시키고 다지기 위해 개발했던 장기농유발균을 전국적으로 퍼뜨리겠다는 것이 바로 그의 계획이었던 것.

"백신개발은 마치신 겁니까?"

"그렇습니다. 하지만 아직 완전하지가 않아요. 증상을 둔화시키는 데는 분명 효과를 보이지만 완치의 사례는 나오지 않고 있어요."

해용은 성훈이 인수당을 인수한 직후 손을 놓았던 생체실험을 재개한다. VPF를 개발할 당시에도 백신 연구를 염두에 두지 않았던 건 아니다. 그러나 당시엔 느긋하게 완성단계에까지 연구개발할 상황이 아니었던 데다 크게 필요성도 느끼지 못했던 터라 도중에 중단을 했었다.

백신개발은 의외로 녹록치가 않았다. 보유하고 있는 결과물들을 토대로 차근차근 연구에 몰두하다 보면 어렵지 않게 성과를 취할 수 있을 것이라 예상했다. 그런데 막상 일에 착수하고 보니 그렇지가 않았던 것. 치료의 효과를 보이는 사례는 연구를 거듭할수록 그 횟수가 잦아졌다. 따라서 조만간 백신이 개발될 것이라 기대했었다. 그러나 바람과는 다르게 완치의 사례는 단 일 회도 나오지가 않는다. 수십 번이 넘는 대조군실험을 감행하는 동안 일백에 가까운 신도들을 실험 군으로 전락시켜 병을 얻게 하고 죽음에 이르게 했음에도 끝내 결정적인 단서를 도출시키지 못한다.

"그렇다면 출시를 미뤄야 하는 게 아닙니까?"

성훈을 인수당의 실질적인 수장으로 앉힌 해용은 이후 그와 독대를 하는 자리를 자주 가진다. 참고로 표면상의 이사장과 경영진 모두 성훈의 수족이나 다름이 없거나 그에 준하는 역할밖에 수행할 수 없는 인물들로 구성돼 있었다.

"상관없습니다. 근본적으로 원하는 건 혼란이니까요."

"하지만 백신이 없으면……?"

염려보다는 해답을 듣고 싶어 하는 늘어뜨림이다.

"혼란을 야기시킨다 하더라도 정세가 원하는 방향으로 움직이게 하기엔 어렵지 않겠느냐는 걸 묻는 거지요?"

성훈은 진중하게 고개를 끄덕이는 것으로 의중을 대신한다.

"염려할 거 없습니다. 이미 세상에는 완치제가 없는 병들이 만연해 있으니 잘만 이용하면 내 마음대로 움직일 수 있을 겁니다. 어쩌면 도리어 기대 이상의 효과를 거둘지도 모르는 일이고 말입니다."

"그럼 현재까지 개발돼 있는 백신으로 출시를 하는 겁니까?"

"예. 준비하세요."

"알겠습니다."

해용이 준비하라고 지시를 내리는 사항은 백신의 양산을 이르는 것이 아니다. 바로 VPF의 확산을 일컫는 것이었다.

"발원지는 경상남도 소재의 작은 해안가 마을로 하세요. 거기서부터 서서히 내륙하면서 북상하는 식으로 행태를 띠게 할 생각이니까."

"그렇게 하겠습니다."

"발원지에서 성공적인 피드백이 올라오면 2주 간격으로 VPF를 퍼뜨리도록 하세요. 잠복기가 한 달여 정도이니 얼추 기간이 맞아 들어갈 겁니다. 시발점이니만큼 전국 각지에서 동시다발적으로 발생하는 것보다 그 편이 전염에 대한 공포를 고취시키는 데 효과적일 겁니다. 참! 대도시는 주로 수도로 식수를 해결하니 무리는 마세요. 자칫 꼬리가 잡힐 염려가 있습니다. 그리고 또 하나. 신도들이 밀집해 있는 지역도 가급적이면 피하도록 하세요. 번거로워질 우려가 있으니 말입니다."

"명심하겠습니다. 대원님."

해용의 지시를 구체적으로 하달 받은 성훈은 신속히 움직인다. 발원지이니만큼 몸소 경상남도 소재의 해안가 마을로 내려온 그는 기회를 틈타

마을주민들이 식수로 이용할 것으로 추정되는 샘과 우물에 액체 상태의 VPF를 수회에 걸쳐 다량 투하한다.

그로부터 석 달이 흐른다. 반응은 예측했던 것보다는 더디었다. 이유인 즉, 작은 시골마을인데다 그 전까지 존재하지 않았던 질병이었기에 감염자들 대부분이 배탈로만 치부하고 병원을 제대로 찾지 않았던 것. 허나 이내 사망자들이 속출하게 되자 한정적이나마 매스컴을 타고 세상에 알려지기 시작한다.

발원지에서 기대했던 성과를 거둔 해용은 성훈과 전도사들에게 일시에 수 곳의 마을에 VPF를 퍼뜨리도록 지시를 내린다. 이제는 동시다발적인 피드백이 필요하다는 판단에서였다. 과연 앞서에 비해 반응이 훨씬 이르다. 증세가 어느 정도 알려져 있는데다 동시다발적으로 환자가 발생했기 때문에 그러할 수 있었다. 지난번엔 지방에 국한이 되었었는데. 언론에서도 사태의 심각성을 인지한 탓인지 VPF감염에 의한 사망소식을 전국적으로 전파를 태워 내보낸다.

TV와 신문 등 언론매체를 통해 참혹하기 이를 데 없는 죽음을 맞게 하는 병을 접한 국민은 적잖이 충격을 받는다.

얼마 후. 병이 지속적으로 북상하는 가운데 최초의 감염자가 발생하고……. 사망한 시기가 이미 다섯 달 전이라는 사실이 공표가 되었을 때에는 온 나라가 혼란에 빠진다. 정계나 각 관련기관들은 이번 사태를 두고 서로간책임 떠넘기기에만 급급했고. 일부 과격보수파들은 경상남도 전체를 격리시켜야 한다는 주장을 펴기도 한다.

"차츰 북상을 하는 태세가 누가 봐도 전염병확산의 행태가 아닙니까? 속히 군을 개입시켜 경상북도 이남과 전라도 동향지점에 바리게이트를 치게 해야 합니다. 그리고 육해공 가릴 것 없이 가능한 모든 감염 경로를 차단하고 완전한 격리조치를 단행해야 합니다."

"이봐요! 거 말이 되는 소릴 하세요. 무슨 드라마 찍습니까? 한심하기는."

"보건복지부는 도대체 뭘 하고 있는 겁니까? 최초감염자가 사망한 지 다섯 달이나 지났다는 보고가 있는데 이렇게 속수무책이라니?"

"현재 병원균의 샘플을 채취해 분석중이니 조금만 기다려주십시오."

"경남도지사. 이 사람 뭐하는 사람입니까? 왜 최초발원지를 끼고 돈 거냐 말입니다. 한시라도 보고가 빨랐으면 사태가 이 정도로 악화되진 않았을 거 아닙니까? 이래서 자치단체장들이 기고만장하지 못하도록 정부가 꽉 쥐고 조여야 한다는 겁니다. 쯧쯧."

"이 상황에 그딴 소리가 왜 나옵니까? 사태의 본질을 아예 망각한 겁니까?"

"최초 발원지의 마을 이장이 행여나 마을에 누가 될까 봐 감염사실을 은폐하려 했다는데. 거기서부터 책임을 물어가야 할 것입니다. 본보기로 보여야 앞으로 유사한 사태를 예방하는 데 도움이 될 테니까 말입니다."

"지금 병명도 제대로 모르고 있는 상황에서 그게 할 말입니까? 제발 생각 좀 하고 발언을 하세요. 생각 좀!"

이렇듯 자신의 책임은 전무하고 남의 허물만을 묻고 앉았으니 해결책을 찾기 위한 토의가 진행되기는커녕 근본적인 문제점마저 이끌어내지 못하고 있는 실정이었다. 그나마 보건복지부에서 병원균의 정체를 밝혀냄으로 해서 요란하기만 했던 치졸한 토의장이 잠시나마 소강상태를 맞을 수 있었다. 소강상태를 맞았다고 일컫는 근간은, 이들은 당장 눈앞에 닥쳐있는 사태만 어찌어찌 넘기고 나면 또 다시 경박하게만 입을 놀려댈 것이 여실했기 때문이다. 그러고 보면 '자리가 사람을 만든다'는 말은 어쩌면 옛날 나랏일을 보았던 벼슬아치들로부터 유래된 말인지도 모르겠다. 백성의 본보기가 되어도 모자랄 판에 자기 그릇 챙기기에 여념이 없는 꼬락서니라니. 예나 지금이나 그곳의 의자는 총명하고 올곧았던 인물들까지 졸부로 만들어버리는 마력이 있나 보다.

"병원균은 VPF라는 균으로 우리말로 풀자면 장기농유발균이라고 할 수 있겠습니다."

"장기농유발균? 처음 들어보는데? 학계에 보고된 병입니까?"

국무총리가 물었다. 발표 자리는 대통령발 비상대책회의였기에 각 부서의 장관들까지 대부분 참석을 해 있었다.

"정식은 아니지만 분명 명기가 되어 있는 균입니다."

"정식이 아니라니?"

"VPF는 30년대 후반. 일본육군에 소속돼 있던 생물학전 연구개발기관에서 발표가 됐던 균입니다."

"그래요? 그럼 치료제 제조법 등에 관한 기록도 있겠군요?"

"안타깝게도 성분과 증상에 관한 기록만 남아 있어 현재까지는 병원균의 정체만 밝혀낸 실정입니다."

"일본복지부* 쪽에 요청은 해보셨습니까? 일본군소속 기관에서 발표가 되었다니 어쩌면 거기엔 자료가 있을지도 모르는 일 아닙니까?"

"요청을 해봤지만 이런저런 핑계로 답을 미루고 있습니다."

"아마 끝까지 돌아오는 답은 없을 겁니다. 그들에겐 그 모두가 지구상에서 영원히 지워내버리고 싶은 잔재들에 불과할 테니 말입니다."

"일리 있는 말씀이군요?"

---

* 일본 후생노동성

"어쨌든 한시라도 빨리 치료제가 나올 수 있도록 힘을 써주시고 확산을 억제할 만한 대안이 도출되었음에도 사정이 여의치 않다면 선조치 후 보고 하셔도 무방합니다. 그리고 학교나 군을 막론하고 모든 공공기관에서 예방관련교육을 의무적으로 실시토록 하세요. 직접적인 섭취로 인한 감염이 유력하다지만, 그래도 경로가 아직 확실치 않으니 다방면으로 가능성을 열어두고 말입니다."

국무총리는 무겁게 뗐던 입을 다시 굳게 다물곤 오른손을 주름진 이마 위로 가져간다.

"알겠습니다."

"참. 병명은 뭐라고 지었습니까?"

"현재로선 병원균 이름을 그대로 따 VPF로 사용하려고 합니다."

병원균을 밝혀내긴 했지만 전염을 막기엔 여전히 속수무책이었던 정부는 급기야 경상남도 일대 VPF감염자가 발생한 마을들을 중심으로 군(郡)단위로 부분적인 격리조치를 시행하기에 이른다. 덕분에 성훈 등이 활동하는데 있어 전에 비해 제약이 따르게 된다. 그렇지만 크게 상관은 없었다. 애초부터 발원지로서 경상남도. 혹은 북도를 택한 것이지 영남지방에만 국한에 VPF를 퍼뜨릴 계획이 아니었으니.

성훈 등은 경상도 내 군, 경찰 및 자치단체의 통제가 심화되자 그나마 경계가 덜한 전라북도로 속히 거점을 옮긴다.

"치료제가 나왔다고요? 어디서? 어떻게 말입니까?"

온 나라를 수개월 동안 공포에 떨게 했던 VPF의 백신이 발견되었다는 소식을 접한 국무총리는 각계 인사들을 마주하고 있는 엄중한 자리임에도 화색을 감추지 않는다.

"그런데 개발이 아니라 발견이라고요? 그럼 기존에 백신이 나와 있었던 겁니까?"

재정부장관이 깐깐한 눈을 하고서 발표를 맡은 복지부 부장에게 물었다.

"백신으로 시판된 건 아니고. 얼마 전에 출시된 '테미란'이란 일종의 항생제가 VPF증상을 호전시키는 데 큰 효과가 있음이 증명됐습니다."

"어떻게 말입니까?"

"사실 그게 우연이라고밖에 말씀을……."

말끝을 흐린 복지부 부장은 머쓱한 얼굴을 하고서 각계 장관들의 눈치를 살핀다.

"똑바로 말씀을 해보세요."

"실은 울산에 거주하고 있는 한 시민이 VPF판정을 받고 자택에 기거중이었는데, 지인 중 누군가 무심결에 테미란을 권했답니다. 손 놓고 있다 죽는 것보다는 낫지 않겠느냐는……."

복지부 부장은 이번에도 조금 전과 똑같은 모양새를 낸다. 부장이라는 본인의 직책도 그랬고, 각계 장관들과 인사들을 상대로 올리는 보고치고는 그 내용이 허술하기 짝이 없었기 때문이다.

"그러니까 부장 말은 그 '테미란'이란 약품이 확실히 VPF를 억제하는데 효과가 있다는 거지요?"

"네. 그 사항은 틀림이 없습니다. 대조군연구에서도 성분 분석에서도 그 효과가 증명이 됐습니다."

복지부 부장은 발표를 시작하고 처음으로 기를 편 얼굴을 한다.

"확실한 거죠?"

"그렇습니다."

"좋습니다. 한시라도 빨리 국세에 안정을 찾게 해야 하니 회의 마치는 대로 언론사에 소식 넣으세요."

"알겠습니다."

"그 테미란을 출시한 제약회사는 어딥니까?"

"인수당이라고, 13년 전에 소아감기약출시를 시작으로 업계에 뛰어든 회사입니다."

"이름은 크게 알려지지 않은 기업이로군요?"

"그렇습니다."

언론에서는 대대적으로 테미란의 존재를 보도했다. 이에 시민들은 테미란을 확보하기 위해 앞 다투어 약국으로 몰려든다. 치료약인지 예방약인지 그 경계가 명백히 발표가 되기 전이었음에도, 대다수의 시민들은 VPF의 공포에 질릴 대로 질려있던 터라 테미란을 구하고 보자는 식이었다. 이미 VPF의 감염에 의해 사망한 사망자수가 자그마치 삼백여 명에 달한데다 인수당경영진으로부터 로비를 받은 의학계권위자 몇 몇이 VPF에 대한 테미란의 치료효과를 과장해 대외적으로 발표를 해놓은 시점이었기 때문에 무리도 아니었다.

로비를 받고 매수가 된 권위자들은 테미란의 치료효과에 관해 의구심을 들이대는 세력들에 권위를 앞세워 일침을 가함으로써 초장에 저항들이 표면으로도 떠오르지 못하도록 차단했다. 이처럼 권위자들이 내어놓은 의견이나 관점은 객관적이고 전문적인 필터를 거칠 필요가 없었기에 발표 즉시 기정사실화 됐다. 혹 그들이 석탄을 금으로 바꿀 수 있다는 시대착오적인 발상을 늘어놓는다 하더라도 언론이나 시민들은 동조를 했을 것이었다. 그리고 계산적인 성격이 다분한 정부는 이변이 없는 한 권위자들의 손을 슬그머니 들어주었을 것이리라.

응당 발표가 되고 얼마 지나지 않은 시점에 수요가 공급을 압도적으로 추월하기 이른다. 추세가 그러하다 보니 시민들은 애가 탈 수밖에 없었다. 덩달아 사회적 분위기는 걷잡을 수 없는 혼란에 휩싸이기 시작한다. 이러한 사태를 관망하고만 있을 수 없었던 정부는 민간시장을 통한 테미란의 판매가 적어도 한동안은 힘들다는 판단 하에 인수당에 직접 의뢰를 하기에 이른다. 이에 인수당은 정부의 중재로 테미란 생산이 적합한 타 회사의 시설까지 임대하는 수단을 동원, 테미란 대량생산에 박차를 가하게 된다.

"수익이 어느 정돈가요?"

해용은 이미 답을 접한 만족감을 안면에 띠고 있다.

"현시점으론 계산이 무의미합니다. 워낙 기하급수적이라."

"그래요? 그것 참 잘된 일이군요?"

"정말 대원님은 대단하십니더. 이대로라면 온 세상이 대원님의 마음과 같이 움직이지 않겠십니꺼?"

"그렇습니다. 대원님은 이제 세상의 신이 되신 겁니다."

영주 아버지와 만규는 웃는 상에 다소 불안한 눈길을 흘리며 해용을 찬양했다. 두 사람은 그 와중에도 흔들리고 있는 눈빛은 절대로 해용의 눈에 들지 않도록 신경을 집중한다.

"축하드려요. 대원님."

반면, 어쨌든 두 사람과는 입장이 다른 정혜는 차분하게 축하의 말을 건넨다.

"고맙습니다. 여러분들의 공도 크다는 걸 잘 압니다."

"그런데 대원님. '테미란'이란 이름은 어떻게 생각해내신 건지?"

성훈은 문득 딱히 중요치 않았던 사안이 궁금해진 것처럼 물었다.

"내가 아직 거기에 관해 설명을 않았습니까?"

"네. 지금까지 말씀이 없으셨어요."

정혜가 거든다.

"그랬군요? 아주 옛날이야기에서 발췌를 한 겁니다."

"그럼 전설이나 우화에서 비롯된 이름이겠군요?"

"아니요. 역사입니다."

"역사요?"

"그러니까 15세기 포르투갈의 상선이 미지의 대륙에 닿은 적이 있었는데, 선원들이 그만 그곳의 풍토병에 걸려 고국으로 귀항하는 중에 전원 처참한 죽음을 맞이했었다는군요. 그리고 그 배가 네덜란드상선에 의해 발견되었을 당시 갑판 곳곳에 라틴어로 '테미란'이라는, 뜻이 불명확한 단어가 새겨져 있었다 합니다. 책에는 풍토병의 이름을 선원들이 자체적으로 지었을 것이라 추측을 한다고 적혀 있었어요. 흥미로운 건, 선장의 항해일지에 병세에 관한 간략한 설명이 기재되어 있었는데 말이죠. 선원들이 정체를 알 수 없는 병으로 인한 고통에 미쳐서 미지의 대륙으로부터 싣고 온 온갖 것들로, 심지어는 바구니싸리로도 약이랍시고 제조해 입으로 털어 넣었다지 뭡니까?"

"그렇다면 테미란도 결국 병의 명칭이라는 말씀이시군요?"

"맞아요. 그러니 딱 들어맞지 않습니까? 온 인간들이 원인 모를 병에 떨고 있고. 마찬가지로 살아보려 약을 구하기 위해 발광하는 꼴이니 말입니다."

해용은 말을 맺으면서 입 꼬리를 가로로 길게 찢는다. 하지만 왠지 모르게 간부들도 이번만큼은 그의 웃음에 마냥 미소로 화답을 보내기가 버겁다.

3

만규는 근래 들어 부쩍 심기가 불편하다. 아니 불안하다고 하는 것이 더 맞겠다. 전처럼 교도들이 이탈을 꾀하거나 작당모의를 일삼아 골치를 썩는 건 아니다. 그런 일은 해용이 VPF를 개발한 직후 집회에 모습을 드러냈던 몇 해 전부터 가뭄에 콩 나듯 했으니. 연유로 얼마 전 해용이 테미란 개발 건으로 실험체가 필요하다고 했을 때 전과 다르게 이교도들을 뽑아 올리는 데 심사숙고를 거듭해야 했었다.

만규는 얼마 전 자신의 마음이 어째서 이토록 불안한지 이유를 알았다. 더 이상 스스로의 마음을 기만하지 않기로 의식의 무게중심을 옮긴 것. 쉽지만은 않았던 체념의 통로를 지난 끝자락에는 다름 아닌 성훈이 있었다. 결단코 만만찮았던 제약회사인수 건을 해결했던 것과 더불어 테미란의 대량생산과정을 매우 성공적으로, 매끄럽게 유도를 해냄으로써 실로 막대한 수익을 해용과 교단에게 안겨준 그다. 근래와 같은 추세라면 교단 내 누구라도 해용의 오른팔이요 2인자는 성훈이라 인정을 할 것이리라.

만규는 그 점이 불안하다. 따지고 보면 자신이야말로 해용을 이 자리에까지 있게 한 일등공신이 아닌가. 20년 가까운 세월 동안 교단이 개창되기 이전부터 그의 수족을 자처하며 온갖 험하고 궂은일을 도맡아왔다. 그러니 인간인 이상 보상심리를 가지지 않는다는 게 말이 되지 않았다. 비단 그러한 사정을 제쳐두고서라도 성훈은 오롯이 믿음을 주기가 힘든 이면을 지녔다.

단순히 처남매제 관계일 때에는 온순한 샌님인 줄로만 알았다. 하지만 치미교가 개창을 하고 나서 막상 일을 시켜보니 험악한 일도 곧잘 해내는 것이었다. 솔직한 속내는 처음 그러한 성훈의 모습을 접했을 당시 적잖이 놀랐던 것이 사실이다.

정혜가 신랑 될 사람이라고 성훈을 보였을 적만 하더라도 만규는 온순하고 샌님 같은 인상의 그가 마음에 쏙 들었다. 거친 사내들과만 오랜 동안 생활을 해왔던 터라 정반대의 성향으로 간주되는 성훈이 하나뿐인 동생의 남편감이라고 했을 때 내심 기뻤다. 실제로 겪어봐도 성훈은 보이는 대로 유순하면서도 책임감이 있는 사내였다. 그런데 그랬던 성훈이 교단의 일을 보게 되면서부터 스스럼없이 사람의 목숨을 거두는 등의 비정한 모습을 보이기 시작한 것이다.

평소의 처신은 전과 다를 것이 없었다. 적어도 자신과 마주할 적에는 차분하면서도 예의 바른 매제의 위치에 머물기를 마다하지 않았다. 헌데 만규는 도리어 성훈의 그런 점이 눈과 가슴과, 급기야 머리에까지 거슬리기 시작한다. 지금의 성훈은 단순히 겉과 속이 다르다는 느낌이 아니었다. 차분한 중에 잔인하고 유순한 중에 거친 기질자체가 성훈의 본성인

양 감지된다는 것.

물론 앞서의 언급대로 성훈은 매제의 위치로 내려서서는 태도에 변화를 주지 않고 있긴 했다. 또한 여전히 주색을 밝히지 않는 덕에 정혜와도 별다른 마찰 없이 원만하게 지내고 있던 터다. 하지만 그럼에도 쉬이 조마조마한 마음이 거둬지지가 않는 만규다. 아마도 성훈이 자신과는 반대되는 성향에 제법 잘 돌아가는 머리를 가진—지금도 그것이 반드시 뛰어나다고는 여기지 않으나, 아무튼 자신은 발을 들이기가 힘든 영역에 속한—사내라는 의식이 마음을 불안하게 만들었으리라.

영주 아버지 역시 만규와 같이 성훈이 마음에 걸린다. 그런데 맥락은 확연히 다르다. 얼마 전까진 제 잘난 맛에 자신과 같은 부류와는 말도 섞지 않으려 드는 건방진 애송이쯤으로 치부했었다. 그래서 암묵적으로 자신뿐 아니라 성훈 역시 서로가 탐탁지 않아 묘한 기류를 사이에 두고 있었다.

헌데 제약회사 인수와 더불어 테미란의 대대적인 성공이 있은 후부터는 생각의 궤도가 틀어진 영주 아버지다. 그 즈음, VPF에 대한 테미란의 완치사례가 나오지 않고 있음에도 불구하고 시민들은 예방차원이라 맹신하며 무분별적으로 복용을 하는 경우가 허다했다. 따라서 인수당은 현재까지도 막대한 이익을 챙기는 중이다. 추세가 이러하다 보니 머리를 굴려 계산을 하고 눈치를 섞어 움직이는 데에 익숙지 않은 영주 아버지라 할지라도 앞으로의 성훈의 위치가 눈에 선했던 것.

더군다나 앞일을 알 수 없기는 하나, 현재의 정세라면 예전처럼 교도들과 신도들에게 위압을 가하고 두려움을 심어줌으로써 통제 아래 두는 일이 확연히 줄어들 것이라는 판단이 선다. 교권 내 규칙과 질서는 시간이 흐를수록 견고하고 체계적으로 수정, 보완되어갔다. 또한 해용의 위용은 더할 나위 없이 신 이상이었기에 교도 및 신도들이 전처럼 감히 다른 뜻을 품는다는 건 엄두조차 내지 못하는 실정이다. 거기다 테미란의 대대적인 성공으로 인해 재정이 주체할 수 없을 정도로 넉넉해진 해용은 교도들과 신도들을 빗대어 '고인 물은 썩기 마련이나 흐르도록 허락할 수는 없으니 정화를 시켜야 한다'며 전에는 인식 안에 두지 않던 인심을 베풀기도 한다.

그는 촌락에서 집단으로 노동을 하고 공동배분을 하는 교도들의 기초생활수준은 상향조정을, 반대로 사정상 촌락 외의 지역에 거주하며 생활을 영위하고 있는 신도들의 헌금액수는 하향조정을 한다. 그리고 전도사들에게 지시를 내려 착실히 기도생활과 노동활동에 임하는 교도들의 목록을 작성토록 해 개인소유를 인정한 가전제품 등을 하사하기도 했다. 물론 언론과의 접촉이 유용한 TV나 라디오 등은 품목에서 제외시킨다.

몇 해 전 해용의 신통력을 눈으로 확인하고 나서는 자신의 세계관을 온전히 갈아치운 교도들이 대부분이다. 고로 고되고 빠듯한 살림을 하늘나라로 향하는 믿음 하나로 견뎌왔던 것이 사실이다. 그런데 해용의 배려 아닌 배려로 생활수준이 조금이나마 나아지고 나서는 꼭 그러한 믿음이 아니더라도 촌락생활에 만족감을 가지는 교도들이 부쩍 늘게 된다. 이유인즉, 촌락 내에는 전도사를 위시로 한 그의 수족들이 항시 거주하며 교리공부를 빙자한 감독과 감시를 수행했었는데, 언젠가부터 이들의 감독이 갑갑하지 않고 오히려 촌락의 평화와 질서를 유지하는 데 도움이 된다고 받아들이는 그들이었다.

실제로 촌락 내에선 밖에서 흔히 일어날 수 있는 분쟁이나 범죄 따위가 아예 일어나지 않는다고 할 수 있을 정도였다. 게다가 덕을 쌓아 하늘나라로 향하겠다는 하나의 염원을 지니고 있다는 동질감으로 인해 자본주의에서는 상상도 못할 배분제가 이제는 당연한 이치로 그들의 의식에 잠식해 있는 상태다. 그러한 연유로 교도들은 촌락 내의 자신들이 제도와 생활이 더없이 안정된 공간에서 덕을 쌓아가고 있다고 착각을 하기에 이른다.

위의 사항들을 종합할 수 있었던 영주 아버지는 앞으로 자신의 위치가 위태해질지도 모른다는 막연한 예측을 해본다. 할 수 있는 일이 줄어 들 것이 자명했으니 입지가 좁아질 것은 불 보듯 빤한 일이라 생각했다. 간부로는 이례적으로 해용의 장인이기도 했지만 손자, 손녀는 영주나 정옥의 몸을 거칠 기미를 보이지 않았고 앞으로도 가능성이 희박했다. 고로 어떤 식으로든 상황이 변할 것이었다.

이렇듯 입지가 줄어든다는 건, 비단 현 생활을 영위하기가 어렵게 될 수도 있다는 뜻과 일맥상통했는데 넉넉한 살림과 권력의 맛에 흠뻑 취해 있는 영주 아버지로서는 일말의 하락세도 용납을 할 수가 없었다. 그러니 기왕지사 정세가 이러하다면 성훈을 경계하기보다 다소 굴욕적인 경우도 감수해야 할지 모르지만 끌어안는 편이 낫다는 판단을 내린다. 의식이 거기에 이른 영주 아버지는 부대끼는 감이 없지 않아 있음에 성훈을 대하는 안면을 바꾸기로 마음을 먹는다.

성훈은 눈코 뜰 새 없이 바빴다. 전국 팔도를 누벼야 했던 그는 한 자리에서 나흘 이상 잠을 청해본 지가 까마득하다. 하지만 성취감은 컸다. 그동안 게으르지 않게 축적을 해왔던 지식들을 마음껏 활용해볼 수 있는 기회였다. 사실 성훈이 해용을 따르게 된 결정적인 계기는 그의 옆에 있으면 배울 게 많을 것이라는 기대감 때문이었다.

보통학교졸업을 두 달여 정도 앞뒀을 때다. 성훈의 비상한 머리를 높이 평가한 학교장은 그에게 부산의 공립동래고등보통학교에 입학할 것을 권했다. 응당 성훈은 기쁜 마음으로 제안을 받아들인다. 학교장은 성훈의 의사를 확인한 다음날 직접 동래고등보통학교를 찾는 수고를 아끼지 않는다. 다행히 이야기가 잘 되어 그의 입학허가가 떨어졌고, 기숙사비를 제외한 입학금과 회비를 면제 받을 수 있게 된다.

부산에서 돌아온 학교장으로부터 소식을 접한 성훈은 한껏 들떠서 어머니에게 합격소식을 알린다. 성훈의 마을은 산청군 깊은 골짜기에 자리 잡은 산골마을이었는데, 그 마을에서 보통학교를 거쳐 고등보통학교에까지 입학을 앞둔 이는 성훈이 최초였다. 따라서 당연히 어머니가 기뻐하고 축하해줄 줄 알았다. 헌데 기대와는 달리 어머니는 냉담하다 못해 절망적인 대답을 내놓는다.

"말도 안 되는 소리 하지 마라. 뭐? 부산에 가 있어야 된다꼬? 니가 나이를 그만큼 묵었으면 철 쫌 들어라. 쫌! 이 집에서 니가 나가뿌면 여 식구들 우째 살라꼬? 오매불망 니 공부 마치는 날만 기다렸던 사람들은 우짜라꼬?"

성훈의 아버지는 성훈이 아홉 살 때 지병으로 세상을 등졌다. 형제로는 위로 누이가 셋, 아래로 누이가 둘 있었다. 위의 누이들 중 둘은 어머니의 부산한 중재로 일찌감치 시집을 갔다. 넉넉지 못한 살림이니 먹는 입을 하나라도 줄여보자는 심산이었다. 그렇게 둘이나 보냈음에도 여전히 넷이나 되는 가족을 책임져야 했던 어머니는 눈만 뜨면 일에 매달린다. 손톱 발톱이 제대로 자리를 잡을 틈이 없을 정도로 가을까지는 농사에, 겨울이면 읍에 있는 고무공장으로 나가 노역을 했다.

그나마 급여나 제대로 받는다면 억울할 것이 없었다. 어머니는 과부라는 이유만으로 모든 사람들에게 얕잡아 보여야 했다. 그리고 어느 때는 알짤 없이 보수를 떼이기까지. 고무공장 사장인 일본인은 어차피 조선인 모두를 똑같이 천대했으니 덜했다. 정말로 서러운 건 같은 조선인들이 더 심하게 핍박을 준다는 것이었다.

"아지매는 이거 가져가소."

지주는 어머니에게 소 염통만한 콩자루 둘을 들이민다. 어머니는 콩 자루를 내밀고 있는 지주의 밭에서 근 한 달 동안 꼬박 밭을 매었다. 따라서 고작 콩 두 자루가 그에 대한 대가가 되어서는 아니 되었다.

"이게 답니꺼?"

지주는 어머니의 물음이 몹시도 귀찮다는 듯 눈살을 잔뜩 찌푸린다. 그리곤 콩 자루를 쥐고 있는 손을 위아래로 두어 번 흔든다.

"참말로 이기 답니꺼?"

"어허!"

지주는 적반하장으로 눈을 부라려 어머니를 쏘아본다. 도리가 없었던 어머니는 언제나처럼 대꾸 한 번 제대로 하지 못하고 울분을 속으로 삼켜야 했다. 그러기를 수년. 온갖 부당한 대우와 착취에 속수무책으로 내몰렸던 어머니는 끝내 몸과 마음에 병을 얻고 만다.

성훈이 고등보통학교진학의 뜻을 내비치기 여섯 달 전. 가장인 어머니가 몸져눕자 자연스레 성훈의 바로 손윗누이가 가장 역할을 떠맡아야 했다. 누이는 군(郡)에 있는 일본인 재력가의 저택으로 들어가 보모 일을 보았었는데, 주인인 일본인 사내의 소문이 워낙에 지저분했던지라 어머니는 몸져누운 자리에서도 항시 누이의 걱정에 몸을 제대로 돌보지 못한다.

어머니는 자신이 계속해서 일을 했더라면 아들을 반드시 고등보통학교에 진학을 시켰을 것이었다. 공부를 곧잘 하는 성훈은 앞날이 없는 집안의 하나뿐인 희망이었다. 하지만 남들의 입을 통해 딸아이가 일본인에게 수모를 당하고 있다는 소문을 전해 듣고 있는 어머니로서는 하나뿐인 희망을 택하기보다 하나의 불행을 줄이는 선택을 할 수밖에 없었다. 어머니는 결정을 내릴 당시 살아 있음에도 가슴에 사무치는 두 자식들에 대한 미안함으로 두 개의 피눈물을. 그것도 온전히 속으로만 쏟아야만 했다.

"공부 그만하고 돈 벌어라!"

성훈은 어머니가 원망스러웠다. 그리고 형제들이 원망스러웠다. 집안의 형편을 빤히 알고 있으면서도 모두가 미웠다. 도움이 되어주지는 못할망정 짐만 되는 꼴이라니. 차라리 가족들이 없는 편이 나을 것 같다는 생각에 가출을 해볼까도 했다. 뭘 해서라도 그깟 숙식비용 충당 못할까.

허나 마음을 굳히고 떠나려던 날 밤. 나이에 비해 이른 검버섯이 얼굴의 반을 덮고 있는 어머니와 꼬장꼬장한데다 볼때기까지 핼쑥해 소록소록 잠이 들어 있음에도 안쓰럽기 짝이 없는 어린 동생들. 그리고 일본인 저택에서 무슨 험한 일을 당하고 있을지 짐작도 가지 않는 누이의 마지막으로 보았던 희미한 미소가 성훈을 주저앉게 만들었다. 이렇듯 핏줄이란, 때론 서로를 향한 희생을 정당화시킴으로써 지속여부를 결정짓는 소중하면서도 아련한 유대관계일지도.

고등보통학교 진학을 포기한 성훈은 어머니의 바람대로 곧장 생계전선에 뛰어든다. 열다섯 살이긴 하나 우수한 성적으로 학교를 졸업한 사내아이의 벌이는 어머니나 누이의 벌이에 비해 형편이 나은 편이었다. 성훈은 산청군의 우체국에서 교환원과 우편수거 및 분리업무 등을 맡았다. 급여도 일정한 편이었고 액수도 나쁘지 않았다. 그런 연유로 그가 일을 시작하고 얼마 되지 않아 누이는 일본인 저택에서 나올 수가 있게 되었다.

"누나. 진짜 고생 많았제?"

"아이다. 누나가 돈을 더 잘 벌었으면 니가 학교를 다니는 긴데. 미안하다."

누이의 돌아오는 대답에 성훈은 가슴이 저민다. 동시에 그간 누이에게 가졌던 못난 서운함을 티끌하나 남기지 않고 털어낸다.

"누나는 인자 좀 쉬면서 좋은 집안에 시집갈 준비나 해라. 알았제?"

누이는 기쁘면서도 슬픈 눈망울을 하고서 답을 삼갔다. 그때는 몰랐다. 누이가 왜 기분 좋은 제안에 대꾸조차 하지 못했는지.

누이가 일본인 저택에서 나온 지 두어 달쯤 흘렀을 때다. 방 한쪽에 웅크린 채 누워 옴짝달싹 하지 못하는 누이의 시뻘건 치맛자락을 발견한 어머니는 천지가 격노할 한탄함에 가슴을 내리친다.

"아이고! 이기 무슨 일이고? 이기 무슨 일이고 말이다?"

"어무이. 지송해예."

"우짜면 좋노? 우짜면 좋겠노?"

누이는 불러오는 배를 가족들이 눈치 채지 못하도록 자신이 낼 수 있는 힘을 다해 단단히 싸매고 지냈다. 헌데 그것이 문제가 되어 아기가 뱃속에서 피지도 못한 생을 마감하고 말았다.

"와 말을 안 했노? 도대체 와?"

"말하면 뭐합니꺼? 어무이 가슴만 찢어지지예."

"그래도 말을 해야지. 이 미련한 것아! 우짤 생각이었노? 나중에는 우짤 생각이었노?"

"쫌만 더 견디다가 적당한 때 멀리 나가서 낳고 올라 했지예."

"일본 놈 맞제? 그놈한테는 말했나? 아 밴 거 금마한테는 말했나 말이다!"

말뿐이 아니다. 바짓부리에 매달리기까지 했던 누이다. 그렇지만 일본인 사내는 책임이나 대안은 고사하고 자신 외에 누구에게라도 임신 사실을 발설하면 가족들이 이곳 산청에 발을 붙이지 못하도록 만들어버리겠다고 협박을 했다. 사내의 말이 영 허튼소리도 아닌 것이 그는 지리산에서 나는 도라지나 각종 약초들을 도매하고 유통하는 사업을 관장했었는데, 꽤나 재력을 쌓은 덕에 근방의 힘 있는 일본인들 및 조선인들과 긴밀한 관계를 맺고 있었다.

무너지는 억장을 토로할 데라곤 세상에 아들 하나밖에 없었던 어머니를 통해 이 같은 사실을 접하게 된 성훈은 그 길로 곧장 일본인 사내의 저택을 찾아 고성을 지른다.

"다카시로! 이봐! 다카시로!"

저택에서 일을 보는 중년의 조선인이 문을 기울이고 나왔다.

"당신 지금 여 사는 사람이 어떤 사람인지 알고 이카는 기요? 큰일 겪기 전에 얼른 돌아가소."

조선인은 문 안쪽의 동정을 살피며 그의 등을 돌리려 한다.

"다카시로 이 새끼. 집에 있제? 얼른 나오라 캐라! 천하에 졸부 새끼!"

"참말로! 이 사람이 뭔 일을 당할라꼬 이카겠노?"

조선인은 성훈의 입을 틀어막을 기세로 달려든다. 그러나 성훈은 거칠게 그의 손을 뿌리친다.

"다카시로! 얼른 안 나오나?"

"어이."

그때 말쑥한 차림의 일본인사내가 모습을 드러낸다. 그의 얼굴엔 단정한 차림새와 자못 어울리지 않는 노골적인 불쾌함이 충만해 있다. 감히 조선인 주제에 본인의 이름을 함부로 떠벌리고 있느냐는 낯빛이다.

"조센징. 나한테 볼일 있나?"

"그래 있다. 우리 누나 어떡할 껀데? 우리 누나 어떡할 꺼냐고?"

"누나?"

"아무리 그래도 자기 핏줄을 사지로 모는 족속이 세상에 어디 있노? 니가 사람이가? 니가 사람이냐고?"

"이 조센징 놈이 실성을 했나?"

"웬 소란이죠?"

서양식 투피스를 차려입은 여인이 인력거에서 내려 일본인 사내의 옆으로 섰다.

"아아. 왔어?"

사내는 얼굴 전체에 분노와 당황함을 공존시킨다.

"멀쩡한 처녀 앞날을 망쳐놓은 것도 모자라서 자식까지 죽이는 기 그기 어디 사람이냐 말이다! 니 같은 놈은 불알 따고 네 발로 기게 해도 시원찮을 놈이다. 알겠나?"

성훈은 극도로 흥분한 나머지 수습이 불가한 막말을 내뱉는다.

"해결 짓고 들어와요."

여인은 사내의 귓가에 속삭이곤 그를 지나쳐 문 안으로 사라진다.

"오쿠보순사 불러!"

일본인사내는 당장이라도 성훈을 갈기갈기 찢어 놓겠다는 살기를 띠며 고함쳤다. '순사'라는 말에 그제야 정신이 번쩍 든 성훈은 억울하고 분함에 피가 거꾸로 솟는 듯했지만－그랬지만 이내 몸을 틀어 달아나야만 했다.

집으로 돌아 온 그는 일본인사내의 저택 앞에서 있었던 자초지정을 어머니와 누이에게 털어놓는다.

"도망가라. 얼른!"

"니 가만 안 둘 끼다. 온갖 죄를 씌워서 니를 병신으로 만들 인간이다. 카니 어무이 말대로 얼른 도망가라."

집요하면서도 고약한 일본인 사내의 심성을 잘 알고 있던 누이는 젖은 목소리를 낸다.

"카면 남은 식구들은 어떡하고?"

성훈은 부질없는 물음임을 자각한다.

"우리야 힘 없는 여자고 얼라들이 전분데. 설마 큰 죄를 씌우겠나?"

"그래. 아무리 극악한 놈들이라도 그렇게까지는 못할 끼다. 그카이 이래 떠들고 있지 말고 얼른 산 넘어 멀리 도망쳐라. 으이?"

"지가 울화가 치밀어서 제정신이 아니었네예. 죄송합니더. 어무이."

때늦은 후회는 본래 끈덕진 미련으로 변모하기 마련이다.

"아이다. 누이가 그런 일을 당했는데 가만히 있는 놈이 정신 나간 놈이제? 우리 걱정은 말고 얼른 떠가기나 해라."

"누나 미안하데이."

"됐다 마. 얼른 가라. 얼른!"

성훈은 한시라도 바삐 집을 나서야 했던 바람에 나머지 동생들의 얼굴은 눈에 넣어보지도 못하고 산으로 도망을 놓는다. 그렇게 지리산을 넘어 전라도로 넘어간 그는 대한민국이 광복을 맞이하고 나서야 고향집을 찾을 수 있었다. 헌데 남겨졌던 가족들 누구도 볼 수가 없다.

"그 일본놈. 니가 깽판 치고 두 달도 안 돼서 일본으로 돌아간 거 같더라. 소문에는 부인이 안 산다꼬 캤다나? 뭐라 그랬다는 거 같던데? 아무튼지 간에 알고 보이 그 부인이라는 여자가 일본에 대단한 집 여식이었다카더만. 그래가 여 장사를 독점하다시피 해가지고."

"그만 건 치우고! 우리 어머니랑 동생들은 어떻게 됐습니까?"

마음이 조급했던 성훈은 사내의 말을 가로막지 않을 수 없었다.

"그기. 니가 도망을 놓고 며칠 있다가 순사들이 집을 찾아갔는데. 그때 식구들을 몽땅 트럭에 태워다가 갔다고 카더라."

"순사가 차에 태워요? 어디로 갔다고 했습니까?"

"그거는 모르겠다. 실은 우리도 궁금해서 알아보긴 했는데 마지막으로 본기 저쩌 건너 읍에서 누가 봤다 카더라."

그것이 마지막이었다. 이후 온 사방팔방을 헤집고 다녀보아도 소식하나 접할 수 없었다. 마치 가족들 모두가 세상에서 증발해버린 것 같았다. 그럼에도 포기를 할 수 없었던 성훈은 꼬박 1년을. 365일 눈이 오나 비가 오나 하루도 거르지 않고 정신 나간 사람처럼 전국팔도를 거닐며 가족들을 찾아 헤맨다. 만약 위의 두 누이들이 쓰디 쓴 눈물을 앞세워 말리지 않았더라면 성훈은 행방을 알 때까지. 그렇지 못한다면 죽을 때까지 찾아 헤맸을 것이었다.

"이제 고만해라. 혹시 아나? 일본으로 가 있을지?"

"그래. 언니 말이 맞다. 니가 잘 살고 있으면 난중에라도 만날 수 있을지 모른다 아이가?"

세 남매는 그러할 가능성이 희박하다는 걸 알면서도 반문을 입에 올리지 않는다. 고작이었지만 서로가 서로에게 해줄 수 있는 최대한의 위로였다.

누이들이 다녀간 후 성훈은 산청군소재의 읍내동사무소에 취직을 한다. 그리고 그곳에서 일을 하는 동안 형평상 거둬들일 수밖에 없었던 배움에 대한 열망을 다시금 키운다. '사람은 배움으로써 완성이 되어가는 존재다.' 동사무소귀퉁이에 자리 잡은 키가 작고 허름한 책장에서 발견한 책에 적혀 있던 문구다.

책은 여러 서양학자들을 묶어서 소개하고 있었는데, 성훈은 그 구절에 절대적으로 공감을 했다. 가령 단순히 비가 내리는 하늘을 올려다보고 섰더라도 무슨 원리로 구름이 만들어지고, 또 저리도 높은 공중에서 어떠한 작용으로 빗방울이 떨어질 수가 있는지를 알게 된다면 멍하니 바라보며 서 있는 경우보다 다방면에서 정신적으로 풍요로울 것이라는 생각을 가져본다.

"비는 어떻게 내리는 걸까?"

"공기보다 무거우니까 떨어지는 거잖아요."

성훈은 혼잣말을 흘린 것이었는데 어느샌가 옆으로 와 있던 정혜가 대뜸 응대를 한다. 정혜는 성훈이 이곳 동사무소에 취직을 하기 전부터 잡일을 봐오며 틈틈이 행정업무를 배우는 여인이다.

"뭐라고요?"

꼭 틀린 말은 아니지만 자신이 읊조린 물음의 본질과는 다소 거리가 있었기에 성훈은 그렇게 반응을 한다. 그리고 또 하나. 몇 달을 넘게 봐오는 동안 그저 억척스럽고 부지런하다고만 여겼던 정혜가 새삼 달리 보였던 것도 이유다.

"아니에요? 난 그렇게 알고 있는데?"

"뭐……."

성훈은 새로운 무언가와 맞닥뜨린, 그래서 신선한 충격을 받은 채색을 얼굴에 덮는다.

"이 권사는 어떻게 지낸대?"

"잘 지내겠죠."

오누이의 대화는 건조했다.

"딱히 기별을 주고받지는 않는가 보군?"

"그 사람이 아니에요. 내가 그래요."

"너도 어쩔 수 없는 여인네구나?"

비꼬는 것까진 아니었다. 허나 만규의 어투엔 분명 서운한 감이 배어 있다.

"감싸는 게 아니라 그 사람 여전히 변하지 않았어요. 적어도 나에 대해서만큼은요. 그런데 내가 마음이 달라졌어요. 그 사람을 위하고 말고의 식이 아니라 모든 것들을 평이하게 대할 수 있게 된 것 같다고 해야 할까요?"

정혜는 위안이나 변명의 성격이 아닌, 차분한 설명으로 만규를 이해시키려 한다.

"그래. 니 말을 듣고 보니, 정말 그런 거 같구나."

이에 만규도 구김 없이 이해를 한다.

"지금 저는 어느 쪽일 수가 없어요. 오라버니."

만규는 정혜의 그 말에 이제는 정혜와 성훈을 별개로 구분지어도 될 것 같다는 생각을 가진다.

"그나저나. 공부라든지 설파…… 잘 돼가고 있는 게 맞지? 별 탈 없이?"

"탈이 생길 게 뭐가 있어요?"

정혜는 만규의 주춤하는 기운이 의아해 물음을 돌려보낸다.

"대원님께서 지나가는 말씀으로 칭찬을 하셨던 거 같아서."

말꼬리를 씹은 만규는 고개를 돌리며 쓴 표정을 그린다.

"사실은 대원님과 따로 대화를 나눴어요. 대원님께선 정말이지 큰 분이시지 뭐에요? 모두 알고 계시고, 모두 이해해주셨어요."

아이가 자랑을 늘어놓듯 티 없는 얼굴을 하는 정혜다. 왠지 미안한 마음이 꾸물거린다.

"……요즘 어때?"

"어느 때보다 좋아요. 모든 게."

"그럼 됐다."

후로 어느 날. 그날은 해용이 간부전원에게 회의에 참석할 것을 지시한 날이다. 만규는 본관의 회의실로 향하던 중 마침 이쪽으로 오고 있던 성훈과 마주친다.

"잘 지내셨어요?"

"이 권사는 얼굴 볼 역도 없구먼?"

만규는 멀리서부터 자신을 보았으면서 코앞에 다가와서야 인사를 하는 척이라도 하느냐는 식의 배알 틀린 눈길을 던진다.

"최 장로님께서도 만만치 않으시던데요? 올 적마다 멀리 나가 계시더라고요."

성훈은 만규의 의중을 충분히 짐작했다. 그러나 분위기를 어색하게 만들지 말자는 의사표시를 하듯 억지라고 할 수 있을 만한 미소를 띠어 보인다.

만규가 성훈을 '이 서방'이라고 부르지 않고 '이 권사'라 부르기 시작한 시점은 성훈이 자신에 대한 만규의 견제를 인지하기 시작함과 동시에, 만규 역시 마찬가지로 성훈이 인지했다는 사실을 알아차린 때부터다. 성훈이 만규를 '형님'이라 부르지 않고 꼬박꼬박 '최 장로님'이라고 부르기 시작한 시점도 같은 연유로 비슷했다.

이렇듯 서로 간 구체적인 의중의 주고받음 없이 지칭하는 호칭이 달라졌음에도 두 사람은 거기에 관한 사항을 일체 입에 올리지 않는다. 서로가 상대방의 입장에 관해 엇비슷한 이해정도를 가졌음이다. 혹 그 정도가 한쪽으로 쏠려 균형을 이루지 못했더라면 분명히 불편한 대화를 아주 길게 나누었어야 했을 것이리라.

"일은?"

만규가 짧게 물었다. 맺음 부분에서 톤이 오히려 내려가는 식이었기에 성훈이 만규의 표정을 읽지 못하는 전화통화상이었다면, 그가 잠시 말을 끊은 것이라 짐작하고 다음 말을 기다렸을지 모른다.

"좋습니다."

성훈은 만규가 단순히 일의 진행상황을 묻고 있음이 아님을 알았기에 되받아치는 요량으로 여러 의미를 담은 '좋다'라는 대답을 내놓는다.

음절로 늘어놓아도 몇 자 되지 않는 왜소한 대화였다. 그러나 두 사람은 서로의 의중과 품고 있는 수를 대강은 확인을 마친 셈이다. 또한 그러한 과정에서 새삼 깨닫는 것이 하나 있다. 바로 제아무리 표정을 삼킬 가면을 쓰고 인위적인 목소리를 낸다손 치더라도 상대를 기만하기가 쉽지 않을 것임을. 그래서 두렵기도 하지만 한편으론 해볼 만하다는 자신감이 피어오르기도 한다.

"먼저들 와계셨네예?"

인사를 건네는 영주 아버지는 반가운 기색을 얼굴뿐 아니라 몸짓에서도 드러낸다. 본관입구에 서서 대화를 나누고 있는 만규와 성훈을 발견한 영주 아버지는 두 사람을 의식해 서두르지만 점잖음을 잃지 않으려 애쓰는 걸음걸이를 했었다. 물론 서로의 수를 머릿속으로 계산해야 했던 만규와 성훈은 영주 아버지의 걸음 따위에 신경을 줄 여력이 부재했다.

"왔소?"

"오랜만이군요? 김 권사님."

"고생 많으시지예?"

"……."

만규와 성훈은 단번에 마주하고 있는 세 사람 사이의 기류가 어색하다는 사실을 감지한다. 처음엔 맺음이 애매한 대화 중간에 영주 아버지가 끼어든 것이 이유라 생각했다. 허나 곧 그의 부자연스러운 표정과 언행이 더해진 탓임을 알아차린다. 성훈에 대한 태도를 바꾸기로 마음을 먹은 영주 아버지는 의욕이 앞선 나머지 현재 드러나는 처신이 매끄럽지 못하다는 사실을 인지하지 못한다.

"들어가시지예."

"아. 네."

성훈이 그간 일이 있었느냐는 식으로 만규에게 흘깃 눈총을 던진다. 그러자 만규는 자네야말로 영주 아버지와 다른 말이 오갔느냐는 품새로 되받아친다.

"최 권사님은 먼저 가 계시겠지예?"

"그럴 겁니다."

만규의 의중을 읽은 성훈은 이번만큼은 적응이 되지 않는다는 기색을 감추지 못한 채 엉거주춤 걸음을 뗀다.

7부

1

어느 변절자보다도 고약하기 짝이 없는 상원을 잡기 위해-영주 아버지는 행동이 민첩한 전도사 몇몇과 함께 광주로 왔다. 주변 탐색은 예상했던 대로 수월한 편이었다. 연계된 경찰 외에 무엇보다 광주분관신도들의 도움이 컸다. 그런데 역설적으로 주변 탐색이 용이했던 덕에 상원이 광주에 은신을 해 있을 가능성이 지극히 낮다는 결론을 도출해낼 수 있었다. 당연히 그의 아내와 아들의 소재도 부수적으로 알아보았지만 오리무중인 건 마찬가지다.

만규는 헌구를 포함해 행동이 민첩하고, 개중 머리가 돌아가는 전도사 서넛을 선발해 서울로 왔다. 정황상 상원이 서울시내에 은둔해 있을 가능성이 가장 크다는 판단을 내렸기에 그가 서울을 찾은 것.

"번호를 입수했다고?"

서울에 여정을 푼 다음 날. 춘천으로부터 뜻밖의 소식이 도착한다. 바로 상원을 태운 자동차의 번호판을 기억하는 인물이 나타난 것. '서울. 한글은 모르겠고. 1빼기 371. 파란색 승용차.' 노점상인은 보기 드문 서울차량이 세워져 있어 본의 아니게 자꾸만 눈길이 갔다고 한다.

"정 반장한테 연락 넣고 얼른 수색해보라고 해!"

일이 터진 후. 메마르기만 했던 그네들 사이의 기류가 급격히 활기를 띠는 듯했다.

"개인이 아니라 회사차였다고?"

차량조회 후 등록된 주소를 찾아내는 건 수월했다. 허나 이후에 문제가 드리운다.

"알아보니 창조일보사의 소유였습니다. 그리고 그날 배차기록을 조사해봤더니 조현수라는 기자가 운행을 한 걸로 되어 있었습니다."

"그놈에 대해선 모두 알아봤고?"

"외람된 말씀이지만 이미 2년 전에 퇴사를 한 상태였고, 혹시나 해서 찾아간 주소지는 이제 막 축대가 올라가고 있는 공사 현장이었습니다."

"기록이 조작된 거란 말인가?"

"그런 것 같습니다."

"빌어먹을 놈이 참으로 간교하구나!"

만규는 분통함에 이빨을 빠득빠득 간다.

그렇다고 서울과 광주 외의 지방을 배제한 것은 아니다. 전국의 타 도와 시에도 전도사와 수하들을 풀어 상원의 흔적을 좇도록 명령을 내려놓은 상태다.

"조상욱 검사는 별말 없었어?"

"아직은 징후가 없다고 했습니다."

"검찰 측은 조용하다? 정 반장은 어때? 마찬가지야?"

만규는 상원이 신고를 했으리라는, 혹 아니더라도 교단에 심히 거추장스러울 일을 벌였을 거란 확신을 가진다. 그리고 영악한 그라면 속도를 감안해 경찰을 거치지 않고 검찰에 곧장 접촉했을 수도 있다고 짐작한다.

"신고가 들어 온 건 없었답니다. 다만 조금 신경 쓰이는 움직임이 있었다고 했습니다."

"그래?"

"서초구서 쪽에서 심상치 않은 조짐을 보였답니다."

"어떻게?"

"저희 교단이 엮인 모든 신고건에 관해 알아보고 있는 것 같다고 했습니다. 서초구 인력이 그 건으로 정 반장이 근무하는 노원구에 들른 적이 있었는데, 미심쩍어 역으로 추적해봤더니 과거 신고접수가 됐던 구역들을 돌아다니며 정보를 수집하고 있는 것처럼 보인답니다."

"서초구 형사가 누군지는 알아봤고?"

"주도가 강력3반의 인력들이었다고 합니다."

"3반 반장은? 알아봤겠지?"

"한재혁 경감이라고 서초구 내에선 폭력배 전담으로 소문이 자자한 거칠고 무대뽀적인 성향이 강한 남자였습니다."

"깡패나 조직들을 전담하는 형사라? 이쪽과는 다소 아구가 맞지 않은 감이 있군?"

만규는 헌구에게 함께 정황을 들은 너의 생각은 어떠하냐고 묻는 눈길을 보낸다.

"붙여보는 거 말고는 방법이 없을 거 같습니더. 일이 이렇게 벌어진 상황에서 선불리 안으려고 드는 것보다는 덜 위험할 거라는 생각입니더. 지금은 달리 도리가 없지 않습니까?"

매수를 염두에 놓은 대답이다.

"내 생각도 그래. 좋아. 그럼 당장 오늘 저녁부터 조랑 시간을 짜서 한재혁에게 붙어. 주의할 건 한 명은 근거리, 나머지 한 명은 원거리로 따라붙어야 한단 거야. 형사밥으로 잔뼈를 키운 놈이니만큼 신경을 아주 많이 써야 할 거야."

"알겠습니다."

"한재혁이 접촉하는 놈들을 주시하다 보면 틀림없이 조만간 강상원의 모습을 포착할 수 있을 게야. 그놈도 심적으로 여유가 없을 게 뻔해. 언제까지고 숨어 지낼 수만은 없는 노릇일 테니."

만규가 확신을 하는 연유는 서울에 거주하는 창원과 보명. 그리고 그 가족들을 염두에 두고 있음이다.

"강상원의 사진은 미리 필요한 곳에 뿌려뒀지?"

"예. 그렇습니다."

"반장 쪽은 헌구랑 종운이가 쓸 만한 녀석들로 추려서 맡도록 하고, 나랑 영훈이는 강창원과 강보명의 주변을 살피도록 한다."

"예!"

"대원님께서 우리에게 거는 기대가 참으로 크다고 직접 말씀까지 해오셨으니 정신 똑바로 차리도록 해. 대원님께서 신경을 쓰신다는 말이 뭘 의미하는진 모두 알고 있겠지?"

웅당 전도사들이 모를 리가. 그러나 선뜻 대답을 내놓을 순 없다. 이들에게 해용은 참으로 고귀하고도 무거운 존재다.

"바로 이승에서도 하늘나라의 삶을 하사하실 거라는 거."

만규의 말에 웅크리고 있던 맹신자들의 눈빛이 번뜩인다.

헌구는 재혁을 철저히 미행한다. 정작 업무를 보는 서 내에서의 감시는 불가능하다 판단했으므로 미행에 모든 에너지를 쏟아부었다. 빈틈없이 뒤를 밟았다는 의미는 그가 서를 벗어나면 항시 따라 붙었다는 뜻이기도 했지만, 무엇보다 신중을 기해 은밀히 움직였음을 의미했다. 그리고 근래 그가 추진하고 있는 일이라든가 주변상황 등은 서울시 각 구에 흩어져 있는, 치미교와 줄이 닿아 있는 경찰들의 협조를 통해 흐릿하나마 윤곽을 잡고 있었다.

"요즘 거기 3반 말이야. 엄청 바쁜 것 같던데 뭘 맡은 거야?"

"거기야 만날 똑같지. 이번 특별단속기간에도 벼르고 있던 조직 놈들이 연루가 되었다는 냄새를 맡곤 낮도 밤도 없이 구르고 있는 거 같던데? 나 진짜 우리 한 반장님 존경하긴 하지만 여기 묶여 있는 동안 그 양반 밑으로 안 들어가는 게 소원이다, 소원. 그런데 갑자기 3반은 왜 물어?"

"오다가다 자주 부닥치는 거 같아서."

"강서구에서도 자주 본다고? 하긴, 거긴 광역이긴 하지. 열정이 있어."

"한 반장 요즘 살 만해?"

"웬일로 전화를 다 주셨대요?"

"사람 참. 언제 시간 돼? 간만에 얼굴도 보고 소주나 한 잔 하자고."

"왜 이러실까? 불안하게? 어디 몹쓸 병이라도 걸리셨대?"

"정보 좀 주고받을 게 있어서 그래. 언제 시간 돼?"

하지만 두 방법 모두에서 특별한 성과는 거두지 못한다. 재혁이 서 밖에서 접촉하는 인물들이라고 해봤자 현재 수사를 벌이고 있다는 폭력단과 연관된 이들뿐이었다. 그리고 수사진행에 있어서도 별다른 변수가 발견되지 않는다.

창원과 보명 쪽을 맡은 만규 역시 상황은 비슷하다. 인원을 나누어 두 사람을 감시하고, 또 주변 상황들도 캐내어보았지만 상원과 관련된 단서를 알아낼 수가 없다. 게다가 막연하게나마 감시의 눈을 의식하고 있던 두 동생들은 그 가족들을 포함해 활동에 있어 신중을 기한다. 만규도 감시 초기엔 자신들의 눈을. 그것도 구체적으로 의식해 그러한 패턴을 보인다고 인지하지 못한다. 그러다가 그들 중 누군가를 볼모로 삼는 강수를 두기로 마음을 먹으면서 눈치를 채기에 이른다.

시간이 흐르는 가운데 양쪽 모두에서 뚜렷한 성과가 없다 보니 마음이 조급해진 만규다. 이에 급기야 납치라는 위험부담이 큰 수단을 택하기로 결정을 내린다.

타깃은 동선 예측이 비교적 용이한 창원으로 정한다.

"12일 저녁. 퇴근시간을 노릴 생각이야."

"그런데 하필이면 강창원입니까? 그 애들이나 강보명도 있는데 말입니더?"

헌구는 안면에 의아한 기색을 두른다.

"자기들 딴엔 조심을 하고 있는 모양이더라고. 양쪽 집 모두 아이들이고 여자들이고 외출을 할 때 항상 무리를 지어 움직이고 있었어. 그래도 개중에 강창원이는 회사를 다녀야 하니 일정한 시간에 홀로 외출을 할 수밖에 없더란 말이지."

만규의 응답에 근간이 충분하다는 고갯짓을 보이는 헌구다.

"그리고 계획에 맞춰 우리의 거점도 옮긴다. 서울시 한복판이라 그렇잖아도 신경 쓸 눈이 많은데, 납치 후 일이 틀어져 경찰이 개입이라도 하게 되면 자칫 이곳 분관으로 추적을 허용할 수도 있으니 말이야. 그렇게 되면 우리 스스로 더 큰 빌미를 제공하게 되는 꼴이지 않겠어?"

"한 반장 쪽은 그만 정리를 합니까? 거점도 알아보고 옮길라 카면 이래저래 일손이 딸릴지도 모르는데 말입니다."

"아니. 그래도 마지막까지 감시는 놓지 마. 기왕에 여기까지 온 거 좀 더 수고하자고.

"알겠습니더."

이들에게 예기치 못한 일이 발생한 때는 창원을 납치하기로 정한 이틀 전 날이다. 헌구가 납치계획준비 관계로 자리를 비운 동안에도 수하들은 계속해서 재혁을 미행하고 있었는데, 헌구의 부재가 방심을 불렀는지 그만 재혁에게 덜미를 잡히고 만다.

재혁은 그저께부터 이상한 낌새를 감지한다. 우연찮게 흘린 눈길에 수상한 움직임이 포착되었던 것. 포착을 한 첫날은 기분 탓으로 미루고 어영부영 넘어갔다. 허나 첫째 날의 기분이 연장되어 있던 둘째 날. 의도치 않게 주의가 기울어진 덕에 전날과 같은 수상한 움직임을 명확히 잡아낼 수 있었다. 따라붙은 인물은 동일이 아닌 듯 했지만 선명히 자신을 미행하는 중이다.

재혁은 뒤를 밟는 사내를 유인하기 위해 인근의 지하다방으로 들어온다.

"어서 오세요."

입구 바로 옆의 카운터에 앉아 한가하게 손톱을 손질하던, 마담으로 짐작되는 여인이 재혁을 맞는다. 재혁은 얼른 경찰신분증을 꺼내 보인다.

"서초구서 형삽니다. 협조 좀 부탁드리겠습니다. 여기 부엌이나 화장실이 어딥니까?"

"예? 아, 예. 저기."

여인은 얼떨떨해서는 망사커튼이 쳐져 있는 조리실을 가리킨다.

"저를 미행하고 있는 자가 있는데 체형은 호리하고 키는 저만하면서 갈색외투를 걸치고 있는 남잡니다. 그 남자가 여기로 들어와 제 인상착의를 묻거든 들어온 적이 없다고만 해주십시오. 제가 부엌에서 지켜보고 있을 테니 자연스레 묻는 말에 대답만 해주시면 됩니다. 아시겠죠?"

"예? 아, 예."

여인은 이번에도 의식을 가다듬지 못한 상태로 답을 했다. 허나 사실 그리 복잡할 것은 없음을 인지한다. 가게로 들어오는 손님 중에 인상착의를 묻는 사내가 있으면 보지 못했다고 하면 그만이다.

"협조해주셔서 감사합니다. 나중에 직원들이랑 따로 들리죠."

재혁은 그 와중에도 여유가 배인 멘트를 잊지 않는다. 경험상으로 이러한 상황에선 협조에 응해주는 민간인의 심리를 조금이라도 안정시키는 일이 중요함을 알고 있었다.

재혁은 얼른 조리실의 망사커튼 뒤로 몸을 숨긴 다음 카운터 쪽을 주시한다. 예상했던 것보다는 시간간격이 컸다. 말인즉, 미행하는 사내 나름대로 주의를 기하고 있음이리라 짐작됐다.

"어서 오세요."

행여 따라 들어오지 않으면 어떡하나. 조급해지기 시작하던 차에 사내가 모습을 보인다. 마음이 다소 초조했던 건 여기서 놓치면 아주 찜찜한 기분이 들 것 같아서다.

역시나 사내는 꾸밈이 거의 희석되지 않는 눈짓으로, 하지만 샅샅이 다방 내부를 훑는다. 구석자리에 마주 앉은 노인 둘을 제외하곤 손님이 없었다.

"여기 화장실이 어딥니까? 다녀와서 주문을 했으면 하는데."

여인은 긴장한 기색으로 머뭇거린다. 이를 지켜보고 있는 재혁은 근거가 다소 부족하나 이 시점에서 사내를 덮쳐야 한다고 판단하고 망사커튼을 걷으려 한다. 그런데 일순간 동작을 멈춰야 했다. 여인이 망사커튼 쪽으로 손가락을 들어 보인 까닭이다.

"저기 안으로 들어가서 오른쪽에 난 쪽문을 열면 보일 거예요."

"알겠습니다."

사내가 조리실로 향하려고 하자 여인이 불러 세우듯 말을 건넨다.

"이봐요. 거기 남녀공용이에요. 간혹 다시 나와서 묻는 손님이 있어서."

사내는 나지막하게 '예'라고 말을 보내곤 조리실로 향한다. 재혁은 그때야 알았다. 여인이 긴장한 안색을 내비친 까닭은 조리실 안으로 화장실이 딸려 있어서였다는 사실을. 그리고 남녀공용인 점을 언급한 건, 나름은 조금이라도 시간을 늘리기 위함이었음을.

사내가 이쪽으로 다가오는 모습을 확인한 재혁은 냉장고와 벽 틈에 나 있는 공간으로 재빨리 몸을 숨긴다. 조리실로 들어온 사내는 곧장 오른쪽으로 방향을 틀더니 조심스러운 몸짓으로 쪽문을 기울여 얼굴을 먼저 들이민다. 쪽문을 열면 2미터 정도의 간격을 두고 곧장 화장실문이 보였는데. 화장실문 위쪽엔 면적이 꽤나 넓은 반투명유리가 붙어 있어 안에 사람이 있는지 없는지 정도는 식별이 가능했다.

식별결과 사람이 없다는 판단을 내린 사내는 화장실문에 노크를 해본다. 기다려도 응답이 없자 문을 열어젖힌다. 안엔 아무도 없다. 사내는 찰나 곤혹스러워하는 표정을 진하게 새기더니 몸을 돌려 카운터로 나간다.

재혁은 곧바로 공간에서 빠져나와 사내의 동선을 주시한다.

"혹시 조금 전에 체격이 뚱뚱하고 가죽재킷을 걸친 40대 남자, 안 들어왔습니까? 옷은 검은색이었고요."

"아니요. 그런 사람은 온 적이 없는데?"

사내는 윗입술로 아랫입술을 뭉그러뜨린다. 그리곤 휙하고 몸을 트는 힘을 이용해 다방 문을 열고 나갔다. 이로써 조금 전과는 상황이 반대로 재혁이 사내의 등을 잡았고, 동시에 거리까지 좁히게 된다.

재혁은 사내가 다방입구를 나서자마자 카운터로 달려 나와 세심히 문을 기울인다. 서두르는 걸음으로 계단을 오르고 있는 사내의 뒤태가 보인다. 여인은 문틈으로 시선을 넣고 있는 재혁에게 온몸으로 계단을 오르고 있는 사내가 당신이 일러준 그가 맞는다는 표시를 한다. 재혁은 여인에게 알고 있다는 고갯짓을 해보인 후 사내의 뒤로 따라 붙는다. 그리고 기척을 아예 죽이다시피 해 근접을 해서는 경고성 단음절도 뱉지 않고 그의 팔을 뒤로 꺾어 제압한다.

"어어?"

맥없이 몸이 접힌 사내는 계단층계난간 사이에 머리를 처박는다. 거기다 두 다리를 부들부들 떠는 모양새가 가히 볼썽사납다.

"어디서 보낸 놈이냐? 영웅이쪽? 아님 적주석?"

사내는 형편없이 일그러진 얼굴 안의 입을 굳게 다문다.

"대답 없네? 덜 아픈가 보군?"

재혁은 정말로 뼈가 어긋나기 직전까지 사내의 팔을 비튼다.

"크윽!"

쥐어짜낸 신음소리가 입술 사이로 삐져나온다.

"어디냐고?"

사내는 온 얼굴과 몸짓으로 고통을 표출해내고 있었지만 쉬이 입을 열지 않는다.

"이래가지곤 쪽팔려서 입을 못 여시겠다? 좋아. 뵈는 거랑 다르게 뽄세는 따지는 친구구만."

재혁은 사내의 두 손목에 차례로 수갑을 채운다. 그 다음 거칠게 일으켜 세워 외투주머니를 뒤진다. 지갑은 없고 현금만 나온다.

"얍실하게 생긴 게, 미행 말고는 할 게 없긴 하겠다. 그치?"

사내는 찡그림을 풀지 않은 채 입모양으로 욕지거리를 남발한다.

"가! 이 새끼야!"

재혁은 사내의 뒤통수를 세차게 후려치며 앞장을 세운다.

2인 1조로 원거리와 근거리로 미행을 해왔던 덕에 나머지 한 명의 미행자는 수갑이 채워진 채 목덜미를 붙잡혀 끌려나오는 동료의 모습을 확인할 수 있었다.

2

"이런 쓸모없는 것들을 봤나? 그렇게 주의를 기울이라 일렀건만!"

만규는 실제로 눈이 뒤집히기 직전이다. 미행에 실패하고 돌아온 사내는 그가 뿜어내는 분노의 무게에 심신이 짓눌린 마냥 바닥에 이마를 붙인 채 납작 엎드려 있다.

"장로님. 지금은 흥분을 가라앉히셔야 합니더. 찬종이놈 죽으면 죽었지 절대로 우리 일을 발설할 놈이 아닙니더."

"그건 장 전도사 말이 맞습니다. 당장에 모레 일정을 생각하셔야 합니다."

심복으로 삼아온 헌구와 영훈의 잇따른 충언이 어렵사리 만규의 내면으로 평정을 들인다.

"그러니까 자네들 말은 일정대로 계획을 추진하자는 거군?"

"그렇습니더."

"찬종이라는 녀석. 정말로 믿을 만한 놈인가? 칠칠맞지 않느냐 말일세."

"머지않은 시일에 본소로 추천을 할까 했던 사람이니 믿음만큼은 굳건한 게 확실합니다."

답을 들은 만규는 흥분기를 조금 지워낸다.

"역시나 자네들은 내가 바라던 대답을 해주었군. 맞아. 우리는 밀어 붙여야만 해. 강창원을 볼모로 한시라도 빨리 강상원 놈을 끌어내서 숨통을 끊어놔야 한다는 말이야. 행여 이미 저쪽에서 일이 진행되고 있다고 한들 우리에겐 선택의 여지가 없어."

헌구와 영훈을 비롯한 전도사들은 만규의 말에 동의를 함과 동시에 각오를 다지는 낯빛을 떠올린다.

"대원님께서는 우리들에게 너무나 많은 것을 베푸셨다. 거기다 하늘나라까지 약속해주셨어. 그러니 진정 보은을 하는 마음이라면 죽음도 두려워해서는 안 돼. 그 또한 대원님의 은혜 앞에선 방종에 지나지 않으니까. 다들 내 말이 무슨 말인지 알아듣지?"

"네. 장로님."

한편, 서초구서로 잡혀온 찬종은 3반 형사들의 추궁에 엉뚱한 변명만 늘어놓고 있었다.

"전 그 형사님을 미행한 게 아닙니다. 어쩌다 길이 겹친 것뿐이라고 몇 번을 말합니까?"

"씨도 안 먹힐 소리만 나불댈래? 다방까지 쫓아내려 와서 반장님이 계시는지 확인을 했다는 놈이?"

"너 경찰서에 붙잡혀오는 건 처음이지? 새끼. 딱 봐도 초짜구만? 인마.

니 인생이 불쌍해서 형이 말해주는 건데, 이렇게 무작정 잡아떼는 게 능사가 아냐. 영화나 드라마에선 무조건 잡아떼는 게 능사지만 현실은 그렇지가 않다는 말이야. 왜냐고? 넌 거기 등장하는 배우가 아니거든."

찬종은 상황에 어울리지 않게 잠깐 어리둥절한 얼굴을 한다.

"대놓고 개기기만 하면 별 거 아닌 이딴 심부름으로 독박 쓰고, 진짜로 줄이 그이는 게 현실이라고. 알아들어?"

설사 그렇다 하더라도 제대로 말을 꺼내놓을 심산이 없는 찬종이다. 일이 이토록 틀어진 바엔 끝까지 입을 다무는 것이야말로 덕을 쌓을 수 있는 유일한 방법이었기 때문이다.

"뭐가 잡혀왔다고?"

외근을 마치고 온 경수가 취조실로 들어온다.

"오셨어요?"

"뭐야? 엄청 허접해 보이는데? 야! 너 어디 똘마니냐?"

경수가 찬종을 똑바로 내려다보자 마치 시선이 튕겨지듯 찬종은 잠시 눈을 맞추다 이내 내리깐다.

"어이. 너 영웅이놈들이 보낸 새끼지? 그쪽 패거리들 보면 요런 비리한 새끼들이 한둘 섞여 있더라고."

"그래요? 반장님은 적주석 쪽으로 보시던데? 왜 지난달에 그놈들 가게 줄줄이 엎어 놓으셨잖아요?"

"참! 맞다."

그때 조회를 맡았던 동료형사가 취조실로 왔다.

"계장님도 와 계셨네요?"

"따로 나온 건 있고?"

"이놈 모친이랑 통화를 했습니다."

"연락처도 주소도 그대로였어?"

찬종을 취조하던 형사 중 한명은 되레 의심이 솟은 듯 물었다. 사실 그는 드물게 경찰미행까지나 감행한 찬종을 조직의 주요일원 정도로 예상을 하고 의도적으로 약을 올려봤음이었다.

"음. 덕분에 일도 아니더라고."

"뭐가 이렇게 싱거워? 진짜로 초짜새끼였네? 너 정말로 조직원이 아니라 그냥 심부름꾼이었어?"

의아함을 몰아낸 형사는 그 자리에 실망한 기색을 드리운다. 상황에 부합하는 처신이라곤 보기 힘들었다.

"꼭 그런 것보다 다른 이유가 있었어."

"다른 이유?"

"스무 살 땐가? 한 살 땐가? 가출을 했다더라고."

"그걸 가출이라고 할 수 있나? 출가 아냐?"

경수는 의자를 끌어다가 찬종의 맞은편으로 앉았다. 그리고 재미있다는 얼굴을 만든다.

"모친 말로는 그렇답니다. 그래서 혹시나 하는 마음에 지금까지 같은 주소에 같은 전화번호를 유지하고 있는 것처럼 보였고요."

눅눅한 인간들의 체취와 스산한 기운이 떠다니고 있는 취조실의 공기가 일순간 변모한다. 온갖 윽박지름에도 때로는 인신공격에도 요지부동이던 찬종의 눈빛이 찰나 동요의 빛을 발했던 까닭으로. 단단히 빗장을 내건 인간의 심리는 때론 원초적인 감성에 틈을 허용하기 마련이었다.

경수와 동료들은 찬종의 반응을 일제히 캐치하고선 더욱 그쪽으로 몰아보기로 무언의 합의를 맺는다.

"힘들게 다 키워놨더니 도망이라? 날강도 새끼. 양심이 없어, 양심이."

"스무 살이나 처먹는 놈이 한심하게 가출을 해? 아주 장한 일 했다, 이 새끼야."

"그 나이 처먹고 왜 집을 나간 건데? 니 부모가 불쌍하지도 않디? 봐. 지금도 눈 빠지게 너 기다리고 있다잖아?"

불안정한 눈길을 사방으로 쏟아내던 찬종이 급기야 고개를 숙인다. 그리고 울음을 참는 듯 소리 없이 양어깨를 미세하게 떤다. 조금만 더 하면 뭘 알고나 지껄이냐는 식의 성난 반응이 돌아올 것이었고, 계기로 물고를 트게 될 것이리라.

"무슨 사이비교에 빠져서 나갔다던데?"

"사이비?"

경수는 '사이비교'라는 말에 귀가 솔깃해진다.

"차민가 처민가 뭐라고 했는데? 모친 발음이 좀."

이어지는 말에 눈살이 있는 대로 찌푸려진다. 옆의 동료들 중 일전에 치미교가 연루된 신고 건에 관해 조사를 나갔던 형사 역시 비슷한 반응을 띤다.

"치미교 아냐?"

"아! 맞는 거 같아요. 치미교. 어떻게 알고 계시네요?"

"너 이 새끼! 원래는 반장님을 미행하려던 게 아니었구나?"

경수는 벌떡 몸을 일으켜 찬종을 매섭게 노려본다. 거대한 그림자가 찬종의 좁은 어깨를 삼킨다.

"무슨 말씀이세요? 계장님?"

영문을 모르는 동료 형사들은 동그랗게 뜬 눈 안에 경수와 찬종을 번갈아 담는다.

"반장님이 아니라 나였어!"

동요하던 낯빛과는 달리 찬종은 좀처럼 입을 열지 않는다. 적어도 그가 치미교에 관계된 인물임을 알게 된 경수는 즉각 진수에게 연락을 넣어 본인 및 상원의 주변경계를 강화하라고 주의를 시킨다. 연락을 받은 진수도 곧장 상원에게 이와 같은 사실을 알린다. 그런데 소식을 접한 상원은 아내와 아들 걱정에 극도로 불안한 심리상태를 보이더니, 결국 두 사람이 있는 곳으로 가야겠다며 아파트를 나서려고까지 한다.

"심정은 백분 이해가 가. 하지만 니가 가서 뭘 어쩔 건데? 그리고 놈들이 어떤 배수진을 치고 있을지 모르는데 함부로 움직여봐……. 도리어 너랑 가족들 위치나 알리는 꼴이 될 거라고. 그럼 막말로 니가 자처해서 가족들을 위험에 빠트리는 거나 다름이 없게 되는 거잖아?"

상원의 입장에선 진수의 말이 원망스러울 정도로 이치에 맞았다. 허나 그렇다고 해서 불안감을 떨쳐낸다거나 덜해질 순 없는 법이었다.

"우리, 술이라도 한잔 할까?"

딱히 수단이 마음에 들진 않았으나 상원은 터질 것 같은 머리와 가슴을 취기로라도 달래야만 했다.

"우선 그 전에 제수씨나 동생들한테 전화부터 넣자. 조금 더 주의를 기울이라고 말이야. 너무 걱정 하지 마. 지금 이렇게 정황이 드러난 것만 해도 어찌 보면 다행한 일이잖아?"

"니 말이 맞아."

상원은 아내와 동생들에게 정황을 알린 후 진수와 술잔을 기울인다. 이 순간 상원이 삼키는 술은 기쁨을 치하하려 마시는 술은 말할 것도 없었고, 심지어는 슬픔을 누그러뜨리려 마시는 술과도 차원이 다르게 독하면서도 썼다. 아무것도 할 수 없어 안달이 난 심정을 억지 술로 추스르려는 무력감이 혀의 신경마저 가만히 놔두질 않는 모양이다.

"아직도……라고?"

상원의 그러한 모습이 진정으로 안타까웠던 진수가 서초구서로 전화를 넣은 때는 회중시계의 시침이 새벽 2시를 갓 지났을 무렵이다.

"예상보다 쉽지가 않네?"

"그럼 이대로 마냥 기다리고만 있어야 되는 거야?"

"지금으로썬."

진수는 그때서야 경수의 음색에 노곤함이 진하게 녹아나 있다는 사실을 알아챘다. 그래서 방금 경수의 사정을 안중에도 두지 않았던 본인이 창피했다. 다소 이기적인 심리지만 미안한 건 그 다음이다.

"이번엔, 내가 좀 꼴사나웠군? 미안해."

"크크. 너무 자책은 마."

경수는 무안해하는 경수를 배려해 그 방법조차 너그러이 해서 사과를 받아준다.

"연락 기다릴게."

"그래. 나 좀 믿고 기다려봐."

"알았어."

수화기를 내려놓은 경수는 취조실로 돌아왔다.

"안 불지?"

"독한 건지, 멍청한 건지. 이런 식으로 버텼다간 그놈들이 벌이는 일, 몽땅은 아니더라도 상당수 뒤집어 쓸 수 있다고 몇 번을 알아듣게 설명을 해줘도 말귀를 못 알아듣는데 말입니다. 나중에 얼마나 후회를 하려고 저러는지……. 우리가 저런 놈들 어디 한둘 대해봅니까? 안 그래요, 계장님?"

오 형사는 의도적으로 한 번 더 찬종이 들으라는 듯 언성을 높인다.

"답 나왔군. 멍청한 걸로."

"그렇지 말입니다?"

"오 형사는 가서 눈 좀 붙여. 여긴 내가 있을 테니."

경수는 오 형사를 내보낸 후 취조실에 남는 의자 세 개를 붙인다. 그리고 철제책상을 사이에 두고 찬종의 맞은편에 다리를 쭉 뻗는 자세로 상체를 기댄다. 찬종은 체력적으로도 정신적으로도 모두 한계에 다다라 있었으나 내색을 하지 않으려 안간힘을 쓰고 있는 듯 보인다. 경수의 눈엔 확실했다. 하지만 치미교의 극악무도함을 모르는 바 아닌 경수는 그러한 찬종의 모습이 안쓰럽게 여겨지지 않는다. 오히려 힘든 모양새를 하고 버틸수록 치가 떨리고 혐오스럽다.

"뭐냐? 뭐가 니 멍청한 의지를 그토록 완고하게 만드는 거냐?"

눈매만 미세하게 찡그릴 뿐 대꾸는 없다.

"무모하다는 건 니 스스로가 가장 잘 알고 있으니, 이 정도 물음에 대한 대답은 해도 되는 거 아냐?"

찬종의 입술이 옴짝거린다. 대답을 망설이는 것이 자명하다. 경수는 이쯤에서 기다려주기로 마음을 먹는다. 지금의 시점에서 이 이상의 자극은 역효과를 부를 것이라 판단했다.

취조실 내에 적막이 가라앉은 지 한참이 흘렀다. 경수는 찬종을, 찬종은 수갑이 채워진 자신의 두 손목을 응시한 채 말이 없다. 침묵의 농도는 시간이 흐를수록 짙어져간다. 이러한 상황에선 대개 인내하는 자가 상대로부터 원하는 걸 취할 수 있음을 경수는 알고 있다. 까닭에 마음이 다소 조급함에도 일절 겉으로 드러내지 않았다.

"덕을 쌓는 겁니다."

경수는 의문이나 제기 등의 말을 곧장 꺼내지 않고 한 번 더 기다린다.

조금 더 인내를 하면 원하는 답을 얻어낼 것이라 믿었다.

"그게 다야?"

그러나 애석하게도 이후 찬종은 동이 터올 때까지 입을 열지 않는다.

"여기에요? 여기에 우리 찬종이가 있는 게 맞아요?"

찬종의 모친은 차가운 새벽공기를 뚫고 서초구서를 찾는다.

"몇 년 만에 보시는 겁니까?"

"십 년 조금 안 됐어요."

세월의 길이를 듣고 나니 새벽걸음을 재촉한 어미의 마음이 이해가 가는 경수다. 때론 주체스러운 분별력-찜찜한 감성을 유발하기 마련이다.

사무실에서 확인절차를 마친 모친은 간절히 기도를 하듯 취조실 앞에서 떨리는 두 손을 맞잡는다.

"이 안에 있습니다."

모친의 눈엔 육중하기 이를 데 없는, 그래서 더욱 마음을 짓이기는 취조실의 철문이 '끼익' 하는 날카로운 마찰음을 일으키며 안쪽으로 경사면을 만든다. 그리고 십 년 만에 마주한 아들의 퀭한 얼굴. 생기를 잃은 꽃잎이 검게 메말라 있는 마냥 아들의 행색엔 그토록 떠들어 대던 유(柔)한 인생의 흔적을 눈 씻고 찾아봐도 발견할 수 없다. 그래서 모친은 가슴이 갈기갈기 찢어지는 통증을 혼자만이 아는 속으로 감내해야 했다.

"찬종아."

아들은 어머니의 부름에 응답하지 않는다. 못했다.

"찬종아!"

모친의 음성은 거듭 가느다랗게 떨린다. 그리고 그 파장에 싱크로율을 맞추듯 찬종의 동공이 흔들리기 시작한다.

"저희 둘이서만 얘기를 나눠볼 순 없을까요?"

모친의 부탁에 가까운 물음에 오 형사는 경수의 의중을 살핀다. 경수는 병약해 뵈는 모친의 상태와 꿍꿍이를 알 수 없는 찬종의 심리가 걸렸지만 현재로썬 마땅히 답을 이끌어낼 방법이 없다는 판단이 섰다.

"어머니랑 대화를 나누는 동안 절대로 의자에서 엉덩이를 뗀다거나 허튼 움직임을 보여선 안 돼. 무슨 말인지 알아듣지?"

"네."

찬종은 그 부분에서만큼은 어떠한 마음도 먹지 않을 것임을 피력하는 표정을 짙게 새겨 보인다.

"오 형사."

오 형사는 경수의 허락이 떨어지자 위협의 소지가 다분한 용의자들을 취조하는 과정에서 주로 사용하는 2센티미터 두께의 쇠사슬을 취조실로 가지고 들어온다. 그리고 가지고 온 쇠사슬로 찬종의 손목을 채우고 있는 수갑과 철제책상 아랫면에 나 있는 홈을 결속시킨다.

"너 같은 비실이한테 써보긴 처음이군?"

경수는 쇠사슬이 수갑과 홈을 단단히 물고 있음을 확인한 뒤 다시 모친을 취조실로 들인다.

"시간을 오래는 못 드립니다."

"고맙습니다."

자리를 비킨 경수와 오 형사는 옆방으로 들어온다. 방에는 취조실을 훤히 비추고 있는 특수통유리와 녹음시설 등이 구비되어 있다.

모친은 연신 눈물을 훔치며 그간의 행적을 물었다. 이에 찬종은 고개를 돌린 채 괜찮다, 잘 지냈다, 라는 말만 되풀이한다. 두 사람의 그러한 모습은 지루하고도 서글픈 신파극이 따로 없었다. 그런데 이 신파극을 엔딩에 이르게 하는 결정적인 계기가 의외로 찬종의 입에서 불쑥 튀어나온다.

"아버지는 잘 지내고 계시는지?"

찬종은 여쭙는 자체가 죄송스럽다는 얼굴을 하고서 말을 흐린다.

"너 정말 몰랐구나?"

모친은 처음 아들을 대했을 때보다 한층 더 억장이 무너지는 기색을 떠올린다.

"네?"

"니 아버지, 니가 강원도로 떠나고 얼마 안 돼서 돌아가셨어."

"그랬군요……."

찬종은 덤덤하게 대꾸한다. 하지만 그는 몰랐다. 대답을 망설인 잠깐 동안 자신의 안면엔 순수히 죄책감으로부터 비롯된 암울한 그늘이 드리웠단 사실을.

"어떻게 돌아가셨는지 안 궁금해?"

응당 궁금했다. 그러나 본인으로부터 물음을 출발시키기가 버거웠던 찬종이다.

"어떻게, 돌아가셨는데요?"

"살해당하셨어."

"살해라고요?"

찬종의 눈이 순간적으로 곱절은 커진다. 움츠려 있던 심리 탓인지 모친의 대답이 신속하면서도 단호한 느낌이다. 지병을 앓던 아버지였기에 으레 병으로 돌아가셨으리라 짐작을 하던 차다. 그런데 살해라니. 같은 죽음이지만 받아들이는 데 있어 하늘과 땅 차이였다.

그런 찬종의 얼굴을 비추고 있는 모친의 눈동자엔 원망과 눈물이 공존한다. 모친은 꺼칠한 손등으로 눈물을 닦아내며 목을 가다듬는다. 찬종에게 단번에, 그리고 명확히 사건의 전말을 전달하기 위함이다.

"니가 집을 나간 지 보름쯤 지난 후부터였어. 아버지가 너 되찾으려고 몇 날 며칠을 분관인가로 찾아 가셨는데, 어느 날은 집으로 돌아오실 시간이 훨씬 지났는데 오시질 않는 거야. 다음날 오후까지 깜깜무소식이기에 파출소에 신고를 했지. 예감이 너무도 불길했었거든. 그런데 이튿날, 술김에 아버지와 시비가 붙어 싸움을 벌였다는 남자가 경찰서에 잡혀 있다는 연락이 왔어. 가서 확인을 해보니 아버지는 그 남자한테 무자비하게 맞아 돌아가셨다고 하더구나. 경찰에서 그렇게 말을 하고 또 남자도 감옥에 갔으니 그 이상 내가 뭘 할 수 있었겠니?"

모친의 자조 섞인 말 맺음에 찬종은 입술을 뗄 수조차 없다.

"그렇게 손을 놓고 산 지 2년 정도가 지났는데. 글쎄 그 남자가 버젓이 길가에 돌아다니고 있지 뭐니?"

다소 흥분한 낯빛을 띤 찬종이 수갑이 채워진 두 손을 책상 위로 올리려는 몸짓을 보인다. 이를 지켜보고 있던 오 형사가 방을 나서려는데, 경수가 눈앞에다 손사래를 치며 제지한다.

"그런데 그 남자가 자주 들락거렸던 곳이 어딘 줄 아니? 바로 니가 다니던 치미교분관이었어."

"정말이에요?"

"그래! 아버지를 죽이고 널 미치게 만든 그 치미교 신도였다고!"

모친의 처절한 절규에 찬종은 파르르 떨리는 감은 두 눈에서 통탄의 눈물을 흘려낸다.

"그놈 얼굴이나 이름 기억하세요?"

찬종은 무작정 그렇게 물었다. 이제는 돌이킬 수도, 현재로썬 자신이 해볼 수 있는 어떤 일도 없다는 사실을 알고 있음에도 알아야 했다.

"얼굴이고 이름이고 잊을 리가 있겠니? 아주 고약한 눈매를 하고 있는 그놈의 이름은 전영훈이었어."

"전영훈이요?"

"그래! 전영훈."

"으아아!"

그랬다. 그 일을 계기로 영훈은 헌구의 눈에 들었고, 얼마 후 전도사가 된다.

3

처음엔 전영훈 개인을 향한 분노에 지나지 않았다. 그러나 시간이 흐르면서 가슴과 머리를 뒤덮었던 태풍이 잠잠해지고 나니 증오만이 가득했던 찬종의 시야에 치미교가 들어오기 시작한다. 괴로움의 정점을 찍고 내려온 찬종은 경수에게 면담을 요청한다. 세상이 뒤집어진다고 한들 오로지 함구만으로 일관을 할 참이었던 찬종은 과거나 미래가 아닌, 오로지 현재의 자신에게 후회를 남기지 않으리라는 다짐으로 만규 등이 모의하고 있는 계획에 대해 털어놓기로 마음을 굳힌다. 목숨같이 믿고 따르던 종교, 그리고 신으로부터 느끼는 배신감은 단순한 증오나 허무함과는 차원이 다른-과거와 미래를 송두리째 잃은 듯한-말로는 형언할 수 없는 상실감을 안겨다주었다.

"퇴근길의 강창원을 납치할 계획을 세운 것으로 알고 있습니다."

"아니. 그건 우리 입장에서 핵심을 조금 벗어난 사안이고. 지금부터 내가 하는 질문에 대한 대답 다음에 들어줄 수 있는 사안이야. 무슨 말인지 이해해?"

"알겠습니다."

"간단하게 묻지. 놈들의 아지트가 어디야? 넌 알고 있을 거 아냐?"

"그걸 물어 오실 줄 알았습니다. 하지만 전 몰라요."

"모른다고?"

경수는 눈을 가느다랗게 떠서 찬종을 노려본다. 응당 믿기 싫고 어렵다는 눈초리다.

"얼마 전에 거점을 옮겼는데 옮긴 곳은 저도 몰라요. 본소전도사들끼리만 알고 있는 듯했습니다."

"그래? 정말로 그렇단 말이지?"

"정말입니다."

"그럼 너한테서 분관을 알아내고 덮친 들 대가리를 잡을 가능성은 희박한 셈이네?"

"형사님에게 지금의 분관은 속빈 강정과 마찬가지. 오히려 역효과만 내게 될 겁니다."

경수는 심플하나 확실하게 물음의 답을 얻었다고 판단을 내린다. 그래서 약속대로 찬종의 이야기를 들어주기로 한다.

"좋아. 이제 니 얘기로 돌아가지. 강창원을 납치한다고? 그것도 서울 시내 한복판에서?"

"그들이라면 어떻게든 가능하게 만들 겁니다. 지금까지 줄곧 그렇게 해왔으니 말입니다."

"그렇다 하더라도 계획이 실행될 가능성은 지극히 낮다고밖에. 아니 아예 제로에 가깝다고 할 수밖에 없어. 왜냐면 니가 우리 손에 잡힌 걸 놈들이 모를 턱이 없으니까."

"아닙니다. 반반입니다."

"실행으로 옮기는 게 반반이라고?"

"네."

"어떻게 확신을 하지? 것보다 왜 확신을 하는 건데?"

"그쪽은 제가 절대로 발설을 않을 거라 굳게 믿고 있을 겁니다. 틀림없어요."

"당최 이해가 안 가는군? 그런 식의 확신을 가질 수 있다는 게?"

"저를 보셨잖습니까? 어머니가 새벽같이 달려오신 건 그렇다고 쳐도 아버지 일과 연관이 지어진 건 우연이라고 할 수 있지 않습니까?"

찬종은 경수가 받아들이기에 유쾌하지 않을 수밖에 없겠지만, 만약 아버지의 일을 몰랐다면-나아가 아버지가 영훈에게 죽임을 당하지 않았더라면-당신들에게 정보를 발설하는 일은 하늘이 갈라져도 없었을 것이라는 표정을 말꼬리에 딸려 보낸다.

"일리는 있다만 잡혀 있는 니가 니 자신을 그런 식으로 변호하는 상황이 조금 아이러니하군? 좋아. 거기까진 모두 니 말대로라고 치자. 그런데 조금 어거지이긴 한데 말이야. 내 입장에선 예상을 할 수 있는 모든 상황들에 관해 가능성을 열어두어야 해서 말이지."

찬종은 경수의 이어질 말이 궁금하다는 눈치를 한다. 경수는 한 템포 호흡을 가다듬는 동안 파고다를 한 개비 꺼내 입술 사이에 문다. 그러면서 찬종에게도 담뱃갑을 들어 보이며 권했지만 그는 고개를 가로 젓는다.

"전영훈이라는 놈이 니가 우리한테 붙잡히는 바람에 아버지의 일을 알게 될지도 모른다는 의심을 가진다면? 그렇다면 변경이 있지 않을까?"

"아뇨. 전영훈은 모를 겁니다. 그런 식으로 사람을 죽이는 걸 제가 본 것만도 수차례나 되거든요."

"니 말이 사실이면, 너도 사람을 죽이는 현장을 전전했다는 소리로군?"

경수는 취조를 하던 버릇이 있어 불쑥 그렇게 말을 던진다. 허나 말을 뱉은 직후 현 대화의 요점에선 다소 이탈을 했음을 인지한다.

"그게, 가지고 나온 거라곤 집에 있던 10만 원이 전부였던지라 온갖 고생을 겪다 겨우 교도가 됐고, 다시 거기서 우여곡절 끝에 전도사가 됐습니다."

찬종은 후회와 죄책감의 기색을 표정과 어투 모두에 가감 없이 내비친다.

"이봐. 협조는 환영하지만 변명에 가까운 사설은 미뤄두라고. 때가 아니잖아?"

경수는 얼른 요점으로 돌아와야 한다고 생각했다.

"아. 그러니까 제 말은, 제가 전도사가 되는 데 6년이 넘게 걸렸고. 그 기간 동안 전영훈은 수많은 사람들을 죽였을 게 뻔하니 제 아버지 일은 이미 오래전에 기억에서 지워졌을 거라는 겁니다."

'아버지'라는 단어 이후부터 꺼내지는 찬종의 음성엔 스스로를 향한 책망이 진하게 스며 있다.

"하긴, 바이러스를 퍼뜨려 무고한 생명 수백을 장삿속으로 재끼는 놈들이니?"

"바이러스요?"

"그건 차차 저절로 알게 될 거고. 그래서 언제쯤으로 계획을 잡고 있는 거 같았어?"

"12일. 그러니까 바로 내일입니다."

"그렇단 말이지?"

경수는 바로 내일이라는 대답이 차라리 반가운 기색이다.

"거기 우두머리가 전영훈이 아니라고?"

"네. 최고장로인 최만규랑 최고전도사인 장헌구가 우두머리라고 할 수 있습니다."

"그놈들에 대해서 자세히 알아?"

"아뇨. 잘은 모릅니다."

"그래? 알았어. 그런데 이건 사적으로 정말 궁금해서 물어보는 건데, 니들이 쌓는다는 덕 있잖아? 도대체 그게 뭐냐? 대체 그게 뭔데 인생을 걸고 앉아있는 거냐고? 정말로 니들은 하늘나라가 있다고 믿는 거야?"

"하늘에 있는 나라인진 몰라도 이거 하나는 지금도 믿고 있습니다."

찬종은 틀에 박힌 염원을 바라는 표정을 얼굴에 그린다.

"뭔데?"

"영원이요."

"이야……! 사이비가 이래서 사이비구나?"

눈매는 아니었지만 입꼬리는 비웃는 모양새를 하고 있는 경수다.

"자. 이제 어느 줄을 잡아야 하나?"

사무실문 밖. 앳된 형사는 히죽거리는 웃음을 흘린다. 그러면서 파지하고 온 서류철에다 검지로 숫자를 아무렇게 그린다.

"견적을 진중히 뽑아봐야겠군."

그날 오후. 경수는 진수를 만나기 위해 창조일보 본사를 찾는다.

"납치할 계획을 세웠다고?"

진수는 경수의 마지막 말을 반복하며 말꼬리를 세운다.

"계획대로라면 내일 퇴근길에 일이 벌어질 거야."

경수는 시시한 예언을 들려주듯 단조로운 투로 부연(敷衍)을 붙인다.

"정말 물불을 가리지 않는 놈들이로군?"

"크게 걱정할 거 없어. 우리 쪽에서 미리 손을 써놓을 테니까."

"어떤 면에선 거의 뚜렷해진 거나 다름없군."

"뭐가?"

"서초구 내부 말이야. 조금 걸렸었는데."

"박찬종이? 맞아. 그 교묘한 놈들이 베테랑 반장을 미행하는 수고를 감수했던 자체가 정보통이 시원찮았단 반증인 셈이지. 계획도 알아내고, 청정지역인 것도 확인하고, 우리 쪽은 일석이조의 효과를 거둔 셈이랄까?"

"어찌됐든 사전에 계획을 알아내서 다행이긴 하네."

"강상원한테는 동생이 알아듣게 설명을 해줘. 아직 집에서 지내지?"

경수가 턱 끝을 진수를 향해 밀었다. 진수는 고개를 깊이 끄덕인다.

"전에도 물었던 거 같은데? 거기 괜찮지?"

"나름대로 장난을 쳐놨어. 조선배한테는 좀 미안하지만."

"정 뭐하면 정리되는 대로 답례를 하던가?"

"회포 한 번 풀자고 몇 천 킬로미터를 날아갈 순 없잖아?"

"뭐야? 외국으로 나간 사람이었나?"

"이젠 어디 사는지도 정확히 몰라. 그건 됐고. 창원 씨한테는 알렸어?"

"당연하지. 여기 오기 전에 내가 통화 상으로 알렸고, 조금 있다 만나볼 생각이야."

"창원 씨는 뭐라고 해?"

"감수를 하겠다더군. 내가 보기에 놈들을 잡겠다는 의지가 확고한 것 같았어."

"그렇겠지. 이미 아버지와 막내 동생은 돌아올 수 없는 강을 건넌 셈이니 주저할 이유가 없지."

"그럼. 소식을 모두 전했으니 이만 일어날게."

"어디로 가? 창원 씨 회사로?"

"우선은 다시 서에 들렀다가,"

"그런데 있잖아."

진수는 다음 말을 주저하는 기색을 띤다.

"뭔데?"

"납치를 계획하고 있다면 창원 씨한테 감시가 붙어 있지 않을까?"

"원 사람. 띄엄띄엄 봤군? 그 정도도 생각 안 했을까 봐? 서에 전문배우 빰 갈기는 후배가 몇 있어. 거래처 사람으로 위장을 해서 접근할 테니 괜한 걱정은 접어두라고."

"이런, 내가 주제 넘는 소릴 했군?"

"동생이 주제파악 못하는 때가 한두 번이 아니니 내 너그러이 이해를 해주지."

진수의 무안한 미소를 확인한 경수는 자리를 떠났다.

한편, 진수로부터 현재까지의 전말을 전해들은 상원은 계획을 미리 알아내어 천만다행이라는 생각을 한다. 그러면서 한편으로 초조함에 가슴앓이를, 또 다른 한편으론 아내와 아들이 타깃이 아니라는 점에서 위안을 얻는 복잡 미묘한 감정에 휩싸인다.

"괜찮겠어?"

"난 이번이 기회라고 생각해요. 내일 잡아들일 놈들 중에 간부급 놈도 있다고 들었는데, 그놈이 행동파대장 역할을 맡고 있다고 하더라고요."

상원은 창원의 그 말을 듣는 즉시 네 명의 간부가 떠오른다. 그리고 곧 만규와 영주 아버지로 범위를 좁힐 수 있었다.

"아무튼 몸조심하고. 보명이한테는 연락해봤어?"

"경찰에서 행여나 대상을 보명이로 바꿀 걸 대비해서 저녁부터 집 주변에 형사들이 잠복을 할 계획이라고 했어요. 당연히 보명이는 이 일이 해결될 때까지 집 밖으로 나오지 않을 작정이라 했고요."

찬종의 말에 따르면 창원과 보명이 마지막까지 납치 대상의 물망에 올랐었다고 했다. 그래서 경수는 보명에게도 최소한이나마 인력을 붙여놓을 필요가 있다고 판단한다.

그날 밤 경수는 2반에 지원요청을 해 3반과 팀을 꾸린다. 마찬가지로 찬종의 말을 참고했을 때 그리고 인사(人士)가 아닌 민간인 납치계획인 점을 감안했을 때, 일당의 규모가 그리 크지 않을 것이라 짐작을 할 순 있었다. 하지만 이례적으로 예고된 납치 현장을 덮치는 사안이니만큼 신중에 신중을 기해야 한다고 결론을 짓는다. 이쪽의 업무라는 것이 잘 차려진 밥상일수록 완벽하게 접수하지 못한다면 이후 후폭풍이 치명적인 법이다.

드디어 12일 날이 밝는다. 창원은 평소와 다름없이 회사로 출근을 했다. 경수는 만약을 대비해 어제 저녁부터 창원의 주변에 인력을 배치시켜 놓고 예의주시하고 있었다.

"전문폭력배 놈들이 아니라고 해서 방심하면 안 돼. 일당들 중에 특히 요주인 최만규나 장헌구 같은 놈들은 과거 폭력단에 몸을 담았던 기록이 있으니까."

재혁은 찬종과 상원의 증언을 토대로 만규와 헌구의 신원조회를 밀양 경찰서에 의뢰했었다.

"비록 일제시대 기록이고, 이제는 오십 줄 안팎인 영감들이라고 해도 절대로 얕봐선 안 된다고. 평생 땅을 치고 후회할 사고는 한 순간 방심에서 비롯된다는 거 잊지 말란 거야. 모두 알겠지?"

"네. 알겠습니다."

"그런데 반장님. 최만규나 장헌구 사진은 없습니까?"

"그게, 아쉽게도 사진을 못 구했어. 본적이랑 생년월일 이름은 기재가 되어 있다는데, 우리로선 당장 오늘이 날이잖아? 그러니 밀양까지 내려가 조사를 해본 들 의미가 있겠냐? 거기 다 뒤지려면 적어도 이틀은 걸릴 텐데? 대신 전영훈이라는 놈의 면상은 확보를 했으니 현장에서 참고를 할 수 있을지도 모르지. 차 계장. 나머지 전달해."

말을 마친 재혁은 경수의 뒤로 한 발짝 물러나며 팔짱을 낀다.

"자! 주목."

사무실 내 2, 3반 형사들의 신경이 일제히 경수에게로 쏠린다.

"현재까지의 상황이 우리의 예상대로 흘러가고 있다. 물론 기껏해야 어제 오늘이니 현재까지라는 말이 조금 웃기긴 하지만. 어쨌든 그러니 작전대로만 하면 무리 없이 일망타진을 할 수 있다는 말이다. 오케이?"

"네!"

"그런 의미에서 작전에 대해 마지막으로 짚어보도록 하겠다. 우선 반장님을 필두로 한 1팀은 회사에서 강창원이 버스를 타는 정류장까지 약 300미터 구간. 그리고 버스에 승차를 하고 다시 하차를 하는 약 40분 구간 동안 강창원의 신변보호 및 일당검거 활동을 벌인다. 놈들의 목표가 납치이니만큼 그 구간들 내에서는 움직임을 보일 가능성이 극히 희박하다. 허나 그렇다고 하더라도 우리의 최종목표는 강창원의 신변보호가 아닌 일당검거이기 때문에 한시라도 느슨해져서는 안 되겠다. 그리고 인원이 조금 더 많은 2팀은 강창원의 경로상 면에서 놈들이 노릴 가능성이 가장 농후할 것으로 간주되는 하차정류장에서부터 집까지의 500미터 구간에 중점적이면서 점적인 배치를 단행할 계획이다. 예측대로라면 이 구간에서 놈들이 움직임을 보일 가능성이 8할 이상이라고 보면 되겠다. 그리고 검거가 최종목표이니 자칫 행색이 겹쳐 보일 수 있는 1팀은 반장님 지시아래 대조동외곽에서 2개조로 나뉘어 지원대기를 탄다. 이상! 질문 있나?"

"저기 계장님."

"음. 말해."

"은평구쪽 협조는 어떻게 되는 겁니까? 그래도 타 관할에서의 작전인데 말입니다?"

타 서의 협조에 관한 질문에 재혁이 경수의 앞으로 다시 나선다.

"거기에 대해선 내가 답을 하지. 나는 내 식구들만 믿어서 말이야."

"에이…… 말씀만?"

2반 소속의 형사가 눈을 가늘게 뜬다. 장난기가 그득하다.

재혁은 작전을 구상한 직후 팀을 꾸리게 될 인력들에게 3인1조로 움직이라는 지시를 내린다. 화장실을 가든 담배를 피우든 전화통화 등 외부와 연락이 닿기 용이한 행동은 일체 삼가길 당부한다. 보명의 주변 등 잠복이 불가피한 인력은 가장 믿을 만한 3반의 인물들로 구성했다.

"충분히 설명했잖아? 기껏해야 하룻밤 정도였고, 상대가 상대이니만큼 뒤탈을 생각해서 그랬던 거니까 이해들 했으리라 믿는다. 모두 그렇지?"

"네."

"혹시 이 사안에 대해 불만이 있는 사람? 나는 타 관할에 보고나 협조

없이 일을 하기가 영 꺼림칙하다, 하는 놈?"

형사들은 재미없는 농담을 뭐 하러 늘어놓으려 하느냐는 얼굴을 한다.

"그리고 한 가지 더. 이번 작전의 포인트는 강창원이놈들의 손에 완전히 넘어가기 전에 포위를 하는 거다. 즉, 반드시 우리가 쳐놓은 포위망 안에서 잡아들여야 한다는 말이다. 놈들은 그때그때 여건에 맞아 떨어지는 무작위 납치가 아닌 강창원과 강보명을 지목해 얼추 보름이란 기간 동안 주시하다 계획을 세운 케이스다. 고로 우리 쪽에서 위장을 한다는 등의 함정수사는 의미가 없다. 물론 강창원 본인의 동의를 얻었다곤 하지만 경찰로서 빤히 눈뜨고 민간인이 납치되는 꼴을 지켜보고 있을 수는 없는 노릇이니. 여의치가 않겠지만 강창원의 신변에 직접적인 마찰이 있기 전에 낚아채는 것이 가장 이상적이라 할 수 있겠다."

재혁이 말을 맺을 즈음 사무실엔 어색해서 텁텁한 공기가 차올라 있다.

"뭘 벙어리 행세까지 하고 섰냐? 말이 길어서 못 알아먹어? 결국엔 하던 대로 하라는 말이잖아? 상황에 맞게 착! 착!"

눈빛만 교환하던 형사들이 옅은 미소를 머금는다.

"다른 질문 없으면 바로 움직였으면 하는데?"

서초구 측과 만규일당 양쪽 모두에게 적용을 하기도, 그렇다고 한쪽에 국한시켜 적용을 하기도 모호하나, 어쨌든 다행으로 창원이 하차정류장에 다다르기까지 팽팽한 긴장감이 유지된다.

인도블록에 발을 디딘 창원은 조금 전과는 차원이 다른 긴장감에 목이 타들어간다. 그도 어림짐작은 하고 있다. 비교적 사람들의 눈이 다수일 수밖에 없는 회사 근처 혹은 버스를 탈취한다거나 하는 일이 벌어질 가능성이 지극히 낮다는 걸, 따라서 만약 만규일당이 계획대로 일을 진행시킨다 치면 하차정류장에서부터 집에 다다르기까지의 경로 중에 납치를 감행할 것임을.

가로등이 늘어서 있긴 했다. 하지만 듬성듬성한데다 조도자체가 그리 높은 편이 아니었기에 차도는 전체적으로 어둑한 분위기를 연출하고 있다. 또한 집에 다다르려면 두 블록의 골목을 지나야 했는데, 날씨가 쌀쌀한 탓인지 골목에 나와 있거나 지나다니는 행인도 거의 없을 뿐더러 창문이나 대문도 열려 있는 집이 없다. 적어도 어제 저녁까진 그러했고 오늘은 어제보다 매서운 바람이 기승을 부린다.

창원은 버스에서 내려 집으로 향하는 발걸음마다 그런 불안요소들이 떠올라 어수선하다. 범행이 감행되기 용이한 지점이라는 사실을 자각하면서도 그곳으로 걸어 들어가고 있는 기분이란. 디딤 발 하나하나에 착잡함을 축적해가는 감성이라 할 수 있었다. 그런데 한편으론 자신 또한 서초구서 측과 마찬가지로 사건의 방지가 아닌 만규일당의 검거가 목표였으므로 티를 내지 않아야 한다고 스스로에게 거듭 다짐을 촉구한다.

"어린 아이가 아닌 성인을 납치하겠다는 계획이다 보니 어설픈 유도 따위를 시도한다든지 혹은 시야가 트였다거나 도보가 병행되는 긴 경로를 이용할 가능성은 지극히 낮아. 따라서 골목으로 들어서기 전 차가 움직일 수 있는, 그나마 인적이 드문 도로에서 일이 벌어질 가능성이 커."

"그럼 주 인력을 차에 매복시켜 도로가에 주차를 해놓는 게 맞겠군요?"

"끼고 있는 골목엔 입구와 출구 끝에 최소한의 인력만 배치시키고 말이지."

"알겠습니다."

경수는 그날 오후 인력현장배치 전 동선을 확정한다.

만규가 모는 코로나가 창원의 집 근방과 대조동외곽을 순회한다. 며칠 전까지 길을 모두 익혀두었던 관계로 마지막 확인 작업이다. 당일은 한 바퀴만 순회를 했기 때문에 전날부터 잠복을 하고 있던 형사들의 눈엔 띄지 않는다.

며칠 전. 만규는 일당들과 함께 납치계획의 최종구상에 대해 이야기를 나누었다.

“염 주임은 버스정류장에서 기다리고 있다가 강창원이랑 같은 버스에 올라 감시를 하면서 대조동까지 오는 거야. 혹시나 강창원의 동선에 변경사항이 생기거든 즉각 성지다방으로 연락을 넣도록 하고. 거긴 영훈이가 있을 거고 밖에 차에는 내가 있을 테니까.”

비장함을 둘러친 주은은 고개를 끄덕인다.

“강창원이 예정대로 내리면 같이 내려서 곧장 미소부동산으로 전화를 넣어. 다음 성지다방으로 넣고. 정류장근처에 공중전화부스 있는 거 확인했지?”

“확인했어요. 부동산에는 장 전도사님이 계시는 거죠?”

“어. 내가 어제 들러서 얼굴을 비쳐놨으니 당일 날 죽치고 있는데 문제없을 거다. 염 주임은 내 마누란데 집 문제 상의로 전화가 올 거라고 말을 해놓으꾸마.”

“알았어요.”

“그래. 염 주임은 거기까지 역할을 하고 빠지면 되고. 관건은 부동산에서 나선 헌구가 강창원과 도로에서 교차하는 시점, 그리고 내가 차를 옆으로 대는 시점, 마지막으로 영훈이가 뒤에서 강창원과 거리를 좁히는 시점이 일치해서 일사분란하게 일을 마무리 지어야 한다는 거야. 다들 확실히 알아듣지?”

"예. 장로님."

그리고 오늘. 헌구는 미소부동산을 다시 찾는다.

"어서 오세요. 사장님. 또 찾아주셨군요?"

소장은 숙달된 친절함을 표출하며 헌구를 맞는다.

"소장님. 홍은동 쪽에 집을 보고 있는 제 집사람이 얘기를 해보고 전화를 주기로 했는데, 여기로 전화를 넣어라 캐났습니더. 괜찮겠지예?"

"물론이죠. 사모님께서도 근처에 따로 보고 계셨나 봐요?"

"예. 지방에서 갑자기 정리하고 올라와야 할 상황이라 저희 사정이 좀 급합니더. 오늘 아니면 내일까지는 결정을 지어야 해서예."

"그 정도로 바쁘셨습니까?"

"저는 며칠 전에 봤던 그 모퉁이 집이 마음에 들긴 하던데?"

"아무렴요. 그 집이 지어진 지가 좀 오래돼서 그렇지 위치로는 이 근방에서 최고죠. 투자명목으로 놓고 봐도 제일 알짜배깁니다."

"그런 거 같더라고예."

"우선 여기 좀 앉으시죠. 차는 뭐로 드시겠습니까?"

"아무거나 주시는 대로 마시겠습니더."

"잠시만 기다리세요."

약 1시간 뒤. 소장의 책상 위에 놓인 전화가 울린다. 맞은편 소파에 앉아 헌구의 비위에 맞았으면 하는 매물들을 늘어놓던 소장이 책상으로 와 수화기를 든다.

"미소부동산입니다."

"저 유진우 씨 아내 되는 사람인데요. 저희 남편 거기 계시죠?"

"네, 사모님. 잠시만요. 사장님! 사모님 전홥니다."

소장은 친절한 몸짓으로 헌구에게 수화기를 건넨다.

“어. 우째 됐노?”

“지금 올라갔어요.”

“알았다.”

간략하게 통화를 마친 헌구는 벗어뒀던 외투를 집어 들고 나갈 채비를 한다.

“바삐 가시는 거 보니 그쪽에서 얘기가 잘 됐나 보군요?”

미소를 유지하곤 있었다. 하지만 표면으로 아쉬움이 스며나오는 건 도리가 없나 보다.

“다음에 다시 오겠습니더.”

“그럼 다음에 꼭 찾아주십시오.”

외투를 챙긴 헌구는 서둘러 미소부동산을 나선다.

하차 직후. 극도의 긴장감으로 요동치던 창원의 가슴은 뒤를 돌아보아도 정류장이 시야에 잡히지 않은 지점에 다다랐을 때쯤 안정을 찾기 시작한다. 그렇다고 긴장감을 떨친 것은 아니다. 다만 긴장의 성격이 달라졌다. 버스에서 발을 내릴 적엔 만규일당이 들이닥치면 정말로 경찰이 자신을 안전하게 보호해주고 일당들을 일망타진해줄 것인지, 행여나 경찰의 의도대로 상황이 돌아가지 않아 변을 당하는 건 아닌지에 대한 걱정에 가까운 긴장감이었다면, 지금은 도대체 어떻게 자신을 납치할 계획인지 어디에서 지켜보고 있는지 등의 호기심에 가까운 긴장감에 사로잡혀 있었다.

창원은 하차 후 지금까지 자신의 주변을 스쳐간 몇몇 인물들을 똑똑히 기억한다. 의미가 비슷하지만 의심을 주입했다고 하는 게 맞겠다. 그들 중엔 중년의 여인과 사내도 있었고, 노인과 아이도 있었다. 중년의 남녀라면 모를까 노인과 아이까지……. 창원의 의심은 솟아오른 곳에서 또 다시 솟아오르기만 할 뿐 좀처럼 수그러들 기미를 보이지 않는다. 호기심일지언정 신경은 곤두설 대로 서 있었기 때문이었을 것이다.

집으로 향하는 동선 중 가장 길고도 넓은 차도의 3분의 2지점을 지날 때쯤이다. 드디어 헌구가 창원의 정면에 모습을 드러낸다. 그리고 먼발치이긴 하나 뒤쪽에는 어느새 영훈이 따라붙어 있었으며, 차도남쪽에서 진입한 만규의 적자색 코로나가 이쪽으로 접근을 해오는 중이었다. 참고로 잠복을 해 있던 형사들은 일당들 중 유일하게 사진까지 확보를 하고 있었음에도 영훈이 창원의 뒤로 따라붙을 때까지 그를 알아보지 못한다. 영훈은 마스크를 착용하고 있었는데, 날씨가 꽤나 쌀쌀했던 탓에 간간이 지나가는 행인들도 마스크를 착용했던 터라 그 부분에 있어 뚜렷한 의심을 품기가 사실상 불가능했다.

그런데 조금 전 창원의 시선에 잠깐 걸렸다 빠져나갔던 노인이 헌구에게로 묘한 눈초리를 흘린다. 등이 다소 굽은 상태. 그리고 뒷짐을 진 두 손에 지팡이를 쥐고 있던 터라 도리어 바쁜 총총 걸음이 자연스러워 보이기도 했다. 어쨌든 빤히 꿰뚫는 느낌까진 아니었지만 응시하고 있는 노인의 눈매에 살기가 들어차기 시작한다. 헌구는 다가오는 노인의 기류가 수상함을 인지하지 못하고 지나쳐버린다. 고대하던 창원을 눈앞에 두었기에 감지할 여력이 미비했던 탓이다. 노인은 헌구를 등 뒤로 보내자 쥐고 있던 지팡이를 세워들어 보인 뒤 땅바닥에 꽂았다.

한편, 창원은 정면의 헌구가 신경 쓰인다. 그러나 만규일당이라고 단정 짓지는 않는다. 조금 전과 마찬가지로 의심이 갈 뿐이다.

“움직이는 거 같은데?”

차도 북쪽 끝에 주차되어 있는 블루버드 안의 경수는 창원 주변의 구도가 범상치 않음을 감지한다.

"예측지점 15미터 전. 모두 준비해."

그가 작고 낮은 목소리로 무전을 치자 차도남쪽 끝에 주차되어 있던 쉐보레1700이 시동을 걸고 천천히 바퀴를 움직인다. 또한 예측지점 가장 가까이에 주차되어 있는 또 다른 블루버드 안에선 몸을 납작 엎드리고 있던 형사 두 명이 조심스레 문손잡이에 손을 얹는다. 그때, 창원의 정면에서 다가오던 헌구와 뒤쪽에서 따라붙던 영훈이 급작스레 창원에게로 돌진했다. 동시에 코로나가 흙먼지를 일으킨다.

"지금!"

경수는 날이 선 음성으로 무전기에 대고 외치곤 블루버드에서 튕겨져 나가듯 뛰쳐나간다. 육중한 그를 토한 블루버드의 네 바퀴가 일제히 움찔한다. 완충기가 가라앉았다 들린 블루버드는 곧장 시동이 걸려 차도 북쪽 끝을 비스듬하게 막아선다.

한편, 만규의 코로나를 따라오던 쉐보레 역시 신속히 방향을 틀어 남쪽으로 뻗은 차도의 한가운데를 막아섰고, 멈춰선 쉐보레에서는 두 명의 형사가 문을 열어젖히고 뛰어나온다. 또한 예측지점 가장 가까이 주차된 블루버드에서 매복을 하고 있던 형사 두 명도 차에서 뛰쳐나온다.

차량에서 쏟아진 형사들 모두 창원을 제압하려는 헌구와 영훈, 그리고 그 옆에 정차해 있는 코로나를 향해 내달린다. 완강히 저항을 하고 있는 창원이었지만 이미 반 실신상태에 인접해 있었다. 그런데 이때, 헌구에게 고약한 눈초리를 쏘던 노인이 들고 있던 지팡이로 헌구의 머리를 세차게 내려친다.

"뭐야? 씨발!"

지팡이가 두 동강이 날 정도로 힘껏 휘둘렀건만. 두꺼운 헌구의 목은 미묘히 꺾이곤 금방 자리를 찾는다. 하지만 돌발 상황으로 인해 영훈의 움직임마저 찰나 묶어두는 효과를 거둔다.

"이 미친 영감탱이가!"

성난 헌구가 노인의 배를 사정없이 걷어찼다. 노인은 뒤로 나자빠졌지만 냉큼 몸을 일으켜 헌구의 허리를 감싼다. 완력이 반으로 줄자 정신이 가물 했던 창원도 마지막 힘을 짜내 저항을 했다.

거리를 좁혀오는 형사들. 그리고 정체불명의 노인.

"장로님 가십시오!"

무리라는 판단을 내린 헌구가 코로나 운전석의 만규에 대고 외친다. 그러자 영훈이 열었던 차 뒷문을 곧장 닫았다.

두 사람 모두 힘이 다한 거나 마찬가지인 창원이나 노인을 인질로 삼으면 적어도 만규 정도는 배수진을 돌파할 수 있게 만들 수 있음이라 여겼다. 하지만 예측지점 가까이서 달려드는 형사들은 헌구와 영훈이 품에 넣어온 흉기를 꺼내들 틈을 주지 않는다.

"야, 이 새끼야!"

형사 둘은 달려드는 힘으로 헌구와 영훈을 덮쳐 함께 비포장차도 위를 구른다. 이를 확인한 만규는 정면과 뒤편의 차도를 재빨리 훑어본 뒤 경수가 내린 블루버드를 향해 액셀러레이터를 밟는다. 가속도를 붙일 수 있는 거리만으로 따진다면 쉐보레 쪽이 월등히 나아 보인다. 허나 차를 돌릴 여유가 없었을 뿐더러 코로나는 후진보다는 전진에 힘을 더 실을 수 있다는 판단이 섰다.

경수는 자신을 향해 돌진해 오는 코로나를 간신히 피한다. 제아무리 거구의 경수라 해도 맹렬히 덤벼드는 쇠붙이와는 정면으로 마주할 수 없는 노릇이다.

"영만아! 조심해!"

가까스로 코로나를 피한 경수가 블루버드의 오 형사를 향해 외쳤다. 오 형사는 그 와중에도 사이드브레이크가 채워져 있는지 확인을 마친 다음 블루버드에서 뛰쳐나온다.

만규는 비스듬히 서 있는 블루버드의 뒷범퍼로 거칠게 나아간다. 뒷범퍼의 각도가 앞범퍼에 비해 뚫고 나가기가 조금 더 수월해 보였다. 콰앙! 눈도 한 번 껌뻑이지 않고 온 힘을 다해 액셀러레이터를 밟더니 결국 블루버드를 70도 가량 회전시키고 마는 만규다.

"젠장할!"

경수는 블루버드를 보기 좋게 돌려놓고 질주하는 코로나의 뒤태에 대고 무전을 친다.

"1팀! 1팀! 지금 용의자가 몰고 있는 붉은 코로나가 북쪽 차로로 빠져나가는 중이다."

격렬하게 저항을 하던 헌구와 영훈은 이 모습을 목격하고는 안도가 깃든 얼굴을 한다. 그리고 그제야 자신들의 역할이 끝났다는 듯 의미 없는 저항을 멈추고 팔을 뒤로 꺾인다. 나름의 계산으론 형사 단 한 명의 신경이라도 본인들에게 붙들어 두고자 함이었다.

"반장님! 지금 북쪽. 어?"

쾅! 이때 의문의 CJ-5하드탑이 코로나 운전석 옆면을 세차게 들이받는다.

"젠장! 여기까지 배수진을 치고 있었나?"

만규는 이번 충돌로 왼쪽 팔뼈에 금이 가고 이마가 찢어지는 부상을 입었음에도 끝까지 운전대와 액셀러레이터를 사수한다. 그러나 코로나의 엔진굉음만이 요란하게 허공에 울러 퍼질 뿐 바퀴는 꿈쩍하지 않는다.

"씨발!"

만규는 신경질적으로 이마에서 흘러내리는 피를 닦아낸다. 시야에 방해가 됐다. 그다음 힘겹게 조수석으로 몸을 넘겨 몇 번의 시도 끝에 망가진 차문을 열어젖힌다. 헌데 그의 앞엔 한 손에 총신이 짧은 권총을 쥐고 있는 무심한 얼굴의 유 과장이 버티고 서있다.

"니들 경찰이냐?"

"난 아냐."

만규가 순간 품고 있던 공업용커터를 꺼내며 유 과장 쪽으로 무게중심을 옮기려는데, '탕!' 하고 화약이 터지는 소리와 함께 만규의 오른쪽 허벅다리에 총알이 박힌다. 만규는 그 자리에 털썩 주저앉는다.

"너 이 새끼!"

"말하지 않았나? 경찰 아니라고."

유 과장은 공업용커터를 감싸고 있는 만규의 손을 구둣발로 짓이긴다.

"크윽."

만규는 울분을 곱씹는 신음을 낸다.

"품고 다니기가 편하다곤 해도 커터라니? 우두머리 주제에 어울리지 않는 짓거리군?"

"저기, 누구십니까?"

경수는 어안이 벙벙해져서 황급히 유 과장 쪽으로 달려온다.

"차경수 경위?"

"맞습니다만."

"정보부수사과 유민우요."

"정보부요? 아! 유민우 과장님?"

경수는 용케 그 상황에, 그것도 단박에 유 과장의 이름을 기억해낸다. 유 과장은 경수에게 자세한 이야기는 자리를 옮겨서 하자는 고갯짓을 해

보인다. 경수는 그러자는 눈길을 보낸 뒤 만규에게 수갑을 채운다.

"누굽니까?"

형사가 노인을 부축하며 물었다. 예사가 아닌 몸놀림과 필사적임. 단순히 길을 지나던 노인이 아님을 확신한다.

"괜찮아?"

노인은 형사의 팔을 따돌리며 숨을 고르는 창원의 몸 이리저리를 살핀다.

"덕분에. 감사합니다. 어르신."

"나야. 창원아."

노인은 매끄럽지 못한 미소를 그리더니 두 손으로 얼굴 가죽을 뜯어낸다. 기괴한 장면이 아닐 수 없었으나, 곧 가죽이 떠난 자리에 익숙하고도 그리웠던 형의 얼굴이 나타난다.

"형님?"

"그래. 다친 데는 없고?"

"니 강상원이었나?"

"이 괴한마새끼!"

상원을 알아본 헌구와 영훈은 결박이 된 상태로 끌려가다 폭주하려 한다.

"지랄하네!"

연행하던 형사들은 두 사람의 머리채를 꽉 움켜잡아 무릎을 꿇린다.

"어떻게 된 거예요? 분장을 하고 있던 거예요?"

"다행이다. 진짜 다행이야."

식은땀 범벅이긴 했으나 동생의 표정이 차츰 환해지고 있어 위안이 되었다.

"과장님 아이디업니까?"

만규를 동료형사에게 인계한 경수가 물었다.

"장치가 필요하다고 생각해서 말이오."

상원을 응시하는 유 과장의 눈을 내려다보고 있는 경수는 한쪽 입꼬리를 씰룩인다.

"찢어 죽여 시원찮을 놈."

만규가 멀리 상원을 향해 읊조린다. 헌데, 그의 미움이 상원의 신경을 날카로이 비켜간 듯 상원이 만규를 향해 똑바로 달려왔다.

"아버지랑 유선이."

"어떻게 됐을 거 같나?"

만규가 상원의 조급함을 가로막는다. 그리고 여유를 주지 않고 말을 잇는다.

"아마 니가 염려하는 차원이 아닐 걸? 모두 니가 자초한 거다. 알겠나?"

"닥쳐! 개새끼야! 닥치라고! 이 씨발놈아!"

썩어 문드러진 울부짖음이 사방으로 번진다.

주은은 몇몇 몰려든 군중에 섞여 있다. 똑똑히 광경을 목격한 그녀는 침통함에 쏟아지는 눈물을 참아내며 자리를 떠난다. 이때쯤 하늘에 닿을 기세로 흩날리던 흙먼지들이 가로등 불빛 아래로 찬찬히 가라앉고 있다. 그리고 몸집을 있는 대로 불린 달이 이를 내려다본다. 파란만장했던 짧은 시간이 잦아드는 데 더없이 어울리는 풍경이었다.

지난 밤. 유 과장이 상원을 찾았다.

"부탁 하나 합시다."

"무슨 부탁 말입니까?"

유 과장은 상원에게 물었지만 응답은 진수로부터 출발한다.

"몽타주가 없어. 세월이 흘러서 그런가? 유실됐나 보더라고."

"그게 무슨?"

이번엔 당사자가 대꾸를 보낸다.

"최만규, 장헌구 얼굴 말이요. 사진을 구할 수가 없더란 말이지. 그러니 확인을 좀 해줬으면 해서."

"제가 말입니까?"

"그렇소. 두 놈 중 한 놈이라도 얼굴을 똑똑히 알 거 아니오? 일종의 보험이니 크게 긴장할 건 없소. 우리 쪽에서 준비를 맡아줄 테니까."

"과장님. 이 친구가 어떻게 확인을 한다는 말씀입니까?"

불안한 기색은 얼떨떨한 상원보다 진수가 더하다.

"얼굴을 바꿔주겠소. 가발도 몇 개 준비했으니 문제없을 거요."

"혹시 가까이서 확인을 하라는?"

"음. 구체적인 행동방안은 우리 요원들이 일러줄 거요."

"서초구와는 연계가 된 겁니까?"

"오염이 되었는지 아닌지 확신이 서지 않는 곳에 강상원 씨를 노출시키겠다고?"

유 과장의 되물음에 상원의 시선이 진수의 얼굴과 유 과장의 얼굴을 왕복해댄다. 유 과장은 어수선한 상원을 잡아두기 위해 검지를 곧게 펴 그를 똑바로 가리켰다.

"이 양반아, 시간이 없다고! 동생을 위해 할 거요? 말 거요?"

"……합니다. 해야죠!"

"서초구 쪽이 잘만 해준다면 나설 일이 없을 거요. 완벽하다면 말이오."

"상관없습니다. 동생만 지킬 수 있으면."

"표정 마음에 드는군. 이게 아주 재미있는 기술이오. 영화 한 편 찍는다 생각하시오. 상황에 따라선 몰입도 해야 할지 모르고."

유 과장은 본인에게 어울리는 키득거리는 웃음을 흘린다.

4

서초구서로 온 유 과장은 재혁과 경수를 앉혀 두고 비교적 간략하게 경위를 설명한다. 특히나 경수는 치미교의 실체에 관해 이해가 깊은 편이었기에 설명은 자세할 필요가 없었다.

"저 놈들은 일명 간부급 놈들입니다. 쉽게는 입을 열지 않을 겁니다."

경위를 모두 들은 경수가 말했다.

"이 지경으로 일이 꼬였는데도 말이오?"

경수와 재혁은 유 과장이 중앙정보부식 추궁을 염두에 두고 묻는 말임을 안다.

"진심으로 '죽으면 죽었지'라는 식으로 나올 겁니다."

"박찬종이라는 놈을 상대해본 바론 차 계장 말이 거의 확실합니다."

재혁이 거든다.

"그렇군요? 하지만 크게 상관은 없습니다."

유 과장은 여유 만만한 낯빛을 떠올려 청자를 꺼내 문다.

"김진수 기자가 왜 저를 찾아 왔겠습니까?"

타이밍에 맞춰 책상 위에 놓인 육각성냥상자에서 성냥을 집어 긋는다.

"그렇긴 하지만……."

경수는 미심쩍어하는 기색을 유 과장에게 들키지 않으려 파고다 한 개비를 꺼내 손가락사이로 옮겨 다닌다.

"금일 놈들의 검거는 부수적인 사항에 지나지 않습니다."

"부수적인 사항이라고요?"

재혁은 이제 성냥을 긋고 있는 경수를 대신해 조금 더 자세히 말해보라는 표정을 유 과장에게 만들어 보인다.

"우리 쪽에서는 조사가 마무리 단계에 들어갔습니다. 쉽게 말해 외부의 저항과 맞서 흔들리지 않을 증거와 정보수집이 마쳐간다는 겁니다. 물론 각하나 참모총장 급으로부터의 압력이라면 말이 달라지지만."

유 과장은 꼬리말은 응당 농담이라는 식의 반쪽짜리 미소를 떠올리며 연기를 뿜는다. 유 과장이 뱉은 담배연기는 무례한감을 띠며 경수의 얼굴 바로 앞에서 흩어진다.

"어제 김 기자가 연락을 해왔는데, VPF에 관한 연구에서도 의도하는 바의 결과가 도출되기 직전이라고 하더군요."

"그 말씀은 치미교 외에도 그에 협력한 세력들 역시 독 안에 든 쥐 신세라는 말이 되겠군요?"

"앞서 비슷한 맥락으로 말씀 드렸잖습니까?"

유 과장은 의미심장한 눈길을 경수와 재혁에게 차례로 주었다가 거둔다.

"놈들의 신상이나 수사권은 전면 정보부로 넘어가는 겁니까?"

재혁이 물었다.

"그렇습니다. 제가 가져갑니다."

재혁과 경수 두 사람 모두 단호한 유 과장의 대답에 다른 말을 붙일 엄두를 내지 못한다.

"서초구서의 공로는 충분히 치하를 할 방침입니다. 그리고 시끄러웠던 흔적은 우리 쪽에서 알아서 처리를 할 테니 크게 신경 쓸 건 없을 겁니다. 단, 식구들 입단속은 알아서들 해주시리라 믿습니다."

유 과장은 별다른 지시가 없을 때까진 이 이상 관여치 말라는 명령을 최대한 유연하게 주입하고 있는 것이었다.

"알겠습니다."

"그럼, 필요하면 연락을 하죠."

이튿날 주요 신문사가 발행하는 석간신문 1면엔 제법 그럴 듯하게 스토리가 짜인 '은평구 간첩진압사건 전말'이 일제히 보도되고 있다. 기사에 자세히 눈이 갈 수밖에 없었던 경수는 간첩이라는 소재가 때에 따라선 영악한 정부에게 더없이 유용한 소스이지 않느냐는 생각을 가져본다.

한편, 만규일당이 붙잡힌 소식을 접한 해용은 전에 없던 위기감을 느낀다. 손을 뻗고 있는 검찰, 경찰을 통해서도 소재를 전혀 파악할 수가 없었기 때문이다.

"일이 크게 어긋나고 있는 듯하군."

성훈과 정혜. 그리고 본소의 전도사들을 앞에 둔 해용의 얼굴과 음성에는 불편한 심기가 짙게 묻어나 있다. 그는 전에 없이 전도사들의 앞임에도 불구하고 그러한 기색을 애써 자신으로부터 물리칠 의지가 없는 듯 보인다.

"그런 거 같습니다. 이번처럼 저희 쪽에서 속수무책인 적이 없었는데 말입니다."

성훈은 덤덤하게 진언을 올리는 반면, 정혜는 굳게 입을 다물고 있다. 아마도 만규가 마음에 걸렸으리라.

"광주의 김 권사는 올라오는 중인가?"

"그렇습니다."

"이렇게나 나에게 큰 실망감을 안겨주다니!"

해용은 생각이 복잡한 듯 시선을 고정시키지 않고 분주하게 움직인다. 이와 대조적으로 서열 순 4열종대로 쪼르르 앉은 전도사들은 아까부터 고개도 제대로 들지 못하고 바닥에만 시선을 두고 있다. 금방이라도 떨어질 것 같은 해용의 불호령이 두려워서가 아니다. 본소전도사의 신분인 본인들은 꽤나 풍족하고 여유 있는 생활을 영위해오고 있던 터라, 그들 역시 교단에 위기가 닥칠까 봐 심히 염려가 되었던 것.

결국 이성과 분노의 감정선이 무너진 해용이 의자팔걸이를 주먹으로 세게 내리친다. 그리고 악에 가까운 고함을 지른다.

"꼴도 보기 싫으니 둘 다 산 채로 묻어버려!"

해용이 언급한 '둘'이란 다름 아닌 철곤과 유선을 일컫는 것이었다. 두 사람은 만규일당이 붙잡힌 직후 지하실험실로 끌려와 숨이 붙어 있는 동안 수용할 수 있는 온갖 고통들에 시달려야만 했다.

"예. 대원님."

삼십 명 남짓의 전도사들이 나지막이 대답을 깐다. 철곤과 유선은 해용의 명령이 떨어지고 곧바로 산채로 묻힌다.

"미친놈. 하늘나라가 코앞이었건만. 큰 덕을 쌓을 피붙이가 모든 걸 망쳐놓을 줄이야?"

"어차피 고통이란 건 잠시뿐이지요. 다만, 병신 같은 오라비 덕분에 지옥불구경을 하게 생긴 것이 원통하고 또 원통해요."

두 사람은 흙이 눈앞을 덮기 직전까지 스산한 비를 버리는 하늘을 올려 보며 상원을 원망했다고 한다.

"대원님. 그건 그렇고. 혹시나 모르니 피신을 하실 만한 적당한 장소를 물색하셔야 할 것 같습니다."

"은신처는 이 장로가 알아보고 보고를 올리도록 해."

성훈은 '장로'라는 말에 살짝 눈을 치켜뜬다.

"장로 자리가 공석이나 마찬가지니 당연한 이치가 아닌가?"

"아. 네."

정혜는 여전히 입을 굳게 다물고만 있다.

상원은 만규일당이 붙잡힌 것만으로 초조함과 불안함을 반 이상 던다. 그는 누구보다 잘 알고 있었다. 이번에 붙잡힌 일당들이 치미교의 핵심행동파들임을.

"그래도 아직은 조심하는 게 좋겠어. 잔당들이 여전히 몸을 숨기고 있을지 모르니 말이야. 이제 거의 다 왔잖아? 조금만 참아."

진수는 변함없이 침착하면서도 신중하다.

"응. 그리고 진수야."

"왜?"

"고마워. 정말로 고생 많았어."

상원은 쑥스러운 웃음 띠를 입가에 걸친다. 진수로서는 몇 년 만에 대하는 친구의 편안한 얼굴이다. 그래서 한편으로 자신이 고마운 마음이 들기도 한다.

"적응 안 되게? 간지러워. 인마!"

"진짜 고마워서."

"꼭 너 때문만은 아니고 나도 아주 큰 걸로 한 건 잡은 거 같아서. 그래서 발에 땀나게 뛰어다닌 거야. 솔직히 중학교나 고등학교 때 우리 엄청 친한 사이는 아니었잖아?"

단순히 머쓱함을 누그러뜨리려는 의도다.

"넌 몰라도 난 엄청 친다하고 생각했는데?"

"그랬냐?"

"응."

상원이 이렇게까지 나오는 바에야 진수도 더 이상 멋쩍어할 필요가 없다.

"그래. 다행이다. 너도 니 가족들도…… 무사해서."

진수가 잠깐 말을 늘어뜨린 연유는 잊고 있다시피 했던 철곤과 유선이 문득 각인된 까닭이다.

"넌 나와 내 가족의 은인이야."

아내와 어린 아들의 곁엔 내가 있어야 한다. 되돌릴 수 없다면 필요한 선택을 하자. 어차피 돌려놓을 제자리마저 뭉개진 꼴이니. 그렇다면 차라리 아버지와 누이를 저버릴 수 있는 기로에 서게 돼서 다행이다. 꼭 재민이의 곁으로 돌아가야만 한다–가족을 위해 가족을 외면해야 했던 상원. 그가 지금만큼이나 죄의식을 더는 데에는 끔찍하기 비할 데 없는 무수한 합리화를 겪어내고 나서다. 더 이상 삼켜질 울분이 없을 때에도 쉬지 않고 토해내야만 상원은 살아갈 수 있을 것 같았다.

"죽일 놈들!"

하루에도 몇 번씩 쏟아내는 말이다. 버릇을 고치는 데 평생이 걸릴지도 모른다.

"하늘나라로 인도하겠다는 놈들은 죽지 못하게 하는 게 벌인 건가?"

별생각 없는 비꼼이었는데. 뱉고 보니 일리가 있다고 여기는 진수다. 이때, 전화가 울린다.

"여보세요?"

"나요."

유 과장이었다.

"네. 과장님."

"20분 내로 그리 차를 보낼 테니 준비하고 있어요."

"혹시 움직이는 겁니까?"

"그렇소."

"그럼 교수님과 연구보고서도 함께."

"아아. 윤용화 박사에게는 이미 차를 보내놨소. 곧 여기로 도착을 할 거요."

유 과장은 주고받은 말이 정갈한 편임에도 불구하고 대화가 필요 이상이라는 식으로 진수의 말을 끊는다.

"알겠습니다."

"차가 도착하면 집 앞에서 다시 전화가 갈 거요."

"네."

진수의 통화모습을 지켜보고 있던 상원은 다소 불길한 눈치를 한다.

"정보부?"

"맞아."

"이건 내가 노파심에 하는 말인데."

"알아. 행여 그렇다고 해도 우리에겐 달리 방법이 없잖아?"

진수는 체념이 아닌 의지를 다지려는 색채를 얼굴에 떠올린 뒤 말을 붙인다.

"하지만 그런 일은 없을 거야. 분명히."

"그래. 그럴 거야."

두 사람은 바람에 의지한 기대감으로 불안함을 달랬다.

그로부터 한 달 무렵이 지난 어느 날. 일의 진행이 지체되고 있다고 여겨오던 진수가 유 과장을 찾은 적이 있다.

"과장님. 일당들을 검거한 지 한 달이 다 됐습니다. VPF와 테미란의 연구결과도 그 즈음에 나왔고요. 게다가 필요한 조사는 일당들을 검거하는 시점에 이미 마무리 단계에 접어들었다고 하셨잖습니까?"

"내가 김 기자를 오래 본 건 아니지만 답지 않게 성급한 모습이군? 왜요? 친구분이 가족들을 못 만나 병이라도 났습니까?"

노골적이진 않았다. 허나 분명 유 과장의 어조는 빈정거림이다.

"그건 저도 사소한 문제라고 생각합니다. 다만 제가 걱정이 되는 건……."

진수는 유 과장의 눈치를 살핀다. 아니, 살피는 척하면서 주었다. 결국은 이 자리에서 말을 꺼내겠지만 당신의 허락이 있으면 조금은 편한 상태일 수 있을 것 같다는, 다소 치졸한 눈길이다.

"말해보시오."

유 과장은 상체를 뒤로 한껏 기대곤 대강 짐작이 간다는 얼굴을 한다. 그렇다 하더라도 진수로서는 한 번 더 신중을 기해야 했다. 왜냐하면 언급을 하려는 사항이 유 과장뿐만 아니라 중앙정보부라는 조직자체에도 민감하게 받아들여질 가능성이 있었기에.

"혹시, 문제가 있는 거 아닙니까?"

"문제?"

유 과장의 양 눈썹이 부자연스러운 곡선을 만든다.

"농담처럼 말씀하셨지만 정보부도 감당하기 힘든 위로부터의 압력 말입니다."

"당신 태도. 예전과는 확실히 달라졌군? 예전엔 내가 끄나풀이라 하더라도 별수 없다는 배짱으로 털어 놓았던 거 같은데? 아니지. 이제와서는 무모함이라고 하는 게 맞나?"

진수는 가슴이 뛴다. 만에 하나 그 사이 치미교에서 손을 써 유 과장마저 그쪽에 세웠다면 본인은 물론이거니와 이번 일에 관련된 주변 이들까지 봉변을 당하게 될 것이 자명한 까닭이다.

"그때와는 상황이 다르다고 생각합니다."

"지금은 내가 양날의 검으로 보이지 않는단 말인가?"

진수가 엷게나마 난색을 표하자 유 과장은 상체를 다시 앞으로 끌어와서는 진중한 어투로 말한다.

"이런 일은 터뜨렸다 하면 차근차근 진행이 되어서는 아니 되오. 제일 중요한 게 바로 타이밍이란 말이오. 조금 시간이 걸리더라도 준비를 완벽히 해서 동시다발적으로 치고 들어가 초장에 수습할 엄두조차 내지 못하게 만들어야 하오. 그렇지 않으면 꼬리를 자르고 숨어버리는 데에 이력이나 있는 불순분자들에게 경각심만 일으켜줄 뿐이오. 내 말 이해하겠소?"

유 과장의 관점은 진수와 조금 다르다고 할 수 있는 것이, 치미교도 치미교지만 힘을 빌려주며 부정을 저지르고 있는 정계인사들이나 고위관리들을 솎아내는 작업을 가장 큰 목표로 삼고 있었다. 허나 어느 쪽이든 유 과장의 말대로라면 진수로서는 크게 불안해 할 것이 없었다.

"단번에 정리를 할 터이니 믿고 기다려보시오."

"알겠습니다."

유 과장은 예고했던 대로 그야말로 한꺼번에 일을 터뜨린다. 또한 장담했던 대로 일말의 틈도 허용치 않는다. 검찰, 경찰과 연계해 타깃으로 삼았던 정계인사들 대부분을 이틀 만에 검거했고 동시에 윤 박사로 하여금 VPF와 테미란 상관관계의 실체를 각종 언론사의 기자들을 모아놓은 공식석상에서 정식으로 발표토록 한다. 그때는 이미 인수당에 대한 압수수색을 마친 후였다.

공식석상에 섰던 윤 박사는 발표를 마칠 즈음 진실을 위해 기꺼이 목숨을 내놓아준 VPF간염자들을 떠올리며 눈시울을 훔치기도 한다.

치미교에 대한 파상공세는 여기서 멈추지 않는다. 11통제실을 필두로 군과 경찰은 대대적인 합동작전을 벌여 대룡산에 위치한 치미교 본소와 각 지방에 흩어져 있는 분관 그리고 외의 근거지들을 단 나흘 만에 모두 점거를 하고 일당들을 소탕한다. 하지만 안타깝게도 핵심인물들인 해용과 간부들, 그 외 본소전도사들의 행방은 묘연했다.

해용은 군과 경찰이 본소에 들이닥치기 전 낌새를 알아차리고 슬하에 자식을 둔 네 번째 첩. 실상 유일하게 부인이라고 여기는 여인과 아들을 완전히 새로운 신분으로 위장을 시켜 강릉으로 보내 그곳에서 탈 없이 살 수 있게끔 손을 써놓는다. 해용이 그들과 함께 하지 않은 근간은 정보부나 경찰이 자신만은 끝까지 추적을 할 것임을 감안해서였다.

"나는 곧 하늘이니 어디서든 니가 우러러보는 곳에 있을 것이다. 알겠느냐?"

해용은 괴물에서 인간의 눈알로 갈아 끼운 뒤 부인과 아들을 맞이하고 있었다.

"네. 대원님."

"자라는 동안 절대로 엇나갈 생각 말고. 어머니 잘 모시고 있거라. 아비가 항상 내려다보고 있다는 사실을 잊지 말고."

"건강하십시오. 아버지."

"오냐. 내 멀지 않은 시간에 데리러 가리라."

수수한 애잔함이 부인에게로 전해진다.

"부디 옥체강령하세요."

외의 나머지 서른 명에 가까운 첩들에겐 직접 떠난다는 말을 전하지 않고 전도사를 통해 알아서들 살길을 찾으라 일러둔다. 이에 영주 아버지는 영주, 정옥 두 딸과 함께 식구들을 챙겨 홀연히 자취를 감춘다.

해용은 은신생활을 하는 동안엔 간부들이나 전도사들 모두와 함께 움직이기가 여의치 않다는 판단을 내린다. 시국 상 남들의 눈에 띄기가 용이해지기 때문이다. 그래서 그는 신분위장에 유용할 정혜와 신변보호를 위한 최소한의 전도사 두 명과 함께 은신생활을 시작한다.

한편, 성훈은 이보다 전. 서울에 있는 인수당본사에 교단과 관련된 증거자료들을 인멸하러 들렀다가 때마침 기습적으로 들이닥친 압수수색과 맞닥뜨리는 바람에 허무하게 현장에서 체포된다. 조심성으론 해용 못지않은 그였음에도 운이 다함에는 도리가 없었다.

20년 가까이 신으로 군림해오던 해용은 하룻밤 사이 도망자 신세가 되어 전국을 전전해야 했다. 응당 도피생활은 만만치가 않았다. 본소나 분관에서 일을 보던 교원들 대부분이 검거가 된데다 지명수배까지 떨어진 탓에 전국적으로 얼굴이 알려진 까닭이다. 대한민국은 국토가 좁고 인구밀도가 높은 편이라 아무리 깊은 산골 외딴 곳에 은신을 한다고 한들 인근마을 주민들이나 산을 타는 이들과의 접촉이 불가피했다. 그나마 다행인 건 매체를 접하고도 여전히 변함없는 믿음을 보이는 독실한 신자들이 있어 그들의 도움을 받아가며 근근이 은신생활을 이어갈 수 있다는 것이었다.

그렇게 전국을 전전하던 해용이 문경 소재의 작은 시골마을에 은신을 해 있을 때다. 어찌하다 치미교의 신자라는 노파와 마주치게 되었는데 이상하리만큼 노파의 얼굴이 낯이 익다.

"저 노인은 여기 사람입니까?"

해용이 은신처를 제공해준 신도에게 물었다.

"예. 저분도 참으로 믿음이 강한 자매님이십니다. 저보다 조금 더 전에, 그러니까 대략 10년을 한결 같이 대원님을 믿고 따르고 있는 분입니다."

"그래요?"

그 말을 접하고 나니 노파가 더 궁금해지는 해용이다.

"노인의 고향도 이곳이 맞습니까?"

"고향은 이곳이 아닙니다. 부산 어디라고 알고 있습니다."

"부산이요?"

해용은 노파의 고향이 부산이라는 말을 접하자 갑자기 머리가 핑 도는 듯하다. 그리고 현기증은 그로 하여금 누이들에 관한 기억들을 무차별적으로 더듬게 만든다. 겨우 얼굴 생김새가 닮았고 동향(同鄕)이라는 사실을 안 게 전부였지만. 그래서 사고로부터의 지나친 비약일 가능성이 높다는 것을 인지했지만 그럼에도 해용은 거침없는 의식의 확장을 통제할 수가 없었다.

30년 가까이 잊고 살았던, 한편으로 잊으려 노력했던 누이들. 그래서 더 떠올리면 아련해지는 그들이다. 이내 현기증을 떨쳐내고 정신이 맑아진 해용의 눈에 노파는 막내 누이의 40년 후—실제로는 30여 년의 세월이 흘렀으나-얼굴을 하고 있다. 일본제국군 장교가 되고 나서는 단 한 번도 마주한 적이 없었음에도 누이의 얼굴선이 너무도 선명히 겹쳐졌다.

"누님."

"예?"

노파는 어리둥절해서는 해용을 빤히 쳐다본다. 허나 곧 노파의 눈에도 해용의 지난 세월을 되짚어가는 움직임이 보인다.

"해용이가? 니 해용이 맞나?"

해용? 대원의 존함을 아는 이는 간부들을 포함해 극히 소수다. 헌데 그들 모두 해용의 이름을 '박정철'이라고 알고 있었다. 눈치가 빠른 정혜는 해용과 노파의 관계가 범상치 않음을 감지하고 즉각 전도사들을 시켜 주위 사람들을 물리게 한다.

"최 권사도 자리를 좀 피해주게나."

"알겠습니다."

전도사와 정혜까지 물린 해용은 30여 년 만에 조우한 누이 앞에서 통곡을 한다. 이렇듯 소리통을 원 없이 울려보는 건 기억으론 난생 처음이다.

"누님. 그간 어떻게 지내셨어요? 얼마나 고생이 많으셨어요?"

"아이고. 해용이가 맞네. 우리 해용이가 맞아."

중천일 때 조우한 두 사람은 해가 어둠에 자리를 내줄 때까지 그간의 이야기를 털어놓느라 시간가는 줄 몰랐다. 30여 년 동안 비켜간 세월을 살았던 서로에게 들려줄 이야기가 너무도 많았기에 시간은 어느 때보다 급하게 흐른다. 물론 대부분의 이야기는 누이 쪽에서 일방적으로 털어놓는 식이었고, 해용은 누이의 지난 세월에 귀를 기울이며 저미는 가슴을 부여잡아야 했던 식이었지만. 어찌 됐든 두 사람은 말을 해야 했고, 또 들어주어야만 했다.

"그럼 나머지 누님들은요?"

해용은 진작 물었음직한 질문을 대화의 끝자락에 붙인다.

"하늘나라로 갔다."

'하늘나라……?'

누이의 대답은 해용으로 하여금 스스로를 죽음에 이르게까지 할 정도의 자괴감을 만끽하게 한다.

"누님은, 결혼하셨어요?"

한참 만에 자괴감에서 헤어나온 해용이 문득 궁금해 물었다.

"하모. 했다."

"남편분. 아니 매형이랑 조카들은요?"

"전부 병으로……."

"병이요?"

"어. 와 한 10년 전인가? 고름병이 유행했다 아이가? 그때 전부 병에 걸리가 하늘나라로 가삐랐다."

해용은 가슴이 덜컹 내려앉는다. 순간, 실제로 심장이 멈추는 듯한 통증이 느껴지기도 한다.

"사진은 한 장 갖고 있다."

누이는 치마저고리에서 낡은 흑백사진 한 장을 꺼내 해용의 눈앞으로 가져온다. 그리고 넋두리를 하듯 사진에 대한 설명을 단다.

"거 보이는 니 매형이 참말로 인정 많고 어진 분이셨다. 내 앞에 일을 다 알면서도 내를 받아주고, 또 위해줬던 분이라 카이. 남들이 손가락질 해쌌는데도 끝까지 내를 감싸줬던 분인 기라. 카고 밑에 조카 둘이는 연년생이었는데, 무신 놈의 남매가 그리도 치고받고 싸우는지 말도 모했다. 케도 그때가 참말로 그리운 기라."

어찌 이토록 얄궂은 운명이 있단 말인가. 사진 속의 매형은 다름 아닌 20여 년 전 트럭을 태워준 운전사였다. 헤어지는 순간까지 자신에게 호의를 베풀려 했던. 그래서 진심으로 감사한 마음에 은혜를 잊지 않겠다고 인사를 드렸던 바로 그 고마운 운전사.

"처음에는 막막하더라. 우째 내만 살아가 이카고 있나 싶기도 하고. 그런데 마침 여를 알게 된 기라."

누이는 이따금씩 메마른 눈시울을 훔치며 매형과 조카들을 떠나보낸 후 치미교의 신도가 되어 지금까지도 그들의 안녕을 빌고 있다고 토로한다. 그리고 뒤이어 치미교의 위대한 교리에 대해서도 아는 만큼, 이해를 하는 만큼 늘어놓는다. 해용은 자신이 정립한 교리를 귀에 담음으로 해서 이토록 고통스러운 경험을 하게 될지 몰랐다. 뻔뻔하게도 상상조차 하지 못했다.

"카이 니도 더 늦기 전에 얼른 덕을 쌓아라. 알았나?"

그날 밤. 해용은 한껏 몸을 움츠린 달을 올려보며 장 선생을 떠올린다.

'선생님. 제가 그때 선생님 밑에서 계속 공부를 했었더라면…….'

해용은 초우리에 들어가서도 그리고 치미교를 개창한 후에도 장 선생을 잊지 않았다. 누이들과 마찬가지로 잊어보려 애를 써본 장 선생이었지만 잊히지가 않는다. 그러나 찾아볼 수는 없었다. 그는 자신으로 하여금 진정으로 죄송한 마음이 들게 하는 이였고, 또한 부끄럽게 만드는 이였기 때문이다. 본인에게 있어 세상 유일무이한 그러한 존재라고 해용 스스로가 자부했다. 그래서 해용은 너무도 장 선생이 궁금했지만 찾을 요량을 내지 못했다.

'그랬다면 지금 전 어떻게 살고 있었을까요?'

누이와의 조우가 있었던 며칠 후. 해용과 정혜 등은 마을에서 감쪽같이 행적을 감춘다.

정보부가 주축이 되어 단행한 대대적인 작전에 의해 검거된 치미교의 장로 및 전도사의 숫자는 일백을 훌쩍 넘긴다. 직접적으로 해용의 지시를 받들고 주요직책을 맡아 일을 보아오던 본소전도사 숫자가 삼십. 그리고 각 지방에 흩어져 있는 분관들을 운영해오던 장로와 전도사 숫자가 구십 정도였다. 조직 주요 구성원들의 수를 최소한으로 유지하려 했던 해용이었건만. 교단이 팽창에 팽창을 거듭하다 보니 불가피하게 그 수를 늘릴 수밖에 없었던 듯하다.

이들 중 본소전도사들은 전원 중형에 처해진다. 검거 후 이뤄진 본격적인 조사과정에서 가공할 만한 죄악들이 명명백백히 드러났다. 정보부로부터 수사권을 넘겨받은 검찰의 조사에 의하면 확인 된 살인만 452건, 전국 각지에서 발굴된 유기시신 숫자만 600여구에 다다랐다. 이들은 각 지역마다 일정한 살해 장소를 마련해놓고 살인행각을 벌여왔는데, 특히 본소가 있는 대룡산 일대는 그야말로 인간도축장이 따로 없을 정도로 유기된 시신의 절반 이상이 발굴되기도 한다. 또 한 번 경악할 일은 재판장에선 본소전도사들이 특별히 혐의를 부인하지 않는다는 것이었다.

그들은 자신들이 행한 죄악을 죄악으로 여기지 않았다.

"당신들이 말하는 혐의는 대부분 인정합니다. 하지만 죄는 인정할 수 없습니다."

더군다나 공판 중 판검사와의 질의응답에서 해용을 거론할 시 여전히 경어를 붙여 쓰는 등 그때까지도 굳게 믿음을 이어가는 모습을 보인다.

"대원님의 말씀은 모두 옳습니다. 솔직히 당신들도 인정을 하는 바가 아닙니까?"

이러한 이들에게 참작은 의미가 없다고 여긴 재판부는 한 명 한 명의 혐의를 소상하게 밝혀 무려 스물여섯 명을 교수대에 올린다.

"무엇이 이토록 피고인들의 삶을 극단적으로 몬 것입니까?"

최종판결 직전 재판장이 만규와 성훈에게 던진 질문이다.

"믿을 수밖에 없어서 믿은 게 아닙니다. 대원님께선 저희에게 믿음을 강요하신 적이 단 한 차례도 없습니다. 저희는 정말로 하늘나라가 있다고 믿고 싶었습니다. 물론 지금도 그러하고 말입니다. 단지 그뿐입니다."

"믿고 싶었다? 말대로라면 치미교의 교리에 일말의 의구심도 가지지 않는다는 피고인의 신념에 위배되는 부분이 존재하는 것이 아닙니까?"

"재판장님. 믿음이 간절하면 보이는 것이고 보이게 되면 평안을 찾은 것입니다. 믿음이 없고, 고로 경험을 해보지 못한 어리석은 자들은 죽어서도 알 수가 없는 진리지요."

"그것이 나의 반문에 대한 대답이 될 수 있다고 생각합니까? 단순히 회피를 하고자 하는 것이라 생각지 않습니까?"

"한낱 어휘의 분별을 따져 저희들의 신념을 유린하려 들지 마십시오. 저희들의 신념은 그것들을 훨씬 뛰어 넘어 있으니 단연코 헛수고일 뿐입니다."

"그래요? 하지만 이건 아십시오. 곽해용의 감언이설에 놀아나고, 그 감언이설을 옮겨놓은 교리를 등에 업고 무고한 신도들의 목숨을 빼앗은 당신들은, 실은 한낱 어휘에 현재까지도 휘둘리고 있다는 사실을 말입니다. 피고인들은 모르는 것이 아닙니다. 단지 인정하기를 두려워하고 있을 뿐이지."

재판장의 억양은 차츰 고조가 되는가 싶더니 이내 누그러든다. 말을 마친 그는 통탄어린 눈빛으로 만규와 성훈을 내려다본다. 그러나 끝내 두 사람은 별다른 대꾸를 하지 않는다. 못한 것은 아니다. 다만 침묵으로 일관하는 것이 자신들의 자존심을 지키는 일이라 여긴다. 마지막이 코앞인 지금까지도 믿음과 신념을 언급하곤 있었으나 이들은 이미 오래전부터 자신들은 본인들의 사리사욕을 채우기 위해 해용을 섬기고 있음을 인지했다. 어떤 면에선 역으로 해용을 이용해 본인들의 욕망을 채우고 있다고 의식을 안 해본 것도 아니다. 그럼에도 이 순간에까지 믿음과 신념을 언급하는 진짜 이유는 결국은 옹졸한 자존심 때문이다.

"그럼 판결을 내리겠습니다."

전도사들 및 만규와 성훈의 사형이 집행된 지 몇 달 후. 서울지검으로 자진 출두한 정혜에 의해 해용의 죽음이 세상에 알려진다.

"대원님의 승하를 알리기 위해 왔습니다."

과연 그녀의 증언대로 해용의 사체가 지리산 연하봉에서 발견된다. 이에 검찰, 경찰은 물론이고 심지어는 국민까지도 다소 허탈한 가슴을 메워야 했다. 하지만 일각에선 지리산에서 발견된 사체는 해용이 아닌 그를 쏙 빼닮은 다른 이라는 주장이 나오기도 한다.

철곤과 유선의 시신을 찾아내는 데 꽤나 긴 시간이 걸렸다. 대룡산에서 발굴된 시신의 숫자가 상식 밖이었던 요인도 있었으나, 것보다 생매장이 되기 전까지 온갖 고문에 시달렸던 터라 훼손이 심했던 이유가 컸다. 상원과 가족들은 염두에 뒀던 기간을 훌쩍 넘어가자 되레 생존해 있을 가능성에 희망을 품기도 했다.

"와줘서 고맙다. 많이 바쁘지?"

"돌아오기까지가 너무 오래 걸렸군. 그렇지?"

진수와 상원은 근 1년의 시간이 흐른 뒤 얼굴을 마주하고 있었다.

"소탕되고 19개월 만인가? 확인이 된 것만도 용하지."

"그래. 그나마."

당시의 절박함, 안타까움을 바로 옆에서 나눈 유일한 진수였기에 다른 위로의 말이 불필요했을지 모른다.

"다들 푹 좀 잤으면 좋겠어. 고생 많았잖아?"

죄책감이 스민 한숨이 말미에 붙는다. 평생을 갈 것 같던 입버릇은 의외로 금세 잠잠해졌다. 북받치는 설움이 한층 얇아진 걸 보면 하늘로 먼저 간 두 사람이 이제는 본인의 심정을 헤아려주는 건지도.

"그렇게 됐을 거야."

"넌 아직 결혼생각 없고? 우리 약국에 착실하고 예쁘장한 아가씨 있는데."

진수는 빙긋 미소만 띤다.

"물어볼까? 뺀질하지만 능력 있는 기자친구 어떠냐고?"

"능력 있는 기잔데 조금 뺀질하다고 전해주라."

"그럼 오케이가 떨어질 거라 믿냐?"

"아마 좋아할 걸?"

"……진수야."

"왜? 노총각이 한심해 보이냐?"

"그놈. 죽은 거 맞겠지?"

상원의 습한 물음에 진수는 곧장 입술을 떼려다 다시 붙인다.

"맞지?"

"글쎄."

상원은 정해져 있던 답을 듣지 못한 안색을 띤다.

대외적으로 '치미교 사건' 종료가 기정사실화된 며칠 후, 진수는 유 과장을 찾았다.

"연루된 인간들 대개가 기대를 했던 것보다 잔챙이들이라, 맥이 빠졌다고 해야 하나?"

참으로 거슬리는 거만함. 유 과장은 어떤 식으로 받아들이든 상관이 없다는 태도다. 진수는 '약점을 쥐고 부릴 만한 거물이 딱히 속해 있지 않아 아쉽다'라고 알아듣는다. 어차피 크게 기대는 않았다. 활용가치를 지닌-사회적 지위와 직책을 역으로 알뜰히 악용한-능력자들은 어련히 열외됐으리라.

진수가 유 과장을 찾은 건 맥락은 엇비슷하나 상이한 결과를 확인하기 위해서다.

"박정철의 처와 아들의 행방은 어떻게 됐습니까?"

"여기서 수집한 모든 자료는 검찰에 넘겨졌소. 내 관할이 아니오."

유 과장은 셔츠를 문 뱃살을 손가락으로 긁적인다.

"과장님이 모를 리 없잖습니까?"

"손을 떠났다고 했잖소? 다른 할 일이 얼마나 많은데."

거추장스러운 뭔가를 떼어내듯 구겨진 셔츠를 손가락으로 튕긴다.

"그렇다면 과장님. 박정철이 죽은 건 틀림없는 겁니까?"

"내 덕에 강상원이랑 사체확인까지 했던 걸로 아는데?"

"제가 묻고 있는 건 그게 아니란 걸."

"이제 와서 무슨 소릴 하려는 거요? 엉?"

오랜만이라 유 과장의 날이 한껏 치명적으로 전해오는 진수다.

"아닙니다……."

"핵심은 규모가 큰 사이비교단이 해체됐고, 쓸데없이 비싼 테미란의 정체가 까발려진 거요. 알겠소?"

진수는 가볍게 고개를 숙였다 든다.

"그건 그렇고. 혹시 '곽해용'이란 이름 들어봤소?"

"치미교와 연관된 사람입니까?"

"처음 듣는가 보군?"

"전 들어본 적이 없는 이름입니다만?"

호기심 어린 눈길이 절로 간다.

"됐소. 일당 중 하나였는데, 김 기자가 알고 있나 해서."

"중요한 인물이었습니까?"

"그냥 쥐새끼였소."

"아. 네."

"난 밖에 볼일이 있는데?"

"저도 약속이 있긴 합니다."

"같이 나갑시다. 태워줄 테니."

"……감사합니다."

노크소리가 통제실을 울린다. 그리고 따르는 음성.

"서용민입니다."

"들어와."

유 과장은 맞은편의 진수가 들릴 정도로 말을 보냈다. 금방 문이 기울었고, 진수는 자못 놀라운 눈을 한다. 낯이 짙은 얼굴을 한 그는 서초구의 앳된 형사였다.

형사는 한껏 여유가 깃든 움직임으로 진수의 정면에까지 온다.

"오랜만입니다. 김 기자님."

찰나 마비가 된 진수를 대신해 먼저 인사를 건넨다.

"어떻게? 여기에?"

살짝 벌어진 입술은 삐걱이며 움직인다.

"섭외 전부터 알던 사이라고 했지?"

유 과장이 시선을 들어 물었다.

"예. 그렇습니다."

형사가 딱딱하게 대답한다.

"일이 풀리려는 조짐이었나? 이런 우연이 있었더군."

시선을 진수에게로 옮겨오는 유 과장이다.

"이제 이곳에서 일을 하는 겁니까?"

진수는 여전히 형사에게 시선을 고정한 상태다.

"맞습니다."

"그렇군요. 축하……합니다."

찡그린 미소. 오묘한 표정이 얼굴을 덮는다.

"고맙습니다."

"보기와 다르게 감이 있는 친구더라고. 다방면으로."

"모두 과장님이 보듬어주신 덕입니다."

"보고서, 어제 지시내린 거 맞지?"

유 과장이 형사의 오른 손과 허벅지 사이에 끼인 서류들에 시선을 준다. 형사는 다소 빽빽한 몸짓으로 유 과장에게로 내민다.

"김 기자. 금방 확인 좀 하고 일어납시다."

"그러시죠."

찬종이 재혁에게 목덜미를 붙잡히기 전날. 앳된 형사는 이날 하루 동안 두 명의 사내로부터 제안을 받는다. 먼저 만난 사내는 유 과장. 그리고 후에 만난 사내는 성훈이었다.

찬종이 경수에게 계획을 실토한 날 밤 형사는 갈등을 한다. 음지에서 임무를 수행해야 할 때가 잦겠지만 비교적 안정이 보장되는 정보부냐, 아니면 위험부담은 크나 위기에 대면한 만큼 넉넉히 대가를 지불할 치미교냐.

"과장놈이 재수가 없긴 하지만……."

중간에 진수를 내린 유 과장은 윤 박사를 찾았다.

"죄송합니다. 시간이 없어서 변변찮군요."

유 과장은 거침없는 움직임으로 소파에 몸을 묻는다. 그러면서 자신의 발 옆으로 음료세트를 내린다.

"아닙니다. 어쩐 일로 절 보자고 하신 겁니까?"

유 과장의 구둣발에 시선을 주고 있던 윤 박사가 의식을 기울여 표정을 지운다.

"요즘 어떠십니까?"

유 과장은 넓어졌다 좁아졌다를 반복하는 자신의 손바닥에 신경을 쏟고 있는 것처럼 보인다.

"뭐가 말입니까?"

"사는 거 말입니다. 어떠냐고요?"

"말씀이 좀 어렵군요."

몰아냈던 감정이 스멀스멀 안면에 피어오르려는 윤 박사다.

"별 거 없죠? 오히려 고립된 기분 아닙니까?"

"……."

"공을 세운 대가가, 고생한 보람이, 고작 이따위라는 생각으로 사시죠? 시간이 갈수록 더할 거고?"

"왜 나를 찾아온 겁니까?"

윤 박사의 기세가 일시에 으르렁거린다.

"테미란 말입니다. 조금 아깝다는 생각이 들어서."

"뭐라고요?"

"거참. 의사라는 양반이 안 어울리게 성격 급하네? 여보쇼! 지금부터 내가 하는 말 찬찬히 한번 새겨들어봐요. 알았소? 아주 중요한 얘기니 집중을 하시라고."

유 과장은 옅은 비웃음기로 윤 박사를 내려앉힌 뒤 말을 잇는다.

"테미란은 궁극적으로 약이 아니겠소? 병을 치유하는 제약. 딱히 부작용도 없었고? 응?"

윤 박사는 내키지 않는 안면을 숙였다 든다.

"그러니 어디에 효과가 있는지 알아내 봐요. 발표도 맡고. 오케이?"

"내가, 말입니까?"

"그렇소. 테미란의 정체를 까발린 당신이 정면에 나서는데, 히트를 치지 않을 수가 없지 않겠느냐 말이요. 다른 건 신경 쓰지 말고 대강 어디에 효과가 있는지만 알아내시오. 견제를 할 만한 인물들은 알아서 조취를 취해놓을 테니. 하자는 대로만 하면 이딴 시시한 변두리 말고 중앙에 세워주겠소. 본래 차지해야 했던 자리 말이오."

"…… 어째서 테미란을? 하필이면?"

"왜냐고? 수익대비 단가를 후려보니 치미교 그 거대 사이비가 어떻게 유지가 되었는지 알 수 있었거든. 그 긴 시간 동안 잘도 팔렸으니 시설이고 뭐고 찍어내는 건 일도 아니더란 말이지. 그거 썩히면 아깝잖아?"

"저기, 유 과장님도 거기랑?"

어느새 순해진 윤 박사가 조심스런 시선을 건넨다.

"그건 아니오. 내가 박멸을 했는데? 단지, 함께 나랏일을 볼 지인들이 도움을 좀 얻고자 해서 말이오."

"아. 네."

"어떻소? 내 제안? 테미란이 기존의 어떤 병에 효과가 있는지 알아내자는 거 아니오? 결국 사람을 치료하는 건 똑같은 맥락이 아니겠소?"

"말씀하신 대로라면……."

"물론입니다. 제가 어디 약속 어기는 사람입니까?"

유 과장은 교수실로 발을 들이고 나서 처음으로 평온한 얼굴을 만든다.

"정신이 없어서 차도 한 잔 내지 못했군요? 뭘로 드시겠습니까?"

윤 박사는 얼어 있던 무언가가 녹아내린 분위기를 연출한다. 테미란의 정체를 까발린 이후, 예상했던 대우와 주목이 기대에 한참 모자랐었다.

"녹차가 있으면 주세요. 커피를 너무 마시는 거 같아서."

"잘됐군요. 마침 새로 들어온 녹차가 있었는데. 차에 아주 관심이 많은 제자가 그저께 선물로 들고 온 겁니다."

"어디 겁니까?"

"국산입니다. 보성."

"부탁드립니다. 비전이 다분한 얘기엔 좋은 차가 적격이죠."

"조금만 기다리십시오."

윤 박사는 물이 반쯤 차 있는 포트의 스위치를 고온으로 옮긴 다음 책상서랍에 모셔둔 녹차를 가지러 갔다.

"그런데 말입니다, 과장님. 이름은 어떻게?"

"물론 바꿔야지요. 애착을 가지고 한번 고심을 해봅시다."

전라남도 진도군. 주황색 빛깔을 등진 영주 아버지는 지친 몸을 갑판에서 콘크리트바닥으로 옮기고 있다.

"강원도에 계신 적 있죠? 그쵸?"

영주 아버지가 울렁이는 속을 달랠 틈도 없이 지나치던 아낙이 말을 걸어온다. 스커트 차림인 걸로 짐작컨대 관광객인 듯하다.

"아니예. 사람 잘못 봤십니더."

영주 아버지는 손끝으로 아낙의 팔뚝을 밀며 지나치려 한다.

"최고권사님."

아낙이 말소리를 급격히 낮춘다. 이에 영주 아버지의 움직임이 멈춘다. 그리고 아낙과 눈을 맞춘다.

"맞으시죠?"

이번엔 거의 입모양만 움직이는 듯하다.

"강원도 온 적 있소?"

"대룡산이요."

"자매님이시구먼."

"자리를 옮길까요?"

아낙은 주변을 살피며 미소를 흘린다. 마치 오래 전 알고 지낸 이와 재회를 한 듯 분위기가 자연스럽다.

"그랍시다."

두 사람은 서있는 곳에서 인적이 드문 쪽을 수색해 걸음을 떼기 시작한다.

"혼자 왔소?"

"아뇨. 남편이랑요."

"바깥양반은?"

영주 아버지는 아낙과 같은 부류인지 묻는 눈치를 던진다.

"신도 맞아요. 타이어 바람이 좀 모자란 것 같다고. 금방 이리로 올 거예요."

"뭐하시는데예?"

"작은 공장이요. 광주에 있어요."

"여유가 있으신가 보네? 이 시간에 놀러도 다니시고?"

"그보다. 대원님은 지금 어디 계시는 거죠? 그분께서 돌아가실 리 없잖아요?"

아낙은 두 번째 물음에서 고개를 살짝 젓기도 한다.

"물론이지예. 떠들어대는 것들 죄다가 거짓투성이 아이겠십니꺼? 대원님은 때를 기다리고 계십니더. 지금은 마지막 남은 최고권사인 지하고만 통하고 계시고예."

"그렇죠?"

갈망하던 세상을 가진 눈을 만드는 아낙이다.

"하모예. 칸데 바깥분은 언제 오시려나? 이래저래 상의를 좀 해봤으면 카는데."

"곧 올 거예요. 대원님께선 잘 지내고 계시는 게 맞죠?"

"자매님도 잘 안다 아입니꺼? 그분께선 한결 같은 분이십니더. 그런 건 걱정 마이소. 카고 자매님 같은 분들 소식을 들으시면 얼마나 기뻐하시는지 모릅니더. 크게 흡족해 하실 때는 따로 기도도 드리시거든예."

"정말요? 정말로 대원님께서 저희들 신도들까지 직접 품어주신다고요?"

기쁜 중에 일그러진 얼굴. 감개무량함이라는 감정을 묘사하는 데 일절 부족함이 없다.

"저 차 아입니꺼?"

영주 아버지가 아낙을 넘겨 시선을 준 곳엔 검은 세단이 멈추고 있다.

에필로그

치미교 사건의 전말은 대한민국뿐만 아니라 전 세계적으로도 센세이션을 일으킨다. 남의 말을 좋아하는 일부 외국 인사들이나 학자들은 어떻게 이토록 허무맹랑한 사이비에 2만에 가까운 신도들이 놀아날 수 있느냐며 대한민국 전체를 싸잡아 폄하하기도 한다. 그러면서 의식이 따르지 않는 경제발전의 부작용을 경계해야 한다고 목소리를 모으기까지.

허나 최종판결 직전 만규가 말했던 대로 그들은 치미교의 교리를 믿을 수밖에 없어서가 아니라, 실은 믿고 싶어서 따르기 시작한 것인지도 모른다. 해용이 개창한 치미교는 비록 실체는 교묘한 책략의 성공에 불과했지만 일제강점기 36년, 한국전쟁 3년의 발광에 가까운 혼돈의 세월을 겪는 동안 피폐해질 대로 피폐해진 민심에 나라가 주지 못한 마음의 안식을, 기댈 곳을, 결국 도피처를 제공한 것인지도 모른다. 적어도 그들에게는 그러했는지 모른다.

사건 치미교 1960

펴낸날	**초판 1쇄 2016년 1월 22일**
지은이	**문병욱**
펴낸이	**정현미**
책임편집	**김소망**
기획총괄	**김현석**
기획 · 편집	**박종훈 류사랑**
마케팅	**한정덕 장철용**
경영지원	**정유진**
펴낸곳	**리오북스**
출판등록	**2015년 10월 6일 제2015-000190호**
주소	**경기도 고양시 일산동구 호수로 340-28 309**
전화	**031-901-9605** 팩스 **031-901-9609**
이메일 안내	**info@riobooks.co.kr** 투고 **book@riobooks.co.kr**

ⓒ 문병욱(저작권자와 맺은 특약에 따라 검인을 생략합니다)

ISBN 979-11-956703-5-2 03810

• 이 책은 저작권법에 따라 보호받는 저작물이므로 무단 전재와 무단 복제를 금합니다.
• 이 책 내용의 전부 또는 일부를 이용하려면 저작권자와 리오북스의 서면동의를 얻어야 합니다.
• 값은 뒤표지에 있습니다.
• 잘못 만들어진 책은 바꿔드립니다.

이 도서의 국립중앙도서관 출판시도서목록(CIP)은 서지정보유통지원시스템 홈페이지
(http://seoji.nl.go.kr)와 국가자료공동목록시스템(http://www.nl.go.kr/kolisnet)에서
이용하실 수 있습니다. (CIP제어번호:2016000636)